DER STIER

Thomas Hesse, Jahrgang 1953, lebt in Wesel, ist gelernter Germanist, Kommunikationswissenschaftler und Journalist. Er war bis Ende 2014 in leitender Position bei der »Rheinischen Post« am Niederrhein tätig. Heute ist er freier Autor, Journalist und Publizist. Bekannt wurde er u. a. durch Niederrhein Krimis zusammen mit Thomas Niermann und Renate Wirth.

Renate Wirth, Jahrgang 1957, ist Gestalttherapeutin, Künstlerin und Autorin.

THOMAS HESSE/RENATE WIRTH

DER STIER

Niederrhein Krimi

emons:

Bibliografische Information der Deutschen Nationalbibliothek
Die Deutsche Nationalbibliothek verzeichnet diese Publikation
in der Deutschen Nationalbibliografie; detaillierte bibliografische
Daten sind im Internet über http://dnb.d-nb.de abrufbar.

© Emons Verlag GmbH
Alle Rechte vorbehalten
Umschlagmotiv: Pete Linforth/Pixabay.com
Umschlaggestaltung: Nina Schäfer, nach einem Konzept
von Leonardo Magrelli und Nina Schäfer
Umsetzung: Tobias Doetsch
Gestaltung Innenteil: DÜDE Satz und Grafik, Odenthal
Lektorat: Hilla Czinczoll
Druck und Bindung: CPI – Clausen & Bosse, Leck
Printed in Germany 2021
ISBN 978-3-7408-1127-3
Niederrhein Krimi
Originalausgabe

Unser Newsletter informiert Sie
regelmäßig über Neues von emons:
Kostenlos bestellen unter
www.emons-verlag.de

EINS

Aaron Nilsson, Staatsanwalt

Ich bin froh, ja auch erleichtert, am Niederrhein angekommen zu sein. Manchmal sind es die kleinen Äußerlichkeiten, die mir ins Auge fallen, wie dieses Schild an der Wand auf dem nüchternen Flur. Die Behörde in Wesel hat es geschafft, das Türschild an meinem Büro mit meinem korrekten Namen zu beschriften, ich bin schlichtweg begeistert. In Gelsenkirchen hatte der Vorname nur ein A, in Duisburg der Nachname nur ein s, in Essen waren beide Namen falsch geschrieben, dort musste ich auf die Korrektur von Visitenkarten, fünfhundert Stück für die Tonne, wochenlang warten. Meine freundliche Beharrlichkeit kam mir zugute. »Er lässt nicht locker, der nordische Riese«, sagten meine Kollegen.

Jetzt kann ich nur noch hoffen, dass die Möblierung meiner Körpergröße angepasst ist, bei zu kleinem Schreibtischstuhl leidet mein Rücken. Ich will keine neue Einrichtung, das entspricht nicht meinem Credo. Erst wenn die Dinge wirklich nicht mehr nutzbar sind, tausche ich sie aus. Es sei denn, ein verhunzter Name ziert wichtiges Arbeitsmaterial, und die Sitzmöbel entsprechen lediglich der durchschnittlichen Körpergröße, das sind No-Gos.

Nach den Erfahrungen im Ruhrgebiet, und damit meine ich nicht nur die Art und Häufung der Delikte, habe ich mich über den freien Posten in Wesel gefreut, habe mich selbstsicher präsentiert, strotzend vor Kraft – klar, Imponiergehabe war auch dabei. Ich wollte beeindrucken und gewissermaßen meine Hörner in die niederrheinische Erde stoßen, hier bin ich und hier bleibe ich, ich habe alles darangesetzt, Konkurrenten mit meiner Fachlichkeit und meinem ruhigen, gut strukturierten Wesen zu überbieten. Du wirst eingehen am Niederrhein, haben meine Duisburger Kollegen in der molochartigen Stadt geunkt, du wirst vor Langeweile Bleistifte klein spitzen, das ist tiefste Provinz. Ich habe ihnen geantwortet, ich hätte mir nach den brutalen, skurrilen, bestialisch zugerichteten Toten in der Ruhrmetropole eine längere Arbeitsphase mit einfach strukturierten Taten auf dem Land verdient.

Dann fuhr ich los, von meiner Wohnung in der Duisburger Innenstadt, im Autogedränge und alltäglichen Lärm, über die A 59 Richtung Wesel. Hitze im August, der Weg war steinig und lang, eine Großbaustelle folgte der anderen, und zur Krönung stand ich auf der B 8 zwischen Friedrichsfeld und Wesel im Stau, dort wird mit einem riesigen Aufwand eine neue Verkehrsführung für die Rheinbrücke in das Lippeland gebaut. Auch in der Stadt empfing mich eine Baustelle, allerdings auf der Gegenseite des zweispurigen Rings, ich gelangte ohne Probleme zum Gebäude der Kreispolizeibehörde an der Reeser Landstraße. Mein Amtssitz, das Gerichtsgebäude, liegt in Sichtweite.

Ich war zeitig vor Ort, stellte das Auto ab und machte einen kleinen Gang durch die Stadt. Es gibt einige gut erhaltene oder wiederhergestellte historische Gebäude. Die Innenstadt hat den kühlen Charme praktischer Nachkriegsarchitektur, und auf dem Marktplatz haben sie ganz pfiffig die alte Rathausfassade vor einem Gebäude aus den Siebzigern rekonstruiert. Es gibt ein Bühnenhaus, eine Stadtbücherei und ein Kulturzentrum in einem alten Kinosaal.

Da mir noch Zeit blieb, bin ich zum Rhein gelaufen. Welch ein Unterschied zu Duisburg. Eine Promenade mit Bänken und Anlegestellen für Passagierschiffe, auf der gegenüberliegenden Seite ländliche Idylle mit Gänsen und weidenden Kühen vor den Ziegelresten der alten Eisenbahnbrücke. Dort hätte ich verweilen können. Das wird mein Ankerplatz für Pausen.

Die Behördenchefin macht einen tüchtigen Eindruck, hat ganz verhalten mit mir geflirtet – vielleicht täuscht mich da mein Eindruck, aber da war ein Leuchten in ihren Augen. Frau van den Berg schien mehr zu lächeln, als ihre Mimikfalten es gewohnt sind. Nicht zu leugnen sind die Anzeichen einer allein lebenden Frau, die Katzenhaare an ihrem dunklen Kleid, keine gerahmten Bilder von Familie oder Ehegatte im ganzen Büro, nur ein großformatiger Fotodruck auf Leinen hinter ihr an der Wand: zwei Katzen, hingefläzt auf dem stilvollen Stoff eines kostspieligen Sofas. Ich kann Katzen nicht leiden, sie sind unzähmbar. Ich mag es berechenbar. Ich schätze, wir werden trotzdem fachlich miteinander klarkommen.

Egal, wo ich hinkomme, scheint man froh über neuen Wind in der Staatsanwaltschaft zu sein. Man erzählte mir hinter vorgehaltener Hand von dem desaströsen Abgang meines Vorgängers, der einen spektakulären Fall in Windeseile lösen wollte und am ermittelnden Kommissariat, an einer eindeutigen Faktenlage vorbei einen verhängnisvollen Haftbefehl ausstellte und anschließend auch noch den Indizienprozess gewann. Danach ging es ab in den Vorruhestand statt ins Düsseldorfer Ministerium. Sein Drang nach Ansehen und Karriere hat ihm den Hals gebrochen.

Nun, mein Nacken ist breit und stark, das kann mir so schnell nicht passieren. Der erste große Fall wird wegweisend sein, mir zeigen, wie der Apparat funktioniert, wie effektiv und selbstständig die Kommissariate arbeiten, wie es sich kooperieren lässt, hier in der Provinz, mit diesen freundlichen Menschen.

Über eine Internetplattform habe ich schon eine Wohnung gefunden. Als Staatsanwalt ist das kein Problem, es öffnen sich Türen, die für viele Menschen verschlossen bleiben. Als körperlich großer Mann bestehen allerdings Einschränkungen, ich muss mich in den Sanitärräumen drehen und wenden können, ohne anzuecken, und Dachwohnungen schaue ich mir gar nicht erst an.

Gleich gehe ich rüber zu meinem Einstand. Wer an mir Anzug und Krawatte erwartet, wird enttäuscht sein, die Kombi trage ich nur zu Beerdigungen. Ich liebe einfache Kleidung und trage die Dinge, bis sie sich auflösen. Das spart Geld und Ressourcen.

Sie wollten mich haben, hier in Wesel. Da bin ich und gedenke zu bleiben.

**

Eine feierliche Begrüßung und Amtseinführung hatte Hauptkommissarin Karin Krafft sich anders vorgestellt. Festlich und mit offiziellen Reden, einem Glas Sekt und Häppchen. Da hatte sie den neuen Staatsanwalt anscheinend falsch eingeschätzt.

Aaron Nilsson füllte jeden Raum mit seiner Anwesenheit, was nicht nur an seiner beachtlichen Körpergröße von zwei Metern und vier Zentimetern lag, sondern auch an seiner Statur. Kräftig, muskulös, ein Nacken wie ein Stier, und wenn man sich erst mit Blicken von den Schuhen bis zum Kopf hoch, rein physisch sehr hoch, gearbeitet hatte, dann ließ der rote Haarschopf des Mannes den Betrachter nicht mehr los. Pumucklrotes, kräftiges, glattes Haar in einer beachtlichen Dichte zierte sein Haupt, der Ansatz war tief in die Stirn gezogen, wuchs selbst an den Seiten weit ins Gesicht, ging fast nahtlos in die ebenfalls roten Augenbrauen über. Wie eine Mütze, dachte Karin, was für ein Mannsbild, da könnte man zwei draus machen. Sie erfreute sich an dem Bild, das die Behördenchefin, Frau Dr. van den Berg, neben ihm abgab. Diese nicht gerade schmale und auch nicht kleine Frau verschwand förmlich neben dem Nachkömmling isländischer Vorfahren.

Aus der Ferne betrachtete die Hauptkommissarin den schmucklosen Empfang, fühlte sich in ihrem kleinen Schwarzen deplatziert, wirkte wenigstens neben ihrem Kollegen Gero von Aha nicht unpassend, der im legeren Anzug nebst Hemd mit Stehkragen eine gute Figur machte. Selbst er, der Vizechef im K1, den sie angesichts seiner buschigen Augenbrauen und der Hornbrille die Eule nannten, konnte sich aufplustern, wie er wollte, auch er verschwand nahezu neben dem Neuen. Karin schaute sich um. Der sonst allzu bunte

Kommissar Nikolas Burmeester schien auf seine Frau gehört zu haben und präsentierte sich vorbildlich in farblich abgestuften Erdtönen.

Nilsson sah nicht festlich aus, Hemd, Jeans, ein Sakko aus Tweed, grob gemustert mit Lederflicken auf den Ellenbogen, und dazu trug er sportliche Fußbekleidung mit drei schwarzen Streifen an den Seiten. Alles in gigantischen Dimensionen, die es nirgends von der Stange gab. Hier in ihrem repräsentablen Besprechungsraum, beim Kommissariat 1 der Weseler Kreispolizeibehörde, der extra für einen Stehempfang umgeräumt worden war, gab es Mineralwasser aus der Teeküche und eine Begrüßung per Handshake. Der Mann, der wie ein Wikinger aus dem hohen Norden wirkte, wechselte mit jeder anwesenden Person ein paar Worte, Name, Dienstgrad, Abteilung, fragte nach speziellen Ausbildungen. Es dauerte, bis er zu Karin kam, was ihr ganz recht war, denn auch sie würde sich daran gewöhnen müssen, zu dem neuen Staatsanwalt hochzuschauen. Besprechungen mit Aaron Nilsson würden zukünftig nur im Sitzen stattfinden, das nahm Karin Krafft sich vor, als sie ihn lächelnd auf sich zukommen sah.

Natürlich hatte der Mann Hände wie Schaufeln, jedoch vergrub er ihre Hand nicht, wie sie befürchtet hatte, sondern umschloss sie mit Feingefühl. Name, Dienstgrad, Aufgabenbereich.

Er hatte alles registriert, wusste genau, welche Kollegen zu ihr ins K1 gehörten. Karin war beeindruckt, denn mit Tom Weber und Jerry Patalon, den er neugierig zu seinem Herkunftsland Haiti befragte, hatte er sich gleich zu Beginn der Vorstellung unterhalten, dazwischen mit fast dreißig anderen Kollegen. Ein gutes Gedächtnis hatte er.

Aaron Nilsson kannte aber auch die Pläne zu internen Fortbildungen, die vor Jahren sang- und klanglos in der Schublade seines Vorgängers verschwunden waren. Darüber wollte er ein anderes Mal mit ihr sprechen. Er ließ die erstaunte Karin stehen und bat um allgemeines Gehör.

»Nachdem Sie mir die Gelegenheit gegeben haben, Sie alle

persönlich kennenzulernen, möchte ich nun ein paar Fakten zu meiner Person nennen, die ganz bestimmt schon in Ihren Gedanken als Vermutungen formuliert sind. Ich bin acht Jahre lang bei verschiedenen Staatsanwaltschaften mit unterschiedlichen Polizeibehörden im Ruhrgebiet tätig gewesen. Ich kenne mich mit einem Großteil der dort vorrangigen Delikte bestens aus, die hohe Schule in Duisburg gehörte dazu, Essen ebenfalls. Glauben Sie mir, laut bestens erstellter Statistik aus den verschiedenen Kommissariaten hier in Wesel kann ich mit Gewissheit sagen, dass es an anderen Orten wesentlich übler zugeht. Ich freue mich, diese offene Stelle am Niederrhein ausfüllen zu dürfen.«

Die Kollegen applaudierten. Er nickte bestätigend, bevor er fortfuhr.

»Nun zu meiner Person. Ja, mein Name stammt aus Island, ich habe dort meine Wurzeln, bin jedoch hier aufgewachsen, ein echter bundesdeutscher Staatsanwalt. Nein, von der isländischen WM-Mannschaft kenne ich niemanden und bin auch mit niemandem verwandt. Wir werden uns größtenteils im Sitzen unterhalten, dann fällt es allen Beteiligten leicht, den Blickkontakt aufzunehmen.«

Karin zollte ihm innerlich Respekt.

Er war noch nicht fertig. »Ja, mein Haar ist naturrot. Und ja, der Haaransatz hat eine gewisse Ähnlichkeit mit einer Mütze, was Sie sich garantiert schon gedacht haben.«

Kleines Getuschel und lächelndes Geraune.

»Sehen Sie, ich kann Gedanken lesen. Gestatten Sie sich und mir den Gefallen, lassen Sie den Vergleich unerwähnt. Und nun, Kolleginnen und Kollegen der Kreispolizeibehörde in Wesel, möchte ich mit Ihnen auf wertschätzende, effektive Zusammenarbeit anstoßen.«

»Jau«, raunte Gero von Aha in Karins Ohr, »mit wertgeschätztem Mineralwasser auf Kreiskosten. Ist das unterkühlter isländischer Humor?«

Nilsson ging mit schweren, langen Schritten zur Tür, öffnete sie, und hereingerollt kamen zwei Servierwagen mit unterschiedlichen Seccos von der Obstkelterei van Nahmen aus Hamminkeln und Platten mit kleinen Häppchen vom Café Vesalia, die schöner nicht dekoriert sein konnten.

Ein geselliger Einstieg. Gero von Aha staunte. »Ich nehme meine Bemerkung zurück, der hat Format.«

Karin Krafft lächelte und griff sich ein Häppchen mit Lachsfrischkäse, garniert mit einem filigranen Dillblättchen, das auf einer hauchzarten Radieschenscheibe ruhte.

»Wenn das mal so bleibt, das wäre, hmm, köstlich.«

***

Maria Dromke hätte am liebsten schon im Flugzeug telefoniert, war zwei Mal zur Toilette gegangen, hatte in der winzigen Kabine ihr Smartphone aus der Tasche gefingert und ihren rechten Zeigefinger über dem Flugmodus-Symbol kreisen lassen. Es klappte nicht. Sie war eine ordentliche Frau, die sich an Regeln hielt. Wenn der Flieger ins Trudeln geriete, nur weil sie sich nicht bis zum Flughafen Düsseldorf beherrschen konnte, das würde sie sich nicht verzeihen, im Ernstfall sogar nicht überleben. Auch WhatsApp konnte sie nicht empfangen, es war keine Kommunikation mit ihren Freunden Heinz und Grete möglich, denen sie von Fuerteventura aus sofort berichtet hatte. Darüber, dass nichts stimmte. Gar nichts geplant war und schon gar nicht fast fertig.

Nachdenklich lief sie zu ihrer Sitzreihe zurück, quetschte sich an einer Unbekannten und ihrem Mann vorbei zu ihrem Fensterplatz – eine Situation, undenkbar für sie im letzten Jahr, bei der weltweiten Coronakrise, die ihr das Fliegen und die Nähe zu anderen vergällt hatte – und dachte darüber nach, wie alles begonnen hatte.

Maria Dromke und ihr Thilo aus Xanten hatten Frank S. Bellhaus während ihres letzten Urlaubs auf Fuerteventura kennengelernt. Er hatte sich einen Stammplatz unter dem Sonnenschutz im Restaurant Terraza del Gato in Costa Calma reserviert, saß täglich dort, gut gelaunt, gesprächsfreudig, das Laptop vor sich aufgeklappt, je nach Tageszeit einen Kaffee oder ein Glas Wein vor sich. Er begrüßte viele Menschen wie alte Bekannte, sprach die Kellner mit Vornamen an – ein sympathischer, wenn auch erstaunlich lauter Mann, den man kannte. Und nach drei Tagen kannten Maria und Thilo ihn ebenfalls. Sie nutzten täglich auf dem Heimweg vom Strand den Fußweg, der durch die reizvolle Anlage des Hotels Risco del Gato am Restaurant vorbeiführte. Dort gab es in ruhiger Atmosphäre ein Bierchen oder auch ein Stück Apfelkuchen. Frank S. Bellhaus stellte sich vor, man duzte sich im Urlaubsparadies Costa Calma, man war schließlich in bester Auszeitstimmung.

»Frank S. Bellhaus. Das S steht für Sieger, nein, kleiner Scherz, aber immerhin für Siegfried. Alle nennen mich Frank, und wer seid ihr? Ich habe euch schon gesehen, ihr seid auch hier daheim. Jaja, Fuerteventura, entweder vom ersten Augenblick an die große Liebe, oder es gibt kein zweites Mal. Wo wohnt ihr?«

Man kam ins Gespräch. Wo man herkommt? Er freute sich, Niederrheiner getroffen zu haben, und dann noch aus diesem beschaulichen Xanten.

»Da komme ich auch her, Zufälle gibt es. Mein Büro ist in Düsseldorf, man muss repräsentieren, um wer zu sein in meiner Branche. Ich mache in Immobilien und Vermögensberatung. Man hat sein Auskommen. Zur Entspannung habe ich ein kleines Anwesen in Bislich, kennt ihr doch, da zockelt diese Minifähre über den Rhein, haha.«

Er verschränkte, wohl um seiner Entspanntheit einen sichtbaren Ausdruck zu verleihen, die Arme über seinem Kopf und atmete tief durch.

»Sooft es geht, bin ich hier, das ist mein zweites Zuhause. Telefonieren und korrespondieren kann ich aus jeder Ecke der Welt. Antonio, eine Runde für meine Freunde. Ihr mögt doch ein Glas Rioja, oder?«

Da war er noch nicht mit der Geschäftsidee herausgerückt,

da war er nur ein netter Deutscher auf der Insel, ein Jetsetter, der gern mit anderen kommunizierte, der es sich offenbar leisten konnte, andere einzuladen und, wie sich später herausstellte, auch noch ein großzügiges Trinkgeld ins Kästchen mit der Rechnung zu legen.

»Wie lange bleibt ihr?«

»Leider nur eine Woche dieses Mal.«

Thilo stupste seine Maria an, deren Blick leer auf der Wolkendecke lag, die sich unter dem Flieger endlos über dem Meer ausbreitete, eine wattige Decke. »Du grübelst doch, worüber denkst du gerade nach?«

Maria wurde laut, bremste sich sofort wieder. »Worüber denke ich wohl nach? Mir schwirrt nichts anderes mehr durch den Kopf als die Frage, ob Schollkämpers diesen Bellhaus erreicht haben. Und Lotte! Lotte kriegt einen Herzinfarkt, wenn sich bewahrheitet, was wir vermuten. Das kann sich doch nur um ein Missverständnis handeln. Das schwirrt durch meine Gedanken, als wenn es nicht anderes gäbe, das hört nicht auf.«

Thilo drehte sich zu ihr, niemand außer Maria sollte ihn hören, so tief saß die Schmach, dennoch sprach er betont langsam und schaute sie mit einem Gesichtsausdruck an, als wolle er Rilke zitieren. Der liebe, ausgeglichene Thilo.

»Die Frau von den Behörden in Costa Calma sagte eindeutig, da, wo wir im nächsten Frühjahr einziehen wollen, werden keine Wohnungen gebaut. Es wird nichts mehr auf der Insel gebaut. Baustopp. Maria, wir haben Pläne, Verträge, Lagepläne mit offiziellen Stempeln, einen Vertrag mit Anwaltssiegel. Bellhaus hat uns Fotos vom Rohbau geschickt. Wir haben im Voraus bezahlt. Darüber denke ich auch nach. Nur glauben kann ich einfach nicht, dass wir einem findigen Betrüger aufgesessen sind. Das wird sich alles aufklären, bestimmt.«

Thilo gehörte zu den ruhigen Vertretern der Menschheit, äußerlich konnte ihn nichts so schnell aus der Fassung bringen.

Er versuchte, seine Beine schräg in Marias Richtung auszustrecken, nicht einfach bei der Enge in den Sitzreihen, und lehnte sich zurück. »Garantiert waren wir an der falschen Adresse.«

Sicher war er sich nicht.

Am letzten Nachmittag ihres Aufenthaltes damals hatte »Frank« einen Anruf erhalten: »Oh, das ist total wichtig, verzeiht, ich mag es nicht, aber da muss ich rangehen.«

Maria und Thilo saßen vor ihrem Eis in kleinen Tonschalen, wollten nichts von dem Gespräch wissen und hörten dennoch, wie Frank, der sich dezent abgewendet hatte, sogar aufstand, um einen Schritt zur Seite zu gehen, mit jemandem über das Gelingen eines Bauprojekts sprach, immer wieder Einzelheiten wiederholte, die ihm bestätigt wurden.

»Ein viel beschäftigter Mann«, flüsterte Maria und wies mit dem Kopf auf Bellhaus, der sich das feucht geschwitzte Haar raufte und freudig die Lautstärke seiner Worte anschwellen ließ.

»… ganz sicher? … Fünf Appartements in Costa Calma? … Mit unverbaubarem Meerblick? … Das ist ja phantastisch! Und ich kann sie haben? … Was heißt, ich soll Investoren suchen? … Ja, klar, bei der Summe, das ist ja quasi geschenkt! Schickst du mir die Pläne? … Wie lange habe ich Zeit? … Ach, komm, wir haben schon so gute Geschäfte miteinander abgeschlossen, da kannst du mir ruhig ein wenig mehr Zeit lassen. Du weißt doch, dass du dich auf mich verlassen kannst. … Ein Monat? Das ist okay. Wir sehen uns, *mi amigo*.«

Bellhaus entschuldigte sich, das sei ein Geschäftsfreund aus der Stadt gewesen, es sei nun mal sein Beruf, schöne Dinge an interessierte Menschen zu vermitteln. »Ich freu mich so, fünf Perlen in meiner Hand, das muss ich mit euch feiern.«

An dem Punkt hatte er ihre Aufmerksamkeit geweckt, Vermögensberater und Immobilienmakler war der Mann, der strahlend neben ihnen saß, hatte Thilo sich erinnert.

»Hier, in meinem zweiten Zuhause, kann ich Beruf und Entspannung verbinden, jedes vermittelte Anwesen zaubert

Glück, ja, das ist es, ich bin ein Glücksbringer. Die Käufer freuen sich und die Verkäufer ebenso, für alle ist es eine lohnenswerte Investition in die Zukunft.«

Bellhaus strahlte mit der Sonne um die Wette. »Nicht zuletzt machen diese Geschäfte auch mich glücklich, und jetzt stoßen wir erst mal auf ein großartiges Projekt an dieser wunderschönen Küste an. Antonio? Eine Runde Secco.«

Natürlich hatte er genau gewusst, wie er die Neugier der beiden Niederrheiner wecken konnte, und wenn Maria das Verhalten ihres Gatten richtig deutete, dann gab er die nächsten beiden Runden aus, um Bellhaus, nennt mich Frank, redselig zu machen, denn der hatte beim ersten Glas Secco noch nicht damit herausrücken wollen, um was für ein Geschäft es sich handelte. Er hatte sich drei Gläser lang bitten lassen, endlich das Projekt zu beschreiben. Und was er ihnen in schillernden Farben ausmalte, war der Traum eines jeden Stammgastes auf Fuerteventura, der Wunsch aller, die so viel Zeit wie möglich auf der Insel verbringen konnten und wollten.

Kleines Bauvorhaben an der Playa Esmeralda, nur zehn Einheiten, an den Hang gebaut, jede Einheit mit Terrasse auf dem Dach, abgeschirmt, Blick aufs Meer, unweit der Terraza, auf der sie saßen und tranken, phantastisch gelegen, ruhig und, vor allen Dingen, auf Wunsch mit Service, Wäsche, Putzen, fast wie im Hotel. Nur für den vollen Kühlschrank müsste man selbst sorgen, der neue Supermarkt sei gut erreichbar. Aber sie wollten doch sein »S« wie Sieg feiern und jetzt nicht über seine Geschäfte sprechen. *Salud!*

In der Nacht hatten Thilo und Maria lange wach gelegen und darüber nachgedacht, ob sie ihn fragen sollten. Ihr Flieger ging erst am späten Nachmittag, ihnen bliebe bis zum Mittag Zeit, um im Restaurant zu schauen, ob Bellhaus da war.

Bis zur letzten Minute hatten sie gewartet, er war nicht an seinem Tisch. Sie fragten Antonio, ob er wisse, wie Frank zu erreichen sei. Der Kellner hielt lächelnd den Zeigefinger hoch, verschwand hinter dem Tresen, öffnete die Kasse und nahm eine Visitenkarte heraus, reichte sie Thilo. »Frank S. Bellhaus«, stand dort, »Vermögensberatung Düsseldorf, Madrid, New York«.

Maria nahm die Karte und drehte und wendete sie immer wieder. »Ein so bescheidener Mann, ›New York‹ steht da, er macht auch Geschäfte in Übersee.«

Noch vom Flughafen Puerto del Rosario aus hatte Thilo ihn endlich erreicht, und Frank versprach, dass sie sich in der kommenden Woche in Deutschland treffen würden. Dann stehe die endgültige Kaufsumme fest, bestimmt irgendwo zwischen zwei- und dreihunderttausend. Und ja, er werde eine Wohneinheit unverbindlich reservieren. Und wenn sie noch wen wüssten, der vielleicht auch interessiert sei, dann bitte aber zeitnah melden, denn sobald das Bauvorhaben öffentlich bekannt sein, könne er sich vor Anfragen bestimmt nicht retten.

»Er hat eine Sekretärin, die mich zu ihm durchgestellt hat«, sagte er seiner Maria, »eine Frau mit einer dunklen Stimme, total höflich.«

Natürlich konnten sie nicht widerstehen, unverbaubarer Meerblick war weltweit schier unbezahlbar, das Angebot ein Schnäppchen.

Die Flugbegleiter kündigten den Verkauf von zollfreien Waren an. Parfüm, Hochprozentiges, Rauchwaren, Sonnenbrillen und Schmuck. Nie hatten Thilo und Maria zugegriffen, es unterbrach für einen Moment ihre Gedanken, als die Unbekannte vom Sitz am Gang sich für stattliche fünfhundert Euro von allem etwas leistete, was das Bordpersonal noch eine Spur zuvorkommender werden ließ.

Es dauerte nicht mehr lange, und der Anflug auf Düsseldorf, begleitet von Turbulenzen und vorzeitigem Anschnallen, wurde angekündigt. Hoppelflug. Passte genau zu ihrer getrübten Urlaubsstimmung. Zum Glück gab es nicht mehr die zeitaufwendigen Kontrollen wegen der Verbreitung des Virus, sie hätten sie Zeit und Geduld gekostet.

»Thilo, du gehst zum Kofferband und holst unser Gepäck,

ich versuche, draußen mit Heinz und Grete zu telefonieren. Die haben hoffentlich den Bellhaus inzwischen gefunden, sodass wir gleich morgen mit unseren aktuellen Baustellenfotos bei ihm aufschlagen können.«

Beim letzten Mal waren sie mit wesentlich anderen Gefühlen gelandet. Wieder daheim in Lüttingen, hatten sie mit leuchtenden Augen ihren Freunden Heinz und Grete Schollkämper vorgeschwärmt, wie sie sich das Leben auf der Insel vorstellten, und im Nu gab es weitere Interessierte. Es schien möglich, eine kleine, feine Gemeinschaft vom Niederrhein in dieser Wohnanlage zu etablieren. Lotte Plaat stieß zu ihnen, gemeinsam mit ihrer attraktiven Enkelin Kim Feenstra. Oma Lotte hatte sich vor Lachen den Bauch gehalten, als sie sagte, wer Heimweh bekomme, den würden sie drei Minuten lang vor den deutschen Wetterbericht setzen, dann sei alles wieder im Lot.

Beim vereinbarten Treffen am Niederrhein – Bellhaus hatte das »Restaurant Art« in Wesel gewählt, es sei der richtige Ort für so ein einmaliges Projekt – ging alles in wunderbarer Atmosphäre, bei leckerem Essen und vorzüglichen Getränken zügig dem Ziel entgegen. Ihre Freunde Heinz und Grete, mit denen sie schon einen Urlaub auf der Insel verbracht hatten, und Lotte Plaat, die gemeinsam mit ihrer erwachsenen Enkelin Kim ebenfalls davon träumte, einfach nur Flüge auf die Insel zu buchen, um dann voller Stolz den Schlüssel zu den eigenen vier Wänden aus der Tasche zu ziehen, waren mit von der Partie. Ankommen im Paradies, wann immer man wollte.

Gut vorbereitet saß Bellhaus mit ihnen rechts hinter dem Eingang in einer Nische, packte Hochglanzprospekte mit Plänen und Lagekarten aus, präsentierte auf dem Laptop Schaubilder möglicher Einrichtungen. Selbst Lagepläne mit offiziellen Stempeln der kanarischen Behörden hatte er aus der Mappe gezogen. Alles sei bestens. Es gebe aber eine Voraussetzung, die zu erfüllen sei.

»Mein kanarischer Geschäftspartner ist oft auf windige Interessenten reingefallen und, wie soll ich sagen, vorsichtig geworden. Ich habe ihm gesagt, Pedro, doch nicht diese lieben Menschen, die ich kennengelernt habe. Maria und Thilo sind ehrbare Leute, die zu ihrem Wort stehen, und deren Freunde sind auch meine Freunde. Aber er ließ sich leider nicht von mir überzeugen …«

Er druckste herum, es schien ihm unangenehm zu sein. Thilo klopfte ihm freundschaftlich auf die Schulter. »Nun rück schon raus mit der Sprache, wir sind uns doch einig.«

Ein Blick in die Runde erntete zustimmende Gesten. Bellhaus baute sich auf, atmete durch. »Nun, Pedro erwartet die Zahlung von unglaublich günstigen zweihundertachtzehntausend Euro pro Wohneinheit.«

Er wartete kurz, niemand reagierte, die Runde schien jedoch nachzudenken.

»Da ist meine Provision nicht mit dabei, darüber reden wir später auf eurer Terrasse am Meer. Er regelt die Formalien mit einem anerkannten Anwalt vor Ort, und schon bei Baubeginn seid ihr als rechtmäßige Eigentümer offiziell in die Bücher eingetragen.«

Das war viel Geld. Für Thilo und Maria war das die Rücklage für das Alter, das ruhige Kissen, das sie sich für ihren Lebensabend zurechtgelegt hatten. Die Schollkämpers lehnten sich zurück, Oma Lotte meldete sich zu Wort, während Kim mit ihrem bezaubernden Lächeln Bellhaus zuprostete.

»Herr Bellhaus, Frank, sagen Sie, die Räume sind schlüsselfertig, mit zwei Schlafräumen, Bad, Wohn-Küchen-Bereich, möbliert und mit zwei Liegen und einem Sonnenschirm auf der Dachterrasse?«

»So wird es im Vertrag stehen, ja.«

»Meine kleine Kim, das wird schön dort. Herr Bellhaus, wir machen das!« Oma Lotte strahlte ihre Enkelin an, eine kleine, zierliche Frau mit einem Glitzersteinchen im Nasenflügel, die eifrig nickte.

Eine Woche später unterzeichneten die drei Parteien an gleicher Stelle die Verträge, prosteten sich zu, man umarmte sich, schüttelte Hände, lächelte selig. In den darauffolgenden zwei

Wochen wurden Sparkonten geplündert, Sparverträge gekündigt, Aktien verkauft, der Schwager angepumpt, der Safe hinter dem Gemälde geleert, es wurden insgesamt sechshundertvierundfünfzigtausend Euro auf ein Konto von Frank S. Bellhaus überwiesen, zur Weiterleitung an den kanarischen Geschäftspartner Pedro Talavera in Corralejo. Oma Lotte war dreimal von besorgten Bankbeamten befragt worden, ob sie ganz sicher sei, dass sie nicht gerade Opfer eines Enkeltricks werde.

»Enkeltrick? Nein, meine Kim macht doch mit, die steht da drüben am anderen Schalter und kramt auch ihre Mäuse zusammen. Wir fliegen bald in den Süden. Wenn es hier usselig wird, dann können Sie an uns denken, wenn Sie im niederrheinischen Winter Schal und Mütze wieder auspacken.«

Nach einer unsanften Landung in Düsseldorf und einer Ewigkeit, die verging, bevor sich die Türen des Fliegers zum Auschecken öffneten, eilte Maria mit ihrem Smartphone in der Hand vor Thilo, der kaum hinterherkam, in Richtung Kofferbänder. Er bog zu dem noch stillstehenden Band ab, an dem ihre Flugnummer angezeigt wurde, während sie zum Ausgang lief.

Eine knappe halbe Stunde später zog Thilo zwei Koffer hinter sich her und schaute suchend durch die Halle, in der ihm Gesichter entgegenblickten, die auf Angehörige oder Fahrgäste warteten. Dann entdeckte er seine Frau auf einer der Bänke, zusammengekauert, auf das Smartphone starrend, und erkannte von Weitem, dass sie geweint hatte.

»Mein Mariechen, was ist denn los?« Er hockte sich neben sie und nahm sie in den Arm.

»Alles ist futsch, Thilo. Es gibt kein Appartement in Costa Calma, wir haben kein Geld mehr auf dem Konto, und die Schollkämpers haben unter der angegebenen Adresse in Düsseldorf keinen Bellhaus gefunden. Die Hausnummer gibt es gar nicht. Wenn man bei ihm anruft, sagt seine Vorzimmertussi, ihr Chef sei gerade in der Niederlassung in New York, ob man die Durchwahl haben möchte. Die Verbindung sei aber immer schlecht, ganz schlecht. Nächste Woche sei er zurück.«

Beide dachten das Gleiche, keiner von ihnen sprach es aus. Stumm nahmen sie ihre Koffer, überquerten den Flughafenzubringer, zahlten am Parkhausautomaten ihre Gebühr und suchten ihren Wagen. Erst auf der B 57 in Höhe Krefeld-Gartenstadt räusperte sich Thilo und sprach aus, wovon beide überzeugt waren.

»Frank S. Bellhaus ist ein Betrüger. S steht nicht für Sieger, das steht für Schwein.«

Dies war nicht das Ende, dies war erst der Beginn.

✳✳✳

Maarten de Kleurtje beobachtete seine Frau Karin, die Hauptkommissarin, die lebhaft von der Feststunde des neuen Staatsanwalts berichtete, und hörte mit Freude zu.

»Er ist ein Riese, sage ich dir, aber ein einfühlsamer. Der ist von sich aus auf alle Ressentiments eingegangen, die mit seinen Besonderheiten zu tun haben.«

»Und? Gibt es einen fachlichen Ruf, der ihm vorwegeilt?«

»Van den Berg sprach von umfangreicher Erfahrung, brillantem Geist und Urteilsvermögen, Kooperationsfähigkeit. Kommissariate im Ruhrgebiet haben ihn ungern gehen lassen. In seiner Ruhe liegt die Kraft, hätten sie ihr in Duisburg gesagt. Und überall hieß er nur ›die Mütze‹, wegen –«

»… wegen des Haaransatzes ähnlich dem eines Monchhichis, dieses affenähnlichen Kuscheltiers japanischen Ursprungs mit menschlichen Gesichtszügen, das jedes Kind bis in die Neunziger besaß.«

»Oh, habe ich das schon erwähnt?«

»Hast du. Eine isländische Mütze, die nicht so genannt werden möchte.« Maarten stand auf, holte eine Flasche Rotwein aus der Küche, zwei Gläser aus dem Schrank. »Dann lass uns auf den neuen Wind anstoßen, der ab jetzt bei der Kripo in Wesel wehen wird.«

Sie hörten es in der oberen Etage rumpeln, es folgte ein Wutschrei, eine schwungvoll aufgerissene Tür. »Menno, Papa, mein Tablet ist schon wieder abgestürzt, ich komm nicht mehr in das Übungsprogramm.«

Maarten schaute Karin an, die wies mit dem Kopf nach oben, er sprintete die Treppenstufen hinauf. Das Tablet war für Hannah zum technischen Lernbegleiter geworden, seit sie während der Pandemie im Vorjahr wochenlang nicht zur Schule gehen konnte. Mittlerweile geriet die Speicherkapazität des Gerätes an die Grenzen, und Maarten musste immer häufiger helfen. Karin freute sich über die zeitgemäße Integration der neuen Technik in die Grundschule, prostete ihrem Mann zu, der nun wieder ins Wohnzimmer kam.

»Das ging aber schnell.«

»Ich kenne mittlerweile alle Programme und kann es wieder richten. Ich habe ihr gesagt, noch zehn Minuten, dann geht's ins Bett.«

Eine Weile saßen sie aneinandergekuschelt auf dem Sofa, dann fiel Karin ein, was der große Aaron Nilsson noch gesagt hatte. »Er will übrigens was von mir.«

Maarten richtete sich gespielt entsetzt auf. »Was denn? Ihr kennt euch doch erst ein paar Stunden, so geht das nicht …«

Karin lachte. »Ich nehme doch stark an, er steht eher auf Walküren des Nordens. Nein, er hat die Pläne vom alten Staatsanwalt Haase gefunden, der die Weseler Polizeibehörde zu einem Fortbildungszentrum machen wollte. Nilsson meinte, zielgerichtet und abgespeckt könne er sich mehrere Programme vorstellen, in enger Abstimmung mit uns.«

»Ich vernehme bröckelnden Widerstand.«

»Das stimmt, wenn man mit mir gemeinsam plant, statt mir ein Konzept vor die Füße zu werfen, dann bin ich gewillt, mich damit zu befassen. Der Haase hat es dogmatisch angeordnet, nach dem Motto ›Friss oder stirb‹, Nilsson will mit mir entwickeln, das hört sich doch gleich ganz anders an.«

Maarten verstand ihre Begeisterung und schenkte nach, beide horchten auf, als Hannah aus dem Bad kam und laut trällerte: »Zerbrich dir nicht den Kopf, denn du hast nur einen, wir bleiben alle kurz mal stehen, umarmen einen Baum und sagen: ›Omm …‹«

Karin fragte flüsternd: »Müssen wir uns Sorgen machen?«

»Nein, das ist nur gerade ihr Lieblingslied von Charly Hübner, den kennst du aus dem ›Polizeiruf‹ aus Rostock, ein wenig schlampig, ewig verschwitzt und unrasiert.«

»Der singt solche Lieder?«

»Was überrascht dich daran?«

»Na, macht im Film den harten Bullen und singt Kinderlieder.«

Maarten lachte, während Hannah sich zur Nacht verabschiedete, und küsste seine Frau. »Du jagst auch die brutalsten Verbrecher, aber ohne Drehbuch, und hast mal Kinderlieder gesungen. Du hast eine schöne Stimme, es ist lange her, dass ich dich zumindest summen gehört habe.«

»Vielleicht singe ich dir ein Gutenachtlied, heute. Danach.«

Stille trat ein in dem kleinen Haus am See in Lüttingen, wohlige Stille.

✳✳✳

Am Abend nach der Heimkehr trafen sie sich, Heinz und Grete Schollkämper, Thilo und Maria Dromke, Lotte Plaat und ihre schöne Enkelin Kim. Sie saßen bei Dromkes in Lüttingen hinter geschlossenen Fenstern im Wohnzimmer, niemand in der Nachbarschaft sollte hören, was die beiden Urlaubsheimkehrer zu berichten hatten. Maria brachte ein Tablett mit Laugenbrezeln und Kräuterbutter, Thilo hatte alle mit einem Getränk versorgt.

»Nun erzählt mal«, forderte Heinz sie auf.

Die Dromkes wechselten sich ab, jedoch gewannen Marias Wortbeiträge nach Länge und Inhalt.

»Wir haben uns schon bei der Ankunft auf der Insel wie Bolle gefreut, zur Baustelle zu gehen, ein Fest wollten wir daraus machen, hatten eine Flasche Sekt und Gläser aus dem Hotel dabei und sind also die Calle Punta del Roquito runtergelaufen, am R2-Hotel vorbei, dahinter liegt ja das Grundstück, seit Jahren mit einer weißen, mannshohen Mauer umbaut.«

»Ja, kann man kaum rübergucken.«

»Jedenfalls sind wir dann die kleine, steile Straße am R2 in Richtung Strand abgebogen, da hätte man den Bau schon sehen müssen. Wir sind bis unten gelaufen und standen vor der eingezäunten Brachfläche, die uns seit Jahren genauso bekannt war. Nichts, ich sage euch, gar nichts hat sich dort getan, nicht einmal Baugerät oder Material sind zu sehen.«

Thilo ergänzte: »Nichts. *Nada.* Null!«

»Dann sind wir wieder raufgelaufen. Es geht ja in südlichen Ländern schon mal langsamer voran als bei uns, es musste doch zumindest ein Schild geben, irgendeinen Hinweis auf ein geplantes Bauvorhaben. Also sind wir die weiße Mauer an der Calle abgelaufen, hin und her, und, was sage ich euch?«

Thilo sagte: »Nichts. Auch da kein Hinweis auf ein Projekt.«

»Beim Hotel Esmeralda Maris steht eine Bank an der Bushaltestelle, da haben wir uns erst mal hingesetzt. Thilo war ganz puterrot im Gesicht vor lauter Aufregung, ich habe mir schon Sorgen gemacht …«

»Ich hatte aber auch eine Herzfrequenz bis zum Anschlag, sagte mein Gesundheitstracker. Der vibrierte schon am Handgelenk, ich musste ausruhen. Da kannste auch nicht ruhig bleiben …«

»Genau, du willst in den Rohbau, von deiner Terrasse aufs Meer gucken, und nicht einmal das Fundament ist vorhanden. Wir sind dann weitergegangen zum Strand und konnten das gar nicht genießen. Thilo fragte sich …«

»… ob wir auch an der richtigen Stelle gesucht haben, ob das Grundstück nicht doch an der Playa Costa Calma wäre.«

Kein guter Zeitpunkt zum Brezelessen, niemand griff zu, alle saßen aufgereiht auf dem Sofa und in den beiden Sesseln und lauschten mit ernsten Mienen.

Maria fuhr fort: »Wir haben dann unsere Sachen gepackt und sind zum anderen Strand gewandert, zum Glück war

Ebbe, dann kann man am Meeressaum laufen und hat nicht so viele felsige Stellen, über die man klettern muss. Nicht einmal die Streifenhörnchen hat Thilo bemerkt, die füttert er sonst so gerne, obwohl man das nicht machen soll. Na, jedenfalls kommen wir an dem anderen Strand an und blicken auf den Hang, da gibt es keine Baulücke und auch keine Neubauten, alles ist dort seit vielen Jahren genutzt.«

»Nein, nein, nein, hab ich da gesagt, Maria, hier läuft was daneben. Wir haben gleich vom Strand, von der Beach Bar Aureola aus angerufen. Zuerst bei euch, damit ihr uns seine Telefonnummer durchgebt, und dann bei ihm höchstpersönlich.«

»Wir haben es durchklingeln lassen, niemand nahm ab. Und dann sind wir zur Stadtverwaltung gegangen, da hat man uns erst nicht verstanden. Wir haben unser bestes Englisch ausgepackt, irgendwann kam ein Beamter, der Deutsch verstand und uns zu der richtigen Dame begleitet hat, die für Bauangelegenheiten zuständig war. Ich weiß nicht mehr die genaue Bezeichnung ihres Aufgabenbereichs, aber bei ihr waren wir richtig.«

Thilo setzte sich kopfschüttelnd auf. »Und dort haben wir dann erfahren, dass –«

»… auf der ganzen Insel Baustopp herrscht. Es darf nichts Neues mehr gebaut werden, allenfalls gibt es Sondergenehmigungen, um angefangene Neubauten fertigzustellen. Und an der Playa Esmeralda ist nichts mehr angefangen worden außer den teuren Appartements vom Risco del Gato. Weil sie halb fertig sind, darf dort gearbeitet werden.«

Thilo trank einen Schluck. »Nichts. *Nada.* Null!«

Auch Maria war nun still, Betroffenheit stand auf allen Gesichtern, die schöne Kim knabberte verhalten an einer Brezel.

Heinz räusperte sich, meldete sich zu Wort. »Wir haben ja dann von hier aus versucht, Frank, also den Bellhaus, zu erreichen, da erzählte uns die Sekretärin diesen Mist mit New York, nicht erreichbar und so.«

Seine Grete gab den Korb mit den Brezeln weiter. »Und dann habe ich gesagt, Heinz, habe ich gesagt, wir fahren jetzt nach Düsseldorf und suchen sein Büro. Und da soll diese Vorzimmerschickse uns mal den Vorgang raussuchen.«

»Ja, Leute, und da stehen wir in Düsseldorf – erst mal musst du ja da einen Parkplatz finden in der Innenstadt, der dich nicht arm macht –, und das Navi schickt uns an eine Kreuzung, an der es auf der anderen Seite nicht mit gleichem Straßennamen weitergeht. Die Hausnummer ist also nicht zu finden.«

»Heinz, habe ich gesagt, Heinz, da ist was faul.«

»Oberfaul, jawohl. Wir sind dann die Straße rauf und runter und haben auf alle Klingelknöpfe und Firmenschilder geguckt. Der Name Bellhaus tauchte nirgendwo auf, da wurde mir dann ganz schwummrig.«

»Blass wurde er«, übernahm Grete. »Heinz, habe ich gesagt, du musst dich setzen. Wir sind dann in so einen chinesischen Imbiss, kaltes Wasser ohne Eiswürfel trinken, dann ging es wieder. Die kannten den Namen auch nicht.«

Lotte Plaat richtete sich aus den Tiefen des Sofas auf. »Leute, da haben wir uns ganz übel reinlegen lassen, das gibt es einfach nicht. Der hat uns doch alles präsentiert, Pläne, Urkunden und Stempel und Siegel, einfach alles stimmte.«

Kim schaute von der Brezel auf. »Der war so nett.«

Außer ihr mochte niemand essen, der Korb war wieder bei Maria angekommen.

»Ich sag mal so, anzeigen müssen wir den«, fasste sie zusammen. »Drüben, zwei Häuser weiter, da wohnt eine Kommissarin mit einem zotteligen Hund und einem Mann mit Zopf, einem Sohn, der im Hippierock durch die Gegend läuft, und einer kleinen Tochter, aber nett ist sie trotzdem. Sollen wir die mal rüberholen?«

Lotte Plaat wies auf die Wohnzimmeruhr im Eichenschrank. »Es ist schon spät, Maria. Und du hast mal erzählt, sie sei für Mord und Totschlag zuständig, nicht für Leute wie uns, die sich so naiv haben reinlegen lassen.«

Maria ließ nicht locker. »Aber sie kann uns doch sagen, an wen wir uns wenden müssen …«

Endlich kam Heinz zu Wort, hob den Zeigefinger, winkte vehement ab. »Nein, wir gehen nicht zur Polizei, auf keinen Fall!«

Maria konnte seine Reaktion nicht nachvollziehen. »Wieso nicht? Wir sind einem Betrüger aufgesessen, das müssen wir anzeigen, ihm das Handwerk legen und schauen, wie wir unser Geld zurückkriegen.«

Heinz beugte sich vor, als fürchte er, zu laut zu werden, jetzt, wo er wusste, wer in direkter Nachbarschaft lebte. »Keine Polizei. Die werden ab einem bestimmten Punkt wissen wollen, wo das Geld herstammt, das wir überwiesen haben.«

Maria gab sich erstaunt, wollte ihre Idee der nachbarschaftlichen Beratung nicht aufgeben. »Na und? Es stammt von unseren Konten, da ist doch alles in Ordnung.«

Heinz schwankte zwischen Wut und Schweigen, druckste herum, wollte sich nicht weiter dazu äußern; da war etwas, was alle anderen nicht wussten. Seine Frau tätschelte ihm die Hand und übernahm die Initiative. »Heinz, nun erzähl doch.«

Da er schwieg, übernahm Grete es selbst, die anderen aufzuklären. »Es ist nicht ganz so, wie ihr denkt. Es ist unser Geld, das wir überwiesen haben. Aber es ist schwarz erwirtschaftet, an der Steuer vorbei. Heinz hat jahrelang spekuliert und auf dem Aktienmarkt gute Gewinne erzielt. Und dann haben wir uns umgeschaut, wo wir das Geld investieren können, ohne dass wir es dem hiesigen Finanzamt in den Rachen werfen. Die haben in den ganzen Jahrzehnten unserer Berufstätigkeit genug kassiert.«

Oma Lotte fasste es in knappe Worte: »Schwarzgeld aus dem Ausland.« Ihre Enkelin kicherte, während sie fortfuhr: »Wir zwei haben da auch, sagen wir mal, Verbindungen. So viel dürfte ich bei meiner Rente gar nicht pro Monat verdienen, wie es einbringt, und ich habe die Gewinne leider vergessen zu erwähnen in meiner Steuererklärung. Vergesslichkeit. Nicht selten in meinem Alter.«

Zunächst herrschte Stille im Wohnzimmer in dem ordentlichen Einfamilienhaus im Xantener Ortsteil Lüttingen, eine Stille, die man greifen konnte, wie das Weinglas, das vor jedem auf einem Kunststoffuntersetzer auf dem gläsernen Couchtisch stand. Die Luft war zum Schneiden, niemand wagte, laut zu atmen, niemand regte sich. Das Gesagte unterdrückte jede Reaktion.

Heinz regte sich als Erster, klopfte auf die Lehnen seines Sessels und räusperte sich. »Nun ist es raus. Von dir, Lotte, hätte ich das nicht erwartet, du bist ja eine Füchsin. Und ich dachte, Thilo sei der Einzige, mit dem man mal um die Ecke rechnen kann.«

Alle Blicke richteten sich auf Thilo, auch die seiner eigenen Frau. »Thilo! Du?«

»Lass gut sein. Du merkst ja, dass ich nicht alleine –«

»Thilo! Deshalb bist du einmal im Monat mit Heinz unterwegs?«

Er schaute sie eindringlich an. »Du brauchst nichts davon zu wissen, du hast dich doch nie dafür interessiert, und jetzt lass es gut sein. Nur so viel: Wir gehen nicht rüber zu Karin. Klar?«

Lotte unterbrach die darauffolgende Stille, zwinkerte verwegen mit dem Äugsken und griff zum Glas. »Ihr seht, keine Polizei, wir müssen das Schwein …«, jetzt kicherte sie mit ihrer Enkelin gemeinsam, zwei liebe, nette Frauen, die ein unanständiges Wort in den Mund genommen hatten, »also, wir müssen das Schwein selbst finden.«

Thilo ergriff das Wort. »Ihr seid ja Schlitzohren. Da ahnt man nix Böses, glaubt, die Menschen zu kennen, mit denen man den Lebensabend im Paradies verbringen will, und dann ergeben sich solche Geständnisse. Lasst uns erst mal weiter beraten, wie wir vorgehen. Ich glaube nämlich nicht, dass der Mann in New York ist. Wenn schon die Düsseldorfer Adresse nicht existiert –«

Grete fiel ihm ins Wort, als sei nichts geschehen, nichts gesagt worden, was im Entferntesten merkwürdig oder gar illegal klang. Die Contenance wahren, das hatte sie schon früh gelernt. »Aber die Frau im Vorzimmer, die mit der dunklen, freundlichen Stimme, die muss doch irgendwo sitzen.«

Heinz stoppte sie. »Denkt einfach mal nach. Telefonieren kannst du überall. Mit einer Handynummer hast du keine Ortsvorwahl, nichts. Oder haben wir eine Festnetznummer von seinem ›Büro‹ in der Landeshauptstadt?«

Hatten sie nicht.

Wut hatten sie, doch noch hielten sie sich zurück mit ihren Gedanken und Verwünschungen. Wut auf sich selbst, dass sie sich so leichtfertig hatten zu Opfern machen lassen. Da braute sich was zusammen unter den unglücklichen Immobilienkäufern.

ZWEI

Sie hätte schwören können, dass sie das Telefon aus der Anschlussbuchse gezogen hatte. Karin Krafft schrak hoch und sah im Geiste, wie sie das lindgrüne Telefon mit der durchsichtigen Wählscheibe von ihrem Nachttisch verbannte. Doch das Monstrum mit seiner unerbittlichen Tonfolge mischte sich weiter in die Träume der Hauptkommissarin, bis sie wach geklingelt war.

Sie tapste mit ausgestreckter Hand nach dem Apparat und merkte, dass etwas nicht stimmen konnte. Das lindgrüne Telefon mit dem knochenartigen Hörer auf der Gabel hatte sie zuletzt im Haushalt ihrer Mutter gesehen, und das lag schon Jahre zurück. Gab es so etwas überhaupt noch außer auf dem Trödelmarkt? Mit halb geschlossenen Augen fingerte sie weiter auf der quadratischen Fläche herum, bis ihre Hand das Display des Dienst-Smartphones ertastete. Und jetzt fiel Karin auch wieder ein, dass sie den altmodischen Klingelton selbst installiert hatte, und sie erinnerte sich vage daran, dass sie andere offerierte Töne wie »Kreissäge«, »Entenquaken«, »Dampflokomotive« und – ach wie lustig – »Furzgeräusche« angehört und kategorisch ausgeschlossen hatte.

Jetzt war sie froh, von den guten alten Standardklängen geweckt worden zu sein. Wobei »froh« eigentlich eine Lüge darstellte. Es war Samstagmorgen um fünf Uhr, die Leiterin des K1, zuständig für Mord und Totschlag, hatte frei und war wild entschlossen, auszuschlafen.

Doch das Ding unter ihrer Hand lärmte unverdrossen weiter, stoppte kurz, was sie erleichtert wahrnahm, um dann in gleicher Intensität mit der Beschallung fortzufahren. Karin Krafft murrte, wer zum Himmel wagte es, sie aus dem Bett zu klingeln, und warum? Auch der Blick zur Fensterecke, die der Vorhang nicht abdeckte, hellte ihre Stimmung kein bisschen auf. Sie sah im Morgengrauen Regentropfen die Scheibe entlangrinnen, hörte es prasseln, das machte diese Morgenstunde so unwirtlich wie einen nassen Novembertag, dabei war es erst September.

So grau wie das Wetter war auch die Nachricht, die die Hauptkommissarin erhielt, sobald sie sich mit einem verdammt kraftlosen »Hier Krafft, was gibt's?« meldete.

»Guten Morgen, sorry, ich habe mich erst nicht getraut, aber ich muss eine Meldung machen, Chefin.«

Es war Nikolas Burmeester, der mittlerweile einen veritablen Aufstieg im Kommissariat hingelegt hatte, aber in der Weseler Polizeibehörde immer noch als ewiger Assistent seiner Vorgesetzten im K1 gesehen wurde. Das war nicht verkehrt, was seine Rolle betraf, aber unter Wert, was seine Leistungen und seine Intuition bei aufsehenerregenden Mordermittlungen in den letzten Jahren anging. Diese Meinung vertrat auch Karin, die angesichts seiner Eigenmächtigkeiten auch schon mal ein Auge zugedrückt hatte.

Eigenmächtig hatte der junge Kommissar auch jetzt gehandelt, doch das war ihm erstens offenbar egal, und zweitens schätzte er die Wichtigkeit seiner Nachricht hoch ein.

Auf Karins Anraunzer – »Verdammt, warum rufst du mich an einem Samstag so früh an? Bist du komplett von der Rolle? Ich muss entspannen« – antwortete Burmeester mit einem coolen, unbeugsamen »Es ist fünf Uhr. Wenn man keine Anrufe kriegen will, muss man das Smartphone eben ausschalten«.

»Es ist mein freier Tag. Was willst du?«

»Eine Meldung machen, das hier könnte dich interessieren.«

»Sagtest du schon. Raus damit.«

»Wir haben eine Geldautomatensprengung im Weseler Ortsteil Büderich.«

Burmeester legte eine Pause ein, als hätte er die Explosion, die nun folgte, erwartet. Wobei der Begriff Explosion durchaus zu seiner Nachricht passte.

Karin Krafft war außer sich, saß senkrecht im Bett. »Was soll das? Überfälle sind nicht unser Gebiet, gib die Infos an Mütze weiter und schalte den Kollegen Johannes Niewerth ein. Sein Dezernat ist für Raub zuständig.« Sie schrie fast, ihr Ehemann Maarten, an besondere Verhaltensweisen seiner Frau gewöhnt, schaute sie entsetzt von der Seite an.

»An dem Thema war das K1 noch nie dran. Es gibt eine Sonderkommission, Burmester, ich buchstabiere: S-O-N-D-E-R-K-O-M-M-I-S-S-I-O-N, muss ich dir das in aller Herrgottsfrühe erklären? Und jetzt lass mich schlafen!«

»Chefin, ich weiß, bei der letzten Behördenbesprechung war ich ja dabei. Achtundneunzig Sprengungen von Geldautomaten in diesem Jahr in NRW, davon rund zehn Prozent bei uns am unteren Niederrhein, einige Sprengversuche ohne Beute, einige mit fettem Ergebnis.«

»Dann weißt du auch, dass unsere Leute in der Konstellation ermitteln, die ich gerade buchstabiert habe.«

Maarten warf unwirsch seine Bettdecke zurück und stapfte wortlos aus dem Zimmer. Karin sah ihm nach, verwünschte diese unselige Situation.

»Burmeester, dann weißt du auch, dass die Täter in schweren Autos aus den Niederlanden zu den ausgeguckten Bankstellen anrauschen, es macht in kurzer Zeit krach, bum, peng, zu Zeiten, wenn kein Kunde kommt. Dann schnappen sie sich das Geld und sind weg. Keine Opfer, keine Zeugen. Nix für uns. Gott sei Dank. Jetzt kriege ich hier auch noch Eheknies, ich leg auf.«

»Nein, warte.« Burmeester setzte einen fast heiteren Ton auf. »Nur noch eine Info. Dieses Mal gibt es einen Toten bei der Geldautomatensprengung in Büderich am Marktplatz, Ecke Pastor-Bergmann-Straße.«

Sie stand auf und reckte sich. »Das ist was anderes. Bist du vor Ort?«

»Sicher, ich habe Bereitschaft.« Burmeester gähnte ins Telefon. »Eine Stunde vor Dienstschluss stehe ich jetzt hier im Regen, der Einsatz kam eindeutig zu früh. Wir haben die Spurensicherung schon da. Die Jungs von der Organisierten Kriminalität sind auch gekommen, die sind fix, die haben wegen der Raubserie ein Schnelleinsatzteam in Daueralarmbereitschaft.«

»Muss ich kommen? Ich höre den Regen prasseln.« In Karins Stimme lag ein zittriges Frösteln.

Burmeester stutzte ob ihrer unmissverständlichen Erklärung, das wärmende Bett einem nasskalten Tatort vorzuziehen. So etwas hatte er noch nicht erlebt bei seiner Chefin.

»Kann ich alleine managen«, sagte er, »aber ich habe gedacht, dass du vielleicht rauskommen und dir das Schlachtfeld selbst anschauen möchtest.«

Er ließ eine Kunstpause folgen.

»Und die Leiche. Nicht identifizierbar, das Gesicht ist unkenntlich, es sieht aus wie durch die Explosion zerfetzt. Überhaupt, der ganze Körper … ist eigentlich nur noch ein Torso. Das ist was anderes hier, sagen auch die Spezialisten. Hier hat jemand seine ganze Wut ausgelassen, könnte man meinen. Hier wurde ein Mensch zerstört.«

»Bin gleich da.«

Karin Krafft schüttelte sich, es war, als würde sie ihre Schlaftrunkenheit wie einen Gegenstand ablegen. Ins Bad, in die Klamotten, runter in die Küche, wo Maarten ihr eine Tasse Kaffee entgegenhielt. Er knurrte müde. »Jagdfieber?«

»Ja. Und: Danke.«

Sie nahm einen Schluck Milchkaffee, wie sie ihn am Morgen gern mochte, zog sich in Eile Schuhe und Jacke an und ging hinaus in den Regen. Es würde ein grausamer Morgen werden.

DREI

Der Tatort in Büderich war weiträumig abgesperrt. Die Gebäude rings um den Marktplatz reflektieren die Blaulichter der Einsatzfahrzeuge von Polizei, Feuerwehr und dem RTW, dessen Türen sich bei Karins Ankunft wieder schlossen, hier gab es niemanden zu retten.

Sie stieg nicht sofort aus ihrem Wagen. Die Schäden durch die Wucht der Explosion fesselten ihre Aufmerksamkeit, die Ecke zur Pastor-Bergmann-Straße im Erdgeschoss des Gebäudes war völlig zerstört, ihr fielen Bilder von Gasexplosionen ein, bei denen ganze Häuser zu Schutt zerfallen waren. Hier war mit wesentlich mehr Druck gearbeitet worden als bei anderen Automatensprengungen, da brauchte sie kein fachmännisches Urteil, das konnte jeder erkennen, der jemals einen zerstörten Kassenraum gesehen hatte. Und sie konnte angesichts des Desasters nachvollziehen, dass es Bankhäuser gab, die ihre Kassenautomaten aus bewohnten Gebäuden abzogen, um Zerstörungen an baulichen Gegebenheiten so klein wie möglich kalkulieren und die Gefährdung von Personen ausschließen zu können.

Hier war beides gründlich danebengegangen. Es klaffte ein Loch im Haus, und die Feuerwehr hatte vorsorglich bereits Stützstreben aufgestellt, damit überhaupt in diesem Kassenraum, der eigentlich nur wenige Quadratmeter groß gewesen sein musste, gearbeitet werden konnte.

Karin hatte ihren Wagen auf dem Marktplatz abgestellt, in der Dämmerung und dem prasselnden Landregen erkannte sie Burmeester, der ihr kurz zuwinkte. Ringsum an die Häuserwände gedrückt, standen Menschen, wiesen auf den Tatort, standen kopfschüttelnd und gestikulierend unter Stockschirmen, unterhielten sich. Wo war ihr Regenschutz? Der geschätzt dreihundertste Billigschirm lag nicht hinter ihr auf der Rückbank, jetzt musste sie auch noch schutzlos durch dieses Scheißwetter.

Sie hörte die Einheimischen, die echten Bürksen, prakesieren, verlangsamte ihren Schritt, Regen hin oder her, die Dorfreporter tauschten sich aus.

»Is doch nich normal … soll ja noch einer drin liegen … Wat en Drama, ich war gestern noch Geld holen an dem Automaten, gestern um halb sieben, da war nix … Dat hat aber auch gescheppert, mein lieber Scholli. Gerd, hab ich gesacht, Gerd, da is wat passiert … Hab ich noch im Nachthemd unsere Tochter angerufen und gesacht, dat uns nix passiert is … Mein Gott, in Büderich, dat so wat in Büderich passiert, dat hätt ich mein Lebtag nich gedacht … Gleich neben dem Kindergarten, wat en Glück, dass et noch so früh is … Dat war bestimmt dat fremde Auto, letztens, die haben nur dringesessen und geguckt. Ich sag noch, Hildegard, sag ich, guck mal, die sind doch nich von hier …«

Karin Krafft drehte sich zu den Frauen und blieb stehen. »Ich bin Hauptkommissarin Krafft. Wer von Ihnen hat das fremde Auto beobachtet?«

»Also ich, aber nee, ich weiß da nix. Dat waren bestimmt nur Touristen, die kommen ja neuerdings durch et Dorf.«

»Bleiben Sie bitte hier stehen, ich schicke jemanden vorbei, der Ihre Beobachtung notiert.«

»Dat kommt mir aber gar nich aus, mein Mann wartet zu Hause auf die Brötchen.«

Da half nur Autorität. »Sie bleiben hier und basta!«

Die Frau nickte stumm, Karin hörte das Getuschel der anderen, als sie weiterging.

»Da guck ma, dat is eine Hauptkommissarin. Bestimmt aus Wesel, oder?«

Burmeester strebte ihr entgegen, hielt einen Schutzhelm in der Hand, Karin Krafft wies auf die Frau unter dem grün gemusterten Knirps. »Das ist eine Zeugin, du notierst bitte gleich, was sie im Vorfeld beobachtet hat.«

»Mach ich. Der Tote liegt noch unter den Trümmern. Hier, das musst du aufsetzen, um ins Gebäude zu gehen. Die Feuerwehr wollte ihn so schnell wie möglich bergen. Aber weil der

Statiker noch nicht da ist, um die Einsturzgefährdung zu beurteilen, habe ich sie hingehalten, bis du kommst. Wir sollten uns beeilen.«

Beide bahnten sich den Weg an den Fahrzeugen vorbei, unter Trassierband hindurch, das er ihr galant hochhielt, und schon knirschten Glassplitter und Schutt regennass verhalten unter ihren Füßen, in dem Bereich, den das Tatortzelt nicht überdachte. Dort, wo es noch trocken war, wurde jeder Schritt laut und wirbelte Staubwölkchen auf.

Karin erfasste die Lage. »Was war das hier? Nutzen die jetzt TNT oder Nitroglyzerin statt Gas?«

»Unsere Spurensicherung ist dran. Außergewöhnlich, sagen die Kollegen von der Sonderkommission, eigentlich nicht der Stil der Niederländer, obwohl sie mit unterschiedlichen Techniken und Material arbeiten. Da drinnen, schau, der Raum ist völlig mit Schutt bedeckt, da liegt er drunter.«

Wären nicht die dunklen Einfärbungen im Staub gewesen, offenbar zurückzuführen auf Blut, hätte sie auf den ersten Blick nichts erkannt. Man hatte den Kopf freigelegt, das Gesicht war nicht mehr erkennbar, eine verstaubte, verschmierte Masse, direkt vor dem oder besser unter dem, was vom Kassenautomaten übrig geblieben war.

Burmeester spekulierte. »Vielleicht ein Obdachloser, der sich vor dem Regen hierher geflüchtet hat. Die müssen über den Körper hinweggestiegen sein, um an das Geld heranzukommen. Die müssen ihn beim Anbringen der Sprengladung gesehen haben.«

»Und dann haben die das durchgezogen? Das ist ja abartig. Burmeester, das ist eine neue Dimension bei diesen verdammten Raubzügen. Modernes Mittelalter, klammheimlich auf feindlichem Gebiet einfallen, überwältigen, ausrauben und weg.«

Eine dunkle Stimme meldete sich hinter ihnen zu Wort. »Da gebe ich Ihnen recht, Hauptkommissarin, ich habe einige Ergebnisse von Automatensprengungen im Ruhrgebiet angeschaut, aber das hier, das ist ein anderer Level. Was meinen Sie, es ist alles dokumentiert, sollen sie ihn bergen?«

Karin schaute sich um, hob lange den Blick, um dem Mann, der seit diesem Sommer ihr neuer Staatsanwalt war und sich gerade an ihr vorbeidrängeln wollte, ins Gesicht zu schauen.

»Einen Moment noch, ich will eben ein paar Fotos von Lage und Abstand zum Automaten machen lassen. Und was hat er da zwischen den Fingern? Das wirkt ungewöhnlich farbig in diesem Staubgrau. Hat jemand von der Spurensicherung schon genauer hingeschaut?«

»Klaro, alles ist in Arbeit.«

»Das ist ein Hundert-Euro-Schein, den hat man ihm anscheinend nach vollbrachter Tat in die Hand gelegt. Der ist sehr sauber, das muss Minuten nach dem Bums geschehen sein, als der Staub sich schon gelegt hatte, denn zwischen den Trümmern finden sich auch noch Scheine, aber alle sind staubig, kaum erkennbar.«

Nilsson betrat die Fläche, die ehemals Kassenraum gewesen war. »Welch ein Chaos! Das Ausmaß der Zerstörung ist außergewöhnlich, das wirkt wie eine tiefe Wunde. Als sei die Sprengung hier aus dem Ruder gelaufen. Ich neige dazu, die Tat auf gewisse Weise als dilettantisch einzustufen.«

Karin Krafft stimmte ihm zu. »Warten wir ab, wie die Kollegen von der Sonderkommission es beurteilen.«

Nilsson nickte nur und ging schnellen Schrittes zu seinem Wagen.

Karin gab den bereitstehenden Kollegen ein Zeichen. Der Bestatter stand parat, Schutt und Metallteile wurden vorsichtig abgetragen, der Kollege Heierbeck von der Spurensicherung stoppte sie immer wieder, um das Ergebnis mit der Kamera festzuhalten, während Burmeester sich bereits mit der Trägerin des grünen Knirpses unterhielt.

Pudelnass war die Hauptkommissarin an ihrem freien Samstag, der Staub vom Tatort mischte sich mit dem Regen an Schuhen und Jeansbeinen zu einem klumpigen Belag.

***

Burmeester hatte die Zeugin am Marktplatz noch am frühen Morgen befragt, die zunächst zögerlich, dann in einem Redeschwall ihre Beobachtung preisgegeben hatte. Man verriet niemanden, und vielleicht kamen die Menschen ja zurück und würden sich an ihr rächen. Und ob es eine Belohnung gebe, hatte sie gefragt.

»Was den Menschen alles durch den Kopf geht, wenn sie einfach nur berichten sollen, was sie wahrgenommen haben. Es hat mich eine Menge Geduld gekostet, sie ließ sich von der Bergung des Toten ablenken, bis die Feuerwehr einen transportablen Sichtschutz aufstellte.«

Karins Geduldsfaden spannte sich an ihrem verpatzten freien Tag zur Sehne eines Sportbogens, schussbereit. Burmeester erkannte die Gefahr rechtzeitig und ging in Deckung.

»Sie hat zwei Männer in einem Auto gesehen, einem silberfarbenen Opel Astra. Das Besondere war, dass sie auf dem Parkplatz unter den hohen Platanen im Wagen sitzen blieben, gestikulierten und auf die Bank wiesen. Auf dem Weg zum Automaten hatte die Frau die beiden schon bemerkt, und als sie das Gebäude wieder verließ, nach einem kleinen Plausch mit dem Angestellten, bei dem sie immer vorbeischaute, weil sie weitläufig mit ihm verwandt ist, saßen sie immer noch da.«

Karin war nicht nach Plaudern. »Autonummer? Personenbeschreibung?«

»Beides ist nicht vorhanden. Falls diese Beobachtung überhaupt von Relevanz ist, dann ist es ein Indiz dafür, dass diese Sprengung nicht von einer niederländischen Gang durchgeführt wurde, die kommen doch immer in dicken dunklen Audis daher.«

»Und? Weißt du, ob sie ihre Objekte nicht wesentlich unauffälliger observieren, bevor sie zuschlagen? Da sollten wir die Kollegen von der Sonderkommission mal zu ihren Erkenntnissen befragen, die müssen doch die Gewohnheiten der Bande genauestens kennen.«

»Das Team hat sich im kleinen Besprechungsraum eine Etage tiefer bei den Kollegen von Raub und Diebstahl niedergelassen. Wie immer, wenn in der Nähe ein Automat hoch-gegangen ist. Ich werde sie gleich mal besuchen.«

»Ja, mach das, lade sie ein, bei uns zu referieren, damit wir alle auf dem aktuellen Stand sind.«

Burmeester nickte. »Eine gute Idee.«

Karin fuhr fort: »Ich werde eine große Befragung im Ort star-ten, vielleicht sind die beiden noch anderen Leuten aufgefallen. Und wer weiß, wer noch durch die Detonation geweckt wurde und in den Nebenstraßen aus dem Fenster geschaut hat.« Ihr Telefon tönte, sie schaute auf das Display, erkannte die Nummer des Staatsanwalts, deutete auf den Apparat und sagte: »Mütze.«

Es folgte ein kurzes Gespräch, einsilbig von Karins Seite, dann stand sie auf, griff Jacke und Lederrucksack und zuckte die Schultern. »Es gibt erstaunliche Neuigkeiten, hat die Rechtsmedizinerin dem Nilsson berichtet, nun sollen wir uns alles vor Ort in Duisburg anschauen. Mütze fährt mit, war ja sein letzter Wirkungskreis.«

Burmeester schmunzelte verhalten. »Da kannst du dann erleben, wie die Ehemaligen mit ihm umgehen, ob sie ihn ver-missen, wie man miteinander redet, ob die Atmosphäre locker bleibt –«

Karin stand schon auf dem Flur. »Mensch, Burmeester, manchmal kommst du mir vor wie ein Tratschweib, immer auf der Suche nach der Sensation. Kümmere dich lieber um die ersten Ergebnisse der Spurensicherung als um die Meinungen seiner ehemaligen Kollegen.«

»Bin voll dabei.«

»Hol dir von Aha her und klappert zusammen die Häuser in Büderich ab. Und dann machst du Feierabend, du musst doch hundemüde sein.«

»Jetzt, wo du es sagst. Aber das kennen wir ja schon. Kripo-arbeit, beziehungsfeindlich und mit Tendenz zum Raubbau an Körper und Geist.«

＊

Nilsson lud Karin ein, mit ihm zu fahren. Er war nun schon ein paar Wochen in Wesel, doch erst als sie ihn in seinem SUV sitzen sah – sein aufrecht frisiertes Haar berührte den Wagenhimmel –, wurde ihr klar, dass er sich in den meisten Autos zusammenfalten müsste, so auch in ihrem. Sie schaute sich – wie sie meinte, unauffällig – im Innenraum um. Nur der leicht dunkle Fleck an der Decke verriet, dass Nilsson den Wagen schon länger fuhr, er war sonst völlig aufgeräumt, blitzblank geputzt, in den Fächern der Türen lagen eingepackte Sicherheitswesten in Signalgelb, vor dem Fenster klemmte eine Parkscheibe, in der Mittelkonsole eine Blechdose von Fisherman's Friend mit deutlichen Abnutzungsspuren.

Im Augenwinkel sah sie ein Schmunzeln auf seinem Gesicht, während er über die neue Fahrbahn der Stadtumgehung auf der B 8 in Richtung Dinslaken fuhr.

»Und? Haben Sie genug gesehen? Öffnen Sie ruhig noch das Handschuhfach, darin finden Sie das Bordbuch, ich habe alle Inspektionen machen lassen, TÜV und Abgasuntersuchung ebenfalls, alles okay.«

Karin lachte laut. »Sie haben mich ertappt. Ich habe überlegt, ob der Wagen brandneu ist, neuer Job, neues Auto oder so, aber Sie fahren ihn schon länger.«

»Jetzt bin ich neugierig. Woran haben Sie das erkannt?«

»An der dunklen Schattierung, die Ihr Haarschopf am Wagenhimmel hinterlassen hat.«

Er nickte anerkennend. »Da mache ich mir jede Mühe, in meiner Karre Ordnung zu halten, und habe in der Tat noch nie darauf geachtet, was über meinem Kopf passiert. Frau Hauptkommissarin, ich bin beeindruckt.«

Sie fuhren schweigend durch Friedrichsfeld, und an der Ampel in der Ortsmitte reichte er ihr seine Hand. »Ich heiße Aaron.«

Sie nahm die Hand, ein kurzes Schütteln. »Karin.«

Souverän lenkte er seinen Blechpanzer über die B 8, umging einen Stau auf der A 59, indem er in Marxloh ab- und in Homberg wieder auffuhr, und bog zielsicher auf den Hof des

Gebäudes in der Duisburger Innenstadt ein, in deren Untergeschoss die Rechtsmedizin residierte. Karin war lange nicht mehr vor Ort gewesen; die kahlen Wände, die abgenutzten Türgriffe, alles weckte die Erinnerungen an das alte Domizil ihres Weseler Kommissariats in einem Gebäude aus den Sechzigern am Herzogenring.

Die Rechtsmedizinerin, Frau Dr. Helen Weiß, in blauer Berufskleidung mit blutverschmierter Schürze, erwartete sie bereits, der Staatsanwalt beugte sich hinab und gab ihr einen flüchtigen Kuss auf die Wange, während sie die Augen schloss und ihr knallrot geschminkter Mund lächelte. »So sieht man sich wieder, Aaron. Und Sie müssen die Leiterin des K1 aus Wesel sein.«

»Hauptkommissarin Krafft.«

»Folgen Sie mir.«

Der Leichnam lag abgedeckt auf einem Metalltisch, sie lotste beide daran vorbei zu ihrer Bildschirmreihe. Helen Weiß legte ihre Schürze ab und zog die Handschuhe aus, bevor sie verschiedene Bilder aufrief.

»Ich erspare euch den Anblick, da ist von Kopf und Torso nicht mehr viel vorhanden, geschweige denn intakt. Er muss mit Kopf und Oberkörper direkt mit der Sprengladung in Kontakt gekommen sein.«

Karin hatte eine These. »Kann es sein, dass er der Täter ist und im letzten Moment etwas korrigieren wollte oder, wie so oft bei Unfällen mit Silvesterknallkörpern, den Zeitpunkt der Detonation falsch eingeschätzt hat?«

Lächelnd drehte sich Helen Weiß zu ihr um. »Das waren ungefähr in gleicher Reihenfolge auch meine Gedanken. Bevor ich ihn durch die Röhre geschickt habe, um mir das komplette Ausmaß der Verletzungen anzuschauen. Bedaure, nichts dergleichen kommt in Frage.«

Sie lief, sehr eng, an Nilsson vorbei und griff nach einem Metallschälchen, in dem ein Gegenstand herumkullerte, und hielt es dem Staatsanwalt unter die Augen.

»Eine Kugel?«

»Genau. Wenn ich mich nicht irre, Kaliber neun Millimeter, die Waffe muss die Spurensicherung ermitteln.«

»Wo hast du sie gefunden?«

»Sie klemmte hinter dem Herzen am Brustwirbel.«

Karin schaute sich das Röntgenbild an, auf dem vom vorderen Brustkorb nicht mehr viel zu erkennen war, jedoch die Lage der Kugel deutlich hervorstach. »Ein seitlicher Schuss ins Herz?«

Helen Weiß nickte und deutete auf das Bild. »Genau. Entweder hat ihm jemand die Waffe in die Seite gedrückt oder aus nächster Nähe, quasi aus der Hüfte heraus, auf ihn gezielt. Er war sofort tot.«

Karin verstand, was sie mitteilen wollte. »Der Mann ist nicht Opfer der Detonation geworden?«

»Genau, er wurde erschossen, und dann hat man ihn vor den Automaten gelehnt, mit irgendeiner Stütze im Kreuz, denn sonst wäre er zusammengesackt.«

Die Bilder in Karins Kopf nahmen skurrile Züge an. »Jemand hat den Toten vor den Automaten gestellt und, damit er nicht umfällt, abgestützt? Da wollte jemand die Spuren verwischen, indem das Opfer zerfetzt wird. Haben Sie etwas an seiner Rückseite gefunden?«

»Ja, da sind weiße und rote Farbpartikel.«

Karin dachte über den Marktplatz nach, wie sie ihn im Morgengrauen wahrgenommen hatte. »Am Tatort standen Warnbaken neben der einen großen Platane, da war ein Bereich für Erdarbeiten abgesperrt.«

Helen Weiß nickte. »Passt.«

»Dann müsste das Teil ja unter ihm gelegen haben, wenn er bei der Explosion rücklings damit umgefallen ist.«

»Genau, die Stütze kann aber auch viel weiter entfernt liegen, wenn der Körper mit voller Wucht dagegengeprallt ist.«

Nilsson wuschelte sich durch sein störrisches Haar. »Eine weitere Aufgabe für die Spurensicherung. Konnten Fingerabdrücke gesichert werden?«

»Von der linken Hand, ja, die rechte ist nicht mehr vorhanden. Ich habe die Abdrücke schon nach Wesel geschickt. Die Kugel nehmt ihr mit.«

Sie griff das Geschoss mit einer Pinzette und ließ es in einen verschließbaren Kunststoffbeutel fallen, reichte ihn an Karin. »Das wäre alles. Ich hoffe, er ist in Ihrer Datei, denn da gibt es kaum etwas zu rekonstruieren, um ihn zu identifizieren.«

Nilsson verabschiedete sich ebenso galant von ihr, wie er sie begrüßt hatte, wieder überzog ein Strahlen das Gesicht der Rechtsmedizinerin.

»Auf bald, im Bolero am Innenhafen, auf einen Salat mit Putenstreifen. Ich vermisse die Pausen mit dir, Aaron, unsere inspirierenden Gespräche.«

»Schauen wir mal.«

Im Wagen, während der Staatsanwalt sein Schiff in aller Ruhe durch den dichten Innenstadtverkehr lavierte, telefonierte Karin bereits mit Gero von Aha, der aus Büderich zurück war und schon an seinem Schreibtisch saß.

»Der Mann war schon tot, als ihn die Wucht der Sprengung zerfetzte. … Ja, ganz eindeutig ist der Eintritt der Kugel auf dem Röntgenbild sichtbar, sie ging seitlich durch das Herz und blieb an einem Brustwirbel stecken. … Ja, mit einer Warnbake abgestützt. Schau nach, ob die auf den Bildern der Spurensicherung zu sehen ist, und frage nach, ob sie dort Fingerabdrücke gefunden haben. … Genau, nur der oder die Täter können sie berührt haben. … Es wird immer unwahrscheinlicher, dass es die üblichen Täter von nebenan waren. … Ja, wir sind auf dem Rückweg, ist Burmeester schon nach Hause gegangen? Nein? Schick ihn los, ich bin in einer halben Stunde da. … Wie, er will bleiben? … Ach so. Dann soll er wenigstens lange Pause machen.«

Nilsson schaute sie kurz an. »Du bist sehr aufmerksam mit deinen Mitarbeitern.«

»Wir sind ein gutes Team.«

»Ich weiß, ich habe eure Berichte gelesen, die letzten auf jeden Fall. Deine Formulierungen wirken immer wertschätzend, wenn sie die Arbeit deiner Leute beschreiben, das gefällt mir. Nur so hält man durch in dem Job. Warum will er nicht Dienstschluss machen, der Herr Burmeester?«

»Er ist mit einer netten Frau mit kurdischen Wurzeln verheiratet, die an ihrer weitverzweigten Familie und an manchen Traditionen hängt. Yasemin hat heute Morgen Cousinenfrühstück bei sich daheim. Dort befinden sich jetzt im Moment ungefähr fünfundzwanzig muntere Frauen, die sich lautstark unterhalten und bestimmt sehr schade finden, dass er noch nicht von seiner Schicht zurück ist. Er will warten, bis sie fort sind.«

Nilsson lachte, ein sympathisches, kehliges Lachen, das seinen Oberkörper beben ließ. »Kann ich gar nicht verstehen, fünfundzwanzig Frauen, wie toll ist das denn, da wäre man gern der Hahn im Korb.«

Karins Gedanken schweiften für einen Moment ab von dem Fall, hin zu den beiläufigen Küsschen in der Rechtsmedizin und dem Strahlen von Frau Doktor. Der Neue war ein Frauengenießer.

***

Hauptkommissarin Karin Krafft hatte das gesamte K1 am Sonntag einberufen. Eine Lagebesprechung mit einem Kollegen vom LKA Düsseldorf war auf die Schnelle organisiert worden, um zeitnah zu erfahren, mit welchen Tätern man es zu tun hatte, worauf es sich einzustellen galt.

Nikolas Burmeester schlug die Hände vor die Augen. Er stützte sich mit den Ellenbogen auf seinem Schreibtisch ab, der aus einer anderen Zeit zu stammen schien. Dieses Restexemplar aus angedunkeltem Holz, obendrauf mit Kunststoffplatte in Holzoptik, mit schief sitzenden und deshalb leicht klemmenden Schubladen war in sein Büro eingezogen, weil er es aus seiner alten Dienststelle gerettet hatte, jedoch daheim auf die unbeugsame Ablehnung seiner Frau getroffen war. Sie hatte den Sperrmüll bereits angemeldet, als er sich entschied, in einer Nacht-und-Nebel-Aktion dieses Unikum ins neue Kommissariat einziehen zu lassen.

Nun, es gab Schlimmeres, aber dieses Monstrum war so etwas wie ein Behördensymbol. Man erwartete zwangsläufig kantengerade abgeheftete Ordner und sauber aufgereihtes Schreibgerät in den Tiefen. Doch Burmeester war zu seiner eigenen Art zurückgekehrt, er stopfte Material einfach in besagte Schubladen, während er ansonsten sein Laptop sauber mit Dateien in Ordnern und Unterordnern durchsortiert hatte. Griffbereit, genauer gesagt klickbereit – elektronisch war er fit, alles andere war ihm egal. Seine übersichtliche, digitale Aktenwirtschaft gehörte bei der Kripo zum Alltag, was angesichts der Serie von Geldautomatensprengungen eine immerwährende Flut von neuen Informationen bedeutete.

Burmeester zerrte an einer Schublade, stemmte einen Fuß gegen den Korpus, griff schließlich zu und holte einen losen Stapel von Ausdrucken hervor. Seine gewisse Nachlässigkeit hatte auch damit zu tun, dass er zuständig für Mord und Totschlag war und diese Geldautomatensprengungen nicht sein Arbeitsfeld waren. Eine glückliche Fügung, wie er dachte, seit 2016 hatte es in NRW über vierhundert Raubüberfälle dieser Art gegeben, wie auf den Fluren der Kreispolizeibehörde kolportiert wurde.

Dennoch, Burmeester war alarmiert, und er fürchtete, dass er spätestens jetzt mit dem Gesamtthema konfrontiert sein würde, zumal Büderich im Beritt des K1 lag und die Tat dort eine neue Dimension präsentierte.

Er hatte sich von Kollegen zusätzliche Informationen zukommen lassen und sortierte nun seine zusammengewürfelten Werke. Jetzt zahlte sich seine Sammelleidenschaft aus. Das K1 brauchte nach dem Fund eines Toten am Geldautomaten jede Information zu den Vorgängen. Nach flotter Durchsicht fühlte er sich bereit für die Zusammenkunft mit dem Fachmann aus der Landeshauptstadt.

»Wir dürfen uns nicht wundern, diese Automatensprenger sind rücksichtslos und durchsetzungsstark. Bei allen aufkommenden Zweifeln kann ich mir vorstellen, dass sie auch zu

Mördern werden. Sie riskieren bei jeder Sprengung in einem bewohnten Gebäude mit dieser Methode auch Personenschäden.«

Burmeester blickte in dieser Lagebesprechung von einem zum anderen, eröffnete die Sitzung direkt mit seiner These, die keinen Raum für Kollegengeplänkel und gemütliches Kaffeeeingießen ließ. Der Macher übernimmt, so konnte man das deuten. Er nahm sich nicht einmal die Zeit, Kriminalhauptkommissar Fuchs vom Landeskriminalamt Düsseldorf zu begrüßen.

Karin Krafft sortierte ihre Eindrücke an diesem Vormittag schnell, hier signalisierte einer Handlungsdruck, und hier fürchtete einer, dass es zu weiteren Personenschäden kommen könnte. Sie musste aufpassen, dass nicht ihre Chefinnenrolle torpediert wurde. Sie fand dennoch, es sei nicht der richtige Zeitpunkt, daran zu erinnern, dass der Tote vom Niederrhein nicht zu den bisherigen Verbrechen passte. Im K1 mussten sie alle mehr und frühzeitig über die Abläufe wissen.

Sie nickte ihrem Gast zu, und Fuchs begann mit seinem Bericht, der Sichtweise des Fachmanns, der sich seit Jahren ausschließlich mit einem Thema befasste.

»Ich stimme Ihrem Kollegen zu, Frau Krafft, es kann bei der Serie jederzeit zur Katastrophe mit Todesfällen kommen. Die Täter dürften alles tun, um dies zu vermeiden, aber sie fahren ein sehr hohes Risiko. Ich habe ein Beispiel der typischen Vorgehensweise dieser Räuber herausgesucht. Also: Nach einer versuchten Geldautomatensprengung in Karlsruhe im März 2018 flüchten vier Männer, sie stammen, wie sich später herausstellt, aus den Niederlanden. Sie benutzen einen schwarzen Audi RS 6, ein Geschoss.«

Die anwesenden Männer nickten einvernehmlich, flüsterten sich PS-Zahlen zu. Für Karin Krafft war klar, dass sich die Täter automobil hochgerüstet hatten.

Fuchs setzte seinen Bericht entsprechend fort. »Sie wappnen sich mit PS-Monstern für eine eventuelle Flucht vor der Polizei, das liegt nahe. In meinem Beispiel rasen die vier Täter nach der Sprengung rücksichtslos und riskant mit Hochgeschwindigkeiten von deutlich über zweihundertfünfzig Kilometern pro Stunde durch mehrere Bundesländer. Da kann die Polizei mit ihren Fahrzeugen nicht mithalten, das wäre sowieso viel zu gefährlich. Auf der Flucht werfen die Täter ihre Ausrüstung weg, mehrfach halten sie an, auch um zu tanken. Dann stoppen sie in einem Ort in Hessen, zwei Täter werden abgesetzt und fliehen zu Fuß, niemand weiß, wohin. Alles dürfte minutiös geplant gewesen.«

Burmeester war gedanklich voll dabei und meldete sich mit einer Zwischenfrage: »Hatten sie vielleicht einen zweiten Fluchtwagen abgestellt?«

»Das wäre möglich, macht auch Sinn, falls die Polizei eine schnelle Ringfahndung hinbekommen hätte. Hat sie aber nicht.«

Jerry Patalon schaltete sich unwirsch ein. »Warum müssen wir das so genau wissen? Karlsruhe ist weit weg.«

Fuchs ließ keine Skepsis zu. »Weil ihr dann abgleichen könnt, ob eure Täter so gezielt und planvoll gehandelt haben, ob es ein Muster gibt, nach dem vielleicht mehrere Tätergruppen im Einsatz sind, ob sie vielleicht bei der Tat mit dem Toten unter Stress ausgerastet sind, eventuell einen Mitwisser ausschalten wollten. Oder ob was ganz anderes dahintersteckt. Wollt ihr mehr hören?«

Die Runde stimmte zu.

»Die anderen Täter setzen ihre Flucht mit dem Audi fort. Polizeihubschrauber, mehrere Spezialeinheiten verfolgen die Sprenger. Es kommt sogar zu einem Rammmanöver bei einem Tankstopp. Die Täter agieren radikal gegen uns, wir müssen die Aktion stoppen, bevor die Situation vollkommen eskaliert. Sie entkommen, erst irgendwo vor Köln, dann in der Stadt auf einer irren Fahrt. Die sind geübt darin, mit solch starken Wagen umzugehen. Die können im wahrsten Sinne des Wortes Rallye.«

»Professionell. Trotzdem kann etwas schiefgehen. Wenn ein Zeuge auftaucht oder ein Unbeteiligter unbeabsichtigt in die

Luft gejagt wird. Oder wenn der Sprengstoff anders reagiert und sie versehentlich ein riesiges Feuerwerk veranstalten«, warf von Aha ein.

Fuchs nahm den Faden auf. »Haben wir auch drüber nachgedacht. Die Tätergruppe hat gelernt. Am häufigsten nutzen sie Gasgemische oder Sprengstoffe, die mit kleinen Leitungen in die Automaten eingeführt werden. Peng, die Geldkassette ist frei und bereit zur Entnahme. Kein Witz. Sprengstoffe empfehlen sich erfahrungsgemäß bei besonders geschützten Automaten.«

Karin Krafft konnte sich die Antwort denken, stellte ihre Frage dennoch: »Was ist gefährlicher, Gas oder Sprengstoffe?«

»Beide Methoden haben ein hohes Beschädigungspotenzial. Die Verletzungsgefahr ist ebenfalls sehr groß. Die Wirkung von Sprengstoffen verursacht aber mehr Folgen. Es gibt Automaten, bei denen der Einsatz von Gas-Sauerstoff-Gemisch reicht. Hier in Deutschland ist diese Methode oft zu finden, denn viele Automaten sind wegen mangelnder Sicherung auf diese Weise gut zu knacken.«

Burmeester grinste. »Ich will lieber keine Lehrstunde, wie ich zum Sprengmeister werde. Bei meinen zwei linken Händen würde ich wahrscheinlich gleich eine ganze Häuserzeile einreißen. Was ist, wenn die Täter in unserem Fall einfach einen falschen Ort ausgesucht haben und der Automat in Büderich zu den sprengungssicheren gehört? Und dann haben sie ihre Wut an dem Gebäude und dem Todesopfer ausgelassen.«

Fuchs sprang auf und lief zur Flipchart. »Theoretisch kann das passieren. Aber die Täter sind hochprofessionell. Mögliche Objekte werden auf langen Erkundungsfahrten ausbaldowert, am liebsten solche Modelle ausfindig gemacht, deren Bauart sich für Gasgemischsprengungen eignet. Wenn eine Aktion nicht klappt, dann nehmen sie sich den nächsten Standort vor. Das machen die cool, völlig ohne Emotionen.«

Mit einem dunkelblauen Filzstift schrieb er Orte auf das Papier, denen er Eurozeichen verpasste, ließ mit Pfeilen die Täter von hier nach dort fahren.

»Der Niederrhein und das angrenzende Ruhrgebiet sind beliebt bei den Tätern, alles ist nah und gut erreichbar. Sie sind immer gleich gekleidet, dunkel, unauffällig, auf Videoaufnahmen vom Kassenraum nicht unterscheidbar. Sie stammen nach unseren Erkenntnissen aus den Niederlanden, reisen aus Utrecht und Amsterdam an. Wir gehen von marokkanischstämmigen Leuten aus, die weitgehend in nach außen abgeschotteten Wohnvierteln leben. Eine kriminelle Subkultur. Wir haben schon Täter festgenommen, die wurden zu hohen Haftstrafen verurteilt. Aber die Räuber wachsen nach. Wie eine Hydra. Das klingt nach Banden, aber sie –«

Gero von Aha zog die Augenbrauen hoch und zitierte mit einem Zwischenruf aus einem gerade gelesenen Fachartikel: »… agieren in sogenannten fluiden Netzwerken.«

Schlaumeier, ätzte Burmeester innerlich, musste aber ein zustimmendes Nicken von Fuchs zur Kenntnis nehmen. »Und was, bitte sehr, hat das mit unseren Mordermittlungen zu tun? Theorie und Erfahrung, gut und schön, Amsterdam und Utrecht gehören nicht zu unserem Einzugsbereich. Ich will ermitteln. Die Polizei muss dem Treiben etwas entgegenzusetzen haben, meine ich«, sagte er laut.

Die Antwort von Fuchs bekam einen ärgerlichen Unterton. »Gleich. Ihr solltet mit so viel Faktenwissen wie möglich in die Ermittlungsarbeit gehen. Für euch geht es darum, erst einmal zu klären, ob ihr es hier mit Profis zu tun habt, was Mord und Totschlag angeht. Ich tippe: Nein.«

Der Mann vom LKA legte eine Kunstpause ein, holte sich eine zustimmende Geste von Karin Krafft und fuhr fort. »Bei den Tätergruppen aus den Niederlanden gibt es Fachleute, die kennen exakt dosierte Einleitungen und Explosionen des Gasgemischs. Teilweise wurde sogar gezündet, obwohl sich die Täter noch im Automatenraum befanden. Die wussten, da fliegen ihnen keine Mauerstücke an den Kopf. Die Tatzeiten liegen meist zwischen ein und fünf Uhr nachts, fast immer an Wochentagen, und sie sind alle gleichermaßen vertreten. Samstag und Sonntag sind Ruhetage, so vermeidet man, bei den Sprengungen auf Nachtschwärmer am Geldautomaten zu treffen.«

Ein Raunen ging durch die Runde. In Büderich war an einem Samstag gesprengt worden.

»Die Fluchtwege sind exakt vorbereitet, es werden Straßen und Nebenwege genutzt, die schwer zu kontrollieren sind. Wir gehen davon aus, dass den Tätern unsere Abläufe bekannt sind. Und dann der zeitliche Aspekt. Wissen Sie, wie lange so ein eingeübter Raub dauert?«

Fuchs schaute sich um, bevor er fortfuhr. »Sie schütteln den Kopf, na ja, nehmen Sie eine Stoppuhr mit zum nächsten Tatort und gehen Sie die Wege für sich ab. Wir wissen, die gesamte Ausführung dauert drei bis fünf Minuten, sobald die Bankstelle betreten ist. Der Rekord liegt bei unter zwei Minuten. Wahnsinn! Wie wahrscheinlich ist das in ihrem Fall? Also, fragen Sie sich, welche von den genannten Aspekten auf Ihren aktuellen Fall zutreffen könnten.«

Man hätte eine Büroklammer fallen hören können in den nächsten nachdenklichen Sekunden, bis Jerry Patalon, bekannt für seine ausgezeichnete Spürnase, einen weiteren Fakt ansprach: »Was ist mit den Autos? Sind die geklaut? Die Herkunft der Wagen muss doch untersucht worden sein.«

Fuchs sah ihn anerkennend an, die Sorgfalt der Fluchtplanung war ein oft übersehenes Detail bei solchen Ermittlungen.

»Das wurde es, aber es sind nicht nur diese Audi-RS-Granaten, sondern auch stärkere Roller werden eingesetzt. Die Wagen werden gezielt gestohlen, meist ältere Baujahre, für die die Täter Werkzeuge besitzen. Die werden in überwachten Bunkergaragen hinter der Grenze monatelang abgestellt. Die Roller werden nicht geklaut, sondern anonym von Helfern gekauft. Ist nicht immer nötig, selbst tätig zu werden, es gibt ›Services‹ von Tathelfern, die dazugebucht werden. Die Dienstleistungsbranche der Sprenger, gibt es alles.«

Gero von Aha war ebenso perplex wie fasziniert, hinter dem Automatensprenger-Phänomen steckte eine große Geschichte, deren Ausmaß er nicht geahnt hatte. Er ließ seine

Hand kreisen. Mehr, mehr, mehr, er wirkte, als könne er nicht genug bekommen von diesem Referat.

Fuchs setzte seine Schilderung fort.

»Egal ob Auto oder Roller, die Fahrzeuge werden schwarz lackiert, Lichter abgeklebt oder ausgeschaltet. Zum Programm gehört auch, die Airbags auszuschalten für den Fall, dass es bei einer Flucht zu Karambolagen kommt. Dann kommen die Audis in sogenannte ›Sweeping-Garagen‹, da wird in abgeschotteten Räumen nach eingebauter Polizeitechnik und Sendern gesucht. Nicht zu vergessen die ›Jammer‹, der Einbau eines Gerätes, das die technische Ortung durch die Polizei unterdrückt.«

Fuchs lehnte sich zurück. »Der Einsatzmodus eines dicken Audis nach der Tat ist begrenzt, die verschwinden nach der Blitzflucht meist zehn bis zwanzig Kilometer vom Tatort entfernt in so einer Bunkeranlage. Dort wird gewechselt. Die Rückfahrt erfolgt am liebsten in deutschen Mietfahrzeugen im Berufsverkehr, die Räuber pendeln unauffällig heimwärts vom Dienst.«

Fuchs schwieg, ließ seine geballten Informationen wirken.

Gero von Aha hakte trocken nach: »Sie haben die Rollerfahrer vergessen.«

»Stimmt, bei der Variante verschwinden die Täter über Rad- oder noch schmalere Wege, durch die Pkw nicht durchkommen. Dann geht es ein paar Kilometer auf zwei Rädern zum Abstellort besagten Mietwagens. Vor der endgültigen Flucht wird zur Ammoniaksprühflasche gegriffen, alle verräterischen Spuren werden gründlich beseitigt. Überrascht?«

Nein, überrascht war kein Ausdruck, das K1 war eher überwältigt vom neuen Wissen über den Gegner und dessen akribische Durchführung von Verbrechen, die der Kripo bei der Mordermittlung mehr zu schaffen machen dürfte als vermutet.

Doch es war absolut ungewiss, ob diese Geldautomatenspezialisten sich zu einer Sprengung mit Todesfolge hatten hinreißen lassen. Mit den Erläuterungen von Fuchs war es sogar unwahrscheinlicher geworden, dass die üblichen Verdächtigen hinter dem Mord steckten. Sie wollten allein Geld, so viel wie möglich pro Raubzug. Der Tote, aufgerichtet mit Hilfe einer Bake in einem völlig zertrümmerten Automatenraum, nein, das sah nicht nach den Folgen von durchorganisierter Gruppenkriminalität aus. Viel Aufklärungsarbeit, aber am Ende alles für die Katz, wenn sie den falschen Tatverdächtigen nachspürten, das wäre schon möglich.

Es machte sich eine gewisse Ernüchterung breit. Die Spur in die Niederlande war eine Hoffnung gewesen. Mord und Raub geklärt, basta. Und es hatte Stimmen im K1 gegeben, die davon träumten, die Ermittlungen gleich ans LKA weiterzuleiten. Dieser Trick, Verantwortung von Behörde zu Behörde weiterzureichen, würde nicht gelingen, weil es sich um andere Täter mit anderen Motiven als Geldraub handeln dürfte. Das legte die Aufzählung von Fuchs klar dar, und seine abschließenden Sätze waren eindeutig gewesen.

Karin Krafft entrang sich ein schwaches »Wo setzen wir am besten an?«.

Fuchs sah so aus, als hätte er eben daran gedacht, dass irgendwo ein Lichtlein auftauchte, wenn man, wie das K1, in einer Sackgasse steckte. Er wirkte abwesend, sein Gesicht entspannte sich, seine Worte klangen aufbauend, als habe er gerade ein Motivationsseminar hinter sich.

»Wir haben noch nicht über die Amateure gesprochen, über die Nachahmungstäter, die meinen, sie könnten das, was andere auch können. Dann explodiert die Dummheit gleich mit. Liebe Kollegin Krafft, nehmen Sie sich diesen Aspekt vor.«

»Das, glauben Sie, könnte der Grund sein, warum die Sprengung so gewaltig ausgefallen ist?«

Fuchs steckte seinen Stift in die Tasche des Jacketts und schaute in die Runde. »Ich meine, Sie sollten die Profis unter den Sprengern vergessen. Suchen Sie nach Nachahmungstätern. Bei denen, den Amateuren, misslingt die gezielte, passgenaue Sprengung gerne, weil sie sich mit den Zündmechanismen nicht auskennen, das falsche Gas-Sauerstoff-Gemisch zusammenstellen oder, wie in Ihrem Fall, die Sprengladung falsch bemessen.«

»Ein guter Hinweis, Kollege Fuchs.« Karin schaute in Richtung der Kollegen Burmeester und von Aha. Sie nickte ihnen zu. »Wir hätten uns womöglich verrannt. Ich brauche jetzt grünes Licht von Ihnen dafür, dass die möglichen Profis keinen Vorrang in unseren Ermittlungen bekommen. Es bleibt ein Risiko, wenn wir falschliegen. Wir konzentrieren uns auf die Spuren, die uns der oder die Täter hinterlassen haben, auf Motive, die in der Provinz beheimatet sind. Sonst nichts, habt ihr gehört, Kollegen vom K1?«

Sonst nichts, das war leicht gesagt. Nur, wo sollten sie jetzt ansetzen? Der Kollege aus Düsseldorf jedenfalls setzte zum Schlusswort an.

»Klar, wir von der Soko ›Hasenjagd‹ kümmern uns um die harten Sprengstoffexperten, die Weseler Kripo um ihr eigenes Ding«, sagte Fuchs.

Gero von Aha lächelte. Der besaß Wortwitz, dieser Fuchs, der hinter dem Hasen her war. Ihn würde er fragen, wenn sie nicht weiterkämen.

Die Wellenlänge zwischen ihnen stimmte.

✳✳✳

Am Nachmittag ging Karin Krafft direkt durch zu den Räumen der Spurensicherung und fand den Kollegen Heierbeck an seinem PC, eifrig und sehr schnell mit vier Fingern tippend. Er schaute auf, als sie den Raum betrat.

»Ach, Sie sind es, ich mache gerade den Bericht für Sie fertig. Es gibt eine Menge Spuren, und viele davon können wir noch nicht zuordnen.«

Karin setzte sich auf die Schreibtischkante. »Dann fangen wir doch mal mit den Fakten an, die schon feststehen.«

»Also, man hat eine Ladung Dynamit verwendet, um diesen Automaten zu knacken, das ist sehr ungewöhnlich. Wir sind schon dabei, die Herkunft zu ermitteln, schließlich wird es nur im begrenzten und kontrollierten Rahmen verwendet. Die Kugel, Kaliber neun Millimeter, stammt aus einer Pistole, die uns nicht bekannt ist, könnte zum Beispiel eine SIG Sauer ein. Wir haben einen Fingerabdruck auf einem Stück Metall gefunden, mit dem der Automat in der Wand verankert war. In dem Staub, der wegen des Gebäudevorsprungs nicht nass wurde, haben wir Fußspuren von mindestens drei Menschen sichern können. In allen drei Fällen handelt es sich um Fragmente, die keine genaue Größenbestimmung zulassen. Leider hat der Regen vieles vernichtet.«

»Was ist mit der Warnbake, die den Toten vor dem Automaten gestützt haben muss?«

»Wir haben ihr zu Beginn keine Aufmerksamkeit geschenkt, auf den Fotos sieht man, dass die Feuerwehr sie beiseitegeräumt hatte, um die Pfeiler für die Stützstreben auf sicheren Grund zu stellen. Dumm gelaufen, aber da Einsturzgefahr bestanden hat, waren wir froh, überhaupt so lange nach Spuren suchen zu können. Ich bin gestern noch einmal in Büderich gewesen und habe die Überreste aus dem Container gefischt, der schon am Marktplatz steht. Schauen Sie auf den Tisch neben der Tür.«

Nur die weiß-roten Farbreste erinnerten daran, welche Funktion dieses verformte Teil gehabt haben musste.

Heierbeck schüttelte den Kopf. »Regen, Staub als Schmirgel, behandschuhte Hände fleißiger Helfer, da ist nur noch wenig DNA vom Opfer zu finden. Zwei weitere Proben konnten wir nehmen, ein gut erkennbarer Fingerabdruck ist auch dabei, allerdings bisher nicht zuordnen. Das Ding ist durch die Wucht quer durch den Raum geschleudert worden, muss die Tür durchschlagen haben, ist von umhergeschleudertem Schutt und Metallteilen getroffen worden. Zu statisch und zu leicht, um einfach umzufallen, während der Körper zerfetzt in sich zusammensackte. Ob wir die DNA-Proben jemals zuordnen können, ist fraglich. Mehr kann ich nicht dazu sagen.«

»Was halten Sie von der Theorie der Rechtsmedizinerin, man habe das Opfer damit abgestützt, damit der Körper die volle Wucht der Sprengladung abbekommt?«

Heierbeck dachte kurz nach. »Es ist vorstellbar. Ich glaube aber nicht, dass es geplant war, denn dann hätte man sich bestimmt vorbereitet, um mit anderem Material, das mehr Widerstand bietet, abzustützen.«

Heierbeck machte eine Pause, während Karin auf eine Fortsetzung wartete.

»Ich habe so etwas Skurriles noch nie gesehen, und es fällt mir schwer, mich in die Täter hineinzuversetzen, das ist auch eher Ihre Aufgabe.«

»Sie gehen davon aus, dass es mehrere Beteiligte gab?«

»Richten Sie mal eine Leiche auf, um sie abzustützen, da sind mehrere Hände und Kraft erforderlich, das schafft niemand alleine, schon gar nicht, wenn es schnell gehen soll.«

Einer der Rechner piepste kurz. Etwas schien erledigt, Heierbeck spurtete zum PC.

»Na, das nenne ich mal Erfolg auf ganzer Linie. Es gibt einen Treffer im System.«

»Ist die Waffe zu der Patrone doch aktenkundig?«

»Nein.«

Er drehte den Bildschirm in Karins Blickrichtung. »Die Fingerabdrücke führen uns zu der Identität. Das Opfer ist der Polizei bekannt.«

Karin kam näher, gemeinsam schauten sie auf ein Foto und die Daten.

»Frank Breimann, da schau her«, sagte Heierbeck. »Ein Kleinkrimineller, bestimmt schon als Jugendlicher aufgefallen, aber die Einträge existieren nicht mehr, da zieht sich einiges an Kontakt zu Polizei und Justiz durch sein Leben. Betrug, Schwarzfahren, aggressiver Raub … Da, seine Oma hatte ihn angezeigt, weil er ihr Bankkonto leer geräumt hatte mit der Drohung, ihren Hund zu vergiften, wenn sie ihm das Geld nicht übergebe. Die Frau erlitt einen Herzinfarkt bei Aufnahme der Anzeige und musste reanimiert werden, wurde zum Pflegefall.«

»So ein Arschloch, die eigene Oma beklauen. Ich lasse nachschauen, wo seine Bleibe war. Endlich ein brauchbarer Hinweis, danke, Kollege.«

Noch auf dem Weg ins Kommissariat ließ Karin seine aktuelle Adresse ermitteln, Ringstraße in Kamp-Lintfort. Da waren eigentlich die dortigen Kollegen zuständig. Ein weiteres Telefonat galt dem Staatsanwalt. Er war schnell am Apparat.

»Nilsson.«

»Karin Krafft. Aaron, ich brauche deine Rückendeckung. Das Todesopfer heißt Frank Breimann, und ich will mir gleich seine Wohnung anschauen.«

»Na, das ging ja schnell. Hatte er doch den Ausweis in der Tasche?«

»Nein, aber registrierte Fingerabdrücke.«

»Kein Problem, wieso rufst du an?«

Sie erläuterte, dass der Wohnort nicht mehr in ihre Zuständigkeit fiel. Den alten Staatsanwalt hätte ihr Anliegen nicht interessiert, dies war die Bewährungsprobe für den neuen.

»Ihr fahrt da einfach hin, und wenn es Probleme geben sollte, dann übernehme ich das dienstliche Gespräch mit Frau van den Berg und kontaktiere die dortige Dienststelle. Ihr habt freie Bahn.«

Das war ein Wort.

Burmeester ließ sich nicht zweimal fragen, er schien froh, in Aktion treten zu können, und lief hoch motiviert neben Karin zu ihrem Wagen, erfragte die Adresse, blieb stehen, als die Hauptkommissarin sie nannte.

»Was? Das gibt doch Ärger.«

Sie schüttelte lächelnd den Kopf. »Aaron regelt das.«

Er reagierte für Karin völlig überraschend, wie ein trotziger Junge, dem jemand das Revier streitig macht. »Aaron regelt das, soso, wir sind also schon beim Du.«

»Stell dich nicht an, sei doch froh, dass er so locker ist.«

Sie richtete das Navigationsgerät ein und fuhr neben dem schweigsamen Kollegen rüber auf die linke Rheinseite.

✳✳✳

»Das Ziel liegt vor Ihnen.«

Die Stimme der Navigatorin ließ Burmeester aufschauen,

während Karin ihren Wagen an den Straßenrand lenkte. Sie blickte auf die Grünflächen, aus deren Mitte der Förderturm des stillgelegten Bergwerks West ragte.

»Ach, wir sind ja am Rand der Landesgartenschau 2020. Siehst du den großen Spielplatz? Hannah war gar nicht mehr fortzukriegen, während Maarten und ich zwei von den himmlischen Hängesitzen ausgekostet haben, in denen man seicht im Wind schaukelte …«

Burmeesters Augen suchten die Hausnummer an den alten Mehrfamilienhäusern auf ihrer Straßenseite. »Da ist es, komm.«

»… und die Erdmännchen, da standen lauter Leute lächelnd vor dem Gehege, die sehen so putzig aus.«

»Hallo, Raumschiff an Erde, wir haben hier einen Auftrag.«

Karin drehte sich breit lächelnd um. »Ach, du sprichst wieder mit mir, da bin ich ja beruhigt. Komm, packen wir es an.«

Sie klingelten bei einem Nachbarn, um ins Haus zu kommen.

Er lugte im Erdgeschoss aus der Tür. »Wat isset?«

Sie wiesen sich aus und fragten nach der Wohnung von Frank Breimann.

»Nää, die Krippo interessiert sich für den Affen? Unterm Dach links. Ein ganz schräger Vogel is dat.«

»Was meinen Sie damit?«

»Na, der rennt mal rum wie ein Hartzer und dann widder wie Graf Rotz. Dann behauptet er, seine Waschmaschine wär kaputt, und meine Chrissi lässt ihn bei uns waschen. Wenn Se mich fragen, der hat keinen Futtsack inne Maschine, sondern im Kopp. Aber der wickelt meine Alte immer widder ummen Finger, der kann reden wie en Politiker, der um jede Weiberstimme buhlt.«

Burmeester scharrte mit den Hufen. »Oben links, sagen Sie?«

»Jau, immer dem Geruch nach.«

Er hielt sich den Bauch vor Lachen und schloss die Tür hinter sich, während die beiden die Treppe hinaufstiegen. Oben angekommen, erkannten sie anhand der Schäden an Türzarge und Schloss, dass die Tür gewaltsam geknackt worden war und offen stand. Sie verständigten sich wortlos, entsicherten ihre Waffen. Eine Geste, Burmeester nach links, Karin nach rechts, beide nickten, sie schob die Tür vorsichtig auf.

Burmeester schaute links sichernd in ein Badezimmer, alles klar, Karin rechts in eine Art Schlafzimmer, niemand da. Gemeinsam betraten sie den großen Raum, auch hier niemand, nur ein heilloses Durcheinander zu ihren Füßen. Sie sicherten die Waffen und steckten sie in ihre Holster.

»Da hat jemand gründlich nach etwas gesucht«, stellte Burmeester fest.

»Fernseher und PC sind noch da. Wenn er nicht goldene Pokale gesammelt hat, sind das die Dinge von Wert in dieser Bleibe. Ich vermute, hier wurde gezielt nach etwas gesucht.«

Burmeester fingerte nach Einweghandschuhen in seiner Hosentasche, streifte sie über und wies auf einen Klamottenstapel in einem überfüllten Wäschekorb, der in der kleinen Küchenzeile neben dem Kühlschrank stand. »Siehst du hier eine Waschmaschine?«

»Nein, die steht vielleicht im Keller.«

»Ich glaube, der hat gar keine und belatschert seine Nachbarinnen in turnusmäßigem Wechsel, ihm aus der Bredouille zu helfen, da könnt ich für wetten.«

Karin telefonierte mit Heierbeck, der ebenfalls protestieren wollte, als er die Adresse hörte.

»Unser Toter, unser Fall. Machen Sie sich auf Chaos nach Einbruch gefasst.«

Im Hausflur war Bewegung, es klopfte am Türblatt, eine Frau stand auf der Matte, eine grell geschminkte Frau, vielleicht Mitte vierzig, in einem Kleid aus T-Shirt-Stoff mit Leopardenmuster, das ihre Körperform ungünstig betonte. Sie trug eine Schachtel Zigaretten, obenauf ein Feuerzeug in der Rechten und hatte das Smartphone in einer Fassung mit dicker Kordel vor sich auf Höhe des Bauchnabels baumeln. »Hallo? Frank, bist du da?«

Karin ging auf sie zu, wies sich aus. »Und Sie sind?«

»Polizei? Eh, Klein, Ina Klein, ich wohne in dem Appartement auf der anderen Seite. Ich habe seit vierzehn Tagen einen Korb Wäsche von ihm, fertig gebügelt, und er holt ihn einfach nicht ab. Ist was passiert?«

»Sie haben ihn also zum letzten Mal vor vierzehn Tagen gesehen?«

»Ja, genau, da hat er mir den Korb gebracht. Immer unterwegs.«

»Und dass die Tür offen steht und Einbruchsspuren aufweist, wann haben Sie das bemerkt?«

»Wieso Einbruchsspuren, der hat doch selbst schon mal seine Tür aufgehebelt, weil er den Schlüssel vergessen hatte. Gab ein Riesentheater mit dem Vermieter. Und ich habe nur gedacht, Franky wird einfach nicht schlau.«

»Und? Sind Sie einmal reingegangen, nachgucken, ob er da ist?«

»Quatsch, nein, der konnte total ausrasten, wenn man den störte.«

Die Nachbarin schaute über Karins Schulter und erblickte das Chaos auf dem Boden des großen Raumes. »Was ist denn da los? Er ist nicht gerade ordentlich, aber so hat es hier noch nie ausgesehen.«

Karin wies Burmeester an, die Tür zum Wohnraum hinter sich zu schließen. »Wissen Sie, wir haben jeden Grund, anzunehmen, dass Ihr Nachbar nicht mehr lebt.«

Ina Klein hielt sich eine Hand vor den Mund, vielmehr schwebte sie vor den dunkelroten Lippen, um diese nicht zu verwischen. »Was? Der Frank ist tot? Glaub ich nicht. Wer zahlt mir denn jetzt seine Schulden zurück?«

»Sie haben ihm Geld geliehen?«

Sie klemmte sich ihr Rauchwerk unter die Achsel, tippte geschickt mit sehr langen, künstlichen Fingernägeln, dadurch nach oben gebogenen Zeigefingern auf ihr Smartphone ein und zeigte der Hauptkommissarin, hektisch auf das Display deutend, eine Auflistung von Daten und Zahlen mit dem Ergebnis von tausendzweihundert Euro. »An wen wende ich mich, damit ich das Geld kriege?«

Karin reichte ihr eine Visitenkarte. »Kommen Sie morgen ins Kommissariat nach Wesel, wir nehmen Ihre Aussage auf, dann sehen wir weiter. Frau Klein, ich muss mich hier weiter umschauen.«

»Aber –«

»Morgen.«

Die Nachbarin verschwand in ihrer Wohnung, schimpfte hinter der Tür, schien eine Freundin anzurufen. Eine verzweifelte Einleitung hörte Karin noch, bevor sie die Tür zuschob: »Stell dir vor, was passiert ist …« Das zerstörte Schloss verhinderte, dass man sie ganz schließen konnte.

Burmeester stand im Wohnraum, hatte sich einen Stapel Papiere vorgenommen und blätterte ihn rasch durch. Er grinste Karin entgegen.

»Da hatte ich recht, oder? Der hat sich durch das Haus schmarotzt. Bestimmt haben die anderen Frauen ihm auch Geld geliehen. Ich habe hier einen Stapel Mahnungen gefunden, da haben unterschiedliche Gläubiger ihre finanziellen Forderungen geltend gemacht. Ich habe auch mehrere gelbe Einschreibebriefe vom Gericht gefunden, alle ungeöffnet. Wer weiß, was da noch zum Vorschein kommt.«

»Alles eintüten und mitnehmen.«

»Mach ich. Selbst nach dem ersten oberflächlichen Eindruck vermute ich, der hat keinen anderen Weg mehr gesehen, als einen Automaten zu sprengen, allein schon, um seine Schulden zu begleichen.«

Karin ging in die Hocke, um die Kabel von dem Rechner, der auf einem einfachen Tisch stand, zu entfernen. »Wir nehmen den PC schon mal mit. Hast du ein Handy gefunden?«

»Nein, aber unbezahlte Rechnungen von verschiedenen Telefongesellschaften. Wir werden untersuchen müssen, bei wem er noch einen Vertrag hat.«

Karin zog den Rechner hervor, dabei schoben sich zerknüllte Papierbögen über den Boden und gaben den Blick auf Visitenkarten frei, von professioneller Qualität, ein ganzer Stapel schien auf dem Boden verteilt zu liegen. Karin hob eine auf, drehte sie um.

»Schau dir das mal an.« Sie reichte die Karte an Burmeester weiter.

Der pfiff durch die Zähne. »Da sieh an, edles Material in dieser Hütte. Wer ist denn Frank S. Bellhaus? Vermögensberatung und Immobilien, Düsseldorfer Adresse, New York, Madrid. Ob Breimann sich von dem beraten ließ?«

Karin trug den Rechner in den Flur. »Kann ich mir nicht vorstellen, solche Leute machen nichts ohne Honorar. Da ist eine Telefonnummer, wir rufen dort an.«

»Hallo? Frau Krafft?«

Dieses Mal dröhnte eine Männerstimme zu ihnen durch, eine bekannte. Heierbeck und ein Kollege standen mit ihren Metallkoffern vor der Tür.

Heierbeck wies auf den Rechner. »Sollen wir den einpacken?«

»Sie sind aber flott, gut, dass Sie da sind. Und den Rechner nehme ich schon mal mit, vielleicht kriegen wir ihn ans Laufen.«

Heierbeck stand mitten im Raum und schaute sich um. »Einbruch? Und ein Fernseher für zweitausend Euro und der Rechner sind noch da?«

Karin und Burmeester standen bereits im Flur, er trug den Rechner, die Hauptkommissarin drehte sich noch einmal um. »Genau meine Gedanken.«

»Und die Schäden an der Tür zeugen von dilettantischer Arbeit. Hier war kein Einbrecher am Werk, sondern jemand, der ganz gezielt etwas suchte.«

»Wir verstehen uns, Kollege Heierbeck, wie immer.«

Auf dem Rückweg versuchte Burmeester, mit seinem Smartphone Frank S. Bellhaus ausfindig zu machen. Er bemerkte nicht Karins langsame Fahrt durch die Innenstadt von Kamp-Lintfort, sah nicht, dass diese Stadt im Aufbruch war, weg vom Schmuddelimage der Zeit nach Stilllegung der Zeche, hin zu einer modernen Stadt, dem Standort einer Universität. Er bemerkte auch nicht die lange Anfahrt auf Rheinberg zu und dass Karin den Weg über Borth wählte, um über die B 58 zurück nach Wesel zu fahren. Zu beschäftigt. Während Karin auf der Rheinbrücke die Arbeiten an der Überprüfung des Bauwerkes wahrnahm. Die Arbeiter, die am Kopf des Pylonen an der Außenseite angeseilt den Beton begutachteten und die Aufhängungen der Trossen kontrollierten, waren nicht zu übersehen. Waghalsige Aktion, dachte sie, während Burmeester mit »Hach« und »Nein, auch nicht«, »Nee, Mist« seinen Misserfolg verbalisierte.

Eine Ansage auf dem Anrufbeantworter ließ ihn lediglich wissen, Herr Bellhaus sei in der Dependance in New York, wichtige Nachrichten bitte mit Rückrufnummer hinterlassen, sein Vorzimmer werde ihn informieren.

»Ich kann ihn nicht googeln, da gibt es im Netz nichts, was zu dem Namen passt. Ungewöhnlich für die Branche.«

»Dann probiere es bei Facebook, Instagram oder gib einfach den Namen ein und klicke auf ›Bilder‹, vielleicht ist er irgendwo abgelichtet worden.«

Bei Facebook gab es eine Seite unter dem Namen, sie war seit fünf Jahren nicht mehr genutzt, hatte als Profilbild die Visitenkarte, keine Einträge, für alle gesperrt, die nicht zu seinen Freunden gehörten. Auch eine Sackgasse.

»Und wenn du Infos über Frank Breimann suchst? Was findest du?«

Burmeester bemerkte auch nicht, dass seine Chefin auf den Parkplatz der Kreispolizeibehörde einbog. Sie schaute ihn von der Seite an, wie er mit geröteten Wangen auf seinem Smartphone hin und her wischte, tippte, wieder den Kopf schüttelte.

»Deinen Ehrgeiz kenne ich ja, aber du wirkst völlig verbissen, richtig verkrampft. Komm, die Spurensicherung wird hoffentlich Licht in die Sache bringen, und wir haben den PC, den einer von euch Spezialisten bestimmt ans Laufen bringen kann. Vielleicht ist Bellhaus unwichtig.«

Jetzt schaute Burmeester auf. »Hast du Breimanns Einträge im Polizeiregister gelesen? Breimann ist ein Betrüger. Ich versuche herauszufinden, ob Breimann und Bellhaus ein und dieselbe Person sind.«

Das war ein interessanter Aspekt. Karin entschied, eine Reihe von Aufgaben zu koordinieren, wozu auch eine Fahrt nach Düsseldorf zur Geschäftsadresse von Bellhaus gehörte, mit einem Konterfei von Breimann aus dem Polizeicomputer.

Keine halbe Stunde später stand Aaron Nilsson in der Tür des Besprechungsraumes und gesellte sich zu der kleinen Lagebesprechung, in der die ersten Ergebnisse vorgestellt und die weiteren Aufgaben verteilt wurden. Er saß still im Hintergrund, schaute ab und zu auf sein stumm geschaltetes Handy und hörte Burmeesters Bericht kommentarlos zu.

»Wie ihr wisst, müssen wir davon ausgehen, dass die Aktion in Büderich nicht von den niederländischen Profis verübt worden ist. Mit hoher Wahrscheinlichkeit handelt es sich um das Werk von Trittbrettfahrern, die nicht sehr talentiert gehandelt haben. Das Todesopfer in Büderich ist polizeilich bekannt, es handelt sich um Frank Breimann, Baujahr 1989, aktenkundig seit seiner Jugend, kleinere Delikte, aber auch betrügerisches Handeln mit Verurteilung zu Haftstrafe. In den letzten Jahren ist er aufgefallen durch Führerscheinentzug, er hat eine alkoholisierte Irrfahrt durch den Kreis Kleve hingelegt und musste mit Gewalt gestoppt werden, danach eine Festnahme wegen einer gewalttätigen Attacke gegen eine Streifenpolizistin, die im Rahmen einer Verkehrskontrolle seinen Führerschein sehen wollte. Anhängige Titel wegen nicht gezahlter Rechnungen gibt es zuhauf, Anzeigen wegen Nichtmeldung von neuen Adressen nach Umzügen, also lauter Kleinkram.« Burmeester rieb sich die Schläfen.

»Im Haus, in dem tatsächlich sein Name auf dem Klingelschild steht, fanden wir seine Wohnungstür dilettantisch aufgebrochen vor, die Wohnung wirkte hektisch durchsucht, Wertsachen wie PC und TV waren noch vorhanden. Der Kollege Heierbeck ist vor Ort und sichert die Spuren, hat den gleichen Eindruck wie wir, dass dort jemand eingedrungen ist, der ausschließlich an etwas ganz Speziellem interessiert war. Uns begegnete eine Nachbarin, bei der er ebenfalls Schulden hat, und wir sollten die anderen Nachbarn befragen, denn die wird er ebenfalls bei Gelegenheit angepumpt haben.«

Burmeester schaute auf. »Zumindest ließ er dort seine Wäsche waschen, und die Nachbarin wartet mit einem Korb frisch gebügelter Klamotten seit vierzehn Tagen auf seine Rückkehr. Entweder war es ihm gelungen, sich an ihr vorbeizuschleichen, um sich nicht wieder einen Sermon wegen Zahlungsunfähigkeit anzuhören, oder er war wirklich über den ganzen Zeitraum nicht zu Hause.«

Karin übernahm wieder. »Ein auffälliger Fund in diesem Chaos ist eine Visitenkarte, bei der man sich fragt, wie die stapelweise in die Wohnung solch eines Losers gerät. ›Frank S. Bellhaus, Immobilien und Vermögensberatung‹ ist da zu lesen.«

Jerry wandte ein, dass der ja vielleicht auch Schuldnerberatung mache.

»In Düsseldorf, Madrid und New York? Er ist nicht erreichbar, der AB sagt, er sei in New York. Jerry, du und Tom, ihr macht euch auf den Weg nach Düsseldorf und schaut euch sein Büro an, ich will wissen, was die beiden miteinander zu tun haben. Und wenn niemand da ist, fragt ihr die Nachbarn, das nächste Café, die nächstgelegene chinesische Imbissbude.«

Burmeester gab ihnen noch den Tipp, vorsichtshalber das aktenkundige Foto von Breimann mitzunehmen, denn da es Bellhaus in den sozialen Medien nicht gab, könnte es doch sein, dass es sich hier um ein und dieselbe Person handele.

»Genau. Und Burmeester, du fährst zurück nach Kamp-Lintfort und nimmst dir die Nachbarschaft vor, und zwar bis zum nächsten Döner und zum Kiosk an der nächsten Ecke.«

Karin notierte Aufgaben und Zuständigkeit im Laptop, das Ganze war hinter ihr an der Infowand zu sehen:

Patalon, Weber – das Büro Bellhaus in Düsseldorf aufsuchen.

Burmeester – Zeugenbefragung in der Nachbarschaft und beim Vermieter von Breimann.

Von Aha – den Rechner auswerten, Telefonanbieter kontaktieren, dazu Auswertung der Mahnungen von verschiedenen Anbietern, Sichtung der Inhalte ungeöffneter Einschreiben, die Nummer von Bellhaus ebenfalls überprüfen.

Sonderkommission Hasenjagd mit Fuchs – ist bereits unterwegs zur erneuten Befragung der Zeugen in Büderich.

Spurensicherung Heierbeck – Spurenauswertung aus der Wohnung, Vergleich mit Spuren bei Automatensprengung, Herkunft des Sprengstoffs.

Krafft – Kontodaten Breimann, Arbeitsstelle, Profilerstellung.

Zum Schluss schaute sie auf die Uhr.

»Es ist bereits achtzehn Uhr dreißig. Wir arbeiten morgen die Liste ab und treffen uns Punkt siebzehn Uhr wieder hier zur erneuten kleinen Lage, dann sind wir hoffentlich schon ein Stück weiter. Ich wünsche euch einen erholsamen Feierabend, das wird ein anstrengender Tag morgen.«

Die Männer, bis auf den Staatsanwalt, verließen den Raum, er ging zu Karin, die ihre Einträge abspeicherte.

»Das nenne ich effektive Arbeit. Bei Gelegenheit sollten wir uns mal zu einem guten Glas Wein zusammensetzen, und du erzählst mir, welche internen Regeln es hier gibt.«

Sie schaute mit ernster Miene auf. »Ich soll über Kollegen reden? Mach ich nicht.«

»Nein, da hast du mich falsch verstanden. Ich möchte Abläufe kennenlernen, Koordination, interne Regelung von Zuständigkeiten. Ich habe dazu nichts auf dem PC meines Vorgängers gefunden. Nur ein ziemlich uneffektives Konzept für die Nutzung dieser Räume zu internen Fortbildungen. Was der Haase für einer war, darüber kannst du mir aber berichten, oder?«

»Okay, aber jetzt muss ich nach Hause, und den Plan für

morgen kennst du. Wir werden sehen, wann es passt mit dem Wein.«

»Ich nehme das als Zustimmung. Ich tippe mal auf Rotwein, oder?«

»Richtig.«

***

»Die kleine Krimistunde« nannte Maarten de Kleurtje die Zeit, nachdem die kleine Hannah Krafft de Kleurtje zu Bett gegangen war und seine Frau endlich von den neuesten Entwicklungen im aktuellen Fall berichten konnte. Die Schilderungen des Kollegen von der Sonderkommission aus Düsseldorf hörte er sich, als gebürtiger Niederländer, mit großem Interesse an.

»Das ist ja eine ganz perfide Form der Clan-Kriminalität, ich kann es nicht fassen. Die nutzen alte Bunker, alte Schutzräume für ihren Dreck. Und hast du letztens den Bericht gelesen von der vorbereiteten Folterkammer, die sie auch in irgendeinem bunkerartigen Gebäude gefunden haben? Dass man da nicht längst einen flächendeckenden Plan mit entsprechenden Verfügungen zur Durchsuchung und Stilllegung erwirkt hat, das verstehe ich nicht. Zumauern, alles. Früher waren wir stolze Seefahrer, Piraten und Schmuggler, heute Drogenbosse und Automatensprenger. Mensch, was ist nur los in dieser Welt!«

Er setzte sich neben seine Frau auf das Sofa und bot ihr einen Arm und seine Schulter. Karin lehnte ab, wollte weiter berichten, seine Reaktion sehen.

»Das ist aber nicht unsere Tätergruppe.« Sie saß kerzengerade neben ihm, beschrieb die Unterschiede zwischen Profis aus dem Nachbarland und nachahmenden Amateuren und dass die Büdericher Sprengung wohl von Letzteren verübt worden war.

»Was? Nicht diese abgebrühten Nachbarn, sondern Doofis, die es nicht schaffen, aus dem eigenen Land?«

»Nationalität noch unbekannt, aber wahrscheinlich nicht die Niederländer.«

»Und das Opfer kommt aus Kamp-Lintfort?«

»Genau, es wird dauern, bis wir die Geschichte zu diesem Mann kennen und wissen, ob er einer der Täter oder ein zufälliges Opfer ist. Morgen geht es zur Sache, die Aufgaben sind verteilt. Und der Neue …«

Grinsend schaute Maarten seine Frau an: »Du meinst … Mütze?«

»Ja. Nein, nenn ihn nicht so, sonst verplappere ich mich auch noch, und das fände ich peinlich. Also Aaron hat gesagt –«

»Ach, Aaron also, ihr seid schon beim Du?«

Genervt verdrehte sie die Augen. »Das Gleiche hat Burmeester auch gefragt und danach reagiert wie ein eifersüchtiger Teenager. Du wirst jetzt nicht bockig, weil ich den Staatsanwalt duze, hüte dich!«

Maarten schenkte Wein nach und grinste noch breiter, küsste Karin flüchtig auf die Wange. »Nein, meine Liebe, wie kann ich eifersüchtig sein? So eine überdimensionale Mütze ist doch gar nicht dein Typ, du magst nur Niederländer mit Zopf. Keine isländischen Mützen, nein, Mützen sind dir schon im Winter ein Gräuel, hab ich dich jemals mit einer Mütze …«

Sie steckte ihn mit einer Lachsalve an, beide waren so ungehemmt laut, dass Hannah oben ihre Tür öffnete. »Ruhe! Eltern sind unmöglich«, rief sie und schloss die Tür wieder.

Maarten flüsterte Karin ins Ohr: »Was hat denn Aaron nun gesagt?«

Sie flüsterte zurück: »Er hat meinen Führungsstil gelobt und will sich von mir die internen Dienstwege beschreiben lassen.«

Maarten rückte immer näher und biss ihr sanft ins Ohrläppchen. »Dann ist ja gut, das darf die Mütze.«

»Er wählt dazu ein Treffen mit Rotwein.«

Maarten wich überspielt entsetzt zurück. »Muss ich mir Sorgen machen?«

Karin öffnete einladend ihre Arme. »Nein, die Hauptkommissarin mag keine isländischen Mützen, nur niederländische Männerzöpfe.«

Der Rest war zärtliches Schweigen. Lächelnd.

∗∗∗

Bis auf die Hauptkommissare Gero von Aha und Karin Krafft waren alle Kollegen des K1 im Außendienst. Karin genoss für einen Moment die Leere des Flurs, holte sich beschwingt eine Wasserflasche aus der Küche und ließ ihre Bürotür offen stehen. Ein kurzer Blick in die Aue gehörte zum täglichen Ritual, heute war die Aussicht milchig verhangen, der Xantener Dom auf der anderen Rheinseite in der Weite nicht erkennbar.

Gero von Aha kam vorbei, gut gelaunt trällernd, fragte, ob er ihr einen Kaffee mitbringen könnte.

»Klar, danke. Ich habe extra auf dich gewartet, du machst ihn am besten.«

Kontodaten, Arbeitsstelle, Profilerstellung.

Der Kollege stellte ihr eine Kaffeetasse auf den Schreibtisch, setzte sich davor, lächelte immer noch in sich hinein und an seiner Chefin vorbei.

»Gero, so kenn ich dich gar nicht, du bist ja supergut gelaunt, gibt es einen besonderen Anlass?«

Er lehnte sich zurück und nippte an seiner Tasse. »Wie man es nimmt. Ich bin glücklich, einfach so.«

Sie schaute ihn an. Er verbarg doch etwas. »Ey, nun rück schon raus mit der Sprache.«

Er druckste herum wie ein schüchterner Schuljunge in den Siebzigern. »Also, es kann sein, dass ich Marlene heirate.«

Karin verschluckte sich fast an einem Schluck des exzellenten Kaffees. Dieser Freibeuter und Frauenheld, der seit Jahren mal mehr und mal weniger mit seiner bodenständigen Freundin zusammen war, hatte das Wort »heiraten« ausgesprochen. »Du willst dich mit einem Ring an jemanden binden? Ich kann es kaum glauben. Wisst ihr schon, wann und wo, und sind deine Kollegen eingeladen?«

»Marlene weiß es noch nicht. Mir gefiel nur der Gedanke ganz gut, damit bin ich heute in der Früh aufgewacht. Meine Hand fand niemanden neben mir, da schoss mir durch den Kopf, wie nett es wäre, wenn man morgens neben jemandem aufwacht, mit dem man gerne ins Bett geht.«

Er nahm seinen Becher und ging zur Tür, drehte sich noch einmal um. »Jetzt habe ich dir aber meine geheimen Morgengedanken mitgeteilt, du behältst das schön für dich, klar?«

»Logisch. Aber du informierst mich als Erste, wenn es jemals zu einem Heiratsantrag kommen sollte, okay?«

»Mach ich. Schaff's gut. Ich beschäftige mich mal zuerst mit dem Rechner, das kann ja schon ganz aufschlussreich sein.«

Karin gab zunächst Frank Breimann in das Einwohnermelderegister ein. Er war mehrmals umgezogen in den letzten Jahren, hatte nie länger als ein Jahr am selben Ort gewohnt. Sie rief Heierbeck an, ob in dem Wust von Briefen und Papieren irgendwo ein Arbeitsvertrag gefunden wurde.

»Wir sind dabei. Nichts weist auf Arbeit hin, aber alles auf Hartz IV.«

»Auch aktuell?«

»Jaja, hier ist ihm im Vormonat eine Kürzung angedroht worden, weil er vorgegebene Termine zur Arbeitsvermittlung nicht eingehalten hat. Der hat quasi von knapp zwanzig Euro gelebt in diesem Monat, der Rest ging raus für Miete und eine Rate für Strom. Breimann muss ein Darlehen für eine riesige Nachzahlung für Strom bekommen haben und zahlte aktuell für diese kleine Wohnung einen Abschlag von vierhundertdreißig Euro pro Monat. Kannst du mir sagen, was der da macht? So viel Energie verbraucht man selbst dann nicht, wenn der Fernseher rund um die Uhr läuft.«

»Vielleicht ist doch Gerätschaft geklaut worden, von der wir nichts wissen. Haben Sie Nachweise dafür gefunden, so etwas wie Rechnungen, Betriebsanleitungen, Garantiescheine?«

»Bislang nicht, aber ich glaube, dass zeitweise mehrere Computer gleichzeitig liefen, die Verkabelung weist darauf hin.«

»Schicken Sie mir den Namen des Sachbearbeiters oder der Sachbearbeiterin vom Jobcenter? Ich will dort nachhorchen, wie es um Breimann stand.«

»Ich schicke Ihnen gleich die Kontaktdaten rüber.«

»Und gab es Hinweise auf ein Konto?«

»Auszüge haben wir gefunden, zerknüllt und ständig im Minus. Er hat zwei Konten bei unterschiedlichen Banken, einmal bei der Sparkasse, dahin überweist auch das Jobcenter, und eins bei der Santander Bank.«

»Die bekomme ich auch gleich gesendet, okay?«

Die Grundlage für ihre Informationssammlung stand.

Als Erste kehrten Tom und Jerry aus Düsseldorf zurück. Auf die beiden war Verlass, ein effektives Ermittlerduo. Der unscheinbare Tom Weber, oft in Grautöne gekleidet, die sich seiner Haarfarbe anpassten, und der modisch, aber farblich dezent ausgestattete, dunkelhäutige Jerry Patalon lagen mit ihren Thesen oft auf gleicher Linie und gingen selbst dem kleinsten Indiz mit Akribie nach.

Es gab keine Niederlassung von Frank S. Bellhaus, die angegebene Straße war für die Visitenkarte eigenmächtig verlängert worden, die Hausnummer existierte nicht. Niemand in der umliegenden Gastronomie hatte das Gesicht auf der Kopie erkannt, dafür erinnerten sich einige Befragte daran, dass vor ein paar Wochen ein älteres Paar einen Mann mit gleichem Namen gesucht und dabei verzweifelt gewirkt hatte.

Völliger Flop. Jerry unterbreitete Karin seine Vermutung.

»Frank S. Bellhaus ist eine Kunstfigur. Sein Büro ist in bestem Denglisch ein Fake. Wenn du mich fragst, dann ist das eine Betrugsmasche von Breimann.«

Karin erhielt eine Nachricht vom LKA. Der Kollege Fuchs von der Sonderkommission ließ sie wissen, dass seine Leute noch unterwegs seien, und sendete ihr einen kurzen Zwischenbericht. Auch Heierbeck hatte umfangreiche Ergebnisse erarbeitet. Dies alles leitete Karin Krafft an Gero von Aha weiter, der die Präsentation übernehmen sollte. Pünktlich um siebzehn Uhr waren alle im Besprechungsraum versammelt, auch Aaron Nilsson schlich sich wieder in die hintere Reihe bei der Tür, wobei er sich zwar leise und umsichtig bewegte, aber dennoch alle Blicke auf sich zog.

Karin fragte die Ergebnisse in der Reihenfolge ihres Protokolls ab. Tom und Jerry berichteten von dem Fake. Es gab keinen Kontakt zu Düsseldorf, weil dort nicht existierte, was nach einem Büro von Frank S. Bellhaus aussah.

»Entweder war das eine bewusst gelegte falsche Fährte, oder die Bellhaus-Identität gehörte zu einem betrügerischen Coup von Breimann«, sagte Tom.

Burmeester wirkte euphorisch und obenauf, fand sich in manchen Thesen bestätigt. »Er hat die halbe Nachbarschaft dazu genutzt, seine Wäsche waschen zu lassen, er hat immer nur die Frauen gefragt, er hat sie nicht entlohnt, sondern sich von ihnen auch noch Geld geliehen. Immer mit dem Versprechen, es schnell zurückzuzahlen. Die meisten sahen ihn so schnell nicht wieder, bei zwei Nachbarinnen in der Nebenstraße standen noch Taschen mit frischer Wäsche, die sie ihm nur aushändigen wollten, wenn er das Geld vorbeibringt. Eine wartete seit Monaten, die hatte eine Winterjacke von ihm an der Garderobe hängen.«

Karin schüttelte den Kopf und griff ein. »Das ist ja eine moderne Form der Ausbeutung, Wäsche waschen lassen, Geld aus der Tasche leiern und tschüss. Nikolas, was sagt denn der Vermieter?«

»Der hatte sich einen Schufa-Auszug besorgt und wollte ihn erst nicht nehmen, weil da dreißigtausend Euro Schulden aufgelistet waren. Nur eins hatte Breimann niemals: Mietschulden. Und weil er ihm nachweisen konnte, dass die Miete vom Jobcenter direkt an ihn überwiesen wird, da hat er dem netten Gesicht geglaubt, das gelobte, in die Privatinsolvenz zu gehen und alles zu regeln.«

Gero von Aha baute sich in Karins Rücken vor der Infowand auf, um seine Ergebnisse im rechten Licht zu präsentieren.

»Selbst bei drei Kiosken hatte er Deckel und durfte den nächstgelegenen Döner nicht mehr betreten. Hausverbot, bis er Kohle rüberwachsen ließ«, ergänzte Burmeester noch.

»Da mache ich gleich weiter«, sagte von Aha. »Ich habe unterschiedliche Telefonanbieter ausfindig gemacht, die seht ihr auf der linken Seite. Alle haben hohe Geldforderungen an ihn geltend gemacht, sich Titel erwirkt, um wenigstens einen Teil davon zu bekommen. Er hat regelmäßig einen Gerichtsvollzieher im Haus gehabt. Mit dem habe ich telefoniert. Breimann hob immer unschuldig die Hände, krempelte seine Hosentaschen nach außen, wies auf TV und PC, beides ist nicht pfändbar, und wollte noch einen Mitleidsbonus als armer Hartz-IV-Empfänger, weil er nicht einmal eine Waschmaschine besaß.«

Karin notierte: »Dreißigtausend bei der Schufa bekannt. Wie viel kriegen die Telefonanbieter noch, oder ist die Summe schon registriert?«

Von Aha bejahte, alles schon in der Schufa-Auskunft erfasst. »Aber –«

»Warte eben. Burmeester, wie viel, denkst du, kriegen die fleißigen Wäscherinnen?«

»Na, insgesamt vielleicht viertausend. Eine hat ihr gesamtes Sparbuch leer geräumt, weil Breimann ihr vor ein paar Wochen einen guten Geschäftsabschluss in Aussicht gestellt hatte. Ein Versprechen, eine gemeinsame Nacht, und schon floss das Geld.«

Von Aha war noch nicht fertig, aber Karin schien es wichtig, sich einen Überblick über den Schuldenberg zu verschaffen. »Kioske und Gastronomie?«

»Boah ey, habe ich nicht im Detail notiert, ich tippe auf insgesamt ungefähr eintausend Euro.«

Karin legte nach. »Ich packe noch den ausgereizten Dispo über zweitausend Miese dazu. Siebenunddreißigtausend uns bekannte Euro.«

Heierbeck meldete sich zu Wort, um seine Ergebnisse zu präsentieren. »Da ist noch mehr. Es gibt ganz frische Mahnungen in seinen Papieren, die sind noch nicht erfasst, rechnen Sie bitte noch mal ungefähr zehntausend Euro für nicht bezahlte Lieferungen, Internetbestellungen und Amazon dazu. Die haben ihn auf der schwarzen Liste.«

»Macht siebenundvierzigtausend uns bisher bekannte Euro Schulden. Da kann man schon mal auf die Idee kommen, einen Geldautomaten zu sprengen. Was haben Sie in der Wohnung noch gefunden?«, fragte Karin.

»Verschiedene Fingerabdrücke und DNA-Spuren, alles nicht zuzuordnen. Da war aber auch Blut, schon lange getrocknet, Spuren von seinem Blut auf dem Teppich, an einer Wand im Flur, der muss vor ungefähr einem Monat eine gewaltsame Auseinandersetzung erlebt haben, anders ist das nicht zu erklären, zu wenig für eine gefährliche Verletzung, zu viel, um es zu übersehen. Und er hat noch andere Geräte in seiner Wohnung genutzt, zwei weitere PCs auf jeden Fall. Bei ihm selbst fanden wir Restspuren von Beruhigungsmitteln im Blut. Der hat die Sprengung niemals selbst durchführen wollen in der Nacht, der muss gewankt haben, von seiner geistigen Abwesenheit ganz zu schweigen.«

»Ruhiggestellt?«

»Genau, nicht betäubt, nur beruhigt.«

»Merkwürdig. Gibt es Hinweise auf die Mittäter?«

»Zwei identische Fingerabdrücke haben wir in der Wohnung und der Kassenruine gefunden, können sie aber nicht zuordnen.«

»Haben Sie die Herkunft des Sprengstoffes ermitteln können?«

»Bislang nicht, wir sind dabei.«

Während von Ahas Versuche, aus dem Hintergrund auf sich aufmerksam zu machen, von Karin unbemerkt blieben, berichtete sie von den erweiterten Befragungen der Sonderkommission »Hasenjagd« in Büderich.

»Da gab es Anwohner in der Pastor-Bergmann-Straße, die haben einen Schuss und wenig später die Detonation wahrgenommen, in ihren Worten ›Peng und bums‹ …«

Es zog ein Lacher durch die Runde, selbst Karin musste grinsen.

»Und es hat gedauert, bis die Zeugen, ein älteres Paar, am vorderen Fenster waren. Er meinte, dafür zwei Minuten gebraucht zu haben, sie meinte, bis er sich aus dem Bett gepellt und ihr geholfen hatte, mindestens fünf, da hätten sie noch die Lichter von einem Wagen gesehen, der mit quietschenden Reifen vom Marktplatz aus zur Weseler Straße gefahren sei. Fragt nicht nach, Kollegen, sie haben ausgesagt, ein normaler Wagen eben, es sei zu dunkel gewesen und habe geregnet.«

Karin schaute auf. »Alles andere deckt sich mit den Aussagen, die Burmeester bereits aufgenommen hatte. Dann mache ich mal weiter. Frank Breimann ist arbeitssuchend gemeldet, schon so lange, dass er Hartz IV bezieht. Das auch nicht ohne Probleme, wegen unentschuldigtem Versäumen mehrerer Termine ist ihm sein Unterhalt gekürzt worden. Die Sparkasse hat ihm einen Überziehungskredit eingeräumt. Dann hat er merkwürdigerweise ein anderes Konto bei der Santander Bank, das ist mit ein paar Euro im Plus. Ein Mitarbeiter ließ mich wissen, dass es seit diesem Jahr für geschäftliche Zwecke genutzt wird, um – und jetzt haltet euch fest – große Beträge, die zweckgebunden darauf eingehen, sofort an eine spanische Filiale auf Fuerteventura zu überweisen. Mehr ist dort nicht passiert.«

»Wer hat das Geld auf dieses Konto überwiesen?«

»Sie recherchieren das, morgen senden sie mir das Ergebnis. Das nächste Ergebnis meiner Ermittlung ergibt sich aus den ersten: Breimann hatte und hat keine Arbeitsstelle.«

Jetzt ergriff von Aha einfach das Wort. »So, jetzt lasst mich mal meine Ergebnisse zu Ende präsentieren. Auch ich warte noch auf Informationen. Es gibt dieses Handy, das mit einer Prepaidnummer angemeldet ist. Jetzt hört mal, wer sich am anderen Ende meldet, wenn man sie anwählt.«

Er tippte die Nummer auf seinem Smartphone ein, stellte den Lautsprecher an und erhöhte die Lautstärke, alle lauschten gespannt.

»Hier ist das Vorzimmer von Frank S. Bellhaus. Leider hält Herr Bellhaus sich derzeit in unserer Dependance in New York auf und ist dort schlecht erreichbar. Bitte hinterlassen Sie eine Nachricht hier in der Mailbox, ich werde sie gerne weiterleiten.«

Karin und Burmeester kannten die Ansage schon, alle anderen reagierten hellwach, sprachen durcheinander.

»Was ist denn das für eine Stimme?«

»Hört sich doch nach einer Männerstimme an, die eine Frau imitiert …«

»Ob das Breimann ist, der Bellhaus' Sekretärin spielt?«

»Ein Vorzimmer, ich fasse es nicht, aber das passt zu großen Transaktionen bei der Santander Bank. Das ist doch …«

Karin meldete sich zu Wort. »Das ist eine groß angelegte betrügerische Masche. Gibt es eine Anruferliste?«

Gero von Aha beendete den Anruf. »Ich bekomme sie morgen gesendet, zusammen mit Ortungsdaten der Sendemasten, in deren Wirkungskreis telefoniert wurde. Dann wissen wir, wer mit Frank S. Bellhaus Geschäfte gemacht hat. Und da ist noch etwas.«

»Was meinst du?«

»Ich habe den Rechner durchgeschaut und dabei festgestellt, wo ein Großteil des Geldes geblieben ist, das er sich zusammengeliehen oder auch ergaunert hat.« Von Aha brüstete sich und genoss eine Kunstpause.

»Hast du weitere Transaktionen entdeckt?«, fragte Karin. »Jetzt sag schon …«

»Er hat gepokert, in verschiedenen Runden. Und nicht nur das: Blackjack, Pferdewetten, er war überall dabei, wo man Geld verlieren kann. Ich vermute, dass er auch in Spielhallen und Casinos Stammgast war.«

»Du meinst, er war ein Zocker?«

Karin kannte dieses Ritual, wenn Gero von Aha eine Kunstpause einlegte, bevor er etwas Wichtiges mitteilte. Die Aufmerksamkeit jeder einzelnen anwesenden Person war innerhalb dieser paar Sekunden auf ihn gerichtet.

»Er war kein Zocker, Karin, was sich da auftut, das ist krank. Du kannst dir nicht vorstellen, wo er überall gespielt hat. Breimann war spielsüchtig. Schau dir mal seine E-Mails an, es verging kaum eine Woche, in der er nicht daran erinnert wurde, endlich seine Schulden zu begleichen. Und glaube mir, das sind die harmloseren Erinnerungen, die anderen werden ihm wohl von Angesicht zu Angesicht mitgeteilt worden sein. Keine Namen, keine Spuren.«

Tom Weber meldete sich mit einem einzigen Satz. »Was hat das dann noch mit der Automatensprengung zu tun?«

Aaron Nilsson aus der letzten Reihe räusperte sich. »Gute Arbeit, und ich bin gespannt, wie es weitergeht. Ich gehe von breit angelegtem Betrug zur Beschaffung von Bargeld aus und sehe das Opfer in einer Täterrolle.«

Er stand auf und hatte die Türklinke bereits in der Hand. »Ach, und ich wollte noch erzählen, dass das Berichtswesen zur Behördenleitung ab sofort auf den elektronischen Weg im Intranet umgestellt wird. Ihr erspart euch bitte zukünftig das Abliefern von Berichten in ausgedruckter Form. Wir müssen doch ressourcenorientiert handeln, oder?«

Mit einem Lächeln für Karin verließ er den Raum.

Burmeester schaute ihm nach. »Wie hat er das geschafft?«

Karin zuckte mit den Schultern. »Vielleicht hat er mit der van den Berg einen Rotwein getrunken.«

Burmeester musste laut lachen, steckte die anderen an. »Auf die Idee sind wir in all den Jahren nicht gekommen.«

Am nächsten Morgen lag die Anruferliste zum Vertrag von Frank Breimann ausgedruckt bei Gero von Aha auf dem Schreibtisch, er versuchte, die Nummern nach Häufigkeit der Anrufe und Anrufversuche zu kennzeichnen, ganz altmodisch mit einem Lineal und farbigen Stiften, um die Teilnehmer zu unterscheiden. Ganz schnell filterte er eine kleine Anzahl von Nummern heraus, die es in den letzten Wochen auf eine beachtliche Frequenz versuchter Anrufe gebracht hatte.

Im nächsten Schritt ließ er die Teilnehmer ermitteln, und siehe da, alle hatten eins gemeinsam: Sie stammten vom Niederrhein. Zwei Festnetzanschlüsse gab es, dazu fünf Nummern von Mobiltelefonen. Da ließ er sich auch gleich noch die Wohnadressen heraussuchen, weil das von großem Interesse sein konnte.

Von Aha stellte die Liste zusammen und ging zu Karin, die inzwischen die angeforderten Informationen von der Santander Bank erhalten hatte, die Ausdrucke in der Hand hielt und zur Tür ging, wo beide fast aneinanderstießen.

Karin wedelte mit ihren Papierbögen. »Ich habe da neue Informationen, das wirst du nicht –«

»… glauben, das wolltest du sagen, oder? Ich auch, ich habe Namen, echte Namen von existierenden Menschen, die mit einem gewissen Frank S. Bellhaus in ständiger Verbindung waren. Jedenfalls haben sie es eine Weile redlich versucht, allerdings vergeblich, vor vier Wochen brachen diese Versuche abrupt ab. Seither hat sich außer der Polizeibehörde niemand mehr auf dem Anschluss gemeldet. Und da gibt es etwas, das dich brennend interessieren könnte.«

Karin war beseelt von ihrer eigenen Euphorie und ließ von Aha keinen Bühnenplatz frei. »Ich kann mir jetzt vorstellen, was sich auf dem zweiten Konto abgespielt hat. Darauf sind hohe Geldsummen eingegangen und auch gleich wieder weitergeleitet worden. Nach Spanien, genauer gesagt auf die Kanaren. Und dort hat ein besagter Frank S. Bellhaus noch ein Konto, auf dem nun ein einziger Euro als Guthaben ruht, nachdem er alles abgehoben hat. Und jetzt rate mal, um wie viel es sich gehandelt hat.«

Von Aha ließ nicht locker, er hatte doch die Sensation in der Hand, es war sein Ermittlungstriumph, den er auskosten wollte. Mit klarer Stimme und ohne weitere Einleitung verlas er eine Namensliste. »Heinz Schollkämper, Lotte Plaat, Kim Feenstra, Grete Schollkämper, Maria Dromke, Thilo Dromke.«

Karin stand ihm in nichts nach, die Summe würde ihn beeindrucken. »Stell dir vor, dreihundertsiebzigtausend Euro –«

Sie stutzte einen Moment, während von Aha anerkennend durch die Zähne pfiff. »Donnerwetter, das sind nicht mal eben ein paar Kröten, das ist verdammt viel.«

»Sag das noch mal.«

»Das ist verdammt viel.«

»Nein, ich meine die Namen. Hast du gerade Thilo Dromke und Maria Dromke gesagt?«

»Ja, wieso?«

»Nachbarn von mir heißen so, zwei Häuser weiter. Und die haben mit Breimann alias Bellhaus telefoniert?«

Sie forderte von Aha auf, einzutreten, das musste sie genauer wissen, nicht nur zwischen Tür und Angel oberflächlich gehört haben.

Von Aha legte die Telefonlisten sorgfältig auf ihrem Schreibtisch aus. »Das ist das funktionierende Smartphone von Frank Breimann, ein Gerät mit einer Prepaidkarte, das wir bis jetzt nicht gefunden haben. Ich habe mir die Verbindungsdaten kommen lassen und auf dem Weg die auffälligsten Nummern herausgepickt. Auffällig deshalb, weil es in diesem Sommer einen Zeitraum gab, in dem die genannten Personen andauernd versucht haben, ihn zu erreichen. Das grenzte schon fast an Telefonterror oder Stalking und ging an manchen Tagen rund um die Uhr, tagsüber, nachts.«

Karin schaute von den Listen mit farblich markierten Nummern hoch. »Und meine Nachbarn waren auch dabei?«

Von Aha wies auf die blau markierten Nummern. »Das sind die beiden Handys von Thilo und Maria Dromke.« Er zog einen kleineren Stapel Papiere aus einer Klarsichthülle. »Ich werde die Telefondaten der genannten Teilnehmer ebenfalls überprüfen lassen.«

Karin schaute wiederum auf einen Wirrwarr von Farben und Notizen neben ordentlich aufgeführten Nummern.

»Ich glaube, die kennen sich, Karin, all diese Menschen, die mit Breimann beziehungsweise Bellhaus telefoniert haben oder es zumindest hartnäckig versucht haben, kennen sich untereinander. Nur versucht seit Wochen niemand von denen mehr, Bellhaus oder Breimann zu erreichen. Das ist doch merkwürdig, oder?«

Sie schauten sich lange wortlos über die ganzen Papiere hinweg an, keiner wollte als Erster diesen nachdenklichen Moment unterbrechen, es spulte in den Köpfen, fast hörte man es knistern, bis Karin endlich sagte: »Die Dromkes sind aufrichtige, redliche Eheleute im Rentenalter, ich kann momentan nichts konstruieren, was sie mit einem Verbrecher wie Breimann in Verbindung bringt.«

»Sagen dir denn die anderen Namen etwas, sind das vielleicht Verwandte oder Freunde, kann es sein, dass du ihnen bei irgendeinem der groß gefeierten Feste von Einheimischen begegnet bist?«

Karin schüttelte den Kopf. »So eng sind wir auch wieder nicht. Du musst bedenken, dass Maarten, Hannah und ich zugezogen sind, da ist man nicht sofort und überall ganz dicke dabei. Die Dromkes kenne ich, nette Nachbarn, da steh ich zu, wirklich hilfsbereit und immer freundlich, man trifft sich im Sommer auf ein Quätschken an der Mauer.«

In ihrer Nachdenklichkeit drehte Karin ihren Stuhl zum Fenster, schaute in die Weite. Von Aha stieß die Papiere zu exakten Stapeln, passend für die Klarsichthüllen, und schob sie mit Bedacht hinein. »Was machen wir mit dieser Erkenntnis?«

Karin drehte sich langsam wieder um. Sie lächelte. »Mein Plädoyer für die Nachbarschaft war lang genug, wir lassen Taten folgen. Die Letzten, die verzweifelt versucht haben, Breimann, vielmehr Bellhaus zu erreichen, kennen sich und stehen im Kontakt. Hol sie her, lass sie nicht telefonieren.«

»Alle?«

»Alle, und setze sie gemeinsam in den Raum mit der Sichtscheibe, ich will sehen, wie sie sich zueinander verhalten, will für ein paar Minuten erleben, hören, wie sie reagieren und was sie sich zu sagen haben.«

Der Kommissar sprang auf, endlich gab es zu tun in diesem Fall, der merkwürdiger nicht sein konnte. »Bin schon auf dem Weg.«

»Gut gemacht, Gero, sehr gut. Nimm die anderen mit.«

Ein Lob der Chefin wirkte immer. Beflügelt straffte von Aha die Schultern und drehte sich in der Tür noch einmal um. »Wir werden sie herbringen, jeder von uns bricht gleich zu einer anderen Adresse auf.«

Karin schaute noch einmal in die Weseler Aue – vor ein paar Tagen noch grau, verbrannt vom heißen Sommer, war nach den letzten Regenfällen nun überall zartes Grün zu erkennen.

»Der ordentliche Thilo und die Maria, die man nie ohne Kochschürze sieht, da schau her. Was das wohl zu bedeuten hat?«

❊❊❊

Hauptkommissarin Karin Krafft hörte die Stimme ihrer Nachbarin, die ohne Unterlass auf ihren Mann einzureden schien, während Jerry Patalon sie in den überwachten Raum brachte, der extra für diese Zusammenkunft mit sieben Stühlen ausgestattet worden war. Jenseits der verspiegelten Scheibe gab es Platz für mehrere Personen und die technische Einrichtung zur Auswertung der Videoüberwachung sowie der Sprachaufnahmen.

Karin wollte sich auf den Lautsprecher und auf das verlassen, was sie hinter der Scheibe beobachten konnte. Es handelte sich ja nicht um eine Vernehmung, sie wollte lediglich einen Eindruck davon gewinnen, wie diese Menschen, die allesamt auf den Anruflisten von Bellhaus zu finden waren und die auch jetzt noch miteinander kommunizierten, sich verhielten. Hier, im K1, zur Befragung abgeholt, ohne Vorwarnung und ohne die Möglichkeit, sich zuvor in irgendeiner Weise abzusprechen.

Karin zeigte sich nicht, hörte aber durch die angelehnte Bürotür, wie Maria Dromke ihrem Mann sagte, er solle doch nach Karin Krafft fragen, die müsse hier irgendwo arbeiten. Jemand müsse ihnen doch erklären, warum sie hergeholt wurden. »Was das zu bedeuten hat, Thilo, was die von uns wollen.«

Ihr Mann wirkte wie sonst, die Ruhe selbst, räusperte sich, immer wieder. »Du hast doch gehört, was der Kommissar gesagt hat. Es geht um eine Befragung. Mehr nicht. Die Krafft will uns nur ein paar Fragen stellen.«

»Aber warum hier und nicht zu Hause?«

»Wir haben die Schüler auch nicht zu Gesprächen mit nach Hause genommen, sondern schulische Gegebenheiten und die Dienstzeit dazu genutzt.«

Erst als sie hinter der Tür des Befragungsraumes verschwunden waren, blieb es für einen kurzen Moment still auf dem Flur.

Das nächste Paar wurde von Gero von Aha begleitet, der Mann musste Heinz Schollkämper sein, ein frühpensionierter Versorgungsoffizier der Bundeswehr. Man hörte ihm an, dass er Jahrzehnte gedient hatte. Er schien einen Disput mit von Aha zu führen, der sich tiefenentspannt gab.

»Ich verlange, Ihren Vorgesetzten zu sprechen.«

»Geht nicht, Herr Schollkämper.«

»Das ist reine Schikane. Wieso ist das nicht möglich?«

»Weil es eine Vorgesetzte ist.«

»Jetzt kommen Sie mir auch noch mit schnoddriger Kleinkrämerei, so nicht! Ich erwarte, dass Sie ihr sofort Meldung machen und diese unwürdige Posse auf der Stelle beenden.«

»Nichts ist unpassend oder unwürdig, Herr Schollkämper, Sie sind zu einer Befragung abgeholt worden, das ist alles.«

»Machen Sie das immer so? Bürger ohne Vorwarnung abholen?«

»Ja, das geschieht öfter. Hier lang bitte, Herr Schollkämper.«

Als beide verschwunden waren, lief Karin schnell in den Beobachtungsraum und schaltete den Lautsprecher ein, übertrug, was dort gesprochen wurde. Sie sprachen leise und durcheinander.

»Was das zu bedeuten hat?«

»… kann mir nicht vorstellen …«

»… immer mit der Ruhe …«

»… nichts, gar nichts …«

Die Tür ging auf, hineingeführt wurde Lotte Plaat. Tom Weber kümmerte sich fürsorglich um sie, schob der älteren, extravagant gekleideten Grande Dame einen Stuhl zurecht. Wenn die beiden Paare zwischen Mitte sechzig und siebzig waren, dann war Lotte Plaat, die Witwe des berühmten niederrheinischen Malers Gustav Plaat, bestimmt schon Mitte achtzig, machte jedoch den lebendigsten und muntersten, ja vielleicht sogar einen leicht bekifften Eindruck. Sie strahlte alle an und verteilte Luftküsschen an die Anwesenden.

»Liebe Leute, ihr auch in diesem unschönen Behördengebäude? Wie nett, euch zu sehen, ich hatte ja keine Ahnung, dass ihr alle hier seid. Ich würde euch gerne umarmen, aber das hat man uns ja bei der Coronapandemie abgewöhnt. Man will uns befragen, wurde mir gesagt. Was schaut ihr denn so besorgt? Es ist doch alles in Ordnung. Es hat aufgehört zu regnen, so ein schöner Tag.«

Erneut öffnete sich die Tür, Burmeester kam mit Kim Feenstra.

»Oma! Du bist auch hier. Dürfen die überhaupt Leute in deinem Alter herbringen? Geht es dir gut?«

»Blendend, mein Kindchen, mach dir keine Sorgen. Gut siehst du aus, ich habe immer gesagt, dass Türkis hervorragend zu deinen Haaren passt.«

Nun waren sie komplett, die Menschen von den Anruflisten. Burmeester, Tom Weber und Jerry Patalon gesellten sich zu Karin auf ihrem Posten, von Aha saß bereits mit Kopfhörern am Technikpult und wartete auf Karins Einsatz. Erst wenn sie selbst den Raum vor der Scheibe betreten und die sechs Personen darüber informiert hatte, dass ihr Gespräch dokumentiert würde, erst dann würde er die Aufnahme starten. Ein wenig Probe im Vorfeld konnte nicht schaden, er richtete die Kameraeinstellung und den Ton.

Karin schaute auf die offensichtlich unsicheren Ehefrauen, den stillen Dromke, den zum Bersten angespannten Schollkämper, der stets von seiner Frau an Ruhe und Besonnenheit erinnert wurde. Sie betrachtete die schöne junge Frau mit den unschuldigen Augen, die Großmutters rechte Hand liebevoll zwischen ihre nahm, und die lächelnde Lotte Plaat, die immer wieder jemanden anschaute und dabei sanft den Kopf schüttelte. Was war das? Ein Ritual zur Beruhigung?

Nichts weiter geschah, Schollkämper tigerte durch den Raum, seine Frau strich sich mehrmals in gleicher Reihenfolge Haar, Rock und Bluse glatt, und Maria Dromke rückte ihren Stuhl zum x-ten Mal zurecht. Zwei Minuten noch.

Lotte Plaat kicherte in sich hinein, tätschelte den Kopf ihrer Enkelin. »Wirst sehen, alles ist gut. Gleich werden sie uns sagen, dass wir gehen können. Bringst du mich nach Hause?«

Der stille Thilo Dromke räusperte sich. »Die können uns nichts. Lotte hat recht, die müssen uns wieder gehen lassen.«

Schollkämpers Gesicht lief rot an, er wies auf die Kameras, die in den Raumecken knapp unter der Decke montiert waren. »Schaut euch doch mal um, hier herrscht die völlige Überwachung, und das da ist eine Spiegelscheibe, von der anderen Seite aus kann man den Raum beobachten. So, hat noch einer was zu sagen?«

Die Kommissare und ihre Chefin standen hinter der Scheibe, keiner sprach, alle lauschten gebannt, während Lotte Plaat plapperte. »Nein, man muss uns erst mal nachweisen, dass wir etwas getan haben, das –«

Man sah den Anwesenden eine wachsende Anspannung an. Ihre Enkelin unterbrach die alte Dame und flüsterte ihr ins Ohr.

Lotte Plaat winkte ab. »Ach, Kindchen, nichts wird –«

»Oma! Du sagst jetzt am besten nichts mehr, bitte, das regt dich nur unnötig auf.«

Schollkämper stand vor ihr. »Kim hat ausnahmsweise mal recht, sei bitte still.«

Karin lächelte. »Habt ihr das gehört?«

Burmeester nickte. »Gehört und gesehen.«

Tom Weber blieb sachlich. »Was hat sie denn gesagt? Was müsste man ihnen nachweisen? Bis jetzt begründet sich eure aufkeimende Euphorie auf vagen Andeutungen und Vermutungen. Sonst nichts.«

Burmeester ließ sich nicht beirren. »Wie wollen wir vorgehen?«

Karin lächelte noch immer, um die Wette mit Lotte Plaat, die versonnen mit einem großen Goldring spielte, der ihr vom knochigen Finger zu rutschen drohte.

»Ich werde sie mit unserem Wissen um die Telefondaten konfrontieren. Und jeder von euch nimmt die, die er hergebracht hat, mit in einen anderen Raum. Und dann werden wir uns anhören, was sie zu sagen haben. Wenn sich heute kein triftiger Grund findet, wenigstens eine dieser Personen festzuhalten, dann werden eben alle erkennungsdienstlich erfasst. Ich garantiere euch, dass wir da Übereinstimmungen mit den Spuren aus Büderich oder aus Breimanns Wohnung finden.«

Von Aha schaute sie skeptisch an. »Ist das dein Ernst? Du meinst wirklich, dass diese illustre, altersgemischte Gruppe friedlicher Niederrheiner in eine Automatensprengung verwickelt ist?«

»Hast du ihre kleinen Dialoge mitgekriegt? Irgendwas verbergen die. Nicht mehr lange. Los geht's, ich stoße abwechselnd zu euch oder hole mir bei den Paaren einzelne Personen aus dem Raum.«

Die Kommissare beobachteten von ihrem Posten aus, wie

sich die Tür öffnete und Hauptkommissarin Karin Krafft den Raum betrat. Sie hielt die Anruflisten in der Hand.

Maria Dromke stürzte auf sie zu. »Karin, da bist du ja, Gott sei Dank. Hier muss ein Irrtum vorliegen, Karin, warum sind wir hier?«

Karin setzte sich in aller Ruhe. »Dies ist ein Raum, in dem Befragungen stattfinden, ich möchte Sie darüber informieren, dass wir ab jetzt alles aufzeichnen.«

Ein leichtes Aufatmen war zu erkennen, Kim Feenstra lächelte. »Ab jetzt wird alles aufgenommen, hast du gehört, Oma?«

»Jaja, ich bin doch nicht taub.«

Karin wies auf die Klarsichthüllen in ihrer Hand. »Aus Datenschutzgründen kann ich Ihnen diese Listen nicht näher zeigen. Ich möchte sie jedoch nutzen, um Ihnen zu erklären, warum wir Sie zu einer Befragung haben herbringen lassen. Das sind die Daten der Anrufe, die auf einem bestimmten Anschluss getätigt wurden. Der Name des Teilnehmers ist Frank Breimann, er nennt sich jedoch auf diesem Anschluss Bellhaus. Frank S. Bellhaus. Und ich bin davon überzeugt, dass Sie alle ihn kennen.«

Sie ließ den Satz wirken, man hätte eine Büroklammer fallen hören können. Maria Dromke rieb sich die Finger. Lotte Plaat kicherte nur kurz auf, die anderen suchten verstohlen den Blickkontakt zueinander. Winzige Blicke, die Karin nicht entgingen.

»Ich muss meinen Satz korrigieren. Sie *haben* diesen Mann mit den beiden Identitäten gekannt. Denn er lebt nicht mehr. Wir haben seine Überreste am Samstag in der Früh von einem gesprengten Geldautomaten gekratzt.«

Schollkämper verschränkte die Arme. »Was haben wir damit zu tun?«

Karin lehnte sich zurück. Das war fast so viel wert wie ein vorzeitiges Geständnis. Der gewissenhafte ehemalige Versorgungsoffizier hatte diese illustre kleine Ansammlung von Menschen mit einem deutlichen »wir« als Gruppe kenntlich gemacht. Er, dem sie am ehesten Strenge und Gradlinigkeit zugeschrieben hätte, sprach das Wort locker aus und schien auch keine Veranlassung zur Korrektur zu sehen. Die Hauptkommissarin stand auf.

»Meine Kollegen werden Sie alle nun in unterschiedlichen Räumen befragen, ich komme bei Bedarf hinzu.«

Schollkämper ergriff das Wort. »Das ist eine Unverschämtheit. Ich verlange einen Rechtsbeistand. Was werfen Sie uns vor?«

»Bislang nichts, nur, dass Sie allesamt in telefonischem Kontakt zu dem Toten standen.«

»Na und?«

»Sie alle haben, fast schon stalkend, versucht, ihn zu erreichen, und plötzlich brachen Ihre Versuche ab. Kurz danach verschwand er plötzlich. Das war, wie wir von einer Nachbarin wissen, vor gut vierzehn Tagen.«

Schollkämper gab sich kämpferisch. »Na und?« Den Versuch seiner Frau, ihn durch das Tätscheln seines Oberarmes zu beschwichtigen, ignorierte er.

»Ich will wissen, warum und weshalb exakt danach Ihre Versuche, den Mann zu erreichen, zum Erliegen kamen und Sie fortan stattdessen nur noch miteinander kommuniziert haben.«

Schollkämper blieb dran. »Wer hat Ihnen die Erlaubnis erteilt, für eine einfache Befragung diese Informationen einzuholen?«

»Da brauchen wir keine Erlaubnis, bei den Ermittlungen stehen uns eine Reihe von vertraulichen Daten offen, die je nach Ergebnis vernichtet oder archiviert werden.«

Demonstrativ wedelte die Hauptkommissarin noch einmal mit der Klarsichthülle, die Papiere enthielt, deren farbige Markierungen auch aus der Ferne zu erkennen waren. »Ich bin gespannt, was mit diesen Ausdrucken geschehen wird.«

Lotte Plaat kicherte. »Schreddern Sie Konfetti daraus. Sicher erwarten Sie von uns ein Geständnis, aber das bekommen Sie nicht.«

Da war es wieder, ein magisch anmutendes »uns«. Karin blickte in die Runde, nicht jede Person hielt ihrem Blick stand. Mit wem befand sie sich in diesem Raum? Mit einer zufällig zusammengewürfelten Gemeinschaft? Das mochte so sein, aber die gesenkten Augenlider und die weggedrehten Köpfe, die ihrem Blick auswichen, sprachen eine andere Sprache. Die hatten garantiert etwas zu verbergen.

Karin schaute hoch zur Kamera. »Kollegen, wir wären so weit.«

Wenig später öffnete sich die Tür, bis auf Dromkes wurden alle abgeholt, zu ihnen setzte sich Jerry Patalon und wirkte energischer als je zuvor.

Karin zog sich in den Überwachungsraum zurück. Sie würden schauen, was da zum Vorschein kam.

Schreddern oder archivieren.

Wir. Unfassbar.

❊ ❊ ❊

Befragung Maria und Thilo Dromke, anwesend KHK Krafft und KHK Patalon

»Nun geben Sie schon zu, dass Sie Bellhaus kannten, oder soll ich Ihnen das exakte Datum Ihres letzten Telefonats auf den Tisch legen?«

Beide saßen Jerry Patalon gegenüber und schwiegen beharrlich.

»Ich kann Sie auch einzeln befragen, das steht mir zu. Warten Sie, ich hole die Chefin, und Sie, Frau Dromke, gehen mit ihr.«

Ein Schreck durchfuhr die Frau, die ihren Mann hilflos anschaute, der jedoch ihren flehentlichen Blick ignorierte. Sie schien das zu kennen, denn als Karin Krafft den Raum betrat, stand sie wortlos auf und ging mit, zupfte ihr auf dem Flur, ähnlich wie ein kleines, verschüchtertes Kind, am Ärmel. »Karin …?«

Jerry Patalon stützte seine Ellenbogen auf den Tisch und sprach in das Mikrofon.

»Zur Befragung sind nunmehr im Raum: Thilo Dromke und Kommissar Jerry Patalon. Herr Dromke, Sie kannten Herrn Bellhaus alias Breimann?«

Dromke blickte zur Seite, zögerte noch einen Moment. »Ja.«

»Ja, was?«

»Ja, ich kannte den Mann.«

»In welcher Beziehung standen Sie zu ihm?«

Jetzt wandte er sich Jerry zu, antwortete entsetzt: »Was soll denn das? Wir hatten keine Beziehung.«

»So ist das auch nicht gemeint. Kannten Sie sich privat oder eher geschäftlich?«

Dromke streifte gedankenversunken mit dem Zeigefinger der rechten Hand die Tischkante entlang. »Wir sind uns im Urlaub begegnet, auf Fuerteventura.«

»Eine Urlaubsbekanntschaft, kann man es so nennen?«

»Der saß als freundlicher und redegewandter Fan dieser Insel in unserem Restaurant und hat uns angesprochen.«

»Was wollte er von Ihnen?«

»Na, nichts. Reden wollte er, lachen, angeben. Hat immer jemandem was ausgegeben. Wissen Sie, im Urlaub vergisst man schon mal den eigenen intellektuellen Anspruch und unterhält sich auch mit Krethi und Plethi. Man trinkt Wein miteinander und streicht den Gesprächspartner schon auf dem Heimweg aus dem Gedächtnis. In Urlaubslaune ist alles ein wenig lockerer.«

»Und wie kommt die Handynummer des Mannes auf Ihre Liste, wenn Sie ihn doch gleich wieder aus Ihrem Gedächtnis entfernt haben?«

Dromke gestikulierte wild. »Meine Güte, man trifft sich noch einmal, man trinkt miteinander, und irgendwann tauscht man doch einfach die Handynummern, um sich zu verabreden.«

»Mit ›Krethi und Plethi‹. Herr Dromke, irgendwie kann ich Ihnen diese kanarische Leichtigkeit nicht abnehmen.«

Dromke drehte sich weg, verschränkte die Arme. »Machen Sie doch, was Sie wollen.«

Im Nebenraum saß Karin Krafft mit Maria Dromke und ließ einen Sermon über sich ergehen, ohne ihn zu unterbrechen.

»Also Karin, ich darf doch auch hier Karin zu dir sagen, oder? Wir sind doch Nachbarn und müssen zusammenhalten, das macht Nachbarschaft ja aus, dass man zusammenhält und sich gegenseitig unterstützt. Karin, ich weiß nicht, warum wir alle hier sind, ich habe keine Ahnung, und ich bin gespannt, wie du mir erklären willst, was das alles soll. Ich kann dir wirklich nichts zu dem Mann sagen. Ich weiß nicht, was Thilo mit ihm zu schaffen hatte, aber du kennst ihn. Er ist immer neugierig auf seine Mitmenschen, überall kommt er ins Gespräch oder erklärt unaufgefordert, wie die Welt funktioniert.«

Karin konnte es nicht fassen. Mit gesenktem Kopf und Augenaufschlag wie bei einem Gespräch mit dem Pfarrer, ehrfürchtig, gottesgläubig, saß diese Frau ihr gegenüber, als könne sie keiner Fliege Leid zufügen. Sie lügt mich gnadenlos an, dachte Karin, und sie will einen Nachbarschaftsbonus ausspielen, von dem ich in all den Jahren nur wenig erlebt habe. Zusammenhalt, haha.

»Maria, ich sitze hier in meiner Funktion als Hauptkommissarin, und ich möchte wissen, wieso deine Telefonnummer auf der Anruferliste des Toten zu finden ist. Und nicht nur einmal, das könnte man noch als Versehen werten, sondern sehr häufig.«

Maria Dromke schien krampfhaft zu überlegen, was sie sagen sollte.

Ob sie sich im Vorfeld abgesprochen haben?, ging es Karin durch den Kopf.

»Meine Güte, Karin, wir haben den Mann, diesen Franky Bellhaus im Urlaub kennengelernt, so einfach ist das.«

Karin ließ ihre Äußerung unkommentiert stehen und lehnte sich zurück. Schweigend. Ließ eine Minute nach der anderen vergehen, eine, zwei, drei. Da blieb jetzt nur der niederrheinische Dialog.

»Und?«

»Wie, was meinst du?«

»Weiter, ihr habt euch kennengelernt, was geschah dann?«

»Er saß in unserem Restaurant und hat uns von Weitem angelacht. Man spricht miteinander, tauscht sich über die Insel aus und trinkt einen Schluck Wein miteinander.«

»Welche Insel?«

»Fuerteventura.«

Spanien. Karin musste ihr gesteigertes Interesse verbergen. Sie durfte diese Frau jetzt nicht verschrecken, sie würde sich in ein Schneckenhaus verkriechen und nicht mehr zum Vorschein kommen. Spanien. Dorthin führte eine Spur, es gab ein Konto auf den Kanaren.

»Was hat er dort gemacht?«

»Wie, was er dort gemacht hat, was macht man auf Fuerteventura? Urlaub natürlich.«

»Der Mann, der sich Bellhaus nannte, war eine Urlaubsbekanntschaft, die man aus Zufall trifft?«

»Ja, genau. Kein sehr heller Kopf, aber da achtet man ja auch nicht drauf, wenn man in Urlaubsstimmung mit jemandem unter blauem Himmel sitzt und Rotwein trinkt.«

»Maria, mehr nicht?«

»Was willst du mir da unterstellen?«

»Ich habe nicht vor, dir etwas zu unterstellen, und, Maria, damit das klar ist, hier stelle ich die Fragen. Er war also eine Urlaubsbekanntschaft und mehr nicht? Überlege dir genau, was du mir nun sagen willst.«

Jetzt reagierte sie wie ein trotziges Kind. »Ich bin deine Nachbarin, Karin, und ich bin älter als du und lebe seit meiner Geburt in Lüttingen. Und jetzt willst du mir unterstellen, dass ich etwas Unrechtes getan habe, weil ich, weil wir im Urlaub mit einem Mann geredet haben? Das ist so fies von dir.«

»Maria, bleiben wir sachlich. Ich kann auch einen der Kommissare holen, die wohnen nicht in deiner Nachbarschaft und sind vielleicht auch ein wenig ruppiger als ich.«

Maria Dromkes Schultern sanken wieder, Karin fuhr fort: »Noch einmal, was genau habt ihr mit Bellhaus besprochen?«

»Ach, das weiß ich doch alles nicht mehr. Zwei Glas Rotwein bei der Wärme, und ich falle fast vom Stuhl.«

Es wurde Zeit, dieses innere Dromke-Kind zur Räson zu rufen. Karin nahm eine gestraffte Körperhaltung ein und erhob ihre Stimme.

»Maria, jetzt ist Schluss! Du kannst mich nicht für blöd verkaufen. Du hast mit ihm telefoniert, als ihr schon längst wieder daheim wart. Ich habe die Daten gesehen und weiß ganz genau, dass ihr zu der Zeit schon längst wieder in Lüttingen wart. Erzähl mir nicht so einen Stuss.«

Maria Dromke sackte zusammen. Karin schmunzelte innerlich. Es funktionierte immer: Wenn kindliche Züge zu beobachten waren, dann musste man mit dem Balg kommunizieren, nicht mit dem Erwachsenen, der es beherbergte.

»So, Maria, ich stelle die Frage noch einmal. Was habt ihr mit Bellhaus besprochen?«

»Da musst du Thilo fragen. Vielleicht kann der –«

»Du bestimmst bei euch, welche Saisonpflanzen in welcher Farbe dein Thilo wo in den Vorgarten setzen soll, und erzählst mir jetzt, dass du nicht weißt, was er mit Bellhaus besprochen hat?«

Karin stand auf und trat zur Tür. »Ich lass mich doch von dir hier nicht veräppeln.«

Sie stand schon im Türrahmen, als Maria Dromke ihr nachrief. »Warte.«

Karin drehte sich um. »Können wir jetzt ernsthaft miteinander sprechen?«

Die Dromke nickte stumm, Karin setzte sich wieder an den Tisch.

»Erzähl, was war zwischen Bellhaus und euch?«

Ein flehentlicher Blick erreichte die Hauptkommissarin, sie reagierte nicht.

»Kann ich kurz mit Thilo sprechen?«

»Nein.«

Maria Dromke atmete tief durch, knetete ihre Hände in ihrem Schoß, strich dann den Stoff ihres Rockes zurecht und suchte den Blickkontakt zu Karin.

»Das ist eine lange Geschichte.«

»Wir haben Zeit.«

Solch einen netten jungen Mann im Lieblingsrestaurant zu treffen, das war eine gelungene Abwechslung, erzählte Maria Dromke. Thilos Urlaubsplan sah vor, morgens zur Playa Esmeralda zu laufen, alles ordentlich im Rucksack einsortiert, was man für den ganzen Tag brauchte. Dort angekommen, suchte er am ersten Tag die besten Strandliegen aus und baute sich in mühseliger Kleinarbeit aus herumliegenden Steinen, die er zu einer halbrunden Mauer aufstapelte, einen Windschutz. Natürlich wollte er fortan früh an den Strand, um exakt in diese Burg wieder einzuziehen.

Dem Ritual folgte eine Reihe anderer. Kurze Dialoge mit Reisenden, die man immer wieder dort traf, einmal pro Stunde mehrere Bahnen längs des Strandes schwimmen, erneutes Einölen des Körpers, Lesepausen, Imbiss verzehren, eine Runde Boule spielen, natürlich auch wieder mit Leuten, mit denen er daheim nicht einmal reden würde. Thilo quatschte im Urlaub einfach mit jedem. Bis zum Aufbruch verlief alles nach seinem festen Plan und durfte nicht unterbrochen werden.

Bei verdunkeltem Himmel und Regenschauern, wenn andere sich längst auf den Heimweg machten, saßen die Dromkes unter dem eingepflockten Sonnenschirm und legten die Handtücher über das Gepäck. »Dahinten wird es schon wieder hell« war Thilos Motto.

Mit gequältem Gesichtsausdruck berichtete sie von dieser Urlaubsroutine, und ihre Miene hellte sich erst auf, als sie von der Begegnung mit Bellhaus erzählte.

»Das war das erste Mal in der Zeit, dass Thilo seinen Stundenplan zur Seite legte, ihm schien es zu gefallen, dass er mit einem gut gelaunten jungen Mann ins Gespräch kam, und der Rotwein am Nachmittag wirkte belebend auf seine Zunge und sein Gemüt. Franky gab sich als lebhafter Erzähler, und er schien jeden auf der Insel zu kennen, sprach die Kellner mit Namen an, grüßte Leute, die vorübergingen. Er versprühte Charme und Leichtigkeit. Und das gefiel nicht nur Thilo, sondern auch mir. Wenn Thilo zum Gehen drängte, hatte ich noch eine Neige im Glas, die uns zu bleiben zwang. Ich freute mich richtig auf den nächsten Abend.«

Sie legte eine Denkpause ein. Karins Aufforderung, an diese Erinnerung anzuknüpfen und weiterzuerzählen, folgte sie mit einem tiefen Seufzer.

Aus den ersten beiden Nachmittagen seien Abende geworden, berichtete sie, sie seien noch zum Abendessen geblieben, frisch gefangener und hervorragend zubereiteter Fisch, eine Delikatesse, man habe sich darauf geeinigt, abwechselnd die Zeche des Abends zu übernehmen.

»Beim Blick auf die Geldscheine, die Franky als Trinkgeld in die Rechnungsbox legte, haben wir uns angeschaut, Thilo hat nur ein Schulterzucken angedeutet und ihm danach zugeprostet. Immer, wenn wir mit dem Bezahlen an der Reihe waren, wurde Frankys Konsum an Kaffee und Rotwein vom Nachmittag dazugerechnet.«

Zunächst habe Thilo gestutzt, aber er fand die Treffen mit Franky dermaßen bereichernd, dass er alles, ohne zu zögern, bezahlte. Nach dem zweiten Treffen begrüßte man sich mit einer kurzen Umarmung. Dann erst brachte Franky, auf Thilos Nachfrage hin, seine berufliche Tätigkeit ins Spiel. Vermögensberater, Immobilienmakler. Nun sei klar gewesen, weshalb er mit seinem Geld so locker umgehen konnte, er schien gut zu verdienen. Und ganz nebenbei erwähnte er ein Bauprojekt auf Fuerteventura, bei dem er drei Wohneinheiten vermarkten durfte. Und da sei Thilo hellhörig geworden, weil dort seit Jahren nur noch ganz hochpreisige Objekte mit Sondergenehmigungen fertiggestellt wurden und nichts Neues gebaut werden durfte.

»Das klang wohl wie eine unvermutete Gelegenheit. Hat er versucht, euch zu überreden?«, fragte Karin.

»Nein, Franky hat keinen Druck ausgeübt, nur beiläufig erwähnt, was für ein Glück er habe, dass er diese Appartements veräußern dürfte. Man hat sein Herzblut gespürt, seine eigene Verbundenheit mit Fuerteventura.«

Maria Dromke klang nicht bitter, sie hörte sich an, als erzähle sie eine märchenhafte Geschichte. Sie blickte verträumt an Karin vorbei, ein kleines Lächeln umspielte ihren Mund.

»Es war gar keine Frage, es dauerte nur den Weg vom Risco del Gato zum Hotel, und die Entscheidung war gefallen, Franky am nächsten Tag um Vermittlung zu bitten. Und weißt du was, Karin? Mir war das ganz recht, denn ein eigenes Appartement bot mir die Chance, auch mal was ohne meinen Gatten zu machen, mich seiner peniblen Routine zu entziehen.«

In ihrem Mundwinkel verstärkte sich das Lächeln, der Gedanke schien ihr zu gefallen.

»Die Wärme dort tut einfach gut, du merkst nichts mehr von den kleinen Alltagswehwehchen, die Füße hier, der Rücken dort, das Klima ist heilsam und belebend. Ich atme richtig auf. Das wäre bestimmt nicht günstig, sagte ich zu Thilo. Unser Konto sah zwar immer gut aus, aber nie so üppig, als könne man mal eben eine Wohnung davon finanzieren. Ich sollte mir keine Sorgen machen, das würde er mit links stemmen. Ja, da sagst du als Ehefrau doch nicht Nein. Und am nächsten Tag kamen wir ganz motiviert und richtig euphorisch gestimmt vom Strand zurück und setzten uns wie verabredet unter den großen Ficusbaum.«

Maria Dromke legte eine Kunstpause ein, sie beherrschte die Dramaturgie eines Kaffeeklatsches, es war ihr anscheinend wichtig, die Spannung zu erhöhen, fuhr dann mit einem leichten Seufzer fort.

»Nur Franky kam nicht. Die Zeit drängte, denn am kommenden Tag ging unser Flieger. Thilo wurde zunehmend nervös, und als es schon dunkel war und wir immer noch appetitlos vor den mittlerweile leeren Gläsern saßen, haben wir den Kellner gefragt, ob er wüsste, wie Franky zu erreichen sei. Der hatte tatsächlich eine Visitenkarte von ihm. Sofort versuchten wir, ihn zu erreichen, es kam doch jetzt darauf an, sich noch rechtzeitig für das Appartement zu entscheiden.«

Karin fragte nach, ob sie zu diesem Zeitpunkt schon Näheres gewusst hätten, Preisvorstellung, die Lage des Objekts. Nein, antwortete Maria Dromke, alles sei zweitrangig gewesen, nur diese Chance, diese einmalige Gelegenheit, die galt es zu erwischen, koste es, was es wolle.

»Maria, kam das Geschäft zustande?«

»Du meinst, ob wir den Zuschlag für das Appartement bekamen?«

»Genau das möchte ich wissen.«

»Aber warum denn? Und überhaupt, was soll das alles hier? Karin, ich verstehe immer noch nicht, warum du mir solche Fragen stellst. Das ist doch völlig privat.«

»Du erinnerst dich daran, dass ich hier die Fragen stelle? Maria, ich ermittle in einem Tötungsdelikt, da gibt es kein Privatleben, da gibt es nur Antworten.«

Maria Dromke senkte ihren Kopf, knibbelte an ihren Fingernägeln, verzog das Gesicht. Das konnte sie, ihrem trotzigen inneren Kind Ausdruck verleihen.

»Maria, bei diesem Gesichtsausdruck waren wir heute schon einmal angelangt, das zieht bei mir nicht.«

Maria Dromke verschränkte die Hände vor dem Knie, das über dem anderen lag, wandte sich ab. »Ja.«

»Was, ja?«

»Wie, was, ja?«

»Maria! Was soll dein Ja bedeuten? Sprich es bitte aus.«

Blitzschnell drehte sich Maria Dromke frontal zum Tisch, presste ihre Hände gegen die Kante. »Ja! Wir haben das Appartement gekauft.«

»Na also. Wie ging es mit Breimann alias Bellhaus weiter? Habt ihr im Voraus bezahlt?«

Maria Dromke schaute Karin geradeheraus an, hielt ihrem Blick stand und schüttelte den Kopf. »Jetzt ist es gut mit deiner Befragung. Weiß eigentlich dein Mann, wie fies du zu einer Nachbarin sein kannst? Das ist so ein Sympathischer. Thilo hatte recht. Als ihr damals eingezogen seid, da hat er gemeint, das ist eine ganz Verschlossene, mit der werden wir nicht warm. Der Mann ist in Ordnung, auch wenn er einen niederländischen Dialekt hat. Ich habe dich jahrelang in Schutz genommen, die hat einen schweren Beruf, habe ich gesagt, die braucht ihren Feierabend, um sich zu erholen, und kann nicht bei jedem Anlass mit uns anstoßen. Recht hat er gehabt, der Thilo, das erkenne ich jetzt.«

»Maria …«

»Und als du damals mit einem fremden Mann mitten in der Nacht völlig betrunken einen Schneemann bauen wolltest, da wollte Thilo die Polizei rufen, wegen ruhestörendem Lärm, das habe ich verhindert …«

Karins Gedanken schweiften kurz zu dem Abend ab, als sie die Einladung eines Notarztes angenommen und zu viel Wein getrunken hatte, er sie schliddernd nach Hause begleitet hatte und sie noch schnell einen Schneemann für ihre Tochter bauen wollte. Eine verrückte Aktion, aus der ihr Maarten sie gerettet hatte. Wie peinlich.

»Maria, Schluss jetzt! Wir sind hier in einer Befragung und nicht beim Nachbarschaftskaffee! Ich gebe dir jetzt zehn Minuten, um dich zu beruhigen, und wenn ich wiederkomme, erzählst du mir, was ihr noch mit Franky Boy zu schaffen hattet!«

Karin stand auf, wobei ihr Stuhl geräuschvoll nach hinten rückte, griff sich ihre Klarsichthüllen und knallte die Tür hinter sich ins Schloss.

Sollte sie ein wenig schmoren, die gute Maria.

Im Nebenraum war Thilo Dromke inzwischen etwas gesprächiger geworden, schweifte manchmal von der Kernfrage ab, was Jerry Patalon großzügig zuließ, damit Dromke sich nicht wieder einsilbig gab.

»Wissen Sie, ich konnte die Insel nie leiden, aber meine Frau wollte immer wieder dahin. Diese Kargheit und Ödnis, mir wurde schon bei der Buchung immer ganz anders, aber was will man machen? Nach vierzig Ehejahren geht es doch darum, die Kompromisse so zu gestalten, dass jeder damit leben kann.«

Sie wollte nach Fuerteventura, berichtete Dromke, und er habe den Tagesrhythmus bestimmt, um dort einigermaßen klarzukommen. Es gab so viele Deutsche, die dort gestrandet waren, es bot sich täglich die Möglichkeit zum Austausch mit anderen, und bald habe er die ganze Strandgemeinschaft an der Playa Esmeralda gekannt, genau gewusst, wer wann auftauchen würde, die Frau aus Hamburg, das Paar aus dem Salzburger Land, die Sachsen und das Paar aus dem Ruhrgebiet mit den Körpern voller Piercings. Die dicke Frau mit dem kleinen, dünnen Mann – das Schöne sei, dass man mit allen ins Gespräch kommen konnte, wenn man sich kommunikations-freudig gab.

Dromkes Gesicht geriet in Schieflage, er schien einem netten Gedanken zu folgen.

»Am Nacktbadestrand sind alle gleich, und hinter Sonnen-brillengläsern kann ein Mann auch schon mal ungeniert Aus-blicke und Anblicke genießen. Während Maria las oder sich bräunte, hatte ich die neuesten Geschichten erfahren und er-frischende Gespräche hinter mir, hatte mein Fitnessprogramm absolviert und konnte mich ganz zufrieden auf den Rückweg begeben. Dass da ein Frank S. Bellhaus unseren Weg kreuzen würde, damit habe ich nicht gerechnet.«

Jerry hakte nach: »Was war das Besondere an ihm?«

»Er gab sich charmant, mit einer Leichtigkeit und Sou-veränität, die sogar mich beeindruckte. Mir war klar, dass er besonders viel auf die Rechnung setzen ließ, wenn wir mit dem Bezahlen an der Reihe waren, aber als ich erfuhr, dass er in Immobilien und Vermögensberatung unterwegs war, da dachte ich mir, von nichts kommt nichts, der weiß, wie es geht. Ein kluger, junger Geschäftsmann. Zufrieden mit meiner Menschenkenntnis habe ich mich zurückgelehnt. Und dann erwähnte er ganz beiläufig den Verkauf von Immobilien auf der Insel. Da leuchteten bei mir schon alle Lichter auf, bevor Maria sich darüber im Klaren war, was er gerade erzählt hatte.«

»Was meinen Sie damit?«, fragte Jerry.

»Ich erkannte die Chance, meine sozialen Kontakte auf der Insel ganz anders zu pflegen, während Maria sich sonnen und lesen oder durch die kleinen Einkaufspassagen bummeln würde. Ich sah mich schon die Redaktion der deutschen Inselzeitung durch meine Beiträge bereichern und mit dem Leihwagen kleinere Ausflüge ins Landesinnere organisieren, ich würde mich zum Fremdenführer ausbilden. Mein Plan, ein Appartement zu kaufen, stand schon fest, bevor es Maria wusste und auszusprechen wagte, aber ich sah ihre Augen leuchten und wusste, dass sie nichts dagegen haben würde.«

Jerry Patalons Frage, ob er keine Veranlassung gesehen habe, den jungen Geschäftspartner näher zu überprüfen, beantwortete Dromke eindeutig und schnell mit Nein.

»Der hatte sich bereits auf einer Ebene eingeschmeichelt, auf der man einander alles glaubt, was realistisch klingt. Er suggerierte keine Eile oder Finanznot, er hatte einfach Freude an seinem Beruf und an diesem Angebot. Er drängte ja nicht, er sprach über die Appartements wie jemand, der gerade eine dicke Dorade am Haken hat und die Vorstellung genießt, wie die Familie am Abend vor dem gegrillten Fisch sitzt und sich die Finger leckt. Ich hatte keinen Grund, misstrauisch zu sein.«

Dromke schwitzte und wechselte in einen gehetzten Tonfall.

»Im Gegenteil, als Maria und ich uns einig waren, da bekam ich am nächsten Tag leichte Schweißausbrüche, weil er nicht im Restaurant saß. Ich sah ihn vor meinem geistigen Auge mit Hinz und Kunz über das steinige Grundstück staken, weil die sofort angebissen hatten, statt wie wir erst mal ins Hotel zu gehen und nach dem Duschen das Thema noch mal von allen Seiten zu beleuchten. Gut, dass der Kellner eine Visitenkarte von ihm hatte.«

Verächtlich schob er hinterher, dass es vielleicht besser gewesen wäre, wenn er unerreichbar geblieben wäre, gewann schnell wieder an Fassung und berichtete über stundenlanges Prakesieren mit seiner Maria darüber, ob und wen sie noch ansprechen sollten, um im Idealfall bekannte Menschen ganz in ihrer Nähe zu haben.

»Maria war begeistert. Die redet ja nicht so unbeschwert mit allen Menschen wie ich, da muss schon eine gewisse Sympathie vorhanden sein, und am liebsten bleibt sie in ihrem Kreis. Franky hatte sie richtig um den Finger gewickelt, das muss ich an dieser Stelle mal anerkennend erwähnen, dieser Scheißkerl hat meine Frau dermaßen überzeugt, ich glaube, da war ein kleiner Flirtfaktor mit im Spiel. Und dann diese Stimme aus dem Vorzimmer von Bellhaus. Da war Maria beeindruckt. Dass dieser junge Mann sich eine Angestellte leisten konnte, das wies auf erfolgreiche Geschäfte hin und hinterließ bei mir auch ein beruhigendes Gefühl.«

Breimann wusste anscheinend, wie er potenzielle Kunden beeindrucken konnte, dachte Jerry, während Dromke munter weiterplauderte.

»So redeten wir eine ganze Nacht darüber, wen wir ansprechen sollten. Zunächst schlug Maria vor, dass wir Lotte Plaat fragen. Sie kannten sich von verschiedenen Ausstellungen, die sie teilweise gemeinsam organisiert hatten, eine nette ältere Dame, die mitten im Leben und zudem gerne auf Inselboden stand, das wusste Maria. Ihre Enkelin blieb immer im Hintergrund, und dass sie gemeinsam mit der Oma einsteigen würde, bereicherte meine Vorstellung von der kleinen Enklave, denn Kim ist ja sehr hübsch anzuschauen, ein keckes Ding, und senkt den Altersdurchschnitt der Gemeinschaft erheblich.

Die Schollkämpers zu fragen, das sei seine Idee gewesen, erklärte Dromke.

»Ich weiß, dass Heinz sich manchmal benimmt, als sei er ein Offizier im Dienst, das haben Sie ja vorhin erlebt, aber genauso kann ich den Lehrer nicht verbergen. Wir kennen uns aus dem Bühnenhaus in Wesel, dort haben wir seit vielen Jahren ein Abonnement, man muss sich ja kulturell bewegen, um geistig nicht zu verlottern. Wir sitzen immer auf benachbarten Plätzen und unterhalten uns in den Pausen.«

»Ihr Kontakt beschränkt sich auf die Theaterbesuche?«, fragte Jerry.

»Nein, wir treffen uns auch vor den Aufführungen beim Italiener am Kornmarkt, um dort zu speisen. Und ich habe einmal im Monat einen Termin nur mit Heinz, wir haben gemeinsame Interessen. Maria und ich wussten von deren Vorliebe, ihren Urlaub auf der Nachbarinsel Lanzarote zu verbringen, und einmal konnten wir sie davon überzeugen, mit uns nach Fuerteventura zu fliegen. Uns allen gefiel es sehr, dort gemeinsam unterwegs zu sein oder am Strand zu liegen. Und als dann das Angebot von Bellhaus kam, wagten wir den Gedanken, sie könnten sich auf ein zeitweises Leben in unserer Gesellschaft einlassen. Es war nicht schwer, sie zu überzeugen.«

Jerry Patalon fragte nach den gemeinsamen Interessen der beiden Männer, die er erwähnt hatte. Thilo Dromke veränderte seine Sitzhaltung, ein leichtes Lächeln zog durch seine Miene.

»Ach, das sind Spielereien, wissen Sie, kleine finanzielle Transaktionen, Spekulationen an der Börse, da haben unsere Frauen kein Interesse dran. Es war gut, jemanden auf privater Ebene zu finden, der ähnlich tickt wie ich. Und damit wir unsere besseren Hälften nicht mit den Gesprächen über Gewinnausschüttung, Risiken und Chancen langweilen, treffen wir uns an jedem ersten Donnerstag im Monat in Bors' Backstube in Hamminkeln, da sitzt man bequem und mit Abstand, sodass man nicht belauscht werden kann. Ein gutes Frühstück beim Bäcker ist eine perfekte Grundlage für unsere Männergespräche. Abschließend kaufe ich dort immer frisches Brot, da kann Maria auch zufrieden sein.«

Merken! In großen Lettern notierte Jerry sich dieses spielerische Männerthema.

»Ich komme zurück zu Ihrer Beziehung zu Breimann alias Bellhaus. Sie lernten sich auf der Insel kennen und waren an seinen Appartements interessiert. Wie ging der Kontakt weiter?«

»Ganz normal. Wir haben uns nach Mitstreitern umge-schaut und ihm so schnell wie möglich alle Informationen zu-kommen lassen. Deshalb auch die vielen Versuche, den Mann zu erreichen. Er war ja kaum in Deutschland, immer unter-wegs. Das hat gedauert. Ich verlor schon fast den Glauben, doch dann kam es zu ernsthaften Verhandlungen.«

Alles sei geregelt worden, jede Partei überprüfte die not-wendigen Finanzen, es kam zur Überschreibung der Immo-bilie über einen deutschsprachigen Anwalt und Notar auf den Kanaren, und dann seien sie allesamt glückliche Besitzer eines Anwesens auf der Ferieninsel Fuerteventura gewesen.

»Das war es?«

Dromke wurde bei dieser Nachfrage sichtlich nervös. »Was soll das heißen? Natürlich war es das. Wir besitzen jetzt eine kleine Wohnung im Paradies mit unverbaubarem Meerblick.«

»Mein Glückwunsch, da sind Sie doch bestimmt schon beim Einrichten.«

»Das macht meine Frau. Und einiges ist ja schon mit im Vertrag, die Küche zum Beispiel.«

»Eigentum kostet. Wie viel Geld haben Sie überwiesen?«

Dromke wirkte abweisend. »Wieso?«

»Weil ich der Kommissar bin und hier die Fragen stelle. Was muss man für unverbaubaren Meerblick bezahlen?«

Thilo Dromke schaute an Jerry Patalon vorbei in eine ima-ginäre Ferne. »Viel, Herr Kommissar, sehr viel.«

Karin Krafft betrat den Raum und brachte eine Flasche Mi-neralwasser und zwei Gläser mit, füllte sie und schob eins zu Maria Dromke. Sie griff nach dem Glas, nahm kleine Schlucke, stellte es lautlos zurück und richtete sich mit den Fingern die Frisur.

»Maria, wir machen da weiter, wo wir vorhin aufgehört haben. Wie ging es weiter mit Breimann alias Bellhaus?«

Maria schien einsichtig zu sein und erzählte kleinlaut, sie hätten lange hinter ihm hertelefoniert, um sich diese Gelegen-heit zu sichern. Daher auch die vielen Anrufversuche. Die

Frau aus dem Vorzimmer habe sie immer wieder vertröstet, er sei viel unterwegs, meistens in New York, und nicht zu sprechen. Sie hätten sich mit den anderen abgesprochen und abwechselnd angerufen, wollten aber auch nicht zu aufdringlich wirken.

»Interessiert eben, wir wollten uns die Option sichern und alles so schnell wie möglich festzurren. Karin, die Wärme dort ist besser auszuhalten als die heißen Sommer hier. Dort weht immer ein Wind, und das Meer ist sauber und türkis und voll mit wunderbaren Fischen. Ich wollte dahin. Mit Lotte und Grete und mit der kleinen Kim, ich sah uns im Aureola am Playa Costa Calma frischen Orangensaft trinken und die Männer im Café Berlin sitzen und plaudern, wie sie es sonst bei Bors in Hamminkeln machen. Ich sah uns gemeinsam kochen und essen und abends unter dem alten Ficusbaum vergnügt lachen und Rotwein trinken. Verstehst du, ich wollte, dass diese drei Parteien die Appartements bekommen.«

»Wie hoch war der Preis?«

Maria Dromke rutschte auf dem Stuhl hin und her, rückte ihn zurecht. »Was meinst du damit? Natürlich war der Preis hoch, das ist ja auch eine ausgesprochen gute Lage, so eine Gelegenheit bekommt man nur einmal im Leben, da zahlst du doch jeden Preis.«

»Jeden?«

Die Kommissarin schaute Maria an, sie kannte diesen flackernden Blick genau. Oft hatte sie in Vernehmungen gesessen und genau diesen Blick gesehen, als würde sich dahinter im Kopf ein Für und Wider abspulen, ein Kampf zwischen Gut und Böse, zwischen Verschweigen und Aussprechen, Lüge oder Wahrheit. Diese Frau hatte etwas zu verbergen. Es galt jetzt, Geduld zu beweisen.

»Maria, komm, sag schon, wie hoch war der Preis?«

»Das musst du Thilo fragen, der hat das Finanzielle geregelt. Alles lief über einen Notar in Antigua. Das ging recht schnell und unproblematisch. In Deutschland dauert ein Hauskauf Monate, und es kommen immer wieder irgendwelche bürokratischen Forderungen, man muss einen Haufen Papiere nachweisen, immer wieder andere Pläne, und immer, wenn man denkt, es reicht, kommt ein neuer Brief. Und eine neue Gebühr. Dort lief alles ganz problemlos, ein Preis, ein Lageplan, eine Urkunde und das Vertragswerk mit allem, was Bellhaus zugesagt hatte. Die Einbauküche stand im Plan, die beiden Liegestühle auf der Terrasse und der Sonnenschirm, einfach alles, wovon er gesprochen hatte.« Maria lehnte sich zurück und lächelte ganz kurz. »Nun sind wir Besitzer eines Appartements, das noch im Bau befindlich ist, mit dem schönsten Blick auf das Meer, und niemand kann auch nur eine Fahnenstange davor einpflocken.«

»Das ist alles?«

»Ja, Karin, das ist alles, und ich weiß gar nicht, warum du mich hier festhältst. Wir besitzen eine Immobilie im Paradies, und der Verkäufer lebt nicht mehr. Was kann ich dafür?«

Karin Krafft schüttelte den Kopf und lächelte, sagte lange Sekunden nichts, bis Maria es nicht mehr aushielt.

»Was soll das?«

»Es gab also einen erfolgreichen Geschäftsabschluss. Und was geschah dann?«

»Nichts. Was soll dann geschehen sein? Gefeiert haben wir, alle gemeinsam. Sonst nichts.«

✳✳✳

Befragung Grete und Heinz Schollkämper, anwesend KHK von Aha

Gero von Aha bewunderte sich selbst im Laufe der Befragung. Er war der Hauptkommissar, der hier sagte, wo es langging. Immer freundlich, das war der Unterschied zwischen einer Befragung und einem Verhör. Es gab noch keinen Grund, hart und schonungslos eine Wahrheit ans Licht zu zerren, es galt, Fakten zu sammeln und mit den anderen zu vergleichen.

Er wurde nicht laut, spielte auch nicht den bösen Polizisten, er befragte die beiden vorbildlich, geriet zwischendurch in einen Plauderton, der motivierend und beruhigend zugleich wirken sollte. Wie souverän er die Spitzen von Heinz Schollkämper parierte, wie er Grete, dessen vierte Ehefrau, vor seinem Einfluss schützen konnte, wie er Schollkämper beharrlich immer wieder zum Thema zurückleitete, wie er sich seinem Befehlston entziehen konnte, ohne die Contenance zu verlieren. Eines musste er sich dennoch eingestehen, sonderlich weit war er selbst nach zwei Stunden noch nicht gekommen.

Dieses Paar war geschickt darin, abzulenken, bot ihm aber unbewusst immer wieder Futter, das den Eindruck verschwiegener Fakten nährte. Grete, die Unterwürfige, und Heinz, der Befehlshaber. Ein unglaubliches Paar, bei dem er sich nicht vorstellen konnte, was die beiden jemals dazu hatte werden lassen.

»Aber Heinz –«

»Du sagst jetzt nichts mehr, ich will kein Wort mehr von dir hören, sonst …«

Gero von Aha rückte seinen Stuhl geräuschvoll nach hinten, stand auf, stützte sich am Tisch ab und beugte sich zu Heinz Schollkämper. »Na, na, na, wenn ich eins nicht leiden kann, dann ist es verbale oder körperliche Gewalt gegen Frauen. Sie werden sich beherrschen, Herr Schollkämper!«

Schollkämper fiel genau das sichtbar schwer, es zuckte in seinem Gesicht, seine Armmuskulatur stand auf »Wehr dich«, als beide Männer Aug in Aug einen langen Moment verharrten.

Von Aha setzte sich wieder und schaute die Frau an, die schwer ein- und ausatmete. »Frau Schollkämper, was genau hatte ihr ›Aber Heinz‹ zu bedeuten?«

Sie schwieg.

»Herr Schollkämper, dann berichten Sie mir, was geschah, als Sie von der Anfrage der Dromkes erfuhren.«

Nach kurzem Zögern berichtete er, dass die Idee ihm gefallen habe, mit Thilo zusammen die Urlaube zu verbringen. Seine Frau brate ja immer nur am Strand in der Sonne, und er wandere, da sei ein zweiter Mann sinnvoll. Die Frauen würden Kochrezepte austauschen und wie bekloppt mit den Zehen spielen. Gemeinsam wandern, das wäre das A und O.

Das war dem Hauptkommissar zu flach. »Frau Schollkämper, möchten Sie etwas ergänzen?«

Sie beugte sich vor. »Sie haben es gerade erlebt, Heinz wird dann ausfallend. Das wollte ich vermeiden, was sollen Sie denn von ihm denken?«

»Wie ging es Ihnen mit der Entscheidung, ein Appartement zu kaufen?«

»Natürlich gefiel mir diese Idee. Wer möchte nicht ein begehrtes Zuhause auf einer der Kanarischen Inseln haben?«

»Sie waren also an der Entscheidung aktiv beteiligt?«

»Damit habe ich nichts zu tun. Heinz ist ein gebranntes Kind. Nach drei gescheiterten Ehen – und ich betone, das Scheitern lag nicht an ihm – hat er seine Finanzen völlig unter Kontrolle. Ich habe keinen Einblick in seine Konten, meine Rente fließt bei einer anderen Bank auf mein eigenes Girokonto. Ich habe auch keine Vollmacht. Wenn er stirbt, dann muss ich abwarten, was er bei seinem Notar hinterlegt hat, um überhaupt agieren zu können.«

»Sie hatten keine Meinung zu dem Wohnprojekt auf der Insel?«

»Doch, doch, natürlich, ich sagte doch schon, mir gefiel die Idee, mit Maria und den anderen Frauen die Tage zu verbringen, während die Männer über die Ziegen- und Eselspfade des schroffen Gebirges krauchen.«

»Sie sagten, die Idee gefiel Ihnen. Vergangenheit. Gefällt Sie Ihnen jetzt nicht mehr?«

»Ähm, ja, doch.«

Die nächste Frage platzierte von Aha offen an beide. »Sie erfuhren von der Kaufoption, Sie trafen sich, Sie unterschrieben die Verträge und bezahlten. Sie sind offizielle Besitzer eines Appartements. Was ist in der Zwischenzeit passiert?«

Beide wurden nervös, er zischte sie von der Seite an. »Du hältst jetzt deinen Mund.«

Gero von Aha stand auf und ging zur Tür, öffnete sie. »Frau Schollkämper, Sie warten bitte auf dem Flur.«

Sie schien auf die Erlaubnis ihres Mannes zu warten, schaute ihren Herrn und Gebieter an, ähnlich gespannt wie eine Puppe mit Bewegungsmechanismus, zum Aufstehen bereit.

Von Ahas Stimme gewann an Strenge. »Sie verlassen jetzt den Raum und setzen sich dort auf den Stuhl!«

Strenge kannte sie gut. Sie stand auf. Von Aha schloss die Tür hinter ihr. Was für ein Mann saß ihm da gegenüber?

»Noch einmal, Herr Schollkämper, was geschah nach Unterzeichnung des Vertrages?«

»Nichts. Gar nichts. Wir müssen darauf warten, dass das Bauvorhaben fertig wird.«

»Es ist noch im Rohbau?«

»Quasi, ja.«

»Es handelt sich um ein Grundstück mit Aushub?«

»Nicht ganz richtig.«

»Verdammt! Reden Sie!«

Schollkämper drehte sich demonstrativ in die andere Richtung, machte es sich bequem, streckte die Beine aus und schwieg.

Der Kommissar sprach in das Mikrofon. »Pause in der Befragung von Heinz Schollkämper.«

Er stand auf und verließ den Raum.

Draußen saß Grete Schollkämper kerzengerade und stocksteif auf einem Stuhl. Gero von Aha setzte sein gewinnendes Lächeln auf und wies sie an, ihm zu folgen. »Sie kommen mit, Frau Schollkämper, wir beide trinken jetzt erst mal einen vorzüglichen Kaffee in meinem Büro.«

Sie schaute zu der Tür, hinter der sich ihr Mann befand, von Aha bemerkte ihren Blick. »Keine Sorge, der kann nicht da weg. Ich habe die Tür gesperrt.«

Grete Schollkämper atmete auf und folgte dem Hauptkommissar, blieb vor der Teeküche stehen, in der Gero von Ahas Maschine die frischen Bohnen mahlte, das Wasser aufbrodeln ließ und den Dampf mit Druck durch das frische Kaffeepulver jagte. Er ließ sie einen seiner edlen Becher aussuchen, sie wählte einen englischen Bone China mit einem Rotkehlchen. Von Aha trug die beiden Becher in sein Büro.

»Frau Schollkämper, Sie haben jetzt einen italienischen Kaffee lang Zeit, Antworten auf Fragen zu geben. Sind Sie einverstanden?«

Sie nippte an dem Becher, schloss die Augen, ein Lächeln zog über ihr Gesicht. »Wer solchen Kaffee bereiten kann, der kann fast alle Fragen stellen. Mein Gott, wie kriegen Sie dieses Aroma hin?«

»Das macht meine Maschine, ich füttere sie nur mit edlen Bohnen, und das mit gebotener Hingabe. Frau Schollkämper, Sie wissen, dass Bellhaus alias Breimann ein Betrüger war. Was ist das für eine Geschichte mit dem Appartement?«

Sie hielt den Becher behutsam in Händen, schaute auf. »Wenn ich etwas darüber erzähle, dann brauche ich nicht mehr nach Hause kommen, dann wird er mir meine Sachen vor die Tür stellen. Ordentlich, denn so ist er, gradlinig und sehr rau. Er kann ein richtiger Rüpel sein.«

»Sie haben die Wahl, jetzt in aller Ruhe zu sprechen, damit ich mich weiter um Ihren Mann kümmern kann, oder zu schweigen. Dann gehen wir zurück in den Raum. In beiden Fällen wird er glauben, dass Sie mit mir gesprochen haben.«

Sie wirkte nachdenklich, der Kaffee jedoch, der wirkte belebend. »Was wollen Sie wissen?«

»Was geschah nach dem Kauf des Appartements?«

Sie blickte versonnen auf die Neige im dünnen Porzellanbecher. »Wir besitzen kein Appartement, wir haben, nein Heinz hat Geld in ein Grundstück investiert, das niemals bebaut werden kann, wahrscheinlich gehört es uns nicht einmal. Wie sagten Sie vorhin? Bellhaus ist ein Betrüger.«

»Was geschah dann?«

Grete Schollkämper stellte den Becher auf den Tisch. »Herr Kommissar, mehr sage ich nicht, sonst ist meine Ehe schneller zu Ende, als ich bis drei zählen kann.«

Über seinen Schreibtisch hinweg schaute Gero von Aha sie durch die Hornbrille und unter seinen buschigen Brauen eindringlich an. »Vielleicht wäre das das Beste, was Ihnen geschehen könnte.«

✳✳✳

Befragung Lotte Plaat, anwesend KHK Weber

Tom Weber hatte immer wieder Probleme, die nette, etwas extravagante ältere Dame thematisch auf Kurs zu halten. Sie nutzte jede Gelegenheit, um von der gestellten Frage abzuschweifen, tauchte dann ab in Erinnerungen, schilderte ihr Leben in schillernden Farben, sprach von dem ausladenden Leben neben ihrem Mann, dem niederrheinischen Künstler Gustav Plaat, dessen Bilder heute noch hochdotiert verkauft wurden.

»Frau Plaat –«

»Och, sag doch Lotte zu mir, alle nennen mich Lotte oder das Lottchen.«

»Nein, ich bleibe in diesen Räumen lieber bei der förmlichen Anrede. Frau Plaat, bitte überlegen Sie noch einmal, wann und wie Sie von dem Appartement erfahren haben.«

»Maria hat mir erzählt, dass es eine einmalige Gelegenheit gibt, an einem malerischen Fleckchen Eigentum zu erwerben. Ich liebe diese Insel, da lenkt nichts vom Wesentlichen ab. Die Kargheit hätte meinem Mann gefallen, er hätte gleich seine Staffelei platziert und die Pinsel hervorgeholt. Er liebte die Erdfarben und hätte sich manchmal gerne von der niederrheinischen Ebene als Motiv gelöst. Er war eben sehr bodenständig und heimattreu, er fand bis zum Schluss zu seinen Kopfweiden zurück.«

»Kommen wir zu meiner Frage zurück, Frau Plaat. Was geschah, nachdem Sie von dem Angebot erfahren hatten?«

»Ach, Jungchen, was soll wohl geschehen, wenn man ein Stück Paradies erwerben kann? Man erwirbt es einfach. Mein

Mann war auch so. Dem Glück muss man die Tür öffnen, sagte er immer, ich –«

Tom Weber ließ nicht locker. »Frau Plaat, bitte. Sie haben von dem Appartement gehört, waren begeistert und haben den Kaufvertrag unterschrieben. Was geschah dann?«

Sie kicherte und legte elegant einen Finger unter ihr Kinn. »Ich habe mich mit meiner Kim so richtig betrunken. Wir haben zwei Flaschen Sekt geleert an einem Abend. Jungchen, mir war so schlecht, es drehte sich alles in meinem Kopf, das hatte ich lange nicht mehr erlebt. Und wir hatten einen solchen Spaß, meine Kim hat sich auf dem Boden gekrümmt vor Lachen. Sie freute sich so auf unsere Zeiten auf der Insel. Weißt du, Jungchen, sie hat es bislang immer schwer gehabt in ihrem Leben. Sie ist so entzückend und gerät immer an die falschen Kerle, dann wird sie durchgenudelt und sitzen gelassen. Keiner hat es richtig ernst gemeint mit ihr. Und dass sie da nicht immer konzentriert arbeiten kann, das verstehen ihre Arbeitgeber nicht. Sie sucht noch, was sie wirklich machen will. Und das verstehen wiederum ihre Eltern nicht. Die sind richtig spießig. Wie können Kinder, die frei aufwachsen, so spießig werden, das frage ich mich immer.«

Sie schaute Tom Weber mit ernster Miene an. »Och, verzeih, Jungchen, du gehörst ja auch in die graue Kategorie, obwohl du Grau in verschiedenen Schattierungen trägst. Das von deinem kragenlosen Hemd gefällt mir, das hat so eine freche rote Nuance.«

»Frau Plaat, ich will wissen, was geschah –«

»Jaja, was geschah, als uns das Appartement gehörte. Es verwandelte sich, Jungchen, wie in einem schlechten Märchen verwandelte sich das himmlische Stückchen Erde in etwas, das selbst mein Gatte nicht gemalt hätte, in trostloses Brachland.«

»Es gab kein Bauvorhaben?«

»Nein, es gab ein unbebaubares Grundstück.«

»Und? Was geschah dann? Waren Sie nicht wütend auf Bellhaus?«

Lotte Plaat lachte, schrill wie ihre wallende Kleidung in

Grundfarben, lachte, bis ihr die Tränen über das Gesicht liefen.«

»Ach, Jungchen, wenn ich bei allen Enttäuschungen im Leben in Depression verfallen wäre, dann hätten sie in der Landesklinik Bedburg-Hau eine neue Dauerpatientin bekommen. Wenn mein Mann mich eins gelehrt hat, dann, immer wieder die Schönheiten der Tiefebene zu entdecken. Das ist nicht einfach, manchmal muss ich suchen, was er meinte, aber eins ist mir schon lange klar: Wegen einem Verlust geht die Welt nicht unter.«

»Wollen Sie sagen, es hat Ihnen nichts ausgemacht, betrogen worden zu sein? Es ging doch um viel Geld.«

»Geld, Geld, was bedeutet schon Geld? Bedrucktes Papier.«

Plötzlich wechselte ihre Stimmung, sie wurde ernst. »Es war so etwas wie die Vertreibung aus dem Paradies, in das ich noch nicht eingezogen war. Diese Vision ist wichtiger als das Geld, die Vorstellung von Kims Glück, meine Genesung von rheumatischen Beschwerden, die ich nicht immer weglachen kann. Versteh doch, Jungchen, es ging um Glück.«

Tom hätte sich am liebsten die Haare gerauft, wenn die graue Pracht nicht gerade wieder auf eine Länge von acht Millimetern gekürzt worden wäre. Diese Frau kostete ihn Nerven, erinnerte ihn ständig an seine Großmutter, der er nicht böse sein konnte, wenn sie wieder stundenlang aus ihrer Kindheit erzählte.

»Frau Plaat, noch einmal, was geschah, als Ihnen und den anderen klar wurde, dass es kein Appartement geben würde?«

Lotte Plaat regte sich, ihre mindestens zwanzig dünnen goldenen Armreife klimperten hell, als sie sich den Zopf aus hennarot gefärbtem Haar auf dem Kopf richtete, die Lippen aufeinanderpresste, um das Kirschrot etwas gleichmäßiger zu verteilen. Nachdenklich drehte sie an einem groben goldenen Ring an ihrem Mittelfinger.

»Da ist ein Traum zerplatzt, Jungchen, das kannst du mir glauben. Aber das bedeutet ja nicht, dass es keine neuen Träume gibt.«

Tom Weber wusste nicht weiter. Dies hier war eine Befragung, kein Verhör. Womit sollte er sie konfrontieren? Ein Satz von ihr holte ihn aus seinen Gedanken.

»Man muss nur die Trümmer des geplatzten Traumes sorgfältig aus dem Weg räumen. Die Leinwand wieder weißen, sagte mein Mann immer, ordentlich weißen, damit etwas Neues entstehen kann.«

»Wie meinen Sie das?«

»Denk mal drüber nach, Jungchen.«

∗∗

Befragung Kim Feenstra, anwesend KHK Burmeester

Selbst wenn Kommissar Burmeester nicht in einer festen Beziehung leben würde, hätte Kim Feenstra mit all ihren Flirtversuchen keinen Erfolg gehabt.

Sie war nicht sein Typ, schien dies jedoch nicht zu merken. Stattdessen klimperte sie mit den Augen, ließ ihre Zunge über die Lippen fahren, zog ihr T-Shirt lang, bot Einblick in ihren Ausschnitt, straffte ihre Brustmuskulatur und versuchte unter dem Tisch zu füßeln. Er fühlte sich bedrängt, unwohl, musste daran denken, wie die Frauen auf der Reeperbahn um die Gunst der Männer warben, als er in der Ausbildung mit zwei Kollegen einen Ausflug dorthin gemacht hatte. Sie benahm sich nuttig.

»Ich weiß nicht« war ihr häufigster Satz, gefolgt von: »Da müssen Sie Oma fragen«, beide mit einem unschuldigen Augenaufschlag.

Burmeester war zum ersten Mal froh, dass er seinen Ehering, gesponsert von den Schwiegereltern, golden, breit, erhaben, an seiner rechten Hand trug, und setzte ihn ständig in Szene. Wenn das so weiterging, würde er Karin ordern müssen, um seinen Part zu übernehmen. Ein weiterer Versuch, diese junge Frau von gebotener Kommunikation zu überzeugen, blieb erfolglos.

»Frau Feenstra, haben Sie etwa vor, sich mit dem anwesenden Kommissar zu verabreden?«

Sie hielt inne, lächelte ihn erwartungsvoll an, nickte. Ihm blieb nur eine direkte Abfuhr.

»Da muss ich Sie enttäuschen, der anwesende Kommissar ist gegen Flirtversuche immun. Ich bin glücklich verheiratet und nicht an Ihnen interessiert.«

Mit so einer klaren Ansage hatte sie offenbar nicht gerechnet – und er nicht mit dem, was darauf folgte.

Sie verdrehte die Augen, fläzte sich auf ihren Stuhl, polierte mit den Daumenspitzen ihre Fingernägel und platzte dann heraus: »Das hätte ich nicht von Ihnen gedacht, dass Sie so geil auf mich reagieren, ich habe gar keinen Bock auf so einen alten Kerl wie Sie.«

Was sollte das nun wieder? Er war froh, dass Kamera und Mikrofon liefen. Er musste hier raus. »Ich werde gleich die Chefin holen, das wird besser sein, so kann es nicht weitergehen.«

»Na gut, bitte schön, ich werde ihr berichten, wie Sie mich behandelt haben.«

»Wie habe ich Sie denn behandelt?«

»Von der ersten Minute an haben Sie versucht, mit mir zu flirten, haben mir in den Ausschnitt geguckt und Ihre Füße ganz zufällig an meine Beine gerieben.«

Burmeester stand auf. Er ging zur Tür.

Sie griff sich an ihr T-Shirt, zog kräftig daran, es blieben Knickfalten im Stoff. »Und Sie haben versucht, mein T-Shirt herunterzureißen, und der ganze Dreck, den Sie mir erzählt haben, das werde ich alles wiederholen.«

Wortlos wies er in die Ecken des Raumes. Unter der Decke hingen Kameras, ein grüner Punkt wies darauf hin, dass sie in Betrieb waren.

»Die ganze Zeit über war das Mikrofon eingeschaltet, und die Kameras haben die Befragung aufgezeichnet. Dort ist dokumentiert, dass es nicht so gewesen ist, wie Sie gerade beschrieben haben. Ich hole jetzt meine Chefin, die wird sich weiter mit Ihnen unterhalten.«

Erstaunt schaute Kim Feenstra von einer Raumecke in die andere, lächelte Burmeester süffisant an und säuselte mit einer Kleinmädchenstimme: »War doch nur Spaß, Herr Kommissar, so was traue ich Ihnen doch gar nicht zu. Bei dem Mann von Omas Freundin, diesem Dromke, da bin ich mir sicher, der starrt mich immer so an, Sie wissen schon, als ob er zu Hause nicht genug kriegt. Der fotografiert bestimmt auch Frauen unter den Rock, ein ganz Scheinheiliger ist das, dem man so etwas auf den ersten Blick nicht zutraut. Aber Sie sind doch ein Guter, ich …«

Burmeester hörte nicht mehr zu, schloss die Tür hinter sich und lehnte sich an das Türblatt, atmete auf. So etwas hatte er in seiner Laufbahn noch nicht erlebt, und er war heilfroh, dass die Technik alles aufgezeichnet hatte, sodass falsche Anschuldigungen keine Chance hatten. War sie psychisch krank, oder war das ihre Taktik, um die Befragung zu verhindern?

Eines stand fest, Burmeester hatte nichts von ihr erfahren. Niemand sollte es wagen, mit Kim Feenstra allein im Raum zu sein. Er würde die Polizeipsychologin hinzuziehen.

FÜNF

Hauptkommissarin Karin Krafft hatte Kim Feenstra eingenordet, sie hatte kleinlaut ihre Behauptung, von Burmeester belästigt worden zu sein, ein zweites Mal dementiert, blieb jedoch bei ihren Kernaussagen, wirkte wie das tierische asiatische Dreigestirn, das nichts sagt, hört und sieht.

Pause. Gero von Aha versorgte alle mit seinem blendenden Kaffee, es dampfte aromatisch in dem kleinen Technikraum. Aaron Nilsson kam dazu und füllte den verbliebenen Rest des Raumes.

Das Befragungszimmer war zur Wartezone für die sechs Personen geworden, das K1 stand komplett hinter der verspiegelten Scheibe und tauschte sich aus, ohne die bunte Gruppe aus den Augen zu lassen. Karin Krafft wies auf die junge blonde Frau.

»Das ist ein Früchtchen. Die wechselt blitzschnell zwischen Stimmungen und Meinungen, gerade noch weiß, jetzt schwarz. Und ich glaube, sie gibt hier bewusst die Theaterrolle des kleinen Dummchens.«

Burmeester stieß ein heiseres Lachen aus. »Das kannst du wohl sagen. Ich habe noch niemals so wenige Informationen bei einer Befragung geerntet wie bei dieser. Und dann noch diese billige Anmache, furchtbar.«

Von Aha klopfte ihm auf die Schulter. »Junge, ich hoffe, du musst jetzt nicht zu unserer Psychologin.«

»Doch, genau da will ich hin.«

Erstaunte Blicke trafen ihn.

»Ich glaube, die Feenstra spielt nicht Theater, da verbirgt sich ein psychisches Krankheitsbild. Was haben die anderen gesagt?«

Alle berichteten in kurzer, sachlicher Form von ihren Gesprächen und merkten bald, dass alle Befragten, bis auf die informationskarge Kim, übereinstimmend zu einem Konsens gekommen waren. Sie hatten Eigentum auf ihrer Trauminsel erworben, mit dem sie nichts anfangen konnten. Vermittler war Frank S. Bellhaus, der Mann, der selbst beim Kioskbesitzer in seiner Nachbarschaft und bei der Nachbarin nebenan hohe Schulden hatte und in Wirklichkeit Breimann hieß und den sie aus einer gesprengten Bankfiliale gekratzt hatten. Allesamt waren sie betrogen worden, hatten dies nicht zur Anzeige gebracht und schienen sich nicht darüber zu echauffieren, viel Geld auf den blanken Felsen gesetzt zu haben.

Jerry warf ein, dass die beiden Männer Geld aus Geschäften investiert hätten, die man nicht in einer Bank, sondern miteinander beim Bäcker Bors in Hamminkeln besprochen habe. »Die treffen sich dort regelmäßig einmal im Monat, große Brötchen backen.«

Karin wollte wissen, um was für Finanzgeschäfte es da gehe.

»Keine Ahnung, aber es ist offenbar etwas Lukratives. Keiner von denen wirkt, als sei ihm der Betrug an die Substanz gegangen, alle verhalten sich, als gehe ihnen der Verlust am Arsch vorbei.«

Sie sahen durch die Einwegscheibe in den Nebenraum, konnten an ihrem Standort hören, was gesprochen wurde. Dort hatte lediglich Lotte Plaat ihre gute Laune nicht verloren, ihre Versuche, die anderen in dem kargen Raum aufzumuntern, stießen auf verschlossene Gemüter. Schollkämper wollte, schroff wie immer, von seiner Grete hören, was sie dem Hauptkommissar erzählt hatte.

»Na, nichts!«, war ihre knappe Antwort, bevor sie sich wegdrehte.

Kim Feenstra knabberte an ihren Fingernägeln, und Maria Dromke strich zum x-ten Mal ihre Bluse glatt. Ihr Mann Thilo schüttelte den Kopf ein ums andere Mal, bis er sich über den Tisch beugte, wartete, bis alle Köpfe in seiner Nähe waren, und ihnen etwas zuflüsterte.

Das Team befand sich in erhöhter Anspannung. Nur von Aha winkte lässig ab, er hatte sich die Kopfhörer aufgesetzt, alle Augen ruhten nun auf ihm.

»So viel Aufmerksamkeit, danke, Kollegen.«

Karin brauste auf. »Und?«

»Was, und?«

»Was hat er ihnen gesagt?«

»›Wir müssen die Ruhe bewahren und unsere Strategie bei-behalten, dann können die uns nichts beweisen.‹«

Aaron Nilsson wollte es genau wissen. »Das hat der wört-lich gesagt?«

»Ja, und das haben wir auch so aufgezeichnet.«

Nach diesem Satz gab es für den Staatsanwalt keinen Zwei-fel daran, dass diese ehrenhaften Mitbürger etwas zu verbergen hatten. So unterstützte er die Anordnung, alle einzeln zum Erkennungsdienst zu begleiten.

»Das volle Programm, Personalien aufnehmen, Fingerab-drücke einscannen, DNA-Probe nehmen, Fotos, die sollen ins Schwitzen kommen. Und, Karin, ab jetzt, das heißt heute noch mindestens bis Dienstschluss oder bis der Erkennungsdienst einen Treffer meldet, lassen wir sie nicht vom Haken, bis einer von denen bei der kompletten und korrekten Geschichte an-gelangt ist. Und mit berechtigten Nachweisen, wenn wir auch nur den Teil eines Fingerprints haben, wird das keine Befra-gung mehr, sondern eine Vernehmung. Die haben allesamt etwas zu verbergen, und ich will wissen, ob das in Bezug zu dem Toten steht.«

Das war eine klare Ansage.

Er verließ den Raum, als Maria Dromke als Erste abgeholt wurde. Nilsson kehrte zurück, lächelte in die Runde.

»Lasst Pizza kommen, für mich Frutti di Mare. Ich zahle, ausnahmsweise.«

**

Der Besprechungsraum roch wie eine Pizzeria, die Stimmung war gut, die Kartons stapelten sich über dem Papierkorb, und von Aha war damit beschäftigt, den Service seines Kaffee-automaten wiederherzustellen, weil eine Fehlermeldung auf dem Display zu sehen war, die die Produktion seines edlen Heißgetränks verhinderte, und er keine Ahnung hatte, wie er damit umgehen sollte. Er sprach mit einem italienischen Servicemitarbeiter in bestem Englisch, und Karin Krafft staunte über seine flüssige Aussprache. Sie erinnerte sich daran, dass er zu einer Ausbildung zum Profiler in den USA gewesen war, bevor er nach Wesel kam.

»Donnerwetter, du sprichst ja Englisch, als würdest du täglich nichts anderes machen.«

Er gab sich stolz und griff sich das letzte Stück Funghi. »Gelernt ist gelernt. Viele von den Kollegen aus New York sind allerdings nicht mehr da. Corona hat in der Stadt viele Opfer gefordert.«

Aaron Nilsson erkundigte sich nach dem Inhalt seiner Ausbildung, beide verfielen in einen Plauderton über Kriminalistik und NY, als Karins Telefon klingelte. Sie nahm das Gespräch an, während Staatsanwalt und Hauptkommissar weiter fachsimpelten und über die Besonderheiten der großen Stadt sprachen.

Sie unterbrach die beiden und holte auch die anderen Kollegen aus dem mediterranen Pausengenuss.

»Ich muss euch mitteilen, dass wir den richtigen Riecher hatten. Das war Heierbeck am anderen Ende. Die erste Auswertung der Fingerabdrücke ergab, dass mindestens zwei unserer befragten Gäste in der Bankfiliale in Büderich gewesen sein müssen.«

Der Staatsanwalt trommelte auf den Tisch, seine großen Hände produzierten ein donnerndes Getöse. »Wer?«

»Man konnte die Abdrücke beider Männer identifizieren. Mehr Spuren waren ja nicht zu sichern in dem Chaos.«

Jerry schaute vom Rest seiner Prosciutto auf. »Die haben mit der Sprengung zu tun? Diese sauberen niederrheinischen Männer im Rentenalter? Das kann ich nicht glauben. Aber es passt dazu, dass sie sich auf eine gemeinsame Strategie eingeschworen haben.«

Tom schüttelte immer noch den Kopf. »Moment, noch ist

nichts bewiesen, Fingerabdrücke aus einem Kassenraum, was bedeutet das schon?«

Karin lächelte. »Sehr viel, weil der Abdruck von Heinz Schollkämper sich auf der Warnbake befand, mit der Breimann an den Automaten gelehnt worden ist.«

Gero von Aha hatte sich das letzte Pizzastück in den Mund geschoben, schleckte sich die Finger. »Hm, super!«

»Die Pizza?«

»Wie? Ja, auch, aber das meine ich nicht. Wir haben Schollkämper und Dromke am Kragen, das ist doch was. Karin, sind die Prints auch mit den Spuren aus der Wohnung verglichen worden?«

»Da liegt noch kein Ergebnis vor. Aber wenn jemand aus der Truppe dort gewesen ist, dann bestimmt mit Handschuhen, fürchte ich. Außerdem: In die Wohnung einzubrechen war ein Kinderspiel. Das kann jeder aus der Gegend gewesen sein, dem er noch Geld schuldete.«

Tom Weber räumte die Teller zusammen, um sie in die Teeküche zu bringen. »Noch sind das alles Spekulationen, da braucht es etwas mehr als einen Fingerabdruck. Die werden sich doch rausreden. Wir brauchen ebenfalls eine Strategie, darüber sollten wir nachdenken. Die sechs Leute sind sich einig, und sie wirken stark.«

Karin Krafft schaute skeptisch. »Meinst du? Ich sehe zwei abgebrühte Männer, zwei unsichere Frauen, eine entzückende Seniorin und ein naives Blondchen.«

Burmeester lachte auf. »Unterschätze Kim Feenstra nicht, die ist nicht naiv, diese Frau ist durchtrieben oder krank, und ich warne euch davor, mit der alleine zu sprechen. Ich werde die Aufnahmen von meinem Befragungsversuch der Psychologin vorstellen, sie kommt in zehn Minuten rüber zu mir.«

Tom Weber kam zurück und wischte sich die Finger an einer Serviette ab. »Mann, das war lecker, mein Energielevel steht gerade auf höchster Stufe. Ich schlage vor, wir beginnen mit der Verhörtaktik zu zweit. Und zwar nicht in dem großen Befragungsraum, den stellen wir denen zur Verfügung, die gerade nicht befragt werden. So können wir ihre Gespräche und Interaktionen zusätzlich auswerten. Und sie können sich schon mal an eine Tür gewöhnen, die sich nicht ohne Weiteres von innen öffnen lässt. Außerdem bin ich gespannt darauf, wie sie im Laufe des Tages miteinander umgehen.«

Gero von Aha wies auf Tom. »Gute Idee, setzen wir zusätzlich auf Gruppendynamik.«

Karin Krafft stimmte zu. »Wissen wir eigentlich, was für einen Wagen die Schollkämpers fahren? Wir haben ja die Aussage der Zeugin, die zwei Männer in einem Opel Astra bei der Bank gesehen hat.«

Tom Weber bestätigte einen Opel Astra, allerdings habe die Zeugin einen silberfarbenen Wagen gesehen, der von Schollkämper sei weiß, das wäre selbst aus der Entfernung gut zu unterscheiden.

»Wer weiß, was sie da gesehen hat.« Aaron Nilsson klatschte in seine großen Hände, dies erzeugte ein sehr lautes Geräusch.

Es klopfte an der Tür, Senta Weiler, die Polizeipsychologin, schaute in den Raum, Nilsson schaute ihr lächelnd entgegen. Eine kleine Frau mit dichtem schwarzem Haar, das sie in einem locker geflochtenen, breiten Zopf trug, der über ihre Schulter bis auf die Brust fiel.

»Nikolas Burmeester?«

»Ja, hier, ich komme. Wir gehen rüber in mein Büro.«

»Gut, ich habe eine Viertelstunde.«

»Reicht.«

Nilsson schaute den beiden nach und nahm den Faden wieder auf. »Dann beginnen wir umgehend. Die beiden Männer bleiben wegen eines Anfangsverdachts sowieso über Nacht in Gewahrsam, dafür habt ihr mein grünes Licht, ich werde es für die nächsten achtundvierzig Stunden begründen. Bei den vier Frauen hängt es vom Fortschritt der Ermittlungen ab. Auf geht's, es hat mich gefreut, die Pause mit euch zu verbringen, und jetzt, wie Tom vorhin sagte, auf hohem Energielevel weitermachen.«

Das Team des K1 einigte sich darauf, dass Tom und Jerry

sich Thilo Dromke vornehmen sollten und Heinz Schollkämper die nächste Stunde mit der Hauptkommissarin und Gero von Aha verbringen würde.

Im Befragungsraum unter ständiger Beobachtung würden die vier Frauen zurückbleiben. Und hoffentlich ein wenig plappern.

Ladys-Talk. Karin schrieb Burmeester die Nachricht, dass er nach dem Gespräch mit der Psychologin im Beobachtungsraum mithören sollte.

✳✳✳

Vernehmung Heinz Schollkämper, anwesend KHK Krafft und KHK von Aha

Karin Krafft stellte ihr Laptop mit Bedacht auf den Tisch, klappte es auf und öffnete eine Datei, hielt die Fotos verborgen, präsentierte ihrem Gegenüber jedoch gleich im ersten Satz die neuen Fakten.

»Herr Schollkämper, wir haben einen Fingerabdruck von Ihnen.«

Er lachte, hämisch, siegessicher. »Na klar, Sie haben seit kurzer Zeit zehn Abdrücke von mir, zusätzlich beide Handflächen, ganz frisch. Und Fotos. Was soll das hier alles? Ich werde Sie verklagen, wegen Freiheitsberaubung, das volle Programm mit Schmerzensgeld und Schadensersatz, ich werde –«

»Sie werden jetzt erst mal zuhören und plausible Antworten auf unsere Fragen geben, und dann können Sie immer noch entscheiden, ob Sie einen Aufstand machen oder kooperieren. Herr Schollkämper, wir haben Ihre Fingerabdrücke mit denen aus einer aktuellen Ermittlung verglichen. Können Sie sich denken, um was es sich handelt?«

Er schien angestrengt nachzudenken, schnaubte ihr dann ein »Nein« entgegen.

»Wo waren Sie in der Nacht von Freitag auf Samstag zwischen vier und sechs Uhr?«

Schollkämper lehnte sich genervt auf die Tischplatte. »Wo soll ich gewesen sein? Vermutlich daheim im Bett. Ich war mit meiner Frau zusammen. Fragen Sie Grete.«

Karin drehte ihr Laptop um und zeigte ihm ein Foto des zertrümmerten Kassenraums. »Dann erklären Sie mir bitte, wie Ihr Fingerabdruck in dieses Inferno gelangt ist.«

Schollkämper starrte auf das Bild, setzte sich zurück und wies lapidar in Richtung Bildschirm. »Das ist bestimmt eine Verwechslung. Wer kann denn in so einem Durcheinander erkennbare Fingerabdrücke finden? Das ist doch unmöglich.«

»Bei unserer Spurensicherung arbeiten erfahrene, gut ausgebildete Fachkräfte, die können das. Es gibt keinen Zweifel.«

»Quatsch, für so was sind doch die Niederländer zuständig.«

»Da haben Sie recht, Herr Schollkämper, es gab in dieser Woche einen vereitelten Versuch einer Automatensprengung mit zwei Festnahmen. Die waren es aber in diesem Fall mit großer Wahrscheinlichkeit nicht. Das hier waren Trittbrettfahrer. Noch einmal, wie kommt Ihr Fingerabdruck in diese ausgeraubte Filiale?«

Schollkämper lächelte Karin an. »Vermutlich habe ich am Freitag in der Bankfiliale in Büderich Geld abgehoben. Stellen Sie sich vor, Frau Hauptkommissarin Krafft, dabei soll es tatsächlich zu Abdrücken auf diversen Gegenständen kommen. Tastatur, Geldfach, Türgriff.«

Jetzt lehnte Gero von Aha sich zurück und lächelte, während Karin ein weiteres Foto aufrief und das Laptop erneut in Schollkämpers Sichtbereich drehte. Zu sehen war die beschädigte Warnbake, die im Schutt lag. Von Aha unterhielt sich unterdessen mit seiner Chefin, bewusst an ihrem Gegenüber vorbei.

»Ich glaube, jetzt hat er sich verplappert. Du hast doch vorhin nicht erwähnt, dass es sich um Büderich handelt.«

»Stimmt, bislang ging es in den Befragungen doch nur um den ominösen Breimann, den weltgewandten Geschäftsmann.

Jetzt präsentiere ich ihm diese verwirrenden Fotos, und er redet von der Bankfiliale in Büderich?«

»Dann sollten wir Herrn Schollkämper mal mit den Tatsachen konfrontieren.«

Karin legte noch eins drauf. »Fragst du oder ich?«

»Mach du. *Ladies first.*«

Schollkämper hatte ihren kurzen Dialog aus dem Augenwinkel verfolgt, bis Karin Krafft nun seine Aufmerksamkeit auf sich lenkte.

»Woher wissen Sie, dass es sich um die Filiale in Büderich handelt?«

Er wirkte fast schon erleichtert, das erschien ihm unverfänglich, er antwortete ohne Verzögerung. »Mein Gott, das stand in jeder Zeitung. Ich fahre die Filiale manchmal an, wenn ich meinen Ex-Kollegen besuche, der wohnt dort auf der Bahnhofstraße, das können Sie überprüfen. Oberstleutnant a. D. Fischer, der –«

Sie unterbrach ihn barsch und deutete auf das Foto einer verstaubten Warnbake, die zwischen Schutt lag. Deren Kunststoffrand wirkte angegriffen, das metallene, rot-weiße Innenteil voller Dellen und Risse.

»Ob Sie am Freitag dort Geld abgehoben haben, lässt sich feststellen. Ihr Fingerprint befindet sich allerdings nicht auf dem Automaten, sondern auf dieser Bake, die nichts im Kassenraum zu suchen hatte. Und garantiert hatten Sie nicht die geringste Veranlassung, zu der Baustelle am Straßenrand zu gehen, um die Bake zu umarmen, bevor oder nachdem Sie Geld von Ihrem Konto abgehoben haben.«

Damit hatte er anscheinend nicht gerechnet. Eine Spur auf einem Gegenstand, der nichts in dem Raum zu suchen hatte, das war nicht vorgesehen.

Karin Krafft kostete diesen Moment aus. »Und jetzt, Herr Schollkämper, erzählen Sie mir, wie Ihr Fingerabdruck auf einen Gegenstand kommt, der dazu genutzt wurde, die Leiche von Frank Breimann alias Bellhaus vor einem Automaten abzustützen, bevor er in die Luft gejagt wurde.«

Er sah einen Moment konsterniert aus, schien angestrengt über eine angemessene Reaktion nachzudenken.

Von Aha musterte ihn mit einer Spur Überheblichkeit. »Jetzt bin ich aber gespannt, wie Sie aus der Sache einen plausiblen Ausweg finden wollen, Herr Versorgungsoffizier a. D. Heinz Schollkämper. Versuchen Sie es doch mal mit der Wahrheit.«

Karin setzte noch eins drauf. »Und damit wir nicht durcheinanderkommen, bitte in chronologisch exakter Reihenfolge. Das entspricht doch bestimmt Ihrem Naturell. Wir fangen einfach wieder von vorne an. Wie kommt Ihr Fingerabdruck auf den verbeulten Fremdkörper in diesem zerstörten Bankautomatenraum?«

Beide schauten sie den Mann an, der nun doch unruhig wurde, man konnte es in seinem Kopf spulen sehen, während er sie abwechselnd ansah.

Der Ton seiner Stimme enthielt eine Spur Resignation. »Na gut.«

»Und? Weiter?«

»Das ist eine lange Geschichte.«

Karin lehnte sich zurück. »Wenn wir eines haben, Herr Schollkämper, dann ist es Zeit. Was ist geschehen?«

Er zögerte noch einen Moment. »Aber ich kann nichts dazu. Es hat sich so entwickelt.«

»Werden Sie konkret! Was hat sich wie entwickelt? Und wie kommt Ihr Fingerabdruck auf die Bake?«

Schollkämper stützte seine Unterarme auf den Tisch und fixierte einen Punkt an der Wand hinter den Hauptkommissaren. Dann begann er zu berichten.

»Alles fing damit an, dass wir mit den Dromkes einmal auf Fuerteventura Urlaub gemacht haben. Ich wollte da nicht hin, aber die Frau hat Druck gemacht, und manchmal muss man nachgeben. Maria und meine Grete haben also im Sand gelegen und in der Sonne gebrütet, da sind wir ins Gespräch gekommen. Wir hatten Langeweile, verstehen Sie, urlaubsmäßige Unterforderung, da kommt man schon mal auf spleenige Ideen.«

Von Aha schoss vor. »Sie planten also, auf der Insel zu bleiben?«

Schollkämper fuhr ihn empört an. »So ein Quatsch, unterbrechen Sie mich doch nicht. Zuerst waren das nur freundliche Männergespräche, ein Austausch, Spinnereien unter blauem Himmel. Später ging es um Geld, wie viel so ein Urlaub im Hotel kostet und was alles auf dem Finanzmarkt los ist. Wie kann man sein sauer Erspartes schnell und möglichst an der Steuer vorbei verdoppeln? Erst entstand ein geflügeltes Wort, man sah sich am Strand und fragte, ob »es« sich schon über Nacht vermehrt habe. Dann wurden daraus ernsthafte Überlegungen. Und nach vierzehn Tagen stand fest, dass wir uns daheim wieder zusammensetzen würden, um zu schauen, was sich machen lässt. Um dem Ganzen einen freundschaftlichen Rahmen zu geben, gingen wir auf einen Vorschlag der Frauen ein. Wir trafen uns regelmäßig beim Italiener, und ich musste mit zu den Vorstellungen im Bühnenhaus.«

Gero von Aha schaute seine Chefin an. Was tat sich hier auf? Kam jetzt ein Geständnis für ein ganz anderes Kommissariat? Seine Ungeduld fand Worte. »Was hat das mit Breimann zu tun?«

Schollkämper reagierte aufbrausend. »Verdammt, Sie müssen sich entscheiden! Soll ich jetzt vorne anfangen oder nicht?«

Karin hob beschwichtigend die Hände. »Berichten Sie weiter. Mein Kollege wird Sie nicht mehr unterbrechen. Nicht wahr, Herr von Aha?«

»Meine Kehle ist ganz trocken, ich brauche etwas zu trinken.«

Ein Blick von Karin Krafft reichte, von Aha verließ den Raum, kehrte mit einer Mineralwasserflasche und Gläsern zurück.

»Sie haben also mit Geld spekuliert.«

»So würde ich das nicht nennen. Ich habe daran gedacht, gewinnbringend zu investieren, und mit Thilo darüber gesprochen. Es gibt einen alten Bekannten, James Barkley, der in Florida lebt. Sie kennen den Typus aus der Werbung, braun gebrannt, riesige Villa, dickes Auto, meine Frau, mein Swimmingpool, mein Pferd. Wir kannten uns aus dem Versorgungsstab bei NATO-Manövern, er hat reich geheiratet und ist früh in den Ruhestand gegangen. Wir stehen seit Jahren in Kontakt, einmal habe ich ihn mit meiner Ex-Frau zusammen besucht und war total beeindruckt.«

Karin Krafft sah ihrem Kollegen die aufkeimende Ungeduld an, er verstand eine kleine Geste von ihr, die besagte, *keep cool*, lass ihn reden.

Von Aha lehnte sich zurück.

»James kam mir erst wieder in den Sinn, als ich die Dromkes kennengelernt und mit Thilo zusammen über die niedrigen Zinserträge in Deutschland diskutiert hatte. Er war ja zunächst noch der Meinung, dass es auch hier lohnenswerte Anlagemöglichkeiten geben würde. Ich hatte eine Abfindung von der letzten Scheidung im Safe liegen, und Thilos Geld stammte aus einer Erbschaft. So kam mir der Gedanke, James zu fragen, ob er eine Idee hätte.«

»Und Ihr James hatte passende Angebote?«

»Kann man so sagen.«

※ ※ ※

Vernehmung Thilo Dromke, anwesend KHK Weber und KHK Patalon

Thilo Dromke wurde mit dem Fund seines Fingerabdrucks konfrontiert. Er behauptete, in der Bankfiliale eine Abhebung getätigt zu haben, er fahre manchmal von Wesel aus durch Büderich, das liege quasi auf dem Weg. Erst als die Kommissare ihn damit konfrontierten, dass sein Abdruck gut sichtbar auf einem Stahlpfeiler gefunden wurde, der erst durch die Sprengung freigelegt worden war, wurde er nachdenklich. Dieser Zustand hielt nur wenige Minuten an, dann erbat er sich, beim Ursprung der Geschichte beginnen zu können, und jetzt redete er wie ein Wasserfall. Tom Weber dachte seit einer halben Stunde, dass er ein so umfangreiches Protokoll nicht tippen wollte.

Er und Jerry Patalon erlebten Dromke als einsichtig, er hatte nicht protestiert und sich dazu bekannt, dass sein Fingerabdruck in Büderich an einem Tatort gefunden worden war. Er wirkte mitteilungsbedürftig, wollte ganz präzise berichten, und die Kommissare gewannen den Eindruck, ihn besser nicht zu unterbrechen, denn der Mann war ein pensionierter Lehrer, dem es offenbar wichtig war, in präzisen Sätzen und nach einem eigenen Plan gut durchstrukturiert wiederzugeben, wie alles begonnen hatte.

Dromke hatte Schollkämper in einer Urlaubssituation aus lethargischer Langeweile befreit, sie beide hätten umgehend einen Sinn im Aufenthalt auf der Kanareninsel gefunden, während ihre Frauen dem Müßiggang frönten. Ihre Gespräche hätten bald an Offenheit und Vertrautheit gewonnen, was wohl auch an Bier und Wein gelegen hatte, denn es war nicht bei Eistee geblieben. Allgemein um Politik und Finanzen sei es gegangen, dann um Wege, wie sich das Geld, das sich bislang im Banksafe des einen und im Wandsafe des anderen verborgen hielt, tüchtig vermehren konnte, ohne dass man es wieder den Steuerbehörden zum Fraß vorwerfen musste.

Dromke berichtete freimütig, als fiele eine Last von ihm ab. »Nennen Sie es Gewinnoptimierung. Heinz hat einen Freund in Florida, der erfolgreich in der Immobilienbranche tätig war. Womit er aktuell sein Geld verdient, das weiß ich nicht. Sie haben vielleicht in der Tagespresse verfolgt, dass der Immobilienmarkt in den USA konjunkturellen Schwankungen unterworfen ist, das war auch in der Zeit unseres gemeinsamen Deals nicht anders. Der Bekannte versorgte Heinz immer wieder mit verlockenden Angeboten, die bis zu achtzehn Prozent Rendite versprachen. Das ist eine Zahl, die nimmt hierzulande schon lange kein Banker mehr in den Mund, ohne sich daran zu verschlucken. Zunächst hatte ich Skrupel, ich brauchte eine Weile, um mich an den Gedanken zu gewöhnen, das Geld aus dem Nachlass meiner Eltern am deutschen Fiskus vorbei gewinnbringend anzulegen. Ich hatte ja schon unrecht gehandelt, indem ich den Überschuss über dem steuerfreien Betrag des Erbes nicht angegeben hatte. Von dem Geld wusste nicht einmal meine Frau.«

Er stutzte kurz und blickte von einem Kommissar zum anderen. »Das weiß sie auch bis heute nicht, ich kann da auf Ihre Verschwiegenheit zählen?«

Tom und Jerry schauten sich an, jeder schien das Gleiche zu denken, ein Phänomen, das sie zu dem anerkannten Ermittlerduo machte, welches über die Kreisgrenze hinaus bekannt war. Ein Blick reichte, hier waren ungeheuerliche Dinge geschehen, und eine Ehefrau sollte nichts von unterschlagenen Steuern wissen, sie würden sich darauf einlassen.

Jerry Patalon nickte. »Ist schon okay, fahren Sie fort.«

»Heinz nahm das Geld mit, wir hatten einen Vertrag aufgesetzt, der ihm die Vollmacht verlieh, mein Geld diesem James Barkley zu übergeben, der wiederum jenseits des Atlantiks Geschäfte in unser beider Namen tätigte. Ich hatte nichts zu verlieren, verstehen Sie? Ich konnte nur gewinnen. Zunächst versprachen die Anlagen riesige Gewinne, unsere Überseekonten wuchsen, irgendwann feierten wir, heimlich, beim Bäcker Bors bescheiden mit einem Glas Sekt, dass wir gemeinsam eine Million beisammenhatten. Jeder besaß Anteile an Immobilienfonds in Höhe von fünfhunderttausend Dollar, das müssen Sie sich mal überlegen.«

Dromke wurde still, Tom Weber fragte, ob er ein Glas Wasser brauche, er nickte dankbar.

»Es ist ungeheuer anstrengend, alles Revue passieren zu lassen.«

Der Kommissar schob ihm das Glas über den Tisch, er nahm einige kleine Schlucke, hielt das Glas fest in der Hand.

»Und dann kam der große Crash in den USA, die Immobilienblase platzte dort, und mit einem Schlag standen unsere Konten zwar immer noch, jedoch mit geringem Gewinn da, und James versprach, sich nach anderen Anlageobjekten umzuschauen. Wir trauten seinen Prognosen nicht mehr, Heinz reiste alleine nach Miami und hatte im Gepäck meine Vollmacht zur Auflösung der Verträge und zum Abheben des Betrages. Er brachte das Geld nach Deutschland. Fragen Sie mich nicht, wie, er schaffte es, und mein Geld landete wieder, unbemerkt von Fiskus und meiner Frau, im Banksafe.«

Er sei so froh gewesen, den Betrag wieder daheim zu haben, er hatte richtig gebangt, dort drüben alles zu verlieren. Er war erneut im Besitz einer Summe, für die er ein Haus kaufen konnte, durfte es aber nicht anlegen, weil es illegal war. Mal eben ein paar tausend Euro abzuholen für ein Auto oder das neue Badezimmer, das war kein Problem, aber dreihunderttausend für ein Haus bar auf den Tisch zu legen, das sei in Deutschland eine andere Hausnummer.

Jerry nickte verständnisvoll, obwohl ihm andere Dinge durch den Kopf gingen. Das Dorf seiner Verwandten auf Haiti hätte so einen Geldsegen gut brauchen können, da wäre es völlig egal gewesen, woher es kam, niemand hätte es gewagt zu recherchieren. Legal, illegal, scheißegal.

»Und dann trafen Sie Bellhaus.«

Dromke wurde lebendig, er gewann an Wangenröte und ereiferte sich. »Ja, dann kam dieser Frank S. Bellhaus ins Spiel, und ich witterte eine neue Chance, mein Geld nachhaltig anzulegen. Bellhaus oder wie er auch immer in Wirklichkeit hieß –«

Tom unterbrach ihn: »Breimann, Frank, ohne S.«

»Der Himmel schien diesen Mann zu schicken, die Gelegenheit war günstig. Mein schwarzes Vermögen hatte den Crash der Immobilienbranche in den USA überlebt, hatte sogar etwas zugelegt, auf jeden Fall keinen Schaden genommen wie die Aktienkurse im Laufe der Coronapandemie. Es würde sich aber im Safe nicht weiter vermehren und brannte langsam ein Loch in mein Gewissen.«

Mit Bedacht leerte er das Glas, stellte es lautlos wieder ab, bevor er mit leiser Stimme fortfuhr: »Heinz stimmte sofort zu. Ich glaube, ihm geht es mehr darum, seine Frau im Urlaub beschäftigt zu wissen und sich selbst Freiräume zu gönnen, er hatte seine eigene Phantasie für die Nutzung des Appartements. Im Vertrauen, so glücklich sind die beiden nicht, nur kann er sich keine Scheidung mehr erlauben. Er zahlt immer noch für zwei Frauen, hatte von der dritten dieses schwarze Geld, von dem Grete nichts weiß …«

Tom Weber horchte auf. »Ach, wieder mal eine Ehefrau, die nichts vom Vermögen des Mannes weiß, das ist ja interessant.«

»Meine Güte, Sie kennen doch den alten Spruch, Ehefrauen dürfen alles kochen, aber nicht alles wissen. Meine Maria hätte mich gedrängt, meine Schulden beim Fiskus zu begleichen. Und Grete sollte nichts von dem Geld wissen, weil sie vielleicht einen Zugewinnausgleich im Falle einer Scheidung gewittert hätte. So haben sich beide über den Kauf eines Appartements gefreut und sich nicht weiter um die Finanzierung gekümmert. Was ist daran verwerflich, wenn nur einer die Übersicht über das Vermögen behält? Läuft es bei Ihnen daheim anders?«

Die Kommissare schauten sich kurz an, es gab Erfahrungen, die sie bislang nicht gesammelt hatten, dazu gehörte, verheiratet zu sein. Nur sollte dies nicht Thema werden in dieser Vernehmung, da schienen sie sich wortlos einig.

Tom antwortete: »Das spielt hier keine Rolle. Fahren Sie fort. Es gab also eine Lösung für Ihr Schwarzgeld?«

»Ja, und ich musste aufpassen, nicht zu euphorisch zu wirken. Maria hatte die Idee, Lotte mit ins Boot zu holen, die wollte nicht ohne Kim in das Geschäft einsteigen. Maria meinte, das junge Ding könnte uns allesamt später pflegen, wenn wir nur noch auf der Insel leben würden und nicht mehr vom Fleck kämen. Mir gefiel diese bunte Mischung von Menschen, wir wären Nachbarn in einer gepflegten Anlage im warmen Süden, ich würde mit Heinz wandern und Berichte für die Inselzeitung schreiben, die Frauen wären wohlgelaunt und hätten Gesellschaft. Meine Schüler hätten früher gesagt: ›Alles tutti‹.«

Ja, in seiner Vorstellung hatte alles gestimmt, die Finanzierung über eine spanische Bank konnte ruhig in bar abgewickelt werden, niemand wäre auf dumme Gedanken gekommen. Alles schien sich in Wohlgefallen aufzulösen. Es gab notariell begleitete Verträge, alles sei in bester Ordnung gewesen.

»Verstehen Sie?«, sagte Thilo Dromke und legte eine Pause ein, seine Gesichtsfarbe wechselte, er sah plötzlich fahl aus und sackte in sich zusammen.

»Und dann stellen Sie sich bitte vor, dass von einem auf den anderen Augenblick nichts mehr stimmt. Sie haben einen ungültigen Vertrag für ein Gebäude, das niemals auf dem Grundstück gebaut werden wird, das dort schriftlich fixiert wurde. Und Sie haben das wohlgehütete, geheime Geld dafür ausgegeben. Fast alles.« Mit einem Ruck richtete er sich auf. »Ich kann Ihnen nicht beschreiben, was für ein Gefühl das ist, im großen Stil betrogen worden zu sein. Ich hörte meinen Vater sagen, trau, schau wem, ich sah ihn auf mich herabstarren, seinen Sohn, den Versager, der in seinen Augen nichts Anständigeres gelernt hatte, als fremden Kindern das ABC beizubringen, und nun auch noch sein Erbe verspielt hatte. Erst wollte ich mir nicht eingestehen, wie wütend ich war. Ich konnte es ab einem bestimmten Punkt nicht leugnen. Und dann setzten wir uns zusammen und suchten nach einer Lösung.«

Dromke lachte kurz auf, es klang spöttisch. »Nein, zuerst suchten wir nach Breimann. Der sollte uns erklären, was wir auf der Insel vorgefunden hatten. Es erwies sich als sinnlos, er war nicht auffindbar. Es gab ihn einfach nicht, er war wie vom Erdboden verschluckt. Wir waren auf einen Hochstapler und Betrüger reingefallen. Ich konnte es nicht glauben und war enttäuscht von mir selbst. Wie konnte ich so blauäugig sein! Krethi und Plethi, schlimmer, ich fand keine Worte für den Mann und war eine Zeit lang nicht ansprechbar. Dann trafen wir uns, alle gemeinsam, und ich stellte fest, dass ich der Einzige war, der gefasst in so einer moralischen Mausefalle saß. Die anderen ließen ihrer Wut und Enttäuschung einfach freien Lauf.«

Tom Weber und Jerry Patalon tauschten einen schnellen Blick. War das der entscheidende Wendepunkt in dieser Vernehmung? Tom fasste zusammen.

»Herr Dromke, Sie hatten eine hohe Summe Geld im Safe liegen und wollten sie anlegen, ohne dass das Finanzamt Ihnen auf die Spur kam, richtig?«

»Ja, genau.«

»Ein Versuch in den USA scheiterte an der konjunkturellen Lage, und Sie holten das Geld zurück, auch richtig?«

»Das haben Sie korrekt zusammengefasst.«

»Dann lernten Sie per Zufall Bellhaus alias Breimann kennen, und er sorgte dafür, dass Ihre Freunde und Sie eine hohe Summe Geld in ein beschauliches Bauprojekt investierten, so weit auch richtig?«

»Ja.«

»Sie stellten fest, dass der ganze Deal ein Flop war, es gab keine Appartements, das Geld war weg. Bellhaus und sein Unternehmen existierten nicht, der Mann war verschwunden.«

Thilo Dromke konnte nicht sprechen, er deutete ein Nicken an.

Jerry glaubte sich kurz vor dem Ziel, rechnete in absehbarer Zeit mit einem Geständnis. Dranbleiben. »Was geschah dann?«

»Wir haben uns überlegt, ob er wohl mit dem Geld ausgewandert sei. Da er auf Fuerteventura bekannt zu sein schien, haben wir den Kellner im Restaurant beim Risco del Gato angerufen und ihn gebeten, Augen und Ohren offen zu halten. Das hat er auch getan. Wenig später erhielten wir die Nachricht, auch andere Gäste hätten Bellhaus gesucht, so wie wir. Denen hatte der Betrüger erzählt, dass er ab und zu mal an Pokerrunden teilnahm, er brauche den Kick. Und da wurden wir hellhörig. Wir haben recherchiert, erst auf Fuerte, dann am Niederrhein und in ganz Nordrhein-Westfalen, wo es Möglichkeiten gab, viel Geld einzusetzen, und wurden auf die umliegenden Casinos aufmerksam.«

Thilo Dromke rieb die Fingerspitzen aneinander, als würde er Geld zählen.

»Maria hatte ein Foto von Bellhaus in Geberlaune auf der Insel gemacht. Damit machten wir uns auf die Suche, haben uns aufgeteilt, lange Abende in unseren Autos gesessen und Eingänge beobachtet, Personal befragt. Im Casino Hohensyburg hat Kim ihn entdeckt und bis zu einem Auto verfolgt. Sie hat sich das Kennzeichen gemerkt. Es war ein protziger Leihwagen, mit dem er den Eindruck erwecken wollte, reich zu sein. Dort warf er unser Geld mit vollen Händen in die Runden und verspielte es. Kim gelang es, seinem Wagen nachts zu folgen, so fanden wir heraus, wo der angeblich wohlhabende Geschäftsmann wohnte. Er fuhr direkt zu seiner Dachwohnung in Kamp-Lintfort.«

»Und was geschah dann?«

»Wir haben beschlossen, ihn am nächsten Tag zu besuchen, nur Heinz und ich, gleich am frühen Morgen. Er wollte uns die Tür vor der Nase zuschlagen, als er uns sah. Wir sollten verschwinden, er sei nicht Bellhaus, ob wir das Klingelschild nicht gelesen hätten. Er würde uns nicht kennen, sagte er, wir sollten abhauen.«

Tom Weber gab sich empathisch. »Er wollte Sie abwimmeln?«

»Ja. Heinz stellte einen Fuß in den Türspalt, es kam zu einem Gerangel in dem engen Hausflur, und er entwischte uns. Draußen sahen wir ihn zu dem Wagen rennen, er fuhr los. Es war wie in einem Kriminalfilm im Fernsehen, wir rannten zum Auto und sind ihm nachgefahren, raus aus der Stadt, durch die Leucht, waghalsig überholte er andere Fahrzeuge, viel zu schnell fuhr er durch Bönninghardt, bog auf die Winnenthaler Straße in Richtung Xanten ab. Wie ein Irrer raste der Mann auf der Veener Straße durch die Hees, und wir folgten ihm mit einigem Abstand. An der Ampel beim Augustusring standen wir nur vier Fahrzeuge hinter ihm. Auf dem Westwall in der Xantener Innenstadt haben wir ihn dann verloren, er war in einem der Höfe verschwunden. Wir haben uns im nahen Kurpark auf die Lauer gelegt und ihn schließlich hinter einem Fenster entdeckt. Dort schien er Bekannte zu haben, Verwandte vielleicht, irgendwen, bei dem er blieb. Wir informierten die Frauen, wir wechselten uns ab, ließen das Haus, in dem er sich befand, nicht mehr aus den Augen. Heinz kam noch auf die Idee, seinen Wagen stillzulegen.«

»Was hat er gemacht?«

»Er hatte sein Kampfmesser dabei, für alle Fälle. Im Schutz der Dunkelheit ist er auf den Hof geschlichen und hat einen Reifen zerstochen. Das musste schnell gehen. Er hat ganz schön gekeucht, als er zurück war, die Aufregung, die Geschwindigkeit, wir sind nicht mehr die Jüngsten.«

»Wie konnten Sie sicher sein, dass er nicht in einem anderen Fahrzeug den Hof verlässt?«

»Wir konnten uns zu keinem Zeitpunkt sicher sein, das können Sie sich doch denken. Über die mobilen Telefone sprachen wir mit den Frauen. Meine Maria kam auf die Idee, dass alle nach Xanten kommen sollten. Die vordere Häuserfront auf der Marsstraße konnte besser eine von ihnen im Auge behalten, falls es da einen Durchgang gab. So saßen Maria, Grete und Lotte an der Parallelstraße im Auto und hielten die Augen offen, während Kim ihr Wohnmobil am Rand des östlichen Kurparks abgestellt hatte und um den Block schlenderte. Per Telefonkonferenz überlegten wir, was wir als Nächstes unternehmen könnten.«

»Was hatten Sie denn vor?«

Dromkes Stimme wurde laut. »Hören Sie mir überhaupt zu? Der Mann hatte jedem von uns zweihundertachtzehntausend Euros abgeluchst und war dabei, das Geld großkotzig in Spielcasinos auf die Tische zu werfen. Wir wollten ihn zur Rede stellen, wir wollten unser Geld zurückhaben, und weil wir aus den Ihnen nun bekannten Gründen die Polizei nicht einschalten konnten, brauchten wir einen Plan.«

Beide sahen, wie Dromke sich zurückzog, an dem Punkt war Schluss mit seiner Redseligkeit, er verschränkte die Arme und schien nachzudenken.

Tom hakte nach. »War geschah weiter?«

Nichts, Dromke blieb stumm.

Jerry wagte einen weiteren Vorstoß. »Und an dem Abend planten Sie, ihn zur Strafe in die Luft zu sprengen.«

Erbost sprang Dromke auf. »Nein! Was Sie von mir denken! Nein, wir haben nicht geplant, ihm etwas anzutun, wieso denn auch? Er sollte uns entschädigen, verstehen Sie?«

Er sank auf den Stuhl. »Ich kann nicht mehr. Ich verlange eine Pause.«

Jerry Patalon nickte, wies Tom an, ihm zu folgen.

»Eine Viertelstunde.«

Beide verließen den Raum.

٭٭٭

Senta Weiler hatte nach Sichtung einzelner Videosequenzen eine pathologische psychische Erkrankung bei Kim Feenstra ausgeschlossen. Zwar wies sie Züge des Krankheitsbildes Borderline auf, jedoch hielt die Polizeipsychologin das aufreizende Lolita-Verhalten für bewusst eingesetzt.

»Männer sollten in ihrer Nähe auf der Hut sein, das haben Sie selbst erlebt. Die kennt Wege, wie sie Menschen unter Druck setzt, und hat keine Skrupel. Letztlich buhlt sie um Aufmerksamkeit und weiß, wie sie ihre Mitmenschen ausnutzt. Befragen Sie sie zu zweit oder ausschließlich in dem überwachten Raum.«

Inzwischen hatte Burmeester im Überwachungsraum die Kopfhörer aufgesetzt, um zu erfahren, was die vier Frauen miteinander besprachen. Sie konnten nicht leise miteinander flüstern, weil Lotte Plaat nur ab einer gewissen Lautstärke verstehen konnte, was die anderen mitteilen wollten.

Schwerhörig, bestimmt auch weitsichtig, und für Hilfsmittel zu eitel, dachte Burmeester und staunte über die Details, die ihm zu Ohren kamen. Offenbar ging es darum, wie diese Gruppe Breimann alias Bellhaus ausfindig gemacht hatte, und wenn er es richtig deutete, resümierte dieses Frauenclübchen darüber, wie kreativ sie den Betrüger letztlich zu fassen gekriegt hatten. Dabei erschien Grete Schollkämper keineswegs verschüchtert, und Maria Dromke hatte fast so viel Spaß wie Lotte Plaat, die immer wieder sagte: »Kinders, hier fehlen eigentlich nur eine Flasche Eierlikör und ein Kissen unter dem Hintern, die Stühle sind so hart, man sitzt sich den Allerwertesten ›plaat‹, haha.«

Bislang hatte der Kommissar Folgendes notiert: Die Männer hatten Breimann am Morgen in Kamp-Lintfort ausfindig gemacht, der hatte sich verdrückt und war in der Xantener Innenstadt bei Freunden untergetaucht. Sein Wagen stand dort auf einem Hof, Schollkämper hatte am Abend einen Reifen »plattgemacht«, damit Breimann mit seinem Leihwagen nicht fliehen konnte.

Bis dahin hatten sie versucht, leise zu sprechen, doch Lotte Plaat protestierte so lange, bis die vier meinten, in der Lautstärke, die sie brauchten, damit alle am Gespräch teilnehmen konnten, würden die Mikrofone nichts aufnehmen können. Weit gefehlt, man konnte in dem Raum eine Stecknadel zu Boden fallen lassen und die Lautstärke des Geräusches zu einem Donnerschlag hochfahren. So war es ein Leichtes, den Frauen zu folgen. Tom Weber kam nun dazu und nahm sich wortlos einen zweiten Kopfhörer.

Die Männer hatten die Frauen nach Xanten zitiert, da sie selbst die Hofeinfahrt im Blick hatten und sich nicht sicher waren, ob es noch einen Ausgang zur Marsstraße gab. Der observierte Mann erschien regelmäßig auf dem Balkon, um zu rauchen, oder war hinter den Fenstern mit minimalen Gardinen sichtbar. Heinz habe bestimmt bei jeder Zigarette einen angeekelten Kommentar losgelassen, weil er militanter Nichtraucher ist, meinte seine Grete.

Mit zwei Fahrzeugen waren die Frauen an dem Tag angerückt, Kim stellte ihr kleines Hymer Wohnmobil auf dem parallel zum Rathaus gelegenen Parkplatz hinter dem Kurpark ab, Maria fand für ihren Corsa einen Parkplatz am Rand der Marsstraße. Die Frauen schauten auf die Häuserfront, Kim schlenderte ein ums andere Mal um das Karree, während alle immer wieder miteinander telefonierten. Sie hielten die ganze Nacht hindurch Wache, die eine oder andere hielt ein unbequemes Nickerchen.

Die Marsstraße wurde belebter, es war Markttag, eine Menge Fahrzeuge fuhren an ihnen vorbei, die Stadt war voller Menschen. Grete wäre am liebsten wieder nach Hause gefahren, das war allerdings auf energischen Widerstand der anderen gestoßen, die diese Chance zur Konfrontation unbedingt nutzen wollten.

Tom nahm den Kopfhörer ab und wies auf die Frauenrunde hinter der Scheibe. »Genau da ist der Schollkämper auch angelangt, exakt an der Stelle. Das gibt es doch nicht, die haben sich abgesprochen. Ich wette mit dir, dass es heute in allen Räumen zum gleichen Ergebnis kommen wird.«

Burmeester war skeptisch. »Meinst du wirklich? Die haben sich auf eine Lautstärke zwischen flüsterleise und normal eingestellt und vergessen gerade völlig, dass wir sie hören können. Die Damen befinden sich in keiner Vernehmung und berichten trotzdem.

»Dann geh doch da rein, ab jetzt ist das auch ein Verhör, konfrontiere sie mit den Aussagen, die du bis jetzt hast.«

Burmeester lehnte lächelnd ab. »Ich geh da nicht alleine rein. Hinterher sitzt mir die Feenstra auf dem Schoß.«

Tom ging zur Tür. »Dann warte kurz, ich sage Jerry Bescheid, dass ich bei dir einsteige, ich komme mit.«

Keine Minute später standen beide im Raum, die verdutzten Damen rückten auseinander, Kim Feenstra schaute lächelnd von einem zum anderen. »Gleich zwei Prachtexemplare.«

Tom richtete sich mit strikten Worten direkt an sie. »Frau Feenstra, Sie beherrschen sich ab sofort. Sie wissen genau, dass Ihr Verhalten aufgezeichnet wird und dass Sie damit weder bei uns landen noch an anderer Stelle mit Beschwerden durchkommen.«

Burmeester fuhr fort: »Setzen wir doch das Gespräch an der Stelle fort, an der Sie vor fünf Minuten angelangt waren. Sie unterhielten sich über eine observatorische Maßnahme in der Innenstadt von Xanten. Sie parkten auf der Marsstraße, Frau Feenstra am Kurpark. Sie standen im ständigen Telefonkontakt zu den beiden Männern. Was geschah dann?«

Es war Lotte Plaat, die plötzlich laut wurde, Abhörmethoden wie bei der Stasi seien das, ein verdammter Überwachungsstaat sei das, sie sprach von faschistischen Tendenzen, und wenn ihr Mann noch leben würde, dann …

Burmeester blieb ruhig, unterbrach sie mit Bedacht. »… dann könnte er so wenig gegen rechtmäßig durchgeführte Befragungen und Vernehmungen machen wie Sie. Dies ist ein Polizeipräsidium, Sie befinden sich in einem Vernehmungsraum, da ist es üblich, dass unsere Besucher überwacht werden, zudem haben wir Sie darauf aufmerksam gemacht. Und Begriffe wie ›Stasimethode‹ oder ›faschistische Tendenzen‹ verbitte ich mir ausdrücklich, sonst steht Ihnen eine Anzeige wegen Beamtenbeleidigung ins Haus!«

So eine merkwürdige Truppe, dachte er, renitent und verschlossen, andererseits plaudern sie drauflos. Er und Tom setzten sich an die Kopfseiten des Tisches.

»Unser letzter Stand ist, dass es voll wurde in der Stadt und Sie gemeinsam Ihr weiteres Vorgehen planten. Bitte fahren Sie fort.«

Burmeester richtete seine Aufmerksamkeit auf das Mikrofon, eingebaut in der Tischmitte. »Vernehmung der Frauen Schollkämper, Dromke, Plaat und Feenstra, anwesend KHK Burmeester und KHK Weber.«

Kim Feenstra hielt erneut die Hand ihrer Großmutter, deren Brustkorb immer noch bebte, Grete Schollkämper und Maria Dromke saßen ihnen gegenüber, alle schwiegen.

Tom schüttelte ungeduldig den Kopf. »Erzählen Sie doch einfach weiter. Die beiden Männer füllen inzwischen viele Protokollseiten, Ihre Sicht auf die Dinge ist uns ebenso wichtig.«

Maria Dromke hielt die Stille nicht weiter aus. »Ja, wir saßen da am Straßenrand im Auto, übermüdet und ohne Kaffee, und starrten auf die gegenüberliegenden Fassaden. Ich hatte den Lautsprecher von meinem Smartphone eingeschaltet, über Thilos Gerät sprachen wir mit den Männern. Man müsste ihn zu fassen kriegen, meinte Heinz, man müsste ihn so lange in die Mangel nehmen, bis er damit rausrückte, wo das restliche

Geld ist. Wir fanden die Idee nicht schlecht, nur wie sollten wir das anstellen?«

Kim Feenstra übernahm als Nächste das Wort. »Ich stieg zu den dreien ins Auto, als jemand aus dem Laden für Hausgeräte Kartons von Waschmaschinen vor die Tür stellte. Da lag eine Menge Verpackungsmaterial herum, diese großen Kartons versperrten den Gehweg, eine Sackkarre stand neben der Tür. Thilo sagte so was wie: ›Da ist er, jetzt schnappen wir ihn.‹«

Grete Schollkämper wurde lebhaft, mit geröteten Wangen stoppte sie die junge Frau und fuhr fort. »Ich schrie ins Handy: ›Haltet ihn fest.‹ Und Kim rief: ›Im Wohnmobil ist genug Platz.‹ Und Maria deutete nach draußen und meinte: ›Da vorne auf der Straße, da steht seine Verpackung.‹ Lotte freute sich und wickelte einen Turban vom Kopf, fast drei Meter Stoff. ›Damit kann man eine Mumie einwickeln‹, sagte sie. Und dann sind wir raus aus dem Auto. Kim kriegt von Männern immer alles, die lieh sich die Sackkarre aus und brachte zwei Kartons mit. Gemeinsam schoben wir die Karre mit den stabilen Pappbehältern beim Restaurant An de Poort um die Ecke, schwierig auf dem schmalen Gehsteig.«

Maria Dromke nickte eifrig. »Ja, mit der Sackkarre war das nicht einfach. Aber nur drei Häuser weiter war die Einfahrt, in der standen unsere Männer und hatten dem Betrüger die Arme auf den Rücken gedreht, ihn an die Wand gedrückt und ihm den Mund zugehalten, mit lauerndem Blick, ob jemand sie beobachtet. Und dann ging alles ganz schnell.«

Burmeester schaute abwartend in die Runde, Sackkarre, Kartons, das Tuch eines Turbans, das konnte nicht wahr sein.

»Wir hatten so einen Dusel«, sprudelte es aus Maria Dromke hervor, »die standen in einer Ecke, die schlecht einsehbar war. Lotte und Grete wickelten den Kerl stramm ein, die Männer bugsierten ihn in eine der Kisten, zogen ihn auf die Sackkarre und stülpten den zweiten Karton über seinen Kopf. Wir hatten ihn. Nur stand das Wohnmobil von Kim am anderen Ende des Kurparks, wir mussten quer durch die Stadt mit ihm.«

Tom Weber konnte es nicht fassen. »Sie haben ihn gemeinschaftlich in zwei Kartons verpackt und durch die Stadt geschoben?«

Einhelliges Nicken weiblicher Köpfe. Ein kleines Lächeln. Grete Schollkämper übernahm mit vor Aufregung geröteten Wangen und belegter Stimme.

»Ich sage Ihnen, das war ganz schön haarig. Das war so peinlich auffällig, aber es hat sich niemand drum geschert. Es war Donnerstagvormittag, und die Stadt war voller Menschen, schließlich ist Corona Geschichte, und man kann sich wieder begegnen. Wir kreuzten den Fildersteg, sind über den Parkplatz zur Gasthausstraße, da ging es eine Steigung hinauf, da mussten wir richtig asten, denn der obere Karton drohte immer wieder zu verrutschen. Und dann wurde es richtig eng, denn es galt, unsere Fracht an den Marktständen vorbeizulotsen. Fast hätte Thilo den Blumenstand gerammt, wir konnten das Schlimmste verhindern.«

Burmeester konnte ein Lachen nicht unterdrücken. »Sie wollen uns allen Ernstes erzählen, dass Sie mit dem Mann in der Kiste quer über den Markt gegangen sind?«

Maria Dromke verstand den Heiterkeitsausbruch nicht, Lotte Plaat sah sich zu einer Bemerkung genötigt. »Meinen Sie, es ist witzig, mit unfrisiertem Haar quer über einen belebten Marktplatz zu laufen? Jungchen, Sie wissen nicht, was mich das für Nerven gekostet hat.«

Grete Schollkämper ließ sich nicht unterbrechen. »Du bist aber auch zu eitel, Lotte. Ja, natürlich sind wir über den Markt gegangen, das war der kürzeste Weg, Herr Kommissar, wir mussten doch zu dem Wohnmobil, oder meinen Sie, der Kerl wäre freiwillig und lautlos irgendwo eingestiegen? Ein paar Leute haben geguckt, denn einer musste die Karre schieben, und zwei Leutchen haben die Kartons flankiert, da wir sichergehen wollten, dass sie nicht zur Seite kippen, schließlich war der Inhalt lebendig und auch noch ein wenig beweglich. Die anderen bahnten uns den Weg. Niemand fand unsere Aktion bedenklich. Da waren eben ein paar Leutchen mit einer Sackkarre und dicken Kartons unterwegs.«

Sie war im Redefluss, musste aber dennoch lachen über die skurrile Erzählung.

»Maria hat ständig ›Oh Gott, oh Gott‹ gebetet, damit ihr keine Bekannten begegnen. Zwischen den beiden Sitzbereichen vom Eiscafé Teatro, da wurde es ungemütlich, und eine Tischgruppe junger Leute lachte über uns, sie wiesen ungehörig mit den Fingern auf uns und schrien hinterher, ob wir bei dem Umzug Hilfe bräuchten. Zum Glück bemerkte niemand das unterdrückte Schreien aus dem Inneren dieser, ja, wie nenne ich es, dieser Verpackung, das eher einem heiseren Fauchen ähnelte. Um es zu übertönen, setzte Thilo ab und an zu einem gekünstelten Husten an.«

Grete Schollkämpers Wangen glühten, und sie war nicht zu bremsen. »Die kleine Rampe bei den Stufen am Rathaus war noch schwierig zu meistern, und um die halben Absperrungen zum Ostwall zu kurven war auch ein Kunststück, denn die Kartons sind ganz schön breit. Zum Glück führt ja eine breite Rampe in den Park. Idyllisch ist es dort, sage ich Ihnen, von Blumenstauden gesäumt ging es hinunter und dann geradewegs zum Parkplatz. Erst im Park, wo niemand mehr um uns herum war, sprachen wir darüber, wo wir ihn überhaupt hinbringen könnten. Es würde auffallen, wenn wir ihn zu jemandem nach Hause brächten, er würde uns nicht bereitwillig und unauffällig aus dem Wohnmobil in einen privaten Keller folgen. Da hatte Heinz die Idee, ihn auf die andere Rheinseite zu fahren, zu einem Haus an der Issel in der Nähe von Gut Grenzenlust. Kennen Sie das? Nein? Ist ja auch nicht öffentlich, nur manchmal zu Veranstaltungen, aber nett dort. Es stand zu der Zeit leer, und Heinz wusste, wo der Schlüssel zu finden war. Viel Land und keine Beobachter.«

Nikolas Burmeester und Tom Weber schauten sich über den Tisch hinweg an, auf ihren Gesichtern spiegelte sich eine gewisse Ungläubigkeit. Überraschenderweise übernahm nun Lotte Plaat.

»Meine Güte, ihr Jungchen, jetzt schaut nicht so entgeistert, man muss kreativ sein im Leben und die Gelegenheiten beim

Schopf packen. Wir hatten den Verbrecher in der Kiste und haben ihn mit vereinten Kräften in Kims fahrbare Hütte geschoben. Und dann ist Kim mit Heinz zusammen losgefahren. Der wollte unterwegs mit irgendeiner Technik auf dem Telefon uns anderen die Wegbeschreibung senden. Vorher hat Kim uns noch eingebläut, dass die Sackkarre unbedingt zurück zu ›Hausgeräte Quil‹ müsse, versprochen ist versprochen.

Der Rückweg dorthin war einfacher, da hatten wir ja keine Last mehr zu schieben. Die jungen Leute im Eiscafé schauten uns entgegen und lachten wieder, drei Omas und ein Opa mit 'ner leeren Karre, das müsste ja ein großer Einkauf werden. Oder ob jetzt die zweite Fuhre des Umzugs komme. ›Haha, wie witzig‹, sagte ich nur.«

»Sie haben die Karre zurückgeschoben?«

»Natürlich, was denken Sie denn? Wir sind doch nicht die Menschen, die Einkaufswagen durch die Gegend schieben und im Gebüsch abstellen. Das Teil war ausgeliehen, und wir brachten es zurück und haben uns herzlich bedankt. Und dann sind wir auch losgefahren. Schließlich hatten wir den Verbrecher im Karton und mussten jetzt noch gemeinsam beraten, was wir mit ihm machen würden. Es ging um das viele Geld, das er uns schuldete. Und, Jungchen, das wollten wir zurückbekommen, koste es, was es wolle.«

Burmeester sagte emotionslos: »Sie haben Frank Breimann entführt.«

Lotte Plaat schüttelte vehement den Kopf, ihr dünnes graurotes Haar entwischte ihrer Steckfrisur.

»Nein, nein, Jungchen, so darfst du das nicht sehen. Wir haben Frank Breimann nicht entführt. Wir haben Frank S. Bellhaus mitgenommen, um zu erfahren, was er mit unserem Geld gemacht hat. Er sollte uns schlicht Auskünfte geben, für den Schaden geradestehen, den er auf betrügerische Art angerichtet hatte. Mehr haben wir nicht getan.«

Grete Schollkämper pflichtete ihr bei. »Gut versorgt haben wir ihn, gut behandelt. Okay, der Transport war etwas unbequem, es gab eine Situation, da wäre er fast aus der Kiste entwichen. Heinz hat sich darum gekümmert. Der Verbrecher hatte aber keine nennenswerten Verletzungen, als wir ihn aus den Kartons und von dem Wickeltuch befreit hatten. Nein, das war doch keine Entführung.«

* * *

Eine einstündige Vernehmung war erst mal genug, doch Karin Krafft und Gero von Aha wollten die Pause nicht vertun und Burmeester einen Kaffee in den Beobachtungsraum bringen. Sie wunderten sich, dass er mit Tom gemeinsam nebenan saß und die Frauen befragte. Nun standen der Spezialist für Topkaffee und die Hauptkommissarin neugierig mit ihren Bechern vor der Spiegelscheibe und konnten kaum glauben, was die Frauen offenbarten.

Jerry kam dazu, nahm dankend das Heißgetränk entgegen, das für seinen Kollegen bestimmt war, horchte und wies auf die Gruppe in dem Raum.

»Was? Die haben Breimann gewaltsam mitgenommen und lehnen den Begriff Entführung ab? Wie sind die denn drauf? Das hört sich ja an, als hätten sie jeglichen Kontakt zur Realität verloren. Die Damen erzählen mehr als die Herren, ob das wohl abgesprochen ist?«

Von Aha bedeutete ihm, leise zu sein, er wollte weiter zuhören, denn die Frauen waren gerade richtig in Fahrt.

Burmeester versuchte, dem Quartett zu erklären, dass ihre Aktion durchaus eine Entführung war. »Der Mann wurde überwältigt, gefesselt, gegen seinen Willen in Kartons verpackt und zu einem Fahrzeug gebracht, danach zu einem Haus auf der anderen Rheinseite gefahren. Das ist nichts anderes als eine Entführung, es sei denn, er ist freiwillig in seiner neuen Unterkunft geblieben. Und? Hat er sich für den unbequemen Transport bedankt und gemütlich mit Ihnen bei Kaffee und Kuchen geplaudert?«

Maria Dromke protestierte. »Wir mussten doch erst einmal die Gegebenheiten sondieren, was in dem Haus vorhanden war und was wir nutzen konnten. Es wirkte ziemlich einfach und alt, lange nicht bewohnt. Man muss sich doch orientieren, wenn man vorhat, dort, sagen wir mal, zu agieren. Wir haben den Lumpenhund in einem Zimmer ausgewickelt, in dem das Fenster gegen Einbruch vergittert war, und dazu waren außen Bretter davorgenagelt. Heinz meinte, bestimmt sei das Fenster morsch und die Besitzer wollten es vor der Witterung schützen. Deshalb sollten wir ihm die Hände fesseln, nur ging das nicht mit dem großen Schal. Heinz begab sich auf die Suche, fand in der Kammer einen Werkzeugkasten mit Kabelbindern. Er zog einen um jedes Handgelenk, verband beide mit einem dritten, sodass der Kerl genügend Bewegungsfreiheit hatte, jedoch nicht zu viel. Die Tür haben wir von draußen abgeschlossen, denn der wollte natürlich gehen, und das konnten wir nicht zulassen.«

Burmeester beugte sich vor und fixierte die Frau mehrere Sekunden lang. »Und Sie nennen dieses Vorgehen immer noch nicht Entführung?«

»Aber nein, er war schließlich derjenige, der uns übers Ohr gehauen hatte, der Mann hat über eine halbe Million Euro kassiert und uns nichts als Staub und Aussichtslosigkeit verkauft. Wenn einer ein schlechtes Gewissen haben musste, dann doch dieser Kerl.«

Burmeester sank zurück in seinen Stuhl. »Wie ging es weiter?«

Grete Schollkämper fuhr mit zittriger Stimme fort: »Wir haben überlegt, uns für ein paar Tage dort einzurichten. Als Thilo ankam, hatten wir bereits kontrolliert, was die Küche hergab und welche Gerätschaften wir noch brauchten. Es gab einen Gasherd, Heinz wollte eine Flasche besorgen. In seinem Zimmer stand ein Bett, aber es fehlte an Bettzeug, ich hatte zu Hause noch eine Garnitur für Besuch. Wir überlegten, wie er zur Toilette gelangen konnte und dass unbedingt Klopapier in den Vorrat gehörte. Außerdem sollte er Gelegenheit haben, sich notdürftig zu waschen, wir wollten ja nicht, dass er verkommt. Auf das Rasieren sollte er verzichten, das war nicht so wichtig. Sachen zum Wechseln waren nötig, Handtücher. Jede sollte ein

142

wenig besorgen, damit niemand auf die Idee kommen konnte, dass alles zu einem einzigen Anlass besorgt, zusammengetragen und gekauft wurde. Wir wollten doch nicht entdeckt werden.«

Die Frauen hatten sich darauf eingerichtet, ihn länger zu versorgen, die Vorreiterin war Maria Dromke.

»Es war schwierig, einen Speiseplan zu erarbeiten. Da gab es in unserer Gruppe sehr unterschiedliche Ansichten.«

Tom interessierte sich für die Differenzen. Sie berichtete bereitwillig.

»Nun, wenn es nach den Männern gegangen wäre, hätte er täglich Aufbackbrötchen und eine billige Fertigpizza bekommen, ab und zu eine Pommes aus dem Imbiss und eine Currywurst. Eine Tüte Fast Food von diesem Hähnchenkönig. So ging das nicht, der Mann musste bei Kräften und bei Laune bleiben, sonst würde er Mangelerscheinungen entwickeln, damit kann man nicht konzentriert denken. Ich war immer eine Vorreiterin für gesunde Ernährung, habe meinen Mann bei seinen Schulklassen beraten. Ein gesundes Frühstück unterstützt einen guten Start in den Tag. Mit der Meinung stand ich allerdings alleine da.«

Sie blickte in die Runde, und Kim Feenstra rollte mit den Augen. »Meine Güte, niemand stirbt an Fast Food oder Fertigfresschen. Dieser Aufwand war unnötig, da stehe ich immer noch zu.«

Lotte Plaat wedelte mit einer Hand, um zu Wort zu kommen. »Ich wollte, dass er vegan ernährt wird, der Genuss von Fleisch kann aggressiv machen, das konnten wir nicht gebrauchen, er musste ruhig bleiben und fit. Aber ich fand in diesem Clübchen von Ernährungsbanausen kein Gehör.«

Jerry riss sich den Kopfhörer von den Ohren. »Das kann doch nicht wahr sein! Ich glaube, dass dieses Haus nicht zufällig gewählt wurde, sondern dass Heinz Schollkämper dort alles vorbereitet hatte. Vernagelt ihr ein undichtes Fenster? Das ist doch völliger Unsinn. Und im Anschluss stritten sie über die Ernährung.«

Karin beruhigte ihn. »Wir lassen sie reden, ich finde es

äußerst interessant, was hier zutage kommt. Ich befürchte, sie verstummen, wenn wir sie unterbrechen. Wir sollten wieder zu den Männern gehen. Jerry, du machst alleine weiter?«

»Ja, klar. Und ich denke, dass Thilo Dromke in dem Fall das kleinere Licht ist. Du und Gero, ihr habt mit Schollkämper den Kopf zu befragen.«

Er wies auf den Raum hinter der Spiegelscheibe. »Da drinnen bei Burmeester und Tom sitzen nur die Arbeitsbienen.«

Gero von Aha grinste breit. »Und die sind gesprächig. Wie alle Frauen.«

Er erntete einen strengen Blick der Hauptkommissarin, spielte den Einsichtigen. »Ist ja schon gut, ich meinte, die plaudern wie einige Niederrheinerinnen, die ich mal zufällig im Café belauschen konnte.«

Karin rang sich ein kleines Lächeln ab. »Schon gut, spar dir weitere Erklärungsversuche. Dann fragen wir doch mal den Kopf, was er sich bei der Aktion gedacht hat.«

***

Vernehmung Heinz Schollkämper, anwesend KHK Krafft und KHK von Aha

Die Hauptkommissarin ging sofort in die Offensive.

»Sie haben das alles geplant. Sie wollten den Mann, der sich Bellhaus nannte, nicht einfach nur aufspüren. Sie wollten ihn so lange festhalten, bis er Ihnen verriet, wo Ihr Geld zu finden ist. Sie haben sich alles minutiös ausgedacht. Wie sind Sie auf das Haus gestoßen, und wo genau steht es?«

Schollkämper saß stocksteif da. Er hatte anscheinend nicht damit gerechnet, dass die anderen mehr erzählen würden als er.

Karins Tonfall wechselte zu streng. »Von vorne, Herr Schollkämper.«

Nach kurzem Zögern schaute er zur Seite und fuhr fort. »Ich habe den anderen nichts von dem Haus gesagt. Ich wusste, dass es leer stand und rundum niemand wohnte, in der Nähe von Gut Grenzenlust, ein beliebtes Arboretum, sehenswert mit seinem Garten, einfach der ganzen Anlage, den Bäumen, Sträuchern und Stauden ganz verschiedener Art aus heimischen und fernen Beständen. Ein kleines Paradies, das hat mich interessiert. Ich bin hingefahren, da habe ich dieses alte Haus zufällig gesehen, ein guter Unterschlupf, gelegen in etwa an der Stadtgrenze von Wesel und Hamminkeln. Ein ländliches Haus, im Niemandsland nahe an der Issel, eine alte Hofstelle mit Unterstand und einer Restscheune gehören dazu. Der Hinterhof liegt abgewandt vom Bruchweg, also der Durchgangsstraße in dieser abgelegenen Gegend, man kann ihn nicht einsehen. Die Zufahrt von der Straße ist vielleicht fünfzig Meter lang. Führt durch ein Feld, der Weg ist ein bisschen rumplig, Schlaglöcher und so. Das ist wenig einladend, freiwillig fährt da keiner hin. Das Haus dämmerte vor sich hin, so wirkte es.«

Schollkämper hatte sich offensichtlich entschlossen, die Geschichte ausführlich zu erzählen. Fragend blickte er die Kommissarin an.

Karin Krafft nickte ihm bestätigend zu. »Sehr anschaulich, das Haus war also ein Glücksfund. Erzählen Sie weiter.«

»Glück, das ist relativ, nach allem, was passiert ist. Aber es war reines Glück, dass der Schlüssel noch immer in dem Versteck hinter dem Vogelhaus hing. Ein Fenster habe ich vorsorglich präpariert, damit er nicht an dem Gitter rappeln konnte. Für mich war das der ideale Ort, um diesen Scheißkerl das Reden zu lehren. In der Gruppe brauchte ich nur zur richtigen Zeit das Passende zu erwähnen, sie würden alle mitmachen, davon war ich überzeugt. Wäre ich in Xanten mit Thilo alleine gewesen, dann hätte ich den Kerl mit ihm gemeinsam zusammengefaltet und in den Kofferraum gelegt, um ihn an die Issel zu bringen. So waren die Frauen dabei, und alles musste ein wenig anders laufen. Ich weiß doch genau, dass man vier Frauen nicht von ihrem Handlungsplan abbringen kann, wenn dazu die Zeit fehlt und man sich in der Öffentlichkeit befindet.«

Zustimmung heischend, blickte er wieder um sich. Da war niemand, nur vor ihm die beiden Kriminaler.

»Wir hatten den Kerl, und er musste zu diesem Haus transportiert werden. Lotte hatte ihren Turban vom Kopf gewickelt. Fesseln Sie mal einen erwachsenen Mann mit einem drei Meter langen Stoffstück, so ein Schwachsinn, das konnte nicht halten. Ich habe Blut und Wasser geschwitzt, als wir mit der Sackkarre und der lebenden Fracht quer über den Wochenmarkt gefahren sind. Die Kisten hätten nur kippen müssen, und die Katastrophe hätte ihren Gang genommen.« Er schaute immer noch zur Seite, lachte verächtlich auf.

»Auf der Fahrt hörte ich plötzlich hinter uns im Wohnmobil ein Geräusch, da lag er schon neben den Kartons und nestelte sich aus dem Tuch. Ich konnte gerade noch verhindern, dass er den Türgriff öffnete, und rangelte ihn zu Boden. ›Alles in Ordnung‹, rief ich nach vorne und gab dem umwickelten Schädel noch eine Kopfnuss. Die anderen konnten nicht wissen, dass ich einen längeren Aufenthalt in Betracht gezogen hatte, aber ich musste den richtigen Zeitpunkt abpassen, um sie schonend davon zu überzeugen.«

Er unterbrach seinen Bericht, um zu trinken.

»Und wissen Sie was, Hauptkommissarin Krafft? Die waren bedingungslos einverstanden. Ich erkannte meine Frau nicht wieder, die wuselte durch das Haus und plante mit den anderen zusammen, was wer wann kochen würde und wer was besorgen würde. Die diskutierten über den Unterschied zwischen Hausmannskost und veganer Ernährung, fleischlos, vitaminreich. Mann, ich hätte dem täglich eine tiefgefrorene Funghi aufgewärmt, eine Dosensuppe und fertig. Nein, die Frauen wollten kochen, also ließ ich sie kochen.«

Karin Krafft schob ihm Blatt und Bleistift entgegen. »Schreiben Sie die Adresse auf, wir werden uns so bald wie möglich dort umsehen.«

»Ich zeichne Ihnen die Strecke auf, bis zum Arboretum werden Sie den Weg finden, danach wird es wildromantisch.«

***

Vernehmung Thilo Dromke, anwesend KHK Patalon

Jerry Patalon hatte es mit Thilo Dromke nicht ganz so einfach, der Mann berichtete ebenfalls frei weg, verlief sich aber immer wieder in Nebenthemen. Noch schien diese Strategie von Nutzen zu sein, es wirkte, als wolle er krampfhaft Zeit gewinnen, jedoch nagte sie an Jerrys Geduld.

»Wenn es nach Heinz gegangen wäre, dann hätten wir ihn an die Eisenringe gekettet, die in dem abgewrackten Nebengebäude in der Wand verankert waren. Der hatte regelrechte Folterphantasien, da wollte ich nicht mitmachen.«

Jerry wurde hellhörig. »Sie kannten den Ort also schon, bevor Sie Breimann dorthin brachten?«

»Nein, nicht direkt, ich war an dem Tag zum ersten Mal dort. Heinz hatte das Gehöft auf einer Radtour entdeckt, der ist schließlich bei Wind und Wetter mit dem E-Bike unterwegs. Er hatte sich alles genau angesehen, war in das Haupthaus und die Nebengebäude eingedrungen, hatte Fotos gemacht. Er ist doch interessiert an *lost places*, verlassenen Gebäuden, verschlafenen Stellen, in denen man die Menschen noch erahnen kann, die einmal dort gelebt haben. Neue Bilder stellt er immer in seinen Status bei WhatsApp, man kann sie sich vierundzwanzig Stunden lang anschauen.«

Jerry begann, unruhig auf seinem Stuhl hin und her zu rutschen.

»Ich erkannte den Hof sofort, als ich der Wegbeschreibung gefolgt war und die holprige Zufahrt hinter mir gelassen hatte. Da stand das Wohnmobil, ich war darauf gefasst, Breimann in dem zugigen Stall mit den kaputten hohen Fenstern zu finden, da ging die Tür auf, und Heinz kam mir entgegen. Er schüttelte den Kopf, klaubte im Gehen zwei, drei Kiesel vom Boden auf, warf sie mit energischen Bewegungen gegen das alte Stalltor, dass es nur so krachte. Heinz fluchte, wie ich es noch nie gehört hatte. Er sagte, die Frauen seien völlig durchgedreht, sie wären dabei, eine Art Wellnessplan für den Mistkerl zu erstellen, leckeres Essen, Waschmöglichkeiten,

Wäsche zum Wechseln, er habe sich das anders vorgestellt, ihm sei die brutale Methode lieber. Harter Beton, kühle Nächte, Hunger und eine zugeschissene Hose.«

Dromke machte eine hilflose Geste. »Ich war entsetzt, Herr Patalon, so kannte ich Heinz nicht, und so krass hatte ich mir die Aktion nicht vorgestellt. Was die Frauen dort trieben, verstand ich erst, als ich mitbekam, wie es in dem Haus förmlich summte und brummte. Es grenzte ans Groteske, die Frauen waren beseelt von diesem Alles-schön-machen-Tick, sie betrachteten den Verbrecher als Gast, den man gut umsorgen musste. Ich sah es in seinen Augen, wenn sich unsere Blicke zwischendurch zufällig trafen, Heinz wollte ihn foltern, jetzt, sofort aus ihm herausprügeln, wo er das Geld versteckt hatte. Die Frauen wollten ihn anscheinend zu Tode mästen, wenn er nicht redete. Das konnte heiter werden.«

Jerry Patalon stützte sein Kinn auf eine Hand. »Wissen Sie, die Geschichte ist völlig surreal. Alle halten zusammen – bei einem Freiheitsentzug! –, das Opfer wird später in Einzelteilen aus einem Automatenraum zusammengekratzt, das Ganze begann als Wellnessmaßnahme versus Folter, zu krass.« Er war noch nicht fertig. »Wann haben Sie sich das Ganze ausgedacht? Als Sie gemeinsam im Vernehmungsraum saßen oder gleich nach der Tat?«

»Was denn? Sie glauben mir nicht? Die anderen werden zustimmen, es war so. Den Mann haben wir eingeschlossen und gleich noch einen alten Schrank vor die Tür geschoben, damit er keinesfalls abhauen konnte. Wir haben einen Plan entwickelt, wonach die Frauen, abgesehen von Kim, weil die nichts von Kochen und Hausarbeit versteht, sich tagsüber abwechselten und jeweils ein Mann nachts in der Butze blieb.«

Jerry konnte sich kaum auf dem Stuhl halten, hätte am liebsten den Mann über den Tisch hinweg am Kragen gepackt und gerüttelt. War leider verboten. »Und das glich in Ihren Augen immer noch nicht dem Tatbestand einer Entführung?«

»Wieso denn? Der wurde doch bestens versorgt. Am selben Abend sind wir mit dem Wohnmobil wieder dorthin gefahren.

Der hatte uns so viel Geld abgeluchst, und jetzt kostete er uns auch noch eine Menge, ich war höchst empört. Manche Küchenutensilien, Töpfe, eine Pfanne, Mixer, Besteck, Geschirr, Gläser, hatten die Frauen aus den eigenen Haushalten zusammengesucht, ein buntes Sammelsurium an meist ausgedienten Dingen, und dann fuhren wir gemeinsam zu Real. Sie glauben gar nicht, was wir unter der Regie der Frauen alles einkaufen mussten, um einen einzigen Menschen ein paar Tage lang ohne Kühlschranknutzung und mit maximal zwei Gasflammen abwechslungsreich zu ernähren. Wir sind mit zwei vollen Einkaufswagen zurück zum Hymer gerollt.« Allein der Gedanke daran ließ ihn genervt das Gesicht verziehen.

»Als das nun alles in der heruntergekommenen Küche auf Tisch und Schrank lag, habe ich meinem Ärger Luft gemacht. Heinz stand sofort neben mir, meinte, er würde jetzt andere Saiten aufziehen, dies sei kein All-inclusive-Holiday-Resort, es gehe um den Mann, der uns allen einen riesigen Schaden zugefügt habe und der nun so schnell wie möglich verraten solle, wo das Geld versteckt ist. So viel könne er unmöglich in den paar Wochen ausgegeben haben, die seit der Zahlung vergangen waren. Herr Kommissar, da war ich ganz nah bei Heinz. Die einzige Hoffnung, die blieb, war die, dass er wirklich nicht schon alles unter die Leute gebracht, den Graf Koks gespielt hatte in diversen Casinos. Ich sah ihn im Geiste Hunderter als Trinkgeld überreichen, riesige Stapel mit Chips, jeder tausend Euro wert, in die Tischmitte schieben, während er das schlechteste Blatt der Pokerrunde auf der Hand hielt ...«

»Schweifen Sie nicht ab, Herr Schollkämper«, sagte Jerry jetzt. »Hatte Breimann das Geld noch?«

»Seine Bleibe in Kamp-Lintfort sah jedenfalls nicht nach Luxus aus, er selbst trug weder Gold noch Brillanten, fuhr einen Leihwagen, den wir übrigens zwei Tage später mit aufgezogenem Ersatzreifen bei der Leihfirma abgegeben haben. Der Fahrer, der ihn ausgeliehen hatte, sei im Krankenhaus. Die Aktion kostete wieder Geld, Gebühren, wir mussten auftanken, er hatte zu viele Kilometer gefahren.«

»Warum haben Sie das gemacht?«

»Was meinen Sie?«

»Warum haben Sie sich um den Leihwagen gekümmert? Sie hatten doch andere Sorgen, in Gestalt eines Mannes hinter verschlossener Tür.«

»Das war auch die Idee von Heinz. Der Wagen sollte aus dem Xantener Hinterhof verschwinden, bevor sich jemand über das fremde Fahrzeug wunderte und die Polizei informierte. Nachbarn können sehr aufmerksam sein. Wir hatten ja den Schlüssel, den trug er bei sich, als wir ihn überrumpelten.«

»Sie meinen, als Sie ihn überwältigten und gegen seinen Willen festhielten, bis die Frauen mit dem Turbantuch kamen?«

»Ja, genau, ach, nein, Sie sind ja ein ganz pfiffiger, wollen mir Worte in den Mund legen, die ich nie gesagt habe.« Thilo Dromke beugte sich vor zum Mikrofon. »Für das Protokoll. Wir haben den Mann überrumpelt und eingeladen, ein paar Tage mit uns auf dem Land zu verbringen.«

Jerry Patalon musste über diese Spitzfindigkeiten schmunzeln. »Sie hatten bestimmt auch seine freudige Zustimmung zu dieser Urlaubseinladung, oder?«

Dromke schwieg.

Der Hauptkommissar stand auf. »Pause in der Vernehmung Thilo Dromke.« Er schaltete das Mikrofon aus. »Mal nur unter uns. Ich weiß nicht, was ich momentan mehr verabscheue, Ihr Leugnen, eine Straftat begangen zu haben, oder die Tatsache, dass Sie mit Ihrer schrägen Auffassung von Recht und Gerechtigkeit jahrzehntelang kleine Kinder unterrichtet haben. Das sind die Lehrer, die während der Pausenaufsicht wegschauen, wenn der Richtige verprügelt wird, weil er es verdient hat.«

Dromke richtete sich auf. »Was unterstellen Sie mir da? Ich protestiere aufs Schärfste!«

Jerry hob fragend die Hände. »Ich? Ich habe gar nichts gesagt. Aber denken Sie mal drüber nach.«

✳✳✳

Es ging auf den Abend zu, das Team, die sechs Menschen in Gewahrsam, alle wirkten erschöpft, brauchten dringend eine Pause. Die einen trafen sich im Raum hinter dem Spiegelglas, die anderen wieder komplett davor.

Für breites Entsetzen sorgte die Tatsache, dass keines dieser Leutchen, fünf unbescholtene Niederrheiner in fortgeschrittenem Alter, eine blutjunge Frau, völlig verdorben, sich eingestehen wollte, mit der Entführung Breimanns etwas Unrechtes getan zu haben. Sie hatten den Mann vierzehn Tage festgehalten, bislang war dem K1 nur bekannt, wie es dazu gekommen war. Was an den einzelnen Tagen geschehen war, dazu mussten sie noch weiter befragt werden.

Karin Krafft rief den Staatsanwalt an. Sie war in alter Gewohnheit darauf gefasst, die harte Stimme des Vorgängers am anderen Ende zu hören, stutzte kurz und sagte, sichtlich erleichtert: »Ich schalte auf Lautsprecher, dann können alle mithören.«

»Okay.«

»Wir müssen eine Pause einlegen, die erzählen allesamt nur nach einem festgelegten Plan. Egal, wen man befragt, der andere hat das Gleiche erzählt oder mit einer kleinen Nuance versehen. Aaron, die hatten den Mann vierzehn Tage lang festgehalten, wenn die in dem Tempo weitergestehen, dann ist bald Weihnachten.«

Sie fasste die Fakten zusammen, Entführung unter abenteuerlichen Bedingungen, Verschleppung in ein leer stehendes Haus an der Issel.

»Könnt ihr Tempo machen, oder gibt es eine offensichtliche Schwachstelle?«

Jerry meldete sich aus dem Hintergrund. »Dromke ist sauer auf Schollkämper, der wohl eine härtere Nummer geplant hatte, mit Folter und so. Den habe ich gerade bei seiner Ehre als Lehrer gepackt, es kann sein, dass der noch plaudert.«

»Gut, der bleibt ja sowieso heute hier. Gibt es noch jemanden?«

Burmeester meldete sich. »Die Frauen sind weniger strukturiert, die geraten schnell ins Erzählen.«

»Wollt ihr sie einzeln vernehmen?«

»Die geben sich gegenseitig das Wort und korrigieren sich in ihren Beobachtungen, bringen Details, die eine andere vergessen hat. Nein, das gelingt nur in dieser Vierergruppe.«

Aaron Nilsson klinkte sich für einen Moment aus dem Gespräch aus. »Da habe ich die Nummer … Ich erkundige mich gleich mal bei der Behördenchefin, wie viele Arrestzellen in der Kreispolizeibehörde vorhanden sind. Wir lassen einfach über Nacht alle hier, hübsch voneinander getrennt.«

Burmeester meldete sich noch einmal. »Ich würde eine Ausnahme machen, bitte. Lotte Plaat sollte aufgrund ihres hohen Alters nach Hause dürfen, natürlich mit der Auflage, dort zu bleiben. Ich übernehme auch die Fahrerei und hole sie morgen früh ab.«

Der Staatsanwalt antwortete sachlich. »Bist du befangen?«

»Ich? Nein, sie ist nur hinfällig. Sie ist bunt und schrill und vielleicht eine Spur zu laut, aber das ist ihre Art, dem Alter ein Schnippchen zu schlagen. Nur sitzt sie seit einer Stunde da und gähnt und baut ab. Da kannst du zusehen, wie die Schultern nach unten rutschen.«

Der Staatsanwalt stimmte zu und würde sich wegen der fünf benötigten Arrestzellen zurückmelden.

Karin beendete das Gespräch und wandte sich an Burmeester. »So fürsorglich kenne ich dich gar nicht.«

Er wies in den Raum, in dem inzwischen niemand mehr sprach, alle saßen stumm am Tisch, Lotte Plaat hatte sich bei ihrer Enkelin an die Schulter gelehnt, die Augen geschlossen. »Sie kann nicht mehr. Einmal über achtzig, da bröckelt die Kondition.«

Der Staatsanwalt kam kurz darauf persönlich in die Dienststelle, gesellte sich zum K1. »So, fünf Arrestzellen sind frei. Spartanische Übernachtung, bis auf die Seniorin, die kann unter Auflage heim.«

Er schaute in den Raum mit der schweigsamen Gruppe. »Ich habe noch zwei Aktionen organisiert. Zwei unserer Fahrzeuge, genügend Kollegen als Begleitschutz, morgen machen wir einen Lokaltermin, ich will dieses Haus in Hamminkeln sehen, den Raum, mir die Umstände anschauen, unter denen sie ihn da festgehalten haben. Dort können alle weiter vernommen werden, das hat vielleicht eine Wirkung auf den Redefluss des einen oder der anderen. Ihr seid dabei, um zehn Uhr starten wir.«

Da fehlte noch eine Information, Karin fragte nach. »Und die zweite Aktion?«

»In der Frühe, bevor diese kriminelle Kleingruppe auch nur an das Haus denkt, wird sich die Spurensicherung die Räume vornehmen.«

Nilsson, fast schon auf dem Weg hinaus, machte noch einmal kehrt, setzte sich zum Team und schien plötzlich sehr nachdenklich. Der Sonderermittler aus Düsseldorf hatte sich gemeldet und nun doch zu bedenken gegeben, dass zwar vieles gegen, aber auch einiges für niederländische Täter sprechen würde.

»Die Bankautomatensprengung ist deren Metier, das müssen wir akzeptieren. Bevor wir uns völlig an dieser merkwürdigen Gruppe festbeißen, sollten wir uns noch einmal mit dieser Möglichkeit auseinandersetzen. Ich schlage ein Brainstorming vor, morgen, bevor die Vernehmungen weitergehen. Ich traue diesen gutbürgerlichen Niederrheinern, die gleich ihre trauten Heime gegen einfache Zellen eintauschen werden, einfach keinen Mord zu.«

Nilsson erntete Gegenwind, man könne nicht ignorieren, dass den sechs Leutchen jegliches Schuldbewusstsein fehlen würde.

Weber führte weiter aus: »Keiner von denen sieht bislang ein, dass der Transport eines gefesselten Menschen in ein Versteck eine Straftat darstellt. Wieso sollten die nicht auch für Breimanns Tod verantwortlich sein?«

Nilsson dachte einen Moment nach. »Das ist mir zu einfach, ich möchte die niederländische Beteiligung gerne ausschließen, versteht ihr? Ganz sichergehen, bevor wir uns zu dem Vorwurf der einseitigen Ermittlung rechtfertigen müssen. Kurzes Brainstorming, okay? Ihr macht das ohne mich, ich werde die Spurensicherung zu dem Haus begleiten.«

Karin nickte und schaute ihn voller Respekt an. »Du willst sichergehen, dass wir nichts übersehen. Das finde ich gut.«

Da war der neue ganz anders als der alte Staatsanwalt, dem bei seinem letzten Fall alles egal gewesen war.

Karin nickte zufrieden. Guter Mann.

✤ ✤ ✤

Feierabend. Karin Krafft spürte ihren Herzschlag, ungewöhnlich hoch, wusste nicht zu deuten, was an diesem Tag diese Frequenz bewirkt hatte. Auf dem Weg nach Hause hatte sie hinter Ginderich am Deich angehalten und war auf die Krone gestiegen, hatte sich gestreckt und gereckt, den Blick in die Ferne schleifen lassen, tief durchgeatmet, war ein paar Schritte gelaufen, gerannt, hatte sich ins Gras fallen lassen, in den Abendhimmel geschaut. War es die Tatsache, dass es immer noch merkwürdig war, ihre Nachbarn zu verhören? Sie würde es morgen deuten können, bestimmt.

Daheim hatte sie müde die Schuhe von den Füßen gestreift, Woodstock gestreichelt, der sich wie immer vor Mann und Kind drängelte, die Familie begrüßt und sich mit einem Glas Mineralwasser auf das Sofa gesetzt. Maarten hatte sich neben sie gefläzt, es war Zeit für die »Tagesschau« mit ihrem Lieblingssprecher aus Wesel. Noch bevor er das Wetter ansagen konnte, schlief sie ein, angelehnt an ihren Mann. Maarten hielt geduldig still, bis sie sich wieder regte. Er lächelte sie an, während sie sich die Augen rieb.

»Habe ich geschlafen?«

»Eine halbe Stunde, tief und fest. Deine Tochter schlug vor, ich solle dich ins Bett tragen, wie ich es früher mit ihr gemacht habe. Ich wies darauf hin, dass du viel zu groß bist, um quer auf den Armen durch unser Treppenhaus getragen zu werden.«

»Danke, dass du nicht mein Gewicht als Argument genutzt hast.«

Maarten küsste sie auf die Stirn. »Meine nachlassende Muskelkraft habe ich dadurch auch kaschiert. Sag, was erschöpft dich so an diesem Fall?«

Karin richtete sich auf und leerte ihr Glas Wasser in einem Zug. »Ich kann es nicht genau sagen. Es sind einfache Bürger, die wir da gerade vernehmen, keine Hochkriminellen aus Dynastien, die nichts anderes können. Brave Leutchen wie unsere Nachbarn, die Dromkes, besetzen gerade unsere Arrestzellen, damit sie uns morgen mit ihren Aussagen weiterbringen.«

»Du hast die Dromkes verhaftet?«

»Nein, wir dürfen sie achtundvierzig Stunden ohne Haftbefehl festhalten, und das geschieht gerade. Sie sind Opfer eines Betrügers geworden, der ihnen schwarz erspartes Geld abgeluchst hat, und der ist jetzt tot.«

»Du meinst die Leiche im gesprengten Automatenraum?«

»Genau die.«

Maarten blickte sie ungläubig an. »Und Dromkes haben mit dem zu tun, unsere rechtschaffenen, unauffälligen, ordentlichen Nachbarn? Bist du dir sicher?«

»Leider ja. Es gibt einen Fingerabdruck von Thilo, der am Tatort sichergestellt wurde. Und sie beginnen zu erzählen, dass sie das spätere Todesopfer mitgenommen haben, um zu erfahren, wo der Rest des Geldes ist. Der Mann war Spieler.«

Maarten stand auf und ging in die Küche, rief von dort, ob sie auch Rotwein möge.

»Ja, und bring was zu schnabulieren mit, süß, ungesund und kalorienreich. Ich brauch das.«

Er kehrte mit einem Tablett zurück, darauf Gläser und eine Flasche Rioja, drei Tafeln Schokolade und ein Schälchen mit Nüssen. »Das müsste reichen. Und jetzt erzähl, was nagt an dir?«

Karin tat, was sie bei ihrer Tochter stets bemäkelte, sie sprach mit vollem Mund. »Die gruppendynamische Uneinsichtigkeit. Sie sind sich keiner Schuld bewusst, sie leugnen, selbst eine Straftat begangen zu haben.«

Zwei Gläser stießen aneinander, Maarten lächelte, schüttelte gleichzeitig den Kopf. »Ich kann es nicht glauben, der heilige Thilo, der Kinder immer darauf aufmerksam macht, dass er wieder den Sankt Martin spielt und dass Teilen eine edle Bürgerpflicht ist. Denk an das Theater in jedem Jahr, wenn er für die Martinstüten sammelt, wie korrekt er die Spendenliste führt, mit Statistik vom Vorjahr. Dieser Mann sitzt gerade auf der anderen Rheinseite in einer Arrestzelle. Was hatten sie vor? Den Mann zu bestrafen?«

»Bislang erklären sie uns nur, dass sie ihn freundlich um Auskunft über den Verbleib des Geldes befragten. Morgen schauen wir uns das Haus an, in dem er festgehalten wurde, mal sehen, was ihnen dort einfällt.«

Karin ließ das Glas mit dem verlockenden Wein stehen, gähnte ausgiebig und klaubte eine Handvoll Nüsse aus dem Schälchen, kaute hastig. »Du, ich bin so müde, ich geh schon mal rauf.« Sie gab Maarten einen Kuss.

»Ich komme gleich, ich mach mich nur schnell über die opulenten Reste her.«

Sie hörte ihn von der Treppe aus, wie er in sich hineinkicherte. »Der heilige Thilo von nebenan, ein Schurke. Wer hätte das gedacht?«

SECHS

Das alte Haus an der Issel zwischen Wesel und Hamminkeln lag im leichten spätsommerlichen Morgendunst. Es hatte sein Dasein als stolzer Familienbesitz eines Landwirtes hinter sich, was man an den grob gearbeiteten Holzpfählen am Ende der Auffahrt sehen konnte und dem kurvigen Schwung des Weges, der den Ankömmling dazu zwang, vor dem Haupteingang anzuhalten. Wer hier stand, blickte auf die durchaus als mächtig zu beschreibende zweiflügelige Eingangstür mit ihren schnörkeligen Verzierungen in den Türfüllungen.

Das Haus selbst war nicht protzig, es passte sich in die wohlhabende, aber nicht reiche Gegend ein, die ländliche Heimat ausstrahlte. Nur der kühle, zu große Briefkasten mit einem eingravierten Posthorn, der auch noch vor dem Haus auf einem edelstählernen Pfosten ruhte, stand da wie ein Denkmal modernen Designs. Hier hatte jemand Spuren hinterlassen, der sich vorstellen konnte, den alten Hof zu modernisieren, wozu er oder sie nach dem Aufstellen des Einzelstücks jedoch keine Lust oder kein Geld mehr gehabt hatte.

Ein Nachbar, der den Fahrzeugen der Spurensicherung und des Staatsanwalts gefolgt war, wusste nichts Genaues, wollte die Polizei mit Halbwissen unterstützen. Man sprach in der Gegend von einem Käufer aus Krefeld, der sein überschüssiges Geld in einem geplanten Alterssitz im Grünen geparkt hatte, aber wegen seiner Geschäfte in der Seidenstadt gefragt war. Gerüchte wurden wie Gewissheit behandelt, die mögliche Erklärung stillte die Neugierde darauf, welche Geschichte wohl hinter dem seltsam und weitgehend verlassenen Bauernhaus steckte, das aber gut gepflegt und ein wenig nutzlos dort stand. Im Frühsommer kämen die Städter meist für kurze Zeit her, brächten durch ihre Lautstärke und das Benehmen der Kinder Unruhe und Verdruss, meinten die Nachbarn.

Dass dort verheimlichtes kriminelles Leben eingezogen

war, stand für Staatsanwalt Aaron Nilsson außer Frage, jetzt ging es darum, Spuren der Entführung bei einer Hausdurchsuchung ausfindig zu machen. Dazu benötigte er entweder eine Durchsuchungsanordnung, oder der Betroffene stimmte einer Hausdurchsuchung vorher freiwillig zu. Das schien Nilsson der einfachere Weg zu sein, schließlich war der Krefelder Besitzer völlig unverdächtig. Er musste ein Interesse daran haben, die Geschehnisse in seiner Immobilie aufgeklärt oder beendet zu bekommen.

Das erkannte der sachliche Krefelder. Nilsson musste ihm nur garantieren, kein Chaos zu hinterlassen und eine entsprechende Kurzmail als Beleg für das Eingreifen vor Ort zu senden, auch wenn eine telefonische Vereinbarung gereicht hätte. Diesen Wunsch zu erfüllen war eine der leichteren Übungen für den agilen Staatsanwalt, der seinerseits froh darüber war, alle Freiheiten zu haben. Er konnte alles in dem Haus von unten nach oben und umgekehrt drehen lassen, um Beweismittel aller Art zu suchen, die die Ermittlungen voranbringen würden. Er würde den Durchsuchungsbeschluss nachreichen, damit alles seine Ordnung hatte, aber zunächst Gefahr im Verzug melden. So konnte er sich freie Hand für die Aktion verschaffen. Ein bisschen tricky, aber unangreifbar.

In der Regel wurden Hausdurchsuchungen, so wie an diesem Tag, am frühen Morgen durchgeführt. Dennoch mussten sich Beamte auch an bestimmte Zeiten halten. So durften im Sommer Durchsuchungen nicht zwischen einundzwanzig Uhr abends und vier Uhr morgens stattfinden. Im Winter war von einundzwanzig Uhr bis sechs Uhr morgens Einsatzpause, wie üblich genau geregelt im deutschen Rechtsstaat.

Aaron Nilsson hatte seine Mannschaft frühestmöglich in Bewegung gesetzt, er wusste nicht, wie umfangreich sich sein Vorhaben gestalten würde, und für den Nachmittag waren ja noch die Durchsuchungen der Häuser und Wohnungen der Verdächtigen eingeplant. Er wusste nur, dass er in dem alten Bauernhaus mögliche Spuren haarklein sammeln lassen würde. Alle Räumlichkeiten, die die Verdächtigen genutzt haben konnten, durften durchsucht werden, von den Stallungen bis zu den Betriebsräumen.

»Auf geht's. Wir haben zwar Zeit, aber wenn wir sie effektiv nutzen, sind wir schnell durch«, rief er seinem Team zu, das sich unverzüglich in weißen Overalls mit Plastiküberstreifern an den Füßen im alten Haus ausbreitete.

∗∗∗

Schon früh hatte Burmeester Lotte Plaat abgeholt, die, in wehende Kleidung gehüllt, bereits auf der Bank vor ihrem Haus auf ihn wartete, eins mit prächtigen wild wachsenden und üppig blühenden Stauden in ihrem Vorgarten. So anmutig, wie es ihre arthritischen Gelenke zuließen, hatte sie auf dem Beifahrersitz Platz genommen, ein kurzes »Fahr schon los, Jungchen« geraunt und sich ohne ein weiteres Wort mit hocherhobenem Haupt bis zum Gebäude der Kreispolizeibehörde kutschieren lassen.

Burmeester war es, als chauffiere er die Queen, die jederzeit ihre Hand zum Gruße winkend in Richtung Fußgänger oder Radfahrer erheben könnte. Bestimmt war das die Taktik des Tages, dachte er, heute schweigen wir mal.

Ohne ein weiteres Wort nahm Lotte Plaat im Vernehmungsraum Platz, in den Kim Feenstra als Nächste geführt wurde, sich ihrer Großmutter um den Hals wickelte. Nein, Burmeester wollte sich das Geplänkel nicht anhören, wollte erst mal in seinem Büro ankommen, sich an den heiß verehrten Retroschreibtisch setzen, den gestrigen Bericht noch einmal durchsehen und auf das angekündigte Brainstorming warten.

Er kam nicht dazu. Alle Kollegen tauchten zum morgendlichen Teamgespräch bei ihm auf, als wirke der nostalgische Schreibtisch, das einzige Möbelstück mit Charakter auf dieser Etage, wie ein Magnet. Tom und Jerry brachten Stühle mit, von Aha liebte es, auf der Tischkante zu hocken, beeilte sich jedoch, alle mit frischem, noblem Kaffee zu versorgen, während Karin sich vor Kopf setzte. Sie resümierten über die

Uneinsichtigkeit der Seniorengruppe mit Enkelin, allein schon den Begriff »Entführung« zu akzeptieren, und teilten sich für die Vernehmungen beim Lokaltermin ein, als der Duft der Kaffeebecher allmählich den Raum füllte und sie thematisch zu den Verbrechern aus dem Nachbarland zurückkehrten.

Nilssons Idee des Brainstormings war in der Nacht von der Realität eingeholt worden, die Niederländer hatten wieder zugeschlagen am Niederrhein, Genaueres war noch nicht bis zum K1 durchgedrungen. Doch die Soko »Hasenjagd« mit ihrem Kriminalhauptkommissar Fuchs und die Worte des Staatsanwalts hatten bereits nachdrückliche Wirkung im Weseler K1 hinterlassen: Der Kontakt zu den niederländischen Kollegen war wichtig. Die kannten die Szene der Geldautomatensprenger im Großen und Ganzen, im Nachbarland selbst, dann über die Landesgrenzen hinaus.

Was Karin Krafft und Gero von Aha nicht gewusst, aber immer geahnt hatten, war die Tatsache, dass die niederländische Polizei sich nicht gern in die Karten gucken ließ. Abgesehen von einem eigenartigen Stolz, der immer wieder zu spüren war und besagte, dass man deutsche Hilfe nicht brauche, die Probleme im eigenen Land besser einschätzen könne und überhaupt über die kompetenteren Ermittler verfüge, war aber auch die politische Seite auf Harmonie aus und wollte wegen ein paar Krimineller keinen Konflikt schüren. So plätscherte die grenzübergreifende Zusammenarbeit dahin.

»Da wird regelmäßig selbst das LKA in die Schranken gewiesen«, spottete Tom Weber gerade. Er war frustriert und hatte bereits Erfahrung mit der Kooperationsbereitschaft der Nachbarn gesammelt, es brach aus ihm heraus.

»Das kann doch nicht sein. Die Grenzen zu den Niederlanden sind offen wie ein Scheunentor, bieten jede Menge Fluchtmöglichkeiten. Die rasen mit leerem Kofferraum nach Deutschland, und auf dem Rückweg ist er mit Moneten vollgefüllt. Trotzdem geht bei den Ermittlungen der Schlagbaum runter. Die machen ihr eigenes Ding.« Er schnaubte, so kannte man ihn gar nicht.

Gero von Aha nutzte die Wutpause für einen beschwichtigenden Einwurf. »Tom, lass gut sein, die haben andere Prioritäten. Ich habe mich auch gefragt, warum das Interesse bei den Kollegen so gering ist. Haben die ein dickeres Fell? Vielleicht, auf jeden Fall haben die weniger Druck als wir am Niederrhein. Aaron Nilsson liegt mit seiner Meinung völlig richtig. Es besteht ja immer noch die Möglichkeit, dass Breimann am Ende den Sprengmeistern des Westens zum Opfer fiel, wir sollten das im Auge behalten und sie verstehen.«

»Bin gespannt, wo es in der Nacht wieder geknallt hat«, warf Karin nüchtern ein.

Jerry bedeutete seinem Kollegen, weiterzusprechen, er wusste, dass von Aha sich intensiv mit den Sprengungen im Nachbarland befasst hatte, war jetzt neugierig, welche Erkenntnisse dem K1 bei seinen Ermittlungen weiterhelfen konnten.

»Also, dass die Niederländer sich nicht so betroffen sehen, hat mit ein paar Fakten zu tun. Wie ihr wisst, habe ich auch recherchiert«, sagte er mit Seitenblick zu Burmeester, der seine eigenen Ergebnisse mehr in den Tiefen seiner Schubladen hortete als im Kopf. Der junge Kollege nickte gönnerhaft, von Aha fuhr fort.

»Die haben dort rund sechstausend Geldautomaten in Betrieb, alle von drei bis vier Großbanken. Bei uns in NRW gibt es zehntausend Automaten. Mindestens. Das sind neben den großen Finanzinstituten häufig Sparkassen und Volksbanken. Und dann kommen noch die Geldspender freier Unternehmen dazu. Das heißt, die Auswahl in Deutschland ist größer, die Geräte bieten mehr Bargeld, alle zu sichern ist immens teuer und dauert, ein Paradies für kriminelle Sprenger.«

»Ach, die haben also eine einfache Rechnung aufgestellt, um auf dieser Seite der Grenze ihre Umsätze zu erhöhen?«, fragte Jerry.

»Kann man so sagen, die denken wirtschaftlich. Außerdem hat das mit der deutschen Liebe zum Bargeld zu tun. Bei den Niederländern ist es üblicher, mit der Kreditkarte zu bezahlen. Ich war vor ein paar Wochen mit Marlene in Groningen, schöne Stadt mit historischem Markplatz, echt beschaulich. An einem Marktstand habe ich Kohlrabi und eine Schale Himbeeren gekauft, der Betreiber hielt mir ungefragt einen Kartenleser vor die Nase, und ich habe die paar Euro mit der EC-Card bezahlt. Die Niederländer brauchen nur noch selten Bares und damit weniger Automaten.«

»Anschaulich, deine Urlaubserinnerungen, Gero, aber entscheidend ist doch, dass die Niederländer ein anderes Rechtssystem und andere Prioritäten haben«, warf Tom ein. »Wir gehen den niederrheinischen Weg. Der heißt in unserem Fall: Ich kenn einen in Holland, der kennt einen anderen, und mit Glück haben wir die richtige Fährte aufgenommen.«

Unbemerkt hatte sich Aaron Nilsson der offenen Tür des Büros genähert. »Wenn das so einfach ist, dann bitte.« Er ließ ein dröhnendes Gelächter hören, das sogar seine mützenartig feste rote Haarpracht in Schwingungen versetzte. Eine ulkige Wellenbewegung entstand.

Gero von Aha schwenkte seinen Kopf in Richtung Staatsanwalt und musste unwillkürlich mitlachen. »Und was sagst du zu unseren Freunden aus dem Nachbarland?«, fragte er.

»Nichts Schlechtes. Unterm Strich läuft alles gut. Natürlich diskutieren wir mit den Kollegen der Justiz, um den richtigen Ansatz zu finden.«

Nilssons sprachlicher Anflug von internationaler Diplomatie ließ die redefreudige Runde verstummen. Was um alles in der Welt sollte diese staatstragende Formulierung sagen außer: nichts?

Nilsson rang ungefragt nach einer Erklärung. »Ähm, schaut nicht so bedröppelt. Wir stehen angesichts der Sprengungsserie in engem Austausch. Es hätte sonst nicht schon Festnahmen gegeben. Der Unterschied ist, dass wir jetzt in einer Mordermittlung sind, und das ist eine andere Kategorie. Da geht es nicht mehr nur um *plofkrakers*.«

»Aaron, alter Isländer, wo hast du den Begriff her?« Gero von Aha grinste und schaute sich beifallheischend um. Die Reaktion blieb aus.

»Niederländisch und wörtlich übersetzt: Knallknacker. Kann man kaum bildhafter ausdrücken«, erwiderte der Staatsanwalt bewusst kühl. »Schlagen wir wieder den Bogen zur Zusammenarbeit, bitte. Ich habe im Justizministerium in Düsseldorf nachgehakt, da gibt es Fachstellen, die die niederländischen Behörden kritisieren. Aber niemand hat Lust, den holländischen Justizminister einzubestellen. Die im Ministerium sagen hinter vorgehaltener Hand, dass die Niederländer damit zufrieden sind, dass bei ihnen die Zahl der Automatensprengungen zurückgegangen ist.«

»Ein Drama, kein Erfolg«, rief Gero von Aha erzürnt, er hob die rechte Hand und donnerte seine Faust auf die kunstholzgemaserte Schreibtischplatte. Das musste wehgetan haben, aber sein Zorn wuchs in diesem Augenblick über seinen Schmerz hinaus.

»Die wälzen das Problem auf uns ab, weil die Tätergruppen zu uns wechseln. Die höheren deutschen Ebenen mucken sich nicht. Was wäre los, wenn es umgekehrt wäre? So verschafft man der Organisierten Kriminalität freie Bahn und lukrative Geschäftsfelder. Das sind mittlerweile keine Banden mehr, keine einzelnen Gangster. Da gibt es ein Netzwerk aus Tätern, die werden in Clustern für neue Sprengungen und Taten bedarfsgerecht zusammengestellt. Hochprofessionelles Teambuilding.«

Karin nickte. Gero hatte recht, nicht irgendwie reagieren, sondern ziemlich klar, fand sie. Dennoch half es bei den aktuellen Ermittlungen nicht weiter. Diese Debatte musste beendet werden. »Gero, machst du uns noch einen deiner vorzüglichen Kaffees?«

Zu ihrer Überraschung tauchte er kurz ab und richtete sich schmunzelnd mit einer Warmhaltekanne in der Rechten wieder auf. »Ich wusste, dass ihr unersättlich seid, und habe aufgerüstet. Beeinträchtigt den Geschmack um etliche Grade, aber dafür muss keine Praktikantenstelle eingerichtet werden, um viele Portionen einzeln aufzubrühen. Das wird aber nicht zur Gewohnheit. Her mit den Bechern.«

Es meldete sich ein kleines Stück Gemütlichkeit in der angespannten Stimmung zurück.

Karin schlürfte. »Lecker, trotz Warmhaltekanne. Es stimmt, wenn sich bei unserem Mordfall noch eine Verbindung zu den Profi-Plofkrakers und damit zur Organisierten Kriminalität ergibt, dann werden die Karten neu gemischt. Dann sind wir draußen, dann übernimmt wieder der Fuchs vom LKA die Federführung, und wir sind nur noch die Fahnder aus der Provinz, die man von höherer Stelle aus springen lassen kann. Das wollen wir alle nicht. Oder hat jemand der Anwesenden andere Erkenntnisse? Dann müssen wir das sofort besprechen.«

Je nach Gemütslage reagierten die Männer mit Nicken oder Kopfschütteln.

Sie fuhr fort: »Wir konzentrieren uns auf den laufenden Fall. Die Sprengung in Büderich hat Merkmale, die, wie wir wissen, nicht dem üblichen Schema der bisherigen Tatserie entspricht. Also das Gewaltpotenzial und dass es ein Todesopfer gab. Wir müssen uns auf den Toten im Automatenraum beschränken, ohne die Möglichkeit auszuschließen, dass nicht doch eine Verbindung zur Sprengerszene auftaucht. In dem Fall müssten wir die Niederländer doch kontaktieren, und Fuchs dazu. Bis dahin machen wir rein unser Ding, wie du es nennst, Gero.«

Sie schaute Nilsson an. »Wir brauchen deine Unterstützung.«

Der Staatsanwalt nickte heftig, wobei seine rote Haarmütze erneut munter wogte.

»Ich halte euch den Rücken frei und werde alles tun, damit das Ministerium nicht am Niederrhein vorbeischaut. Die Parole heißt: Wir ermitteln akribisch, bis feststeht, dass Büderich wirklich nichts mit den Knallknackern zu tun hat. Und ihr gebt bitte zunächst niemandem Anlass, das Gegenteil zu interpretieren. Behördenchefin, Pressearbeit, nirgendwo darf auch nur der Hauch einer Verbindung nach NL durchsickern. Und falls doch, dann will ich auf keinen Fall Streit mit niederländischen Kollegen, der eskaliert. Dann kann ich euch nicht mehr schützen. Du leitest das hiesige Spezialteam, Karin, und verkaufst das auch so.«

Aaron Nilsson blickte in die Runde, sah gespannte und beruhigte Gesichter.

»In dem alten Haus ist am Morgen alles gesichert worden, was wir brauchen, jede Menge Fingerabdrücke, Haare, Hautschuppen, das reicht. Ich will jetzt sehen, wie diese merkwürdige Gruppe reagiert, wenn sie vor Ort ist. Pack mer's.«

Über Linoleum geschobene Stuhlbeine kündigten an, dass nach dem Gespräch auf Tatendrang umgeschaltet wurde. Das Kommissariat würde dem Plan für den heutigen Tag nachgehen. Nilsson, der Motivator, schien zufrieden mit sich.

Die Bürotür ging mit einem Mal auf. Eine Beamtin der Schutzpolizei stand mit einen Blatt Papier in der Hand im Türrahmen. »Sie waren nicht im Büro erreichbar, Ihr Smartphone klingelt auf Ihrem Schreibtisch, Ihr Vorzimmer sagte, Sie seien im K1. Das müssen Sie sehen.«

Das fett gedruckte Wort »EILT!« war zu lesen. Alarm!

Der Staatsanwalt blickte auf das Papier, las laut und mit ernster Miene: »›Drei Automatensprenger sind nach einem missglückten Versuch in Rees geflüchtet und mit ihrem A-Sechser-Audi in Höhe der Einmündung in die B 67 zur Halderner Straße verunglückt. Das Auto hat sich überschlagen, die drei Täter versuchen, zu Fuß zu flüchten, nachdem sie sich der schwarzen Kleidung entledigt haben, die dortigen Polizisten sind ihnen zu Fuß und mit Suchhunden auf den Fersen.‹«

Er ließ die Worte eine Weile wirken.

»›Fast zeitgleich wurde in Borken ein Automat gesprengt, der Schaden ist riesig. Die Fahndung läuft.‹ Und hier steht noch etwas. ›Das war die einhundertsechzigste Sprengung in NRW im Jahr 2021‹. Sagenhaft.«

Plötzlich lachte Nilsson. »Keine Sorge, das waren wirklich die echten Plofkrakers, nicht irgendwelche Nachahmer vom Niederrhein. Höchstwahrscheinlich jedenfalls. Warum hat jemand den Toten in eurem Fall gegen den Automaten gelehnt und gesprengt? Wieso wurde auf ziemlich durchsichtige Art versucht, eine falsche Spur zu legen? Euer, unser Job ist es, das zu klären. Der Rest ist für den Fuchs.«

Einheitliche Reaktion, alle nickten dieses Mal. Burmeester klopfte auf die Holzimitatplatte seines einzig aus den fünfziger Jahren herübergeretteten Schreibtisches. Aus jener Epoche, als die Welt der Kripo noch nicht so kompliziert war.

Der Staatsanwalt tippte auf seine Armbanduhr, ein breites Modell in einer Holzfassung. »Hallo, K1, es geht los in Richtung Hamminkeln.«

Eiliger Aufbruch.

✳✳✳

Der morgendliche Exkurs in die niederländische Knackerszene hatte belebend auf die Kriminaler gewirkt. Oder war es die Gewissheit, dass dieser neue Staatsanwalt das K1 als sein Team betrachtete und nicht wie Untergebene, denen man Richtung und Gangart vorgab?

Aaron Nilsson fuhr in seinem Volvo hinter den Einsatzfahrzeugen her, in denen die sechs Gruppenmitglieder je zu zweit transportiert wurden, gefolgt von zwei dienstlichen Pkw mit aufgestecktem Blaulicht. Ein langer Konvoi, der von der Bundesstraße aus links in den Molkereiweg einbog, an Feldern und einzelnen Bauernhöfen vorbeizog, über den Weg Zu den Vier Winden auf den Bruchweg stieß, wo eine kleine Seitenstraße zur Issel führte. Noch vor dem Flüsschen begann ein Feldweg, der über holprige fünfzig Meter zu dem verlassenen Gehöft führte, das hinter dichtem Baum- und Strauchbestand verborgen lag.

Die Fahrzeuge passten knapp auf den Hof, die sechs in diesem Entführungsfall Beschuldigten wirkten plötzlich klein und eingeschüchtert, die Ehefrauen standen dicht bei ihren Männern. Maria Dromke versuchte immer wieder, ihre Frisur zu ordnen; so eine Nacht in einer Arrestzelle ohne die üblichen Hygieneartikel hinterließ Spuren bei Menschen, die Wert auf ihr Äußeres legten. Kim hatte sich bei ihrer Großmutter eingehakt, die sich wie eine bunte Glockenblume von den blau-silbrigen Polizeiwagen mit den neonfarbenen Streifen abhob.

Heinz Schollkämper wurde dazu aufgefordert, den Schlüssel zum Haus bereitzustellen, er nahm ein Vogelhaus von der Wand, das in der Nähe der Eingangstür hing. Noch bevor das K1 mit der sechsköpfigen Gruppe durch die nun geöffnete Tür eintrat, hatten sich zwei ältere Herren mit ihren Pedelecs durch die geparkten Fahrzeuge geschlängelt und schauten auf die Menschenmenge aus uniformierten und zivil gekleideten Bürgern.

»Wat wird dat hier?«, rief der Kleinere.

Während alle anderen im Haus verschwanden, ging Karin Krafft auf sie zu, streckte den beiden ihren Ausweis entgegen. »Das ist ein Ortstermin. Und wer sind Sie?«

Beide nahmen ihre Kappen vom Kopf und stellten sich vor. Ob hier ein Mord geschehen sei oder schwarze Messen oder dergleichen abliefen, wollten sie umgehend wissen. Die Hauptkommissarin verneinte, schwieg zu den Gründen des Lokaltermins. Was sie denn hier täten, wollte Karin wissen.

Sie würden manchmal nach dem Rechten schauen, nur so, ohne Auftrag, und hätten gucken wollen, ob wieder ein Auto vor dem Haus stand. Letzte Woche hätten sie eines mit Weseler Kennzeichen gesehen.

Der Größere deutete auf das Haus. »Dat Dingen hier haben sich irgendwelche Neureichen aus Krefeld gekauft, die tauchen einmal im Jahr hier auf und lassen zwei unerzogene Jungen hier rennen, machen dann irgendwat im Haus, ansonsten verkommt hier alles. Die Nachbarn vom Arboretum haben sich mal aufgeregt, weil die Bengel Äste aus dem wertvollen Baumbestand abgerissen haben. Bei denen weiß man nie, was se anstellen. Wir wollten ebkes gucken, ob se wieder da sind.«

»Kennen Sie die Leute persönlich?«

Beide schüttelten gleichzeitig den Kopf.

Karin ließ nicht locker. »Wenn Sie sich doch auskennen, haben Sie sich nicht gewundert, wieso das Fahrzeug kein Krefelder Kennzeichen trug?«

Der Kleinere übernahm wieder das Wort. »Nee, hätt ja sein können, dat se die Bude wieder verkauft haben. Dat sind doch Städter ohne Sinn und Verstand für dat Land.«

»Gibt es sonst noch etwas aus den letzten vierzehn Tagen, das Sie rund um dieses Anwesen bemerkt haben?«

»Nu sind wir nich jeden Tag hier. Aber einmal, da lief jemand quer durch et Feld, ein Mann. Und eine Frau und ein anderer liefen hinter ihm her. Irgendwann lagen se dann wohl alle im Korn.«

»Das kam Ihnen nicht komisch vor?«

Die beiden grinsten quer über ihre Gesichter.

»Wenn Sie wüssten, wo uns schon Leut zu zweit oder dritt begegnet sind in Situationen, die, sagen wir mal, nich ganz jungendfrei sind, da tät Sie dat nich wundern, dat drei mitten im Feld verschwinden.«

»Wat sich liebt, dat neckt sich«, fügte der andere mit Äugskenzwinkern hinzu.

Die Hauptkommissarin gab sich unbeeindruckt und reichte jedem eine Karte. »Falls Ihnen noch etwas einfällt, dann melden Sie sich.«

Stolz standen sie da, die zwei Pedelec-Fahrer, fast hätten sie salutiert.

Karin schaute sie lächelnd an. »Wegtreten.«

Bevor sie selbst das Haus betrat, nahm sie noch aus den Augenwinkeln wahr, dass beide sich brav zurückzogen. Gute Jungs.

Drinnen schlug ihr ein muffiger Geruch entgegen, sie sah, dass Maria Dromke, ganz Hausfrau, zwei Fenster öffnete. Sie stand mit den anderen Frauen zusammen, flankiert von Burmeester und von Aha, in dem Raum, der die Küche darstellte.

»Werte Frauen, Sie wissen schon, dass das nächste Delikt

auf Ihrer nicht kleinen Liste Hausfriedensbruch ist? Dieses Haus steht nicht namenlos leer, es hat aktuelle Eigentümer. Sie können doch nicht einfach ein fremdes Haus besetzen, um dort einen Entführten gefangen zu halten.«

Maria Dromke fühlte sich gleich angegriffen. »Aber Karin, Frau Hauptkommissarin, meine ich, du kannst doch nicht immer darauf herumreiten. Wir haben ihn mitgenommen, ja, ihm hier ein Zimmer zurechtgemacht, ja. Aber wir haben ihn doch nicht schlecht behandelt. Der ist bestens versorgt worden.«

Karin Krafft konnte nicht mehr gegen diese Borniertheit an, sie wurde laut. »Maria, hör auf, dir und den anderen etwas vorzumachen. Wenn ich jemanden gegen seinen Willen mitnehme und festhalte, dann kann ich ihm jeden Tag ein Menü vom Landhaus Köpp oder aus dem ›Restaurant Art‹ kommen lassen, es ist und bleibt eine Entführung!«

Sie verließ unwirsch den Raum und schaute, wo die anderen waren. Jerry Patalon stand in einer Art Wohnzimmer, Thilo Dromke schritt gerade den Raum ab, um zu zeigen, wo sie einen Tisch, Stühle, einen bequemen Sessel hingeschafft hatten und wo die Campingliege stand, die die Männer für ihre Nachtwache aufgestellt hatten.

»Die Idee stammte von Maria. Du kannst nicht jede zweite Nacht in diesem scheußlichen Sessel verbringen, hatte sie gesagt. Du musst ordentlich liegen.«

Dromke schaute den Jerry mit leidendem Blick an. »Ich habe Camping immer gehasst, jahrelang wollte sie im Zelt Urlaub machen, bevor es auf die Insel ging, und stets habe ich schlecht geschlafen auf der alten Liege. Die Nächte im Sessel waren auch nicht optimal, jedoch besser.«

Karin überließ ihn dem Kollegen und folgte den anderen beiden Stimmen. Sie fand Schollkämper mit Tom Weber in einem verdunkelten Raum, eine funzelartige Taschenlampe erhellte das Zimmer. Vor der Tür stand Aaron Nilsson und lauschte dem Duo, die Hauptkommissarin stellte sich neben den Staatsanwalt, spürte ihren erhöhten Herzschlag, konnte sich nicht zurückhalten, herrschte Schollkämper an.

»Unfassbar! So ein Loch! Und hier hat er gelebt? Wie lange haben Sie ihn hier festgehalten? Das ist doch ein menschenunwürdiger Verschlag! Hat er etwa auf dem Boden geschlafen?«

Aaron Nilsson schaute sie erstaunt an. Karin fasste sich zitternd an den rechten Oberarm, kämpfte für einen Moment mit Empfindungen, die sie bislang in diesem Fall erfolgreich verdrängt hatte, seit klar war, dass diese biederen Leutchen Breimann gegen seinen Willen festgehalten hatten. Vor wenigen Jahren war sie selbst Opfer einer Entführung geworden und hatte dies verletzt und lebensgefährlich dehydriert überlebt. Am Oberarm hatte die Täterin ihr ein Stück Haut mit einer Tätowierung herausgeschnitten, um eine falsche Fährte zu legen, manchmal meldete sich die Narbe der verdeckenden OP, die sie vor einer Sepsis und einer unansehnlichen Narbe bewahrt hatte.

Sie musste ruhig bleiben, durfte hier nicht durchdrehen angesichts eines Raumes mit zugenageltem Fenster.

Nilsson nahm ihre feuchte Hand in seine Pranke und führte sie nach draußen. »Atme«, sagte er, »atme tief durch. Das war ja so etwas wie eine Panikattacke.«

Sie riss sich mit einem Ruck aus seiner starken Hand. »Ach was, das war ein kurzer Ausflug in eine noch nicht ganz bewältigte Vergangenheit. Komm mit, ich muss wissen, was der Schollkämper erzählt.«

Sie stürmte zurück ins Haus. Schollkämper drehte sich um, schaute abwechselnd zu ihr und zu Tom, der wiederum Karin musterte. Sie nickte ihm kurz zu. »Alles in Ordnung. Herr Schollkämper, fahren Sie fort.«

»Sie haben keine Ahnung, wie es hier ausgesehen hat. Fast wie in einem Luxushotel. Sie kennen die vier Frauen nicht, die haben dafür gesorgt, dass wir mit einem Transporter hier anrücken mussten. Der Kerl hat ein Bett mit allem Pipapo gehabt, Matratze, Bettzeug, Laken, Kopfkissen, dazu einen Stuhl und einen kleinen Tisch, immer genug Licht und Stift und Papier zum Schreiben, falls ihm in der Nacht einfiele, wo das Geld versteckt ist. Hier drin war er nur zum Schlafen, verstehen Sie? Und wir haben hier alles wieder aufgeräumt, ich habe sogar die zusätzlichen Schlösser wieder abgeschraubt, die diese Tür gesichert haben.«

»Da haben Sie ja einen riesigen Aufwand betrieben.«

Schollkämper nickte. »Das können Sie laut sagen, aber was sollten wir machen, wir alle saßen im selben Boot, es war nur je nachdem unterschiedlich ausgestattet. Thilo und ich befanden uns sinnbildlich mit dem Kerl in einem Ruderboot und ließen ihn asten, die Frauen machten daraus eine bunte Yacht mit prima Küche. Wir fanden vierzehn Tage lang täglich einen neuen Einkaufszettel auf dem Tisch mit Dingen und Vorräten, die sie hier unbedingt brauchten. Der Bellhaus, ach nein, Breimann, hat das so richtig ausgenutzt. Ich habe ihn gesehen, wie er eines Abends am Tisch saß und zu Maria sagte: ›Und morgen gibt es mal frischen Fisch. Ich mag ihn gerne mit Kartoffelsalat.‹ Was meinen Sie, was danach auf dem Einkaufszettel stand? Frischer Backfisch vom Holländer auf dem Wochenmarkt mit Remouladensoße, Kartoffelsalat mit Gurke und Ei von Aldi.« Er seufzte.

Aaron Nilsson stellte sich wieder neben Karin. »Lassen Sie sich nicht stören, Herr Schollkämper, erzählen Sie weiter.«

»Wir, der Thilo und ich, haben es schnell bereut, dass alle hier mitreden und bestimmen konnten. Nach einer Woche bin ich abends mal hergekommen, als er Wachdienst hatte. Ich habe ein paar Flaschen Diebels mitgebracht, und wir haben mal gründlich über die Frauen abgelästert, waren dabei auch nicht gerade leise. Und wissen Sie, was dann geschah, am nächsten Morgen?«

Es schien etwas so Unglaubliches zu sein, dass er eine Pause machte und sich durch das Gesicht rieb.

»Dieser Kerl hat sich tatsächlich bei den Frauen beschwert. Wir wären zu laut gewesen, er hätte nicht schlafen können. Und überhaupt, ob die Damen eigentlich wüssten, wie die Männer über sie denken. Er hätte sich geschämt für das, was er gehört hat.«

Schollkämpers Zorn machte sich Luft. »Dieser Scheißkerl

hat mit zwei Sätzen die Weiber um den Finger gewickelt und uns wie die Doofen dastehen lassen! Ein unfreundliches Wort über ihn, und jede von denen war seitdem bereit, uns die Augen auszukratzen. Ich hatte etwas anderes vor. Der Kerl hätte gehungert und nachts auf kahlem Beton gelegen, wenn es nach mir gegangen wäre, aber nein, keine Chance. Wenn ich Thilo darauf ansprach, wurde der verlegen und still. Zwei gegen vier, sagte er dann, das wird nicht gelingen. Ich wollte den Lumpenhund nachts wegschaffen, woandershin. Die Frauen hätten mich gelyncht.«

Nilsson hatte aufmerksam zugehört, wurde durch ein Summen seines Smartphones abgelenkt, schaute auf das Display und hielt es in Karins Sichtfeld.

Sie las: »Drei Täter nach kurzer Verfolgung gestellt und verhaftet. Im Fahrzeugwrack eine Vorrichtung mit Zweikomponentensprengstoff, alles gesichert. Die schwarze Kleidung der Festgenommenen ist Standardware aus dem niederländischen Kaufhaus Hema. Die Gefassten sind beim Erkennungsdienst, danach zur Vernehmung durch KHK Fuchs vom LKA.«

Nilsson reckte den Daumen hoch. »Drei weniger.«

Bevor sie zu den Frauen ging, die ihre Aufgabe traditionell in der Versorgung des Mannes gesehen hatten, raunte Karin ihm zu: »Das Netzwerk wird nicht einmal mit der Wimper zucken.«

In dem Raum, der als Küche genutzt wurde, ergingen sich die Frauen in ihren Schilderungen der vierzehn Tage, in denen sie dieses Haus besetzt hielten. Wie es schien, hatten Grete Schollkämper und Maria Dromke sich voller Eifer in die hauswirtschaftlichen Tätigkeiten vertieft. Sie hatten sich darauf geeinigt, dass ihr »Gast« abwechslungsreich, nicht fleischlos, aber fleischarm, auf jeden Fall frisch gekocht ernährt werden sollte.

Karin stellte sich die beiden Frauen in Kittelschürzen vor, sich auf dem Rücken geschickt eine Schleife bindend.

Lotte Plaat stand an die Fensterbank gelehnt und verdrehte

ab und an die Augen, hielt sich aus den Ausführungen heraus, genauso wie ihre Enkelin, die mit dem Rücken an einer Wand hockte und eine Haarsträhne auf ihren Zeigefinger wickelte, sie hochzog, um sie spielerisch über der Nasenspitze wieder zu lockern. Für die Hauptkommissarin war klar, wer hier das Regiment führte. Maria Dromke schien in ihrem Element.

»Hier stand der Tisch mit dem Zwei-Platten-Kocher, gasbetrieben, und das Geschirr, die Utensilien hatten wir da drüben, wo Kim hockt, in einem Regal untergebracht. Weil es keinen Kühlschrank gibt, musste täglich frisch eingekauft, zumindest hertransportiert werden. Dazu bedarf es einer exakten Planung, denn wir wollten ja nichts verkommen lassen. Und der Mann hatte einen gesteigerten Appetit, den haben wir richtig aufgepäppelt. Es gab Hausmannskost, niederrheinische Küche mit Bratkartoffeln und Würstchen, aber auch mediterrane Küche, Pasta mit Thunfischsoße, immer mit frischem Salat. Kim brachte ihm Fast Food mit, einmal in der Woche kann ein erwachsener Mensch so etwas vertragen. Und geschmeckt hat ihm alles. So gut hätte nicht einmal seine Oma gekocht, hat er immer gesagt.«

An dieser Stelle lächelte sie für ein paar Sekunden verträumt in sich hinein, Grete Schollkämper nutzte die Gelegenheit und fuhr fort.

»Wir haben uns die Aufgaben redlich geteilt, es gibt in dieser Runde jedoch geschickte und weniger motivierte Frauen«, sagte sie, wobei sie einen Seitenblick auf Kim warf, die mit einer Grimasse reagierte. »Die eine hat gekocht, die andere dafür gesorgt, dass es sauber blieb, die dritte machte die Wäsche klar. Wasser gab es aus einem Brunnen, Heinz hatte eine Pumpe ans Hauswassernetz angeschlossen, die über einen kleinen transportablen Dieselgenerator funktionierte. Wir haben immer befürchtet, dass irgendjemand das hören könnte.«

Karin unterbrach sie, schaute von einer zur anderen. »Hatten Sie nicht Furcht, dass irgendwann die Besitzer vor der Tür stehen?«

Kollektives Kopfschütteln.

»Hierher verirrt sich keiner, und außer den Fahrzeugen, die den Weg nutzten, und dem leichten Brummen des Generators gab es keine äußeren Hinweise auf unsere, na ja, die Nutzung.«

Kim rutschte mit einem kratzigen Geräusch an der Wand hoch. »Außerdem haben wir eine Kette über den Weg gespannt mit einem Schild, auf dem ›Privat. Zutritt verboten‹ steht. Da hat sich keiner langgetraut, bis auf die beiden Alten auf ihren Elektrorädern, die ihre neugierigen Nasen einfach nicht hinter der Absperrung halten konnten.«

Die anderen Frauen schauten sie mit großen Augen an, für Karin Krafft ein Zeichen, dass hier etwas ausgesprochen wurde, das anscheinend nicht in den Plan passte.

»Haben die beiden etwas gesehen?«

Kim stand mit verschränkten Armen vor der Wand. »Sie können sich nicht vorstellen, wie das hier abging. Tu dies, mach das, du machst dies heute, du morgen das. Verdammt, das war echt anstrengend, aber es gab ja auch ein Ziel, das wir erreichen wollten.« Kim wollte offenbar loswerden, was ihr durch den Kopf ging. »Gleich am ersten Abend wollte Franky B. rauchen. Das hat einen Aufstand ausgelöst. Er sollte nicht in seinem Zimmer rauchen dürfen, weil da das Fenster verrammelt war. Er sollte nicht im Wohnzimmer paffen, weil die Männer dort übernachteten. In der ersten Etage hätte ein Fenster geöffnet werden müssen, das hätte man aus der Ferne vielleicht sehen können, meinte Heinz. Thilo sagte, Rauchen sei ungesund, er solle sich beherrschen. Das geht nicht, meinte Grete, aber in der Küche durfte auch nicht gequalmt werden.«

Kim wandte sich um und schaute ihre Großmutter lächelnd an. »Nur Oma Lotte hat verstanden, worum es ging, ›Bei Buddha und allen Heiligen‹, rief sie irgendwann in diese Diskussion, ›nun seid nicht päpstlicher als der Papst‹. Man müsse ihn rauchen lassen, sonst würde ihm nichts anderes durch den Kopf gehen. Wenn sie hier wäre, würde sie ihm vielleicht mal ein Tütchen falten. Das hat die anderen auf die Palme gebracht. Keine Drogen, nicht wahr, Maria?«

Maria Dromke gab sich empört. »Natürlich nicht, der sollte ja klar bleiben.«

Lotte Plaat kicherte. »So klar wie du, das ist ja zu langweilig. Ein Tütchen ab und zu lockert den Geist und die Gelenke. Aber, Frau Hauptkommissarin, ich behielt meine Idee für mich, und es wurde über den Tabakkonsum abgestimmt. Der Mann durfte nur draußen rauchen.«

Karin Krafft sah sich gefordert. Ein entführter Mann, der draußen rauchen durfte? Das klang unglaubwürdig. »Sie wollen mir weismachen, dass Sie den Mann nach draußen ließen, damit er rauchen konnte? Wie haben Sie das angestellt? Nur zu zweit nach draußen?«

»Natürlich, der Mann musste schließlich auch mal an die Luft, nicht nur mit einem Schmökerchen. Das ging ja auch zwei oder drei Tage gut.«

»Was geschah dann?«

Grete Schollkämper berichtete aufgeregt. »Na ja, zwei Tage waren es genau. Es lief so gut, dass Lotte meinte, wir könnten ihn alleine zum Aschenbecher lassen. Und dann sah ich durch das Fenster, wie er zum Sprint ansetzte in Richtung Kornfeld. Da bin ich rausgelaufen, hinter ihm her. Ich bin lange nicht mehr schnell gelaufen, also, so schnell war ich dann auch nicht. Zum Glück kam Thilo mit dem Versorgungstransport und hat die Situation sofort erfasst. Er kann richtig rennen, er hatte den Kerl bald eingeholt und ihn zu Boden geworfen. Ich bin hinterher. Ich solle mich auch ducken, rief Thilo, da würden Radfahrer zuschauen. Er saß auf Frankys Brust, zog sein Hemd aus und wirbelte es in die Luft. Ich sollte mich auf seine Beine hocken, der Mann strampelte. Ich setzte mich auf seine Unterschenkel. ›Los, wirbele deine Bluse durch die Luft‹, sagte er leise, dann würden die alten Radler denken, dass hier ein paar Leute Spaß im Kornfeld haben.«

»Ernsthaft?« Burmeester meldete sich zu Wort, Karin sah

ihm an, dass er zwischen Unverständnis und einem Lachanfall schwankte. Das hatten die Alten mit den Pedelecs also beobachtet. »Grotesk« war ein zu banaler Begriff für dieses komödiantische Verhalten.

Grete Schollkämper fuhr fort: »Es war nicht einfach. Wir mussten den Mann daran hindern, dass er nach ihnen rief, ihn am Boden halten und dabei noch die Oberkörper nahezu entblößen und laut lachen. Ab und zu habe ich verstohlen zu den Beobachtern geschaut. Die hatten bald die Nase voll von dem Schauspiel und fuhren weiter. Wir zogen uns wieder an und brachten den Mann ins Haus.«

Maria Dromke schaute ernst, offenbar war diese Episode neu für sie. »Du und Thilo, ihr habt euch im Kornfeld ausgezogen?«

Grete Schollkämper wirkte beschämt. »Nur das Hemd und die Bluse, Maria, mehr nicht, schließlich hockten wir auf Franky, er auf dem Brustkorb und ich auf den Beinen.«

Die Hauptkommissarin wandte sich in niederrheinischem Dialog an Lotte Plaat.

»Und?«

»Was, und?«

»Wie ging es weiter?«

Lotte Plaat richtete routiniert das Tuch, mit dem sie ihr Haar zusammengebunden hatte. »Der durfte nur noch fünf Zigaretten am Tag rauchen, genaue Einteilung, fast wie im Altenheim, immer unter Aufsicht und mit Kabelbindern eng um die Handgelenke. Und ein paar Runden durch die Einfahrt durfte er laufen, wie ein Pferd an der Longe, damit er Sauerstoff tanken konnte, um sein Gehirn zu aktivieren. Er hatte ja immer noch nicht verraten, wo das Geld war.«

Sie beugte sich vor zu Karin. »Frau Hauptkommissarin, ich kam gar nicht dazu, mit ihm einen Joint zu rauchen. Ich habe ihm nur an einem Tag zwei Kekse unter sein Gebäck geschmuggelt, das gab es hier auch, nachmittags eine Tasse Kaffee und etwas Gebäck. Die Kaffeestunde mit meiner Spezialmischung war ein Spaß, sage ich Ihnen.«

Die anderen drei Frauen horchten auf, Lotte Plaat lachte hell.

»Ja, guckt nur. Ich gönne mir gelegentlich ein Leckerchen mit stimulierendem Inhalt, und ich sage euch, das Leben ist schön. Warum sollte das Jungchen hier versauern? Ich wollte ihn bei Laune halten, und an dem Nachmittag ging es ihm blendend. Wir saßen gemeinsam vor dem Haus auf der Treppe, und er redete und redete, über seine Oma, bei der er aufgewachsen war, über seinen Opa, der immer mit Wetten und windigen Geschäften sein Geld verdiente oder verspielte. Es sprudelte nur so. Die Oma war ganz anders als ich, sagte er immer wieder, sie hat ihn verprügelt, als er im Alter von vierzehn mit seinem ersten Schwips nach Hause kam. Und alles nur, weil seine Mutter ständig besoffen war und sein Vater irgendwo als Obdachloser auf der Straße lebte. Und dann fing er an zu heulen, er hätte ja auch nichts auf die Kette gekriegt und würde die Menschen in seiner Nähe immer nur enttäuschen. Nicht einmal im Bett würde es klappen, jede Frau hätte ihn schnell wieder verlassen.«

Maria Dromke stand nun direkt vor Karin. »Ich war damit nicht einverstanden, musst du wissen. Ich habe mich immer gegen Drogenkonsum positioniert.«

Die Hauptkommissarin machte eine wegwerfende Handbewegung, Lotte sollte weitererzählen.

»Sein ganzes Leben hat das Jungchen ausgebreitet, sich an meiner Schulter ausgeheult, und als ich dann fragte, wo das Geld sei, bekam er einen Lachanfall und zeigte auf seine Jeans. In seiner Tasche, sagte er und lachte, bis ihm die Tränen über das Gesicht liefen. Das war natürlich völliger Blödsinn. Ich bin mit ihm ins Haus und habe ihn in sein Zimmer begleitet. Da sank er auf das Bett und kippte zur Seite. Mit viel Mühe habe ich seine Beine raufgelegt. Ich glaube, der hatte den ersten Kontakt mit THC in seinem Leben. Dem Jungchen würde es schlecht gehen, wenn er wieder aufwachte. Ich stellte ihm einen Eimer ans Bett und schloss dann die Tür hinter ihm ab.«

Ihre beiden Freundinnen schienen gleichermaßen entsetzt. »Du hast ihm Haschkekse gegeben?«

»Natürlich, ich habe immer welche im Haus.«

Lotte Plaat schaute die Hauptkommissarin an. »Nur für den Eigenbedarf, versteht sich.«

Maria Dromke ließ nicht locker und stellte sich neben Lotte. »Und wir konnten am nächsten Morgen den Dreck wegmachen. Dem war so übel, und der hat in der Nacht nicht ganz den Eimer getroffen. Ich habe Heinz angerufen, damit er die Einkaufstour abkürzt und einen alten Jogginganzug mitbringt. Der Mann musste aus der Kleidung raus, alles stank, das Bettzeug, der Boden. Ich habe geputzt und alles mitgenommen, um es zu waschen. Ekelhaft, sage ich dir. Und alles wegen ein paar Haschkeksen.«

Lotte Plaat schaute sie lächelnd an und antwortete ganz leise und ruhig. »Ohne meine ›Haschkekse‹, wie du mein anregendes Gebäck nennst, hätten wir den Schlüssel niemals gefunden.«

Sie ging einen Schritt auf Karin zu, bevor die etwas sagen konnte. »Und jetzt sollte eine alte Frau sich mal setzen dürfen. Könnten wir die Lokalität wechseln? Außerdem muss ich mal, und hier gibt es keine Wasserspülung mehr.«

✳✳✳

Die Einsatzbeamten brachten die Gruppe zurück zur Kreispolizeibehörde, mit der Weisung, die Frauen in den Vernehmungsraum des K1 zu bringen, die Männer auf dem Flur bewacht warten zu lassen. Karin Krafft hatte die Dynamik der weiblichen Gruppe genau beobachtet und rechnete damit, dass es in kurzer Zeit zu offenen Kontroversen kommen würde, die der Wahrheitsfindung dienlich sein würden.

Die Männer waren sich in ihren Schilderungen sehr einig, jedoch hatten die Anwesenden bemerkt, dass Heinz Schollkämper die Regie hatte und Thilo Dromke sich seinen Signalen anpasste.

Das Team vom K1 stand mit dem alle Personen überragenden Staatsanwalt noch vor dem Haus und schaute den Einsatzfahrzeugen nach, die langsam über die huckelige Einfahrt davonfuhren.

Aaron Nilsson bat Karin, ein paar Schritte zu gehen. »Was war das vorhin?«

»Wieso, was denn?«

»Karin, ich meine die Situation, in der ich dich nach draußen begleitet habe.«

»Ich war aufgeregt, diese ganze leugnende Mischpoke geht mir gehörig auf den Geist.«

Nilsson lehnte sich an die Wand, rutschte dabei ein wenig herunter, sodass er ihr nicht von ganz oben in die Augen schauen musste. »Du hattest vorhin einen Flashback, richtig?«

Karin schwieg, er ließ nicht locker.

»Ich habe mich über euch erkundigt, bevor ich euch kennenlernte. Ich habe viel Gutes über dich und deinen Führungsstil gehört. Die van den Berg hat mir auch erzählt, dass du selbst eine Entführung hinter dir hast. Es hieß, du konntest dich in letzter Sekunde befreien und hast intensiv daran gearbeitet, diese Erfahrung zu integrieren.«

Sie schaute ihn an, er nickte.

»Die Begehung des Raumes hat dich an den Rand deiner Erfahrung gebracht. Als du das dunkle Zimmer mit dem vernagelten Fenster gesehen hast, hat dein Unterbewusstsein sich erinnert, richtig?«

Sie nickte. Der Mann hatte den Durchblick und erwies sich zudem noch als einfühlsam.

»Geht es dir gut?«

»Ja, es war nur ein kurzer Moment, aus heiterem Himmel überkam mich dieses ohnmächtige Gefühl. Gut, dass du mich aus der Situation genommen hast. Es ist alles okay.«

Er blickte sie an, der lächelnde Riese mit der roten Mütze. »Ich will dir nur sagen, dass du gut reagiert hast und schnell wieder auf dem Boden warst, Respekt. Und jetzt komm, es gibt viel zu berichten, dieses Haus hat nicht nur bei dir an

Erinnerungen gerührt. Für die Männer war plötzlich alles präsent.«

Sie lächelte ihn an. »Für die Frauen auch.«

Es gab eine kurze Besprechung auf der Treppe vor dem Haus.

Burmeester hatte die Frauen in der Küche schließlich Karin überlassen und zollte ihr nun seine Anerkennung.

»Ich wäre nicht so besonnen geblieben und musste zwischendurch mit meinen Lachmuskeln kämpfen. Die Szene im Kornfeld hätte ich gerne live erlebt. Thilo und Grete auf dem Flüchtigen kniend, einen Emotionsrausch vortäuschend, ich wäre fast erstickt vor Lachen. Und ich dachte echt, Maria würde der Grete eifersüchtig an die Wäsche gehen, weil die sich mit ihrem Ehemann auf Franky sitzend die Oberbekleidung vom Leib gerissen hat.«

Die anderen Kommissare schauten ihn verdutzt an, während er sich den Bauch hielt und Lachtränen seine Augen füllten.

»Könnt ihr alles im Protokoll lesen.« Karin drängte darauf, den Einsatzwagen zu folgen. »Wir müssen erfahren, um welchen Schlüssel es sich handelt, den die Frauen gefunden haben.«

Von Aha schaute auf sein Handgelenk. »Guck mal auf die Uhr, genug für heute.«

Seinen Einwand ignorierend, schauten Tom und Jerry Karin neugierig an. Singend ging sie zu ihrem Fahrzeug: »*The answer, my friend, is blowin' in the wind ...*«

Der Staatsanwalt lachte dröhnend sein erfrischendes, sympathisches Lachen. »Bob Dylan. ›*How many roads must a man walk down*‹. Du kennst das alte Lied, Karin?«

»Ich war mal bei den Pfadfindern, Lagerfeuerromantik, Gitarrenmusik.«

»Ich auch.«

Zwei linke Hände mit abgespreiztem kleinem Finger drückten sich, der geheime Gruß. Die Hauptkommissare sahen verständnislos zu.

»Pfandfindergeheimnis«, rief Karin den Männern zu und lächelte Aaron Nilsson an. Was für ein Staatsanwalt, dachte sie.

***

Fünf der sechs Personen würden auch die zweite Nacht in Gewahrsam bleiben, zunächst sollten sie unter dem frischen Eindruck, den der Ausflug zu dem Haus hinterlassen hatte, weiter vernommen werden.

Am nächsten Morgen würde Nilsson ihnen Durchsuchungsbeschlüsse überreichen, das K1 würde in Begleitung von Einsatzkräften zu ihren Adressen fahren und dort Durchsuchungen vornehmen. Worum es bei der Aktion gehen werde, wollte Jerry wissen. Nilsson gab eine Stellungnahme ab.

»Unter den gegebenen Umständen können wir sie nur bis morgen festhalten. Ich bin davon überzeugt, dass diese Gruppe in Verbindung mit der Sprengung des Automaten in Büderich steht. Ich will, dass sie wissen, dass wir sie nicht von der Leine lassen und dass wir sie für schuldig halten. Ich will, dass sie sich fürchten und anfangen, Fehler zu machen. Oder wir finden bei ihnen genügend Beweismittel, um ihnen die Tat nachweisen zu können. Es geht um Gegenstände wie Kabelbinder, Nachweise von Sprengstoff, Pläne, die Sichtung der Kommunikationsmittel, vielleicht bewahren sie Papiere von Breimann auf, den Führerschein, den Perso. Ich kann es mit wenigen Worten zusammenfassen. Ich will sie unter Anklage stellen.«

Die Aktion würde einhergehen mit der Auflage, sich zur Verfügung zu halten und den jeweiligen Wohnort nicht zu verlassen.

Nilssons ambitionierte Ansprache wirkte motivierend auf das Team, er vermittelte ein mit Inbrunst gerufenes »Tschakka, los geht's«, ohne es zu formulieren.

Im Besprechungsraum schaute Karin Krafft durch das Spiegelfenster. Die vier Frauen blickten sich nicht an, wirkten in sich gekehrt, abgewandt. Die Zwietracht war gesät, nun mussten sie ernten. Sie und Burmeester würden gleich in den Raum gehen und mit der Befragung beginnen.

Für Heinz Schollkämper war das Duo Gero von Aha und Tom Weber vorgesehen, ganz bewusst, denn Gero sollte als der harte Hauptkommissar immer mal gebremst werden, während Tom sachlich blieb. Jerry Patalon blieb bei Thilo Dromke, der schien bei einem vertrauten Gesicht redselig zu werden.

Burmeester schaute dem Staatsanwalt nach, als er mit seiner mächtigen Hand die Türklinke umschloss, die für seine Proportionen an der falschen Stelle angebracht war, und in geschickter Schräglage seine rote Mützenfrisur unter dem Türsturz hinwegduckte, während seine Haarspitzen das Holz berührten. »Das stelle ich mir nicht einfach vor, wenn gar nichts zu der eigenen Körpergröße passt.«

Jerry stimmte ihm zu. »Aber ein kompetenter Mann. So ein Glücksgriff für Wesel.«

Karin klatschte in die Hände. »Ihr kennt den Plan, Männer, auf geht's. Ich will sie auch kriegen, diese biedere, brave Bande. Aber zunächst werden alle mit einem Imbiss aus der Kantine versorgt, ich will nicht, dass sich jemand über unsere Gefangenenversorgung beschwert. Dann geht es sofort in die Vernehmung.«

✳✳✳

Vernehmung Maria Dromke, Grete Schollkämper, Lotte Plaat, Kim Feenstra, anwesend KHK Krafft und KK Burmeester

Burmeester trug ein Tablett mit eingepackten Sandwiches, Kaffeebechern und kleinen Mineralwasserflaschen in den Raum. Kaum nahmen die Frauen die abgepackten dreieckigen Brote zur Hand, ging eine Diskussion über den Belag los, bitte ohne Fleisch, iiih, mit Mayonnaise, ob da vegan bei sei.

Lotte Plaat griff zu, packte aus und biss herzhaft zu. »Mir

schmeckt's«, rief sie mit vollem Mund, während die anderen zögerten und weiter nörgelten.

Karin Krafft wurde das zu bunt. »Sie haben die Gelegenheit, einen Imbiss zu sich zu nehmen, oder Sie können es lassen. Beschweren Sie sich anschließend bitte nicht, dies ist kein Hotel mit Drei-Sterne-Küche, dies ist ein Polizeirevier, und Sie befinden sich in einer Vernehmung. Und als Nächstes will ich etwas über den Schlüssel hören, den Sie gefunden haben.«

Maria Dromke mochte nichts anrühren, nahm einige Schlucke aus einer Wasserflasche und hatte in der Zwischenzeit wohl beschlossen, das Geheimnis zu lüften.

Sie hatte also die verschmutzte Wäsche mitgenommen, damit der Kerl nicht wie ein Wildschwein stank. Den ganzen Waschgang über hätte sie es in der Trommel klappern gehört, gedacht, dass der Knopf der Jeans an die Tür prallte.

»Und als ich die Wäsche in den Trockner umfüllte, fiel der Ring mit den zwei Schlüsseln auf den Boden. Der musste aus seinen Sachen stammen. Ich schaute ihn näher an, und ganz schnell war mir klar, dass der zu einem Bankschließfach gehören musste. Ich war so aufgeregt. Das konnte doch nur bedeuten, dass unser Geld in diesem Fach lag. Ich machte mit dem Handy ein Foto von dem Schlüssel und schickte es an Thilo, der die Nachtwache machte. Das sei ein Hoffnungsschimmer, schrieb er.«

Gleich in der Nacht hatte Thilo Dromke den Kerl geweckt und mit dem Foto konfrontiert. Das sei nur heiße Luft, sagte Franky, aber Thilo ließ nicht locker, hielt ihn die ganze Nacht wach, aber der verriet nicht, wo dieser Safe zu finden war. Am Morgen habe Thilo Heinz informiert, der die nächste Befragung übernahm. »Wir anderen saßen in der Küche und hörten zu. Heinz kann laut werden.«

Grete Schollkämper nickte wissend, während sie an ihrem Sandwich mümmelte, und Lotte Plaat ließ es sich ungeniert schmecken. Sie sprach mit vollem Mund weiter.

»Hm, es hörte sich richtig an wie in einem Krimi, er schrie und wetterte, der Mann blieb stumm. Wenig später stand

Heinz bei uns in der Küche, wischte sich den Schweiß von der Stirn und schüttelte den Kopf. Man müsse härtere Methoden ergreifen, sagte er, so würde das nichts werden. Maria protestierte aufs Schärfste, Grete schloss sich leise an, von mir bekam er ein klares Nein. Und dann kam Kim ins Spiel.«

Kim Feenstra horchte auf und schrie: »Nein, Oma, das wirst du nicht erzählen!«

Lotte Plaat schleckte sich die Finger ab und nickte. »Doch, mein Kind, das werde ich. Dein Einsatz war nämlich großartig.«

Die Älteste der Runde griff sich eine Mineralwasserflasche, ließ sich von Burmeester den Verschluss aufdrehen, trank, und ein kleiner Rülpser entglitt ihr, als sie die Flasche abstellte. Sie schaute Burmeester an.

»Wie ich hörte, hast du bereits Erfahrungen mit den leicht nymphomanen Zügen meiner Kleinen gemacht. Alles kein Problem, ich sage ihr nur immer wieder, dass sie auf sich aufpassen soll, Kondome gehören in jede Handtasche, und regelmäßig zum Frauenarzt zu gehen ist ebenfalls gut. Soll sie ihr Leben und ihren Sex genießen, solange sie möchte.«

Zum ersten Mal schien es Kim Feenstra peinlich zu sein, ihre Gelüste in den Vordergrund gestellt zu sehen, ihre Großmutter interessierte das wenig, sie fuhr fort, und die anwesenden Kommissare lauschten gespannt.

»Wir Frauen hatten uns überlegt, wenn schon die Männer nichts Wichtiges von dem Breimann erfahren, dann soll Kim ihn mal gehörig mit ihren weiblichen Reizen umgarnen.«

Lotte Plaat wurde unterbrochen von Maria Dromke. »Das hast du mehr oder weniger alleine beschlossen, denn Grete und ich waren dagegen, ich bitte, dies zu Protokoll zu nehmen, wir waren dagegen, nicht wahr, Grete?«

Grete Schollkämper nickte zustimmend, was Lotte Plaat mit einer wegwerfenden Handbewegung abtat.

»Ihr mit eurer Doppelmoral. Maria und du, ihr liegt nackt am Strand von Fuerteventura und spielt da sogar Boule, wobei man sich ja bückt. Und hier, Maria, regst du dich auf, wenn Grete sich die Bluse in Anwesenheit deines Mannes aus ganz anderen Gründen auszieht. Für Kim ist ihr gesteigertes Sex-bedürfnis ganz normal, die hat sich schon so oft jemanden mit-gebracht, da kommt es auf einen mehr oder weniger nicht an. Und Kim, jetzt hör auf, hier das kleine Mädchen zu spielen.« Sie schaute in die Runde, alle hingen an ihren Lippen.

»Ich habe Kim gesagt, sie solle sich für eine Nacht mit in dem Zimmer einschließen lassen und diesem kleinen Franky Boy mal zeigen, dass sie ein richtig heißes Girl ist, das ihn zu Hochleistungen ansporen kann, wenn er nur ein kleines biss-chen kooperativ ist. Erst hat sie sich gesträubt, denn sie steht eher auf solche Typen wie dich, Jungchen, ein wenig ausgefallen, aber dennoch hausbacken. Aber dann ist sie nach Hause gefah-ren und hat sich aufgebrezelt. Sie sah unwiderstehlich aus und klopfte mit einer Flasche Sekt und zwei Gläsern bei ihm an.«

Lotte Plaat lehnte sich zurück und lächelte Maria und Grete an. »Heinz hatte Nachtwache und sagte später, er habe sich die Kopfhörer aufgesetzt, weil das Gerammel nicht zu überhö-ren gewesen sei. Franky Boy hatte richtig Spässken, dafür hat Kim gesorgt.« Sie schaute zu ihrer Enkelin. »Am nächsten Tag hast du nicht gewirkt, als wäre dir was Böses widerfahren, im Gegenteil. Und du hast die wichtigen Informationen gehabt.«

Man konnte es als altersweise Siegesgewissheit bezeichnen, was sich in Lottes Mimik abspielte. »Und als die Männer das hörten, sind sie fast durchgedreht, wisst ihr noch, was für ein Theater das war?«

Sie lachte herzhaft, ihre wallende Kleidung bebte, und das kunstvolle Gewirr aus Tuch und Haar rutschte bedrohlich zur Seite.

⁎

Vernehmung Heinz Schollkämper, anwesend KHK von Aha und KHK Weber

»Jetzt ist Schluss mit den Faxen, ich lasse mich hier nicht länger verarschen!«

Gero von Aha ließ den harten Bullen richtig von der Leine, seine Frisur geriet in Bewegung, er rückte seine Hornbrille zurecht, knallte einen Pappordner auf den Tisch, setzte sich mit einem fast versehentlichen Rucken an der Tischkante schwungvoll auf den Stuhl. Selbst Tom Weber zuckte zusammen, als von Ahas Stimme durch den Vernehmungsraum schallte.

»Ich will jetzt von Ihnen wissen, ob Sie wirklich so naiv sind, zu denken, dass ich Ihnen dieses ganze Gesülze abnehme! Sie haben mit Hilfe dieser leichtgläubigen Gruppe einen Mann entführt und festgehalten, das ist schon mal eine Straftat für sich. Abgesehen von der Tatsache, dass sich die Steuerbehörde und das Dezernat für Betrug noch bei Ihnen melden werden, Herr Schollkämper!« Von Aha rollte das »r« bei der Anrede, dass es wie ein gefährliches Knurren klang. »Es gab einen Toten in Büderich, und zufällig ist das der Mann, den Sie so freundlich bewirtet und gemütlich eingesperrt haben. Wir werden morgen im Lauf des Tages Hausdurchsuchungen bei allen Beteiligten durchführen, genauso wie heute in der Früh Spuren in dem alten Gutshof gesichert worden sind, bevor wir da einige offenbarende Worte gehört haben. Das alles bringt uns hoffentlich weiter, denn von Ihnen höre ich eigentlich nur Bullshit.«

Schollkämper gab sich unbeeindruckt. »Sie haben nichts gegen uns in der Hand. Ich frage mich die ganze Zeit, ob die Ergebnisse Ihrer sogenannten Ermittlungen vor dem Haftrichter Gehör finden würden.«

»Allein schon der Tatbestand der gemeinschaftlichen Entführung wird ausreichen, glauben Sie mir. Ihre einzige Möglichkeit besteht darin, endlich zum Kern der Tat zu kommen und alles auszupacken, was es zu berichten gibt.«

Schollkämper schien seine Wut mühselig zu unterdrücken, sein Blick ging zur Tür. Die ließ sich nur durch einen Beamten der Kriminalpolizei öffnen.

Gero von Aha lehnte sich zurück, stieß seinen Kollegen kurz an. »Da schau mal, der Herr Schollkämper gerät ins Grübeln.«

Tom Weber betrachtete ihn und nickte übertrieben. »Ja, das ist der Gesichtsausdruck, kurz bevor die befreienden Worte über seine Lippen kommen.«

»Nun, dann mal los.«

Heinz Schollkämper atmete tief durch. »Kim hat entscheidende Informationen durch, wie soll ich sagen, durch massiven körperlichen Einsatz aus ihm herausbekommen. Durchgenudelt hat sie ihn, das muss Tantra gewesen sein oder Kamasutra, Sie wissen schon, asiatische Liebeskunst. Ich hatte Nachtwache an dem Abend, als die Frauen beschlossen hatten, ihn auf diese Weise zum Reden zu bringen. Hat geklappt. Am Morgen wussten wir, dass die Schlüssel, die aus seiner Hosentasche gefallen waren, zu einem Schließfach in der Volksbank in Dinslaken Stadtmitte gehörten. Das war natürlich ein Hoffnungsschimmer. Und da er uns nicht sagen wollte, was sich in dem Fach befand, lag die Vermutung nahe, dass er dort Geld gebunkert hatte. Natürlich. Es hatte nur einen Haken.«

Er hielt inne, Gero von Aha munterte ihn ein wenig auf: »Und? Weiter?«

»Na, wir konnten da doch nicht einfach mit den Schlüsseln irgendwo auftauchen, es gibt doch immer eine Sicherung. Entweder muss man seine Bankkarte mit einer PIN-Nummer eingeben oder am Schalter unterschreiben, etwas in der Art. Er musste uns also das Prozedere verraten. Möglichst schnell, an dem Tag, wir konnten nicht ewig in dem Haus bleiben. Er sollte eine Vollmacht ausstellen. Seinen Führerschein und den Personalausweis hatten wir ja in dem Leihwagen in der Mittelkonsole gefunden. Thilo tippte die Daten ab, alles, Name, Adresse, Geburtsdatum, und trug sich selbst als Bevollmächtigten ein. Er legte ihm das Schreiben nach dem Frühstück der Chefs de Cuisine auf den Tisch, übrigens ein Omelett mit Champignons, dazu ein Joghurt mit frischen Früchten, Brötchen mit Marmelade, Käse, einer Scheibe Schinken, Kaffee mit Milch und ein Fünf-Minuten-Ei.«

Seine Rage war nicht mehr aufzuhalten, er wies zu einem

leeren Stuhl, man sah ihm an, dass er ihn am liebsten vor die Wand geworfen hätte, sich gerade noch beherrschte, doch seine Stimme überschlug sich fast.

»Verstehen Sie, der Kerl, dieser verbrecherische Nichtsnutz, saß vor den Resten eines Frühstücks für Feinschmecker, so was habe ich zu Hause noch nie serviert gekriegt, mit Serviette und einer einzelnen Blume in der Vase. Und da schüttelt er einfach voller Arroganz den Kopf und sagte einfach nur: ›Nö.‹«

Schollkämper legte schnaufend eine erneute Schweigepause ein, Tom versuchte, sie zu beenden. »Weiter, Herr Schollkämper, es gibt nur den Weg der völligen Offenbarung.«

»Jaja, ich überlege nur gerade, wer von den Frauen einen Blick auf das Papier warf, um mit einem lauten, theatralischen ›Ach‹ zu bemerken, dass der Mann just an dem Tag Geburtstag hatte.«

Gero von Aha grinste breit. »So wie Sie das sagen, ist den Frauen garantiert etwas zu diesem Festtag eingefallen.«

Schollkämpers Stirn zog sich in Falten, er schlug mit der Faust auf den Tisch. »Das können Sie verdammt noch mal sagen. Die wuselten gleich um ihn herum, Glückwunsch hier und da, und aus der einfachen Fahrt nach Dinslaken zur Bank wurde der Plan, dem Mann etwas Gutes zu tun, und das ist ein Originalzitat, Herr Hauptkommissar. Ob man sich auf ihn verlassen könne, wollten sie wissen, Kim in erster Reihe, mit den Augen klimpernd und der Hand auf seinem Knie. Man müsse sich auf ihn verlassen können. Sie flüsterten untereinander, beachteten Thilo und mich gar nicht. Ich erkannte Grete schon die ganze Zeit über nicht wieder. Plötzlich war sie mir völlig fremd, benahm sich wie ein Teenager inmitten von gackernden Freundinnen, die eine Überraschungsparty planen. Hätten sie Material zur Hand gehabt, hätte eine von ihnen dem Typen einen Geburtstagshut gebastelt. So entstand der hirnrissige Plan, ihn zum Essen einzuladen.«

Er tippte sich an die Stirn. »Auf so eine bekloppte Idee können nur Frauen kommen. Die wollten mit ihm eine Stunde in Götterswickerhamm am Rhein sitzen und zu Mittag essen.

Sofort waren Thilo und ich überstimmt, Maria hatte das Telefon in der Hand und rief im Restaurant Arche an, um einen Tisch für sieben draußen auf der Terrasse möglichst abseits zu reservieren. Es sei ein heikles Gruppentreffen, man brauche Ruhe. Wie ein Milchbübchen umgarnten sie ihn, er müsse brav sein, er wirkte wie hypnotisiert, nickte wie bekloppt. Auf meinen Einwand hin, das dürfe doch wohl nicht wahr sein, der werde bestimmt abhauen, hatte ich alle Weiber mit ernster Miene vor mir stehen. Wenn der Franky es verspreche, dann werde er das auch halten. Trallala und mimimi.«

Schollkämper hatte sich daraufhin mit Thilo zur Beratung zurückgezogen, sie sahen keine Chance, sich der Frauenpower zu entziehen. Er hatte den Vorschlag gemacht, Breimann mit einem Messer im Ärmel nicht von der Seite zu weichen. Und es hatte noch eine andere Voraussetzung für diesen, wie er es nannte, filmreifen Wahnsinn gegeben.

»Natürlich mussten wir vorher in der Bank gewesen sein, das war das alles Entscheidende. Wenn wir das Geld in Händen hätten, dann könnte er ja ruhig abhauen, und wir wären alle Probleme los. Thilo meinte noch, das Geld für ein Essen in Götterswickerhamm könnten wir uns danach bestimmt sparen.«

Hauptkommissar von Aha starrte den Mann an, als würde er gerade aus Grimms Märchen rezitieren. »Sie sind allen Ernstes mit ihm nach Dinslaken gefahren?«

»Ja, klar. Mit zwei Autos sind wir losgefahren, bei uns saß Grete am Steuer und der Lump zwischen Thilo und mir auf der Rückbank. Ich habe ihn gerochen, er stank widerlich nach Schweiß, war nervös. Ich konnte nicht ausmachen, ob es an dem zu erwartenden Verlust seiner ergaunerten Beute lag, an der unerwarteten Chance, sich zu verdünnisieren, oder an Gretes Fahrstil. Die kroch mit zwanzig durch die neu gebaute Kurve, bei der Baustelle an der Lippe. Wir hatten ausgiebig Gelegenheit, uns vom Fortschritt des Baus der Ortsumgehung zu überzeugen. Weiter ging es dann auf der B 8, Grete ist die langsamste Fahrerin am Niederrhein, ich scheue mich meist, mit ihr zu fahren. Manchmal hupt es hinter ihr, sie wird mit quietschenden Reifen von genervten Fahrern überholt. Normalerweise lasse ich sie nicht ans Steuer, es war mir jedoch zu unsicher, eine der Frauen neben diesem Frank Sowieso sitzen zu lassen, so schlichen wir nach Dinslaken, Maria in dem zweiten Auto, Stoßstange an Stoßstange. Es war nicht einfach, zwei Parkplätze am Neutor zu finden, die Innenstadt war voll. Wir zogen ordentlich die Parktickets, nur nicht auffallen.

Tom Weber musste nachfragen. »Sie sind mit dem Mann durch die Gegend gefahren?«

Jetzt musste Schollkämper allerdings laut lachen. »Das klingt unglaubwürdig, wie eine Geschichte von Till Eulenspiegel, ich weiß, aber wir wollten doch nur unser Geld zurückhaben, um jeden Preis. Und dieser Ausflug sollte alles ins Lot bringen. Flankiert von Thilo und mir sind wir mit ihm in die Bank gegangen, ich glaube, die Angestellten fanden das merkwürdig, aber keine sprach uns an, wir lächelten höflich und konnten durchgehen. Ich befürchtete schon, sie würden den Alarm auslösen.«

Jeder, der Gero von Aha kannte, konnte an seiner Körperhaltung erkennen, dass er sein Gegenüber liebend gern am Kragen über den Tisch gezogen hätte. Noch beherrschte er sich mannhaft.

»Bellhaus-Breimann hat das Prozedere erledigt, mit den Schlüsseln den Safe geöffnet, und in dem Metallbehälter lag eine lederne Mappe, die prall gefüllt schien, altmodisch mit einem Schloss versehen. Thilo nahm sie an sich. Ihm zitterten die Hände, ich konnte sehen, wie sein Herzschlag sich erhöhte, hier oben, die Schlagader am Hals, die pulsierte sichtbar. Wo war der Schlüssel zu dieser Mappe? Das war die nächste Frage, die Frank zu beantworten haben würde, allerdings war es auch kein Problem, das Ding zu zerschneiden, um an den Inhalt zu gelangen.«

Er rieb sich die Hände. »Genau das haben wir gemacht, in meinem Handschuhfach lag der Sicherheitshammer, mit dem man eine Scheibe zerdeppern und, weil eine scharfe Klinge eingelassen ist, auch einen Gurt durchschneiden kann. Thilo setzte unter dem Überschlag der Mappe an, ritzte das Teil auf und schüttete den Inhalt in den Kofferraum.«

Jetzt schien Schollkämper mit seiner Fassung zu ringen, sein graues, schütteres Haar wurde ein ums andere Mal zurechtgerauft, er hielt sich die Hände vor die Augen und senkte dabei den Kopf. »Wissen Sie, was darin war?

Gero von Aha blickte zu Boden und hauchte: »Nein ...«

Am nächsten Morgen thronte Burmeester in Pink- und Rot-
töne gekleidet hinter seinem matten Schreibtisch, bot den
perfekten Kontrast, und jeder, der sein Büro betrat, stutzte
zunächst ob der dargebotenen Farbenpracht, was ihm nicht
verborgen blieb.

»Anscheinend freut sich nur Lotte Plaat an meiner Farb-
wahl, wenigstens eine, die mich versteht.«

Gero von Aha brachte die Warmhaltekanne mit, trug die
Becher geschickt an den Henkeln, teilweise zwei an einen Finger gehängt, und stellte alles auf Burmeesters knüsseliger, alter
Schreibtischunterlage ab, deren Oberschicht aus nicht mehr
ganz transparentem, leicht gewelltem Kunststoff bei dem Gewicht bedenklich knisterte. Er hockte sich auf die Kante des
Ungetüms und verteilte duftenden Kaffee an die nachdenklichen Anwesenden.

»Leute, das war nicht mehr ergiebig gestern, ich bin echt
gespannt, ob sie uns heute endlich berichten, was sie in dem
Schließfach gefunden haben.«

Burmeester trocknete sorgfältig mit einem Papiertaschen-
tuch einen verschütteten Tropfen von der Unterlage, unter der
er Fotos seiner Hochzeit aufbewahrte, deren Farben durch die
alte Folie in Sepia getaucht wirkten, verblasst und gelblich.

»Die Gruppe hält einen festen Plan ein. Vielleicht müssen
die so klein-klein berichten, weil sie es sonst nicht aushalten
würden. Die sind gemeinsam auf die schiefe Bahn geraten.
Besonders Lotte, die kann doch eigentlich keiner Fliege was
zuleide tun.«

Karin schnupperte an dem exquisiten Heißgetränk, nahm
einen Schluck, lächelte versonnen, bevor sie Burmeester anschaute. »Du magst die alte Dame, richtig? Ich finde sie ja auch
klasse, sie und meine Mutter, das wäre ein Gespann.«

Sie erntete Zustimmung. Johanna Krafft war dem K1 bekannt, da sie in einem Fall als Zeugin im Kommissariat aufgetaucht war. Außerdem hatte Burmeester bis zu seiner Hochzeit bei ihr unter dem Dach gewohnt, und sie hatte sogar Dienstgespräche mit frischer Limonade auf ihrer Terrasse organisiert, als Karin hochschwanger nicht mehr zum Dienst durfte.

Tom Weber holte alle gedanklich in den Fall zurück. »Habt ihr nicht auch das Gefühl, dass sie uns die Wahrheit scheibchenweise servieren? Die lügen nicht, verschweigen aber wesentliche Punkte so lange, bis sie chronologisch ins Bild passen.«

Jerry Patalon stimmte zu. »Genau, wir müssen uns einfach darauf einlassen. Beschleunigen können wir das Ganze gar nicht.«

Von Aha reagierte ungeduldig. »Wir werden noch bis Weihnachten hier sitzen, da habe ich keine Lust drauf. Es muss zack, zack gehen heute. Mal sehen, was die Hausdurchsuchungen ergeben. Ich hoffe da auf eindeutige Ergebnisse.«

Karin stand auf. »Dann mal los, schauen wir, ob sie sich heute wieder auf ihre durchtriebene Art absprechen. Wir geben ihnen zehn Minuten unter Beobachtung, und dann geht's in bewährter Aufteilung weiter.«

Bis auf Lotte Plaat saßen alle schweigsam in dem Raum. Die letzten Tage hatten Spuren hinterlassen, die Frauen wirkten unfrisiert, bei den Männern spross ein leichter Dreitagebart. Nur Lotte saß wie der Sonnenschein mitten unter ihnen und versuchte, sie aufzumuntern.

»Kinders, wisst ihr, was die Kölner immer sagen? Et hätt noch immer joot jejange.«

Heinz Schollkämper herrschte sie barsch an. »Du immer mit deinen blöden Kommentaren, wir müssen einfach dranbleiben, versteht ihr? Denkt an das, was wir besprochen haben. Dranbleiben.«

Kim Feenstra reagierte brüskiert. »Pamp meine Oma nicht noch einmal so an!«

Maria Dromke schaute ihren Thilo an, der sich sofort einmischte. »Ich bitte euch, bleibt höflich miteinander, lasst uns jetzt ganz ruhig und besonnen bleiben, das ist das A und O. Nur nicht aufregen, alles wird klappen wie geplant.«

Die zehn Minuten waren wie im Flug vergangen, die Tür öffnete sich. Alle nickten sich noch einmal zu. Sie wussten, wo es langging.

✳ ✳ ✳

Vernehmung Maria Dromke, Grete Schollkämper, Lotte Plaat und Kim Feenstra, anwesend KHK Krafft und KK Burmeester

Grete Schollkämper wuchs rhetorisch über sich hinaus. Oder war es das schlechte Gewissen, das ihre Zunge lockerte? Karin Krafft ließ sie ungehindert erzählen von dem Plan, in Dinslaken das Geld zu finden und den Mann zum Essen an den Rhein einzuladen. Was für ein Wahnsinn – die Hauptkommissarin hörte gebannt zu und überließ Burmeester die Zwischenfragen.

Ein Blick auf ihr Handy verriet, dass alles für die Hausdurchsuchungen parat stand, eine Stunde Zeit blieb ihr, bevor sie Maria Dromke nach Lüttingen begleiten würde, während deren Mann vorerst noch in Gewahrsam blieb. Ihre Gedanken wurden jäh von einer Lachsalve Lotte Plaats unterbrochen, die das Wort übernahm.

»Wir standen auf dem Parkplatz bei dem Restaurant, ganz hinten, unter den großen Platanen, da war genug Platz. Thilo nahm voller Freude die dicke Mappe in die Hand, schlitzte diese altbackene Geldtasche auf und ließ in angespannter Erwartung den Inhalt in den Kofferraum von Heinz' Wagen fallen. Er glaubte jedenfalls, dass etwas richtig Schweres fallen würde, aber es segelte nur ein großer Stapel bedrucktes Papier hinab, gefolgt von ein paar lausigen Geldscheinen. Sie hätten sein Gesicht sehen sollen, die Farbe wechselte, er wurde erst blass, dann rot wie ein gekochter Hummer. Er durchwühlte die Papierbögen, nichts. Und das Jungchen stand neben Heinz, der sich mit der Hand in der Jackentasche, in der er das Messer hielt, an dessen Seite drückte. Am liebsten hätte er zugestochen, glauben Sie –«

»Nein, sag doch so etwas nicht. Heinz würde nie jemanden erstechen!«, unterbrach Grete Schollkämper sie barsch.

Lotte blieb unbeeindruckt. »Eine Art kollektive Konfusion entstand, bis dieses Franky-Jungchen sagte, oh, er hätte gedacht, dass noch mehr übrig sei. So ein Pech aber auch. Nur die Tatsache, dass wir uns auf einem öffentlichen Parkplatz befanden, hat unsere Männer daran gehindert, Franky zu verprügeln. Die beiden wollten sofort zurückfahren in das Haus. Wir hatten uns aber auf das Essen gefreut, überstimmten die beiden und gingen auf die Terrasse. Die Kellnerin hatte uns an das südliche Ende gesetzt, schön leer, das Jungchen zwischen die Männer, wir ringsum verteilt. Heinz bestellte Suppe, damit er immer seine Hand in der Jackentasche behalten konnte, denn jetzt war es nicht egal, ob Franky das Weite suchte.«

Lotte Plaat ereiferte sich, ihre Wangen leuchteten mit dem Lippenstift um die Wette. »Wir glaubten ihm nicht. Er konnte einfach nicht das ganze Geld ausgegeben haben, abgesehen von ungefähr zehntausend Euro. Wir hatten ihn seit zehn Tagen befragt und wollten uns jetzt diese Mahlzeit nicht verderben lassen, verstehen Sie? Es hat uns schließlich sehr eingeschränkt, auf ihn aufpassen zu müssen. Und die frische Luft tat gut, der Blick auf den Rhein ist immer so beruhigend, fließende Meditation, eine Stunde am Wasser ist wie ein Tag am Meer. Die Mahlzeit beruhigte die Gemüter, und eins stand danach fest: Wir würden ihn noch eine Weile beköstigen, diesen Franky Boy. Mittlerweile kostete er uns bald mehr, als er einbrachte.«

Burmeester lehnte sich zurück und schaute in die Frauenrunde. »Sie haben ihm ein Essen im Restaurant Arche anlässlich seines Geburtstages spendiert, obwohl Ihre Fahrt nach Dinslaken ziemlich enttäuschend endete? Das ist aber großzügig gewesen.«

Maria Dromke mischte sich in das Gespräch. »Es war nicht großzügig, sondern selbstverständlich. Und ich glaube, bis zu dem Zeitpunkt war Frank nicht klar gewesen, dass er so viel Geld ausgegeben hatte. Die Papiere, die nun im Kofferraum lagen, das waren lauter Informationen über Spielcasinos, Insiderwissen über mögliche Spielverläufe und Strategien beim Pokern, Wahrscheinlichkeitsrechnungen für Roulette und Blackjack. Das war seine Tasche, mit der er loszog, um an den Tischen in den großen Häusern den dicken Mann zu markieren. Frank hatte das Geld in einem Schließfach deponiert, weil er seinen Nachbarn nicht traute. Er war einfach ein süchtiger Spieler, und als ich ihn fragte, wie er sich sein Leben weiter vorstellt mit der großen Schuld, da hat er nur mit den Schultern gezuckt.«

Maria Dromke schaute zur Hauptkommissarin, ihre Augen glänzten, Wutränen bahnten sich den Weg, sie konnte nicht weitersprechen. Lotte Plaat legte eine Hand auf ihren Arm und setzte den Bericht mit ernster Miene fort.

»Verstehen Sie? In dem Moment war mir klar, dass ihm diese ganze Aktion völlig am Arsch vorbeiging. Ich habe von Anfang an ein schlechtes Gefühl gehabt, der hatte so eine Verschlagenheit im Blick, seine Augen waren immer in Bewegung, und wenn er grinste, dann lächelten sie nicht mit. Aber in dieser Gruppe Zweifel zu äußern ähnelte einem Sakrileg. Der wurde von uns fürstlich versorgt …«

Grete Schollkämper beugte sich vor: »Na, na, na, von Maria und mir wurde er versorgt, du hast ja immer gesagt, du kannst nicht kochen, und Kim steht auf Fast Food …«

Lotte Plaat wiegelte mit einer Handbewegung ab und redete unbeirrt weiter: »Na, jedenfalls bekam er Eins-a-Biokost, ausgewogen und gesund, nur das Beste, und unser Geld war verpufft, in alle Winde verstreut, gerade mal knappe dreitausend Euro bekam jeder zurück. Wir schlossen ihn wieder in sein Zimmer und trafen uns draußen, vor dem Haus, um zu beraten, was nun zu tun sei. Die Männer waren außer sich, beschimpften uns wegen der bekloppten Idee mit dem Geburtstagsessen.«

Sie kicherte in sich hinein, als erinnere sie sich an einen guten

Witz. »Das war aber auch ziemlich bescheuert, und ich dachte noch, wenn ich das mal irgendwann erzähle, dann werde ich weggesperrt, weil man mich für irre hält.«

Sie wies auf Burmeester. »Jaja, Jungchen, genau wie du jetzt guckst, du denkst doch auch, was für ein beklopptes Clübchen.«

Karin wurde ungeduldig, der vereinbarte Zeitpunkt für die Hausdurchsuchungen rückte näher, sie würde mit Maria Dromke nach Lüttingen fahren, sie hatte sich das gewünscht, und Karin hatte zugestimmt. Und jetzt geriet Lotte Plaat in ihrer Schilderung der Ereignisse vom Weg ab. Karin schaute auf die Uhr, zehn Minuten noch, dann ging es los. Die anderen Frauen schienen froh darüber zu sein, dass Lotte das Reden übernahm.

»Heinz äußerte Zweifel und wollte wieder zur brutalen Methode greifen, um ein weiteres Versteck aus ihm herauszuprügeln. Kim rief dazwischen, sie könnte ihn auch auf andere Art zum Reden bringen. Thilo gab sich entsetzt, fragte, ob sie etwa Spaß dabei hätte. Kim sagte: ›Ja, du etwa nicht?‹ Maria und Thilo wandten sich gemeinsam gegen Kim, Heinz sabberte fast, Grete schien nichts zu verstehen. ›Leute, Leute‹, sagte ich, ›so geht das nicht weiter. Wir wollen das Geld, und wir müssen den Plan modifizieren. Der geht so, wie es bisher lief, nicht auf.‹«

Fast zeitgleich mit Karins Stoppsignal wegen des bevorstehenden Aufbruchs erhaschte sie einen leisen Nebensatz von Maria Dromke, den sie, während sie aufstand, Grete Schollkämper zuflüsterte: »Wenn dein Heinz nicht diese Idee gehabt hätte, dann säßen wir nicht hier.«

Das Mikrofon war schon abgeschaltet, diese Bemerkung nicht dokumentiert, Karin fragte nach: »Was hast du gerade gesagt, Maria?«

Maria Dromke schaute sie blinzelnd an, drückte Daumen und Zeigefinger zusammen, als hielte sie etwas dazwischen, und beschrieb eine drehende Bewegung vor ihren aufeinandergepressten Lippen. Dann warf sie symbolisch etwas über die Schulter.

Na gut, dachte Karin, sie würde ja gleich mit Maria allein in dem Haus sein. Die Männer blieben in der Kreispolizeibehörde, nach den Durchsuchungen der Haushalte und der Sichtung der Ergebnisse würde im Amtsgericht Dinslaken eine Haftrichterin darüber entscheiden, ob sie in Haft blieben oder nicht.

Schließ du nur deinen Mund zu und wirf den Schlüssel fort, es wird auch so schon eng für dich, dachte Karin mit Blick auf Maria Dromke, die noch näher an Grete Schollkämper heranrückte.

＊

In der engen Teeküche bedauerte Karin, dass es keinen frischen Kaffee à la von Aha gab, goss halbherzig Mineralwasser in ein Glas und setzte zu einem Schluck an, als Jerry sie voller Elan fast umstieß.

»Oh, sorry, ich muss was trinken. Kein Kaffee da?«

»Nein, kein Verlass mehr auf Gero.«

»Gab es bei den Frauen was Neues?«

Karin trank hastig. »Nein. Oder doch. Sie waren sich ab dem Ausflug nach Dinslaken nicht mehr einig darüber, ob die ganze Aktion Sinn machte. Und die Diskrepanz zwischen den Methoden der Frauen und der Männer wurde deutlich spürbar. Ich denke, nach den Hausdurchsuchungen werde ich genau das noch einmal so richtig schüren. Maria und Grete haben sich verbündet gegen Lotte Plaat. Und niemand nimmt Kim wirklich ernst.«

»Die wirkt ja auch so kindlich naiv auf der einen und verschlagen auf der anderen Seite. Die nimmt einfach den Auftrag an, mit Breimann zu schlafen, um Informationen aus ihm herauszubekommen. Das ist doch nicht die Normalität, oder?«

»Du meinst, Sex als Mittel zum Zweck? Da frag mal unsere Psychologin, ich glaube, das gibt es bei Männern und Frauen.«

»Ja, du wirst recht haben, in Beziehungen mag das vorkommen. Aber mit einem Fremden, um Informationen für eine Gruppe zu erhalten? Das grenzt doch an Prostitution, Sex gegen Belohnung. Die ist so abgebrüht, manchmal denke ich, Burmeester hat sie richtig eingeschätzt, Kim ist nicht ganz richtig im Kopf. Jedenfalls distanziert sich Thilo Dromke ganz ausdrücklich von dieser Aktion, er habe nicht zugestimmt, und das sei das einzige Verwerfliche an der ganzen Geschichte.«

Karin musste lächeln. »Gegen alles andere sperrt sich sein schlechtes Gewissen anscheinend. Der heilige Thilo, so nennt mein Mann ihn immer, weil er für Ordnung und Präzision in der Nachbarschaft bekannt ist. Das wird ein Aufsehen werden, wenn wir da auflaufen. Hat er sonst noch etwas Neues erzählt?«

»Thilo Dromke ist, ich nenne es mal, begrenzt mitteilsam. Ich merke, dass er reden möchte, er ist ein rechtschaffener Mann, der sich keiner Schuld bewusst sein will, weil alles seine Ordnung haben muss. So ein richtiger Lehrer, der immer in gleicher Stimmung über seine Moralvorstellungen doziert, er will den Gutmenschen geben, stolpert dabei über die Tatsache, dass die ganze Aktion immer komplizierter und auch illegaler wurde. Er war bestimmt der gemäßigtere Mann. Er hat von den Methoden berichtet, die Schollkämper gerne eingesetzt hätte, gegen die er sich massiv zur Wehr gesetzt hat. Das begann ja schon mit der Art der Unterbringung ihres ›Gastes‹. Dromke schloss sich den Frauen an, also wurde Breimann ordentlich im Haus versorgt. Schollkämper wiederum konnte sich gegenüber den Frauen schlecht durchsetzen.«

Jerry stellte sein Glas in die Spülmaschine. »Teil des gemeinsamen Handels waren wohl vorhergegangene Vereinbarungen. Sie hatten ausgemacht, dass innerhalb der Gruppe die Mehrheit entscheidet. Und das waren in maßgeblichen Situationen eben die Frauen. So kam es auch zu dieser Mahlzeit in Götterswickerhamm, die er als den reinen Wahnsinn bezeichnete. Dass er zehn Tage zuvor den Mann in eine Kiste verpackt und über den Xantener Wochenmarkt geschoben hatte, das war ihm wohl entfallen. Hast du schon von Gero und Tom gehört?«

Karin schenkte sich Wasser nach, so ein Durst. »Nein, die

sind noch bei der Vernehmung. Das scheint wichtig zu sein, ich gebe ihnen noch eine halbe Stunde, zumal unsere Begleitfahrzeuge noch nicht komplett sind.«

»Muss ja wieder interessant sein, was dieser Ex-Soldat erzählt.«

»Versorgungsoffizier.«

»Ordnung muss sein, wie bei dem heiligen Thilo.«

»Ja, und selbst der hatte Schwarzgeld gebunkert.«

✳✳✳

Vernehmung Heinz Schollkämper, anwesend KHK von Aha und KHK Weber

Schollkämper wurde von Minute zu Minute unruhiger, reagierte unwirsch und musste gerade zum zweiten Mal darauf hingewiesen werden, dass er auf dem Stuhl sitzen bleiben sollte. Tom Weber staunte weiter darüber, wie laut und bestimmend Gero von Aha wurde. Diese Seite seines Kollegen hatte er noch nicht kennengelernt.

»Sie setzen sich gefälligst und fahren fort!«

Schollkämper reagierte dieses Mal, wie er es aus seinem früheren Beruf gewohnt war. »Was erlauben Sie sich? Nehmen Sie Haltung an und mäßigen Sie Ihren Ton!«

Von Aha war derjenige, der festgehalten werden musste, um nicht unangemessen zu reagieren. Er stand auf und ging zu Schollkämper, sie standen sich Auge in Auge gegenüber.

»Sie haben hier nichts zu befehlen, und ich bin hier der vernehmungsführende Hauptkommissar, der Ihnen rät, sich ruhig wieder hinzusetzen …«, der Rest des Satzes geriet ihm ungewohnt laut, »… und zwar schleunigst!« Spucketröpfchen flogen durch die Luft, von Aha erhob die Hand, ballte sie zur Faust und hielt sie Schollkämper direkt unter sein Kinn.

Tom konnte nicht auf Anhieb erkennen, ob der Appell Wirkung zeigte, blieb auf dem Sprung. So drastisch hatte er sich die Rollenverteilung »guter Bulle, harter Bulle« nicht vorgestellt.

»Herr Schollkämper, setzen Sie sich. Wir wollen doch nicht, dass es zu Verletzungen kommt.«

Gero von Aha zog seine Faust zurück, Schollkämper sank auf seinen Stuhl und sagte zu Tom: »Sie haben genau gesehen, dass der Mann mich angreifen wollte.«

»Ich weiß nicht genau, was Sie meinen. Ich weiß aber mit Sicherheit, dass Sie gerade dabei waren, uns zu erzählen, was geschah, als Sie von der, sagen wir mal, nicht gerade erfolgreichen Tour nach Dinslaken zurückkamen.«

Schollkämper schaute von einem zum anderen, von Aha hatte sich wieder gesetzt und sah ihn freundlich an, als wäre nichts geschehen.

»Also? Wie ging es weiter?«

War das eine Spur Resignation, die in seiner Gestik zu erkennen war? Die Schultern sanken, er atmete tief aus, seine Stirn legte sich in Falten, bevor er weitersprach.

»Wir haben den Mann in seinen Bau gebracht. Wir mussten reden. Der Plan ging nicht auf, vielleicht waren wir zu naiv, was weiß ich. Damit er uns nicht belauschen konnte, sind wir vorne vor die Tür gegangen. So konnte es nicht weitergehen. Der Mann war entweder noch grandioser im Lügen und Betrügen, als wir bislang erlebt hatten, oder er war schlicht und einfach nutzlos.«

Tom Weber wollte es genauer wissen. »Wie meinen Sie das?«

»Entweder gab es noch weitere Verstecke, oder er hatte wirklich alles auf den Kopf gehauen. Die Frauen wollten ihn jetzt kulinarisch an die Grenzen bringen, mit Porridge und Blutwurst, Graupensuppe, trockenem Brot und allerlei nicht gerade wohlschmeckenden Gerichten. Völliger Quatsch, ich sagte denen: ›Der hat bestimmt alles schon mal durch und findet nichts ekelig.‹ Wenn noch eine geringe Chance darauf bestand, an Geld zu kommen, dann mussten drastische Maßnahmen her, nicht versalzene Suppe.«

Von Aha richtete sich auf. »Was schwebte Ihnen da durch den Kopf, Daumenschrauben anlegen und auspeitschen?«

Schollkämper sah ihm in die Augen und nickte. »So in etwa.

Ich hatte schon länger das sich steigernde Verlangen in mir, ihm so richtig eins aufs Maul zu geben. Das konnte ich aber nicht zugeben, die Frauen hätten mich gelyncht. Also blieb nur die nächste Nachtschicht, um mir diesen Scheißkerl vorzunehmen. In der übernächsten Nacht war es so weit.«

Er schwieg und schien nachzudenken. »Ich rede mich hier um Kopf und Kragen, richtig? Ich will einen Anwalt.«

Von Aha schaute auf die Uhr, Zeit für die nächste Durchsuchungsaktion, da kam die Pause genau zur richtigen Zeit. Er sprach übertrieben formell ins Mikrofon: »Herr Heinz Schollkämper bekommt die Gelegenheit, einen Anwalt seiner Wahl hinzuzuholen.«

An Schollkämper gewandt, schlug er vor, endlich den Ausgang der Geschehnisse ohne Wenn und Aber zu gestehen, man werde gleich sein Haus durchsuchen. Da explodierte der zu Verhörende.

»Das können Sie nicht einfach so, ich habe Rechte! Sie können nicht einfach in mein Haus eindringen, Sie können das ja nicht einmal mit Gefahr im Verzug rechtfertigen, schließlich halten Sie mich und meine Frau hier fest. Was auch nicht mehr rechtens ist, Sie müssen uns gehen lassen.«

Von Aha genoss seine Position sichtlich. Heinz Schollkämper würde reden, der harte Hund war genau an der Stelle, an der er ihn haben wollte. Er setzte noch eins drauf.

»Der Staatsanwalt hat bereits für alle Haushalte die Durchsuchungsbeschlüsse unterschrieben. Übrigens wird eine erfahrene Einheit von Haushalt zu Haushalt fahren, damit wir auch wirklich nicht die kleinste Spur übersehen.«

Von Aha stand auf, Tom Weber reckte sich und ging an ihm vorbei zur Tür.

Schollkämper sah beide mit fragendem Gesichtsausdruck an. »Und was soll das? Was haben Sie vor?«

»Meine Chefin schlug vor, dass wir zwei vierbeinige Kollegen zur Verstärkung mitnehmen. Ausgebildete Suchhunde.«

Schollkämper lachte. »Was glauben Sie bei mir zu finden? Drogen? So ein Quatsch.«

Bevor von Aha die Tür hinter sich schloss, drehte er sich noch einmal um. Ein breites Lächeln umspielte seinen Mund, er zog die Stirn hoch, seine buschigen Augenbrauen schienen über dem Rand der Hornbrille zu tänzeln. »Der eine ist auf das Erschnüffeln von Geld spezialisiert.«

Schollkämper lachte. »Da wird er aber keine Belohnung bekommen, weil er nichts finden wird.«

»Der andere ist ein wirklicher Spezialist. Der entdeckt die kleinsten Spuren von Sprengstoff.« Schnell schloss von Aha die Tür und begab sich in den Raum hinter der Spiegelscheibe.

Da saß Heinz Schollkämper nun nebenan auf seinem Stuhl und schaute verdattert in den Raum. Nur ein Wort kam über seine Lippen. »Verdammt.«

***

Maria Dromke saß schwitzend auf dem Beifahrersitz neben Karin Krafft und schaute in die Landschaft, der man die regenlose Sommerzeit noch ansah. Leichtes Grün schimmerte aus den verbrannten Flächen, der wenige Regen in der letzten Zeit hatte die Veränderung bewirkt, irgendwo bahnte sich immer wieder das Leben den Weg ans Licht.

Auf der Strecke nach Lüttingen gab Maria Dromke nicht auf, die Hauptkommissarin, nein ihre Nachbarin davon überzeugen zu wollen, dass diese Aktion nicht sein musste. Ihre Argumente beeindruckten Karin nicht im Geringsten.

»Karin, was sollen denn die Nachbarn denken, wenn du mich nach Hause bringst und lauter Beamte mit uns zusammen ins Haus gehen? Ist das ein Polizeiwagen, der da hinter uns herfährt?«

»Ja, es kommt immer jemand von der Bereitschaft mit. Die Spurensicherung ist auch dabei, und wenn es zeitlich passt, kommt der Staatsanwalt noch hinzu. Darüber, was die Nachbarn denken, hättet ihr euch vor der ganzen Aktion Gedanken machen sollen. Jetzt ist das Kind in den Brunnen gefallen. Bislang habe ich von dir nicht gerade die entscheidenden Details gehört, die zur Aufklärung des Falles beitragen. Ihr gebt täglich immer nur so viel preis, wie es gerade noch geht. Da gibt es eine Absprache, richtig?«

Maria Dromke schaute auf die Schafe, die auf einem eingezäunten Deichstück das frische Grün bereits wieder abgegrast hatten. Karin nutzte diese Schweigephase ihrer Mitfahrerin.

»Wir hätten auf die Aktion, die gleich stattfinden wird, verzichten können, wenn einer oder eine von euch endlich erzählen würde, was da passiert ist. Stattdessen lese ich abends die Protokolle und denke mir, da gibt es einen Plan, so lange das Entscheidende zu verschweigen, bis wir aufgeben und euch laufen lassen müssen. Liege ich mit meiner These richtig?«

Maria Dromke blickte auf die Wasserbüffelweide kurz hinter Ginderich, die Tiere lagen in der Sonne. Ohne Karin anzuschauen, sprach sie leise mit belegter Stimme, als habe sie einen Kloß im Hals.

»Du hast doch keine Ahnung. Ich werde mich so schämen, wenn du mit deinen Kollegen mein Haus auf den Kopf stellst. Das ist so ein widerlicher Eingriff in unsere Privatsphäre. Fremde Finger in unserem Kleiderschrank, igitt. Wer kommt eigentlich für die Schäden auf, die dabei entstehen?«

»Maria, sperr einfach alle Türen und Schränke auf, dann muss kein Schloss aufgebrochen werden, und da es nicht um Drogen geht, werden die Kollegen bestimmt darauf verzichten, Sofa und Matratzen aufzuschlitzen, wir sind doch hier nicht im Fernsehkrimi. Du hast auch immer noch die Gelegenheit, mir zu erzählen, was weiter passiert ist.«

Maria Dromke schwieg beharrlich. Wie mit einem Bann belegt, unter Druck gesetzt, dachte Karin. Dann setzte sie noch eins drauf. Sollte Maria sich doch so richtig unwohl fühlen.

»Im Laufe unseres Aufenthaltes werden noch zwei Suchhunde durch dein Haus laufen, aber keine Sorge, die machen auch nichts kaputt. Die sind wohlerzogen und nur auf bestimmte Gerüche abgerichtet.«

Das brachte Bewegung in die Beifahrerin. »Hunde? Bei uns im Haus? Das geht gar nicht, Karin, du weißt doch, dass Thilo eine Allergie gegen Hundehaare hat. Es ist schon schwierig mit deinem Hund, weil der immer alle so freundlich begrüßen will. Thilo muss niesen, wenn der nur in der Nähe war. Das kannst du nicht machen, Karin, ich protestiere.«

»Da kannst du dich noch so sehr aufregen, das wird dir nichts nützen. Das ist alles nur die Konsequenz von eurer Taktik des Verschweigens. Und dein Mann wird so schnell nicht wieder nach Hause kommen, das sage ich dir. Da sind immer noch die Fingerabdrücke in Büderich, die ihn schwer belasten. Bis der zurückkommt, hast du die Hundespuren bestimmt sorgfältig beseitigt.«

Maria Dromke wurde bei der Fahrt längs des Altrheins sichtlich unruhiger, rutschte auf dem Sitz hin und her, fuhr sich mit verschwitzten Fingern durch das Haar. »Karin, könnt ihr nicht wenigstens das Polizeiauto woanders abstellen? Es muss doch wirklich nicht jeder mitkriegen, dass die zu mir wollen.«

»Und die Uniform der Beamten ist unsichtbar, wenn sie ausgestiegen sind, oder wie? Nein, nein, die haben klare Anweisungen, und es gibt eine festgelegte Vorgehensweise.«

Plötzlich schien Maria Dromke eine Idee zu durchfluten, eine Lösung. »Ach, ich werde einfach sagen, dass bei mir eingebrochen wurde und das Ganze zur Spurensuche und zur Aufklärung diene.«

Karin schüttelte den Kopf. »Du und dein Mann, ihr wart für mich immer ein Vorbild für nachbarschaftliche Aufrichtigkeit. Ich habe euch beiden nicht zugetraut, jemals etwas gegen das Gesetz zu tun. Ihr seid Vorbilder in Gartengestaltung, Schützentreue und Engagement in der Gemeinde. Weißt du, wie mein Maarten deinen Mann nennt? Den heiligen Thilo, wegen seiner Aktivitäten rund um Sankt Martin. Und jetzt überlegst du dir gerade in meinem Beisein eine Ausrede für die Nachbarn, um weiter zu verschweigen, dass es auch eine andere Seite der Dromkes gibt. Schäm dich, Maria, das ist scheinheilig.«

Sie schämte sich nicht, jedenfalls nicht sichtbar, und schwieg, bis sie an der Südsee vorbei nach Lüttingen einbogen. Je näher sie ihrem Ziel kamen, desto nervöser wurde Maria, schließlich flehte sie die Hauptkommissarin an: »Karin, das ist doch unmöglich. Du meinst das alles tatsächlich ernst, oder? Mein Gott, ist mir das peinlich.«

»Noch haben wir nicht zur Pressekonferenz eingeladen, Maria, noch hat niemand von Maria und Thilo D Punkt aus Xanten gelesen, es kann gut gehen. Glaube mir – und jetzt nimm mal einen Rat deiner Nachbarin entgegen –, in allen Lebenslagen hilft es, mit der Wahrheit offensiv umzugehen.«

»Aber das ist doch die Wahrheit.«

»Bisher hat sich niemand von euch dazu bekannt, an einer Entführung mit Todesfolge beteiligt gewesen zu sein. Aber nichts anderes war das. Das ist die Wahrheit, Maria.«

Maria Dromke antwortete nicht, sie drückte sich in den Sitz, wurde immer kleiner, bis Karin schließlich das Fahrzeug in ihre Einfahrt lenkte.

»Maria, los, aussteigen.«

»Was die Leute wohl denken!«

＊＊＊

Aaron Nilsson hatte sich entschieden, als Erstes die Durchsuchung von Schollkämpers Haus in Wesel zu begleiten, um dann nach Lüttingen zu fahren. Das Haus lag im Stadtteil Feldmark auf dem Pinienweg, kleine, beschauliche Gebäude auf kleinen Grundstücken. Die Parksituation war eine Herausforderung, das Gefolge der unterschiedlichen Einsatzfahrzeuge besetzte die Parkstreifen vor mehreren Grundstücken und trieb auch gleich einige der Nachbarn auf die Straße, um dagegen zu protestieren. Hier parkte niemand wild.

Der Volvo des Staatsanwalts nahm die letzte freie Parklücke in Besitz, der dortige Anwohner klopfte an die Seitenscheibe. »Hier können Sie nicht stehen bleiben, zu wem wollen Sie denn?«

Nilsson öffnete in aller Ruhe die Tür und pellte sich aus dem Innenraum, stand in voller Größe vor einem Mann, der ihm bis zur Brust reichte und nun staunend zu ihm aufschaute.

»Ich finde Sie sehr neugierig, und das hier sind keine privaten Parkplätze. Ich werde hier so lange stehen wie notwendig.«

»Dann rufe ich die Polizei, Sie versperren mir die Einfahrt, ich kann nicht nach rechts rausfahren, dazu ist es zu eng hier.«

Nilsson schaute auf den Mann hinab und antwortete mit ernster Miene: »Dann fahren Sie eben links raus. Ist auch politisch eindeutig die bessere Richtung.«

Er lief los in Richtung Schollkämpers Haus, drehte sich noch einmal kurz um. »Und die Polizei ist schon da, nur falls Sie sich beschweren wollen.«

Der Nachbar linste auf die Straße, erkannte Grete Schollkämper, die von zwei Beamten in Dunkelblau eskortiert wurde und zur Tür ging. Jetzt kam der Nachbar mit eiligen Schritten hinter Nilsson hergelaufen. »Was ist denn da bei Schollkämpers los?«

Nilsson beugte sich zu ihm hinab und dämpfte seine Lautstärke. »Schon mal was von Schweigepflicht gehört?«

Der Mann nickte eifrig, schien bereit, ein Geheimnis mit dem Hünen mit der mützenartigen Frisur zu teilen.

Nilssons Stimme nahm wieder normale Lautstärke an. »Gut, dann sehen Sie bestimmt ein, dass jeder, der momentan hier die Straße zuparkt, sich an diese Pflicht hält. Was hier gerade geschieht, das geht Sie gar nichts an, guter Mann.«

Er verließ den verdatterten Nachbarn, der noch eine ganze Weile dastand und das Geschehen beobachtete.

Schollkämpers Vorgarten ähnelte stark der steinigen isländischen Landschaft im Winter, karg und grau. Nilsson konnte nicht verstehen, wie man ein lebendiges Stückchen Erde künstlich in eine Steinwüste verwandeln konnte, um dann noch, so wie hier, eine Pflanze in einem großen Tontopf in die Mitte zu stellen, deren Herkunft mindestens mediterranen Ursprungs war. Die Palme wertete den Vorgarten keineswegs auf, sondern wirkte so fremd wie eine Eishalle in der Wüste.

Nilsson schob seinen ersten Eindruck beiseite, wollte dieses Haus mit größtmöglicher Objektivität betreten, doch ein paar Schritte weiter, neben der Haustür, ließ eine wahre

Schilderwand ihn noch einmal erschaudern. Es war eher eine Ansammlung von Geboten, die den Hausherrn charakterisierte. »Betteln und Hausieren verboten«, stand da und: »Keine Werbung«, auf einem dritten: »Wenn Sie gerade nichts zu tun haben, dann lassen Sie mich in Ruh.« Abgerundet wurde diese Geschmacklosigkeit von einem geifernden Hundemaul mit der Aufschrift: »Ich warte noch auf mein Frühstück.«

Innen fand er Grete Schollkämper regungslos am Küchentisch hockend, blass und mit ängstlichem Gesichtsausdruck. Im ganzen Haus hörte man, wie Schubladen geöffnet wurden, Schranktüren quietschten, Schritte über die Treppe nach oben, schweigsame Geschäftigkeit in jedem Raum. Der PC wurde nach draußen gebracht, Waschkörbe wurden mit Akten gefüllt, eine Beamtin kam aus dem Keller wieder nach oben.

»Da unten ist ein Raum abgeschlossen, wir brauchen den Schlüssel.«

Grete Schollkämper verharrte in ihrer stummen Reglosigkeit, bis der Staatsanwalt sie ansprach. »Haben Sie gehört, Frau Schollkämper, wo ist der Schlüssel zu dem Kellerraum?«

Sie blickte huschig hoch, aufgeschreckt. »Was, wie?«

»Wir brauchen den Schlüssel zu dem verriegelten Kellerraum.«

»Ja, den hat Heinz immer an seinem Schlüsselbund.«

Die Beamtin ging raus zu dem Dienstwagen, kam mit einem Plastikbeutel zurück, darin befanden sich offenbar die Dinge, die Schollkämper vor der Arretierung abgegeben hatte. Auch ein Schlüsselbund war dabei.

Grete Schollkämper schreckte abermals auf, als die Beamtin damit zur Kellertür ging. »Nein, das dürfen Sie nicht, das ist doch Privatsphäre, den Raum durfte ich nicht einmal zum Putzen betreten.«

Nilsson gab sich erstaunt. »Sie wissen nicht, was Ihr Mann da unten lagert oder treibt?«

»Nein. Als ich zu ihm zog, war das schon so. ›Es gibt Dinge, die gehen dich nichts an‹, sagte er damals. Mittlerweile weiß ich gar nicht, ob ich ihn jemals richtig kennengelernt habe.«

Von Aha tauchte hinter Nilsson im Türrahmen auf, genauer gesagt blieb er verborgen hinter dem Hünen, nur seine Stimme deutete auf seine Anwesenheit hin. »Komm mit nach unten, das solltest du dir anschauen.«

Nilsson zog auf der Kellertreppe den Kopf ein, und die Deckenhöhe unten ließ ihn in halb gebückter Haltung weiterlaufen. Der geöffnete Kellerraum war winzig, eine Person konnte sich dort zwischen drei Stahlschränken und einer lächerlich kleinen Arbeitsplatte bewegen. Darüber hingen die Schlüssel zu den Vorhängeschlössern an einem Bord.

Nilsson blieb im Türrahmen stehen, während von Aha die Schränke, einen nach dem anderen, von den schweren Schlössern befreite, um dann eine Tür nach der anderen zu öffnen. Ein ganzes Waffenarsenal tat sich auf, unterschiedliche Gewehre und Handfeuerwaffen, eine Maschinenpistole, alles fein säuberlich untergebracht, Halterungen, Schubfächer, alles schien maßgerecht angefertigt zu sein. Für jede Waffe lag dort auch die Munition, ordentlich beschriftet.

In Klarsichthüllen auf den Innenseiten der Türen entdeckte von Aha Waffenbesitzkarten, blätterte sie durch. »Auf den ersten Blick würde ich sagen, dass alles korrekt angemeldet und registriert ist. Zudem noch fachmännisch gelagert, unzugänglich, doppelt gesichert.«

Er blätterte weiter, während Nilsson in seinem Rücken in gebückter Haltung einen Blick in die Schränke warf. »Überprüft dennoch, ob das alles schon mal aufgefallen ist. Der Mann hatte Folter im Sinn und ist maßgeblicher Kopf dieser Gruppe. Ich will wissen, ob das hier einer reinen Sammelleidenschaft entspringt oder kriminellen Zwecken dient. Mitnehmen, alles.«

Schnell erinnerte er sich an den neugierigen Nachbarn. »Unauffällig verpackt bitte, sonst schüren wir hier den Dorffunk.«

Von Aha wedelte mit zwei Karten. »Da schau her, er besitzt gleich zwei SIG Sauer.«

Nilsson warf einen Blick auf die Karten, reckte den Daumen. »Die Marke, die als Tatwaffe vermutet wird. Das ist ja ein Ding, dann haben die in der ballistischen Untersuchung den Vorrang.«

Nilsson schaffte es ohne Blessuren wieder ins Erdgeschoss, als ein Beamter mit einem Malinois an der Tür stand, einem schlanken, drahtigen Schäferhund, hellbraun mit schwarzem Kopf und neugierigem Blick. Er saß neben seinem Herrchen.

»Wir sollen hier mal durchschnüffeln.«

Nilsson betrachtete das Tier lächelnd. »Ein schöner Hund, wie heißt er?«

»Das ist Bella.«

Der große Mann ging in die Hocke und hielt der Hündin die Hand entgegen. »Na, komm mal her, Bella.«

Sie rührte sich nicht.

Der Beamte lächelte. »Sie macht nichts ohne Befehl und darf sich Fremden nur nähern, wenn ich es ihr erlaube.«

Nilsson baute sich wieder zu voller Lebensgröße auf. »Ach ja, ich vergaß. Worauf ist sie spezialisiert?«

»Bella ist die Fachfrau für Sprengstoff.«

»Kann sie den von verschiedenen Munitionsarten unterscheiden? Da unten gibt es ein legales Waffenarsenal.«

»Kein Problem.«

Ein Schrei aus dem Hintergrund ließ alle aufhorchen, Bella spitzte nur die Ohren. Grete Schollkämper stand im Flur und deutete auf das Tier. »Mir kommt kein Hund ins Haus, ich habe eine scheußliche Angst, ich verbiete Ihnen, einen Hund durch das Haus laufen zu lassen!«

Nilsson bedeutete dem Beamten, zu warten, und bat Grete Schollkämper, wieder in die Küche zu gehen. Dort schloss er die Tür hinter sich.

»Wir beide werden hier warten, bis Bella einmal durch das Haus gelaufen ist, dann werden wir rausgehen, während sie hier in der Küche einmal durchschnüffelt. Da geht kein Weg dran vorbei. Verstanden?«

Sie nickte, er öffnete die Tür und erklärte den Ablauf.

Grete Schollkämper blickte zu ihm auf. »Was sucht der Hund denn? Hier gibt es keine Drogen.«

»Sehen Sie, Frau Schollkämper, da unterschätzt man diese Hunde und ihre Ausbilder immer wieder. Es geht nicht nur um Drogen, inzwischen kann man ihnen alles Mögliche beibringen, jeder Hund ist auf bestimmte Gerüche abgerichtet, Bella sucht Sprengstoffe und Waffen, andere finden verschüttete Menschen oder nehmen Leichengeruch auf. Noch andere finden Geld, Speichergeräte wie USB-Sticks –«

Sie unterbrach ihn schroff. »Sprengstoff? Wieso Sprengstoff, was soll das?«

»Sie, Ihr Mann und die anderen der Gruppe stehen immer noch in Verdacht, den Geldautomaten in Büderich gesprengt und Frank Breimann getötet zu haben. Und jetzt suchen wir in allen Häusern nach Beweisen. Vierbeinige Helfer wie Bella werden alles ans Licht bringen, glauben Sie mir.«

»Was für ein Alptraum.«

Vielleicht half ein weiterer Schock. »Was haben Sie eigentlich gedacht, was Ihr Mann hinter der Tür im Keller verbirgt?«

»Na, irgendwelchen Männerkram, Pornos oder Filme. Manchmal verschwand er stundenlang da unten und wirkte sehr zufrieden, wenn er wieder auftauchte.«

»Da liegen Sie völlig falsch. Da unten lagern Waffen, mit denen man ein halbes Regiment ausrüsten kann. Unter anderem besitzt Ihr Mann zwei Pistolen der Art, mit der Breimann erschossen wurde. Wir nehmen gerade alles zur ballistischen Untersuchung mit.«

Grete Schollkämpers Augen weiteten sich voller Furcht. »Waffen? Das hätte ich nie gedacht. Und jetzt schleppen Sie alles aus dem Haus, und die Nachbarn gucken sich die Augen aus dem Kopf!«

»Ja, das tun sie wahrscheinlich. Aber alles, was mitgenommen wird, ist registriert und verpackt. Die können nicht viel erkennen.«

Es klopfte an der Tür. »Wir sind durch, nur noch dieser Raum.«

Nilsson antwortete, bevor er die Tür öffnete. »Warten Sie mit Bella am Eingang, bis wir im Wohnzimmer sind.«

»Okay.«

Nilsson ging gemeinsam mit Grete Schollkämper ins Wohnzimmer und schloss die Tür. Sie blickten in den kleinen Garten, der nicht viel mehr zu bieten hatte als plattierte Sitzflächen, unterbrochen von Schotter mit Kübeln.

Grete Schollkämper schaute zu Nilsson auf. »Er will das so. Einfach zu pflegen, und wenn wir wegfahren, braucht sich niemand zu kümmern.«

Durch die Tür hörten sie Bella aufbellen, einzelne Rufe des Hundeführers hallten dazwischen. Ein Ruf erreichte die beiden am Wohnzimmerfenster: »Fund!«, und Grete Schollkämper blickte angstvoller denn je.

***

Karins Tochter Hannah stand unvermittelt vor der Tür der Dromkes, sie hatte auf dem Heimweg von der Schule Mutters Auto in der Einfahrt gesehen und wollte wissen, was da los war. Karin wunderte sich darüber, dass niemand sie aufgehalten hatte; sie hatte dem Beamten, der vor der Einfahrt stand, einfach gesagt, sie wolle zu ihrer Mama, und der hatte wohl gemeint, sie gehöre zu Dromkes.

»Mama, was ist denn hier los? Was machst du hier?«

»Hannah, Schatz, das darf ich dir nicht sagen, ich bin im Dienst.«

»Haben Thilo und Maria denn was Böses getan?«

Karin nahm ihre Tochter bei der Schulter und führte sie zur Straße in Richtung ihres Hauses. »Das erkläre ich dir später mal, wenn ich Genaues weiß, versprochen.«

Hannah wirkte beleidigt, stieß Karins Hand von der Schulter, die ihre andere Hand dazu nutzte, Maarten anzurufen. »Komm raus«, sagte sie nur zu ihm.

Hannah motzte, wie sie es gern machte, um sich zu behaupten. »Mit Papa redest du immer über alles, mit mir nicht, das ist ungerecht.«

»Du weißt, dass es eine Menge Themen, gerade aus meinem

Beruf, gibt, die nicht für Kinderohren und die Köpfe zwischen den Ohren geeignet sind.«

Jetzt wurde Hannah laut. Man sah Gesichter hinter Gardinen und über Hecken schauen, alle waren nun aufmerksam geworden. »Ich weiß doch, dass es immer um Tote geht und um Menschen, die andere töten. Was ist denn passiert mit Thilo und Maria?«

»Es geht den beiden gut, ich bin hier, um zu ermitteln, und jetzt geh, Papa wartet schon.«

Maarten kam ihnen entgegengerannt. »Hannah, Schatz, was machst du denn?«

»Ich wollte wissen, warum Mama bei Thilo und Maria parkt, aber sie behandelt mich wieder wie ein kleines Kind und sagt mir nichts.«

Er sah seine Frau mit ernstem Blick an. Sie zuckte mit den Schultern und schaute den beiden nach, wie sie in der Haustür verschwanden. Dumm gelaufen.

Auf dem Rückweg zu Dromkes, nur zwei Grundstücke weiter, fühlte sie die Blicke aller Nachbarn in ihrem Nacken. Was sollte sie tun? Die beiden hatten sich selbst zuzuschreiben, was hier gerade ablief, Karin machte hier ihren Job.

Zu allem Überfluss stieg jetzt auch noch der rothaarige Hüne aus seinem Volvo und kam mit wenigen Schritten auf Karin zu. »Waren das gerade Mann und Tochter?«

»Ja, das gibt jetzt Ärger, weil die Mama, die mit Mord und Totschlag zu tun hat, gerade bei den Nachbarn beschäftigt ist, die doch so nett sind.«

»Möchtest du zurückgehen und eben mit ihr sprechen?«

»Das hat keinen Sinn. Wenn sie bockig ist und sich ungerecht behandelt fühlt, dann hält das stundenlang an. Ich werde am Abend noch mal versuchen, mit ihr zu reden.«

»Frauengespräch, ich verstehe.«

Gemeinsam gingen sie auf Dromkes Haustür zu, ein Nachbar geriet auf dem Rad ins Straucheln, weil er gucken musste, was da geschah, statt auf die Straße zu achten. Polizeieinsatz in Lüttingen Am Blauen Stein, das war schon eine Sensation.

Kurz vor der Tür hielt Nilsson sie auf. »Wir haben in Wesel zwei Handfeuerwaffen des Fabrikats gefunden, das wahrscheinlich in Büderich verwendet wurde.«

»Wenn das mal eine gute Nachricht ist.«

Karin wollte weitergehen, da hielt er sie am Handgelenk fest.

»Und da ist noch was. In der Abstellkammer der Küche ist der Spürhund auf Spuren von Sprengstoff gestoßen. Es war keiner mehr da, er muss aber nachweislich dort in einem Werkzeugkasten gelagert worden sein.«

»Dann haben wir Schollkämpers am Wickel.«

»Abwarten, was die Ballistik sagt. Oder meinst du, er ist so blöd, dass er eine benutzte Waffe wieder fein säuberlich in seine Sammlung zurücklegt, als wäre nichts geschehen?«

Karin sah Nilsson an, wie immer, wenn sie neben ihm stand, mit einer ziemlichen Verrenkung des Nackens. »Wer Sprengstoff in einer Abstellkammer in der Küche aufbewahrt, dem traue ich einiges zu.«

Nilsson nickte, wobei sein roter Haarschopf mitwippte. »Du hast recht, warten wir es ab. Gibt es hier neue Erkenntnisse?«

»Abgesehen davon, dass dies die am penibelsten aufgeräumte Hütte ist, die ich in meinem ganzen Leben besucht oder durchsucht habe, nichts. Du kannst es dir nicht vorstellen, Besteck aufeinander, alles auf Kante, egal ob Zeitschriften, Unterwäsche oder Teller im Schrank.« Karin winkte ihn zu sich herunter, damit sie leise weitersprechen konnte.

»Kein Stäubchen, und wenn gleich die Suchhunde kommen, wird Maria durchdrehen. Sie schaut ständig unseren Leuten auf die Finger und auf die Füße, bloß nichts ins Haus schleppen. Und dann noch die berühmte niederrheinische Sorge, was die Nachbarn denken könnten. In der Situation hat meine Tochter gerade noch gefehlt. Und bestimmt bin ich nachher die Böse, die den Dromkes Übles will, weil ich ja erst relativ kurz hier lebe und die beiden aus dörflichen Dynastien stammen. Hier zählt erst mal die Herkunft und dann der Charakter.«

»Ach was, du wirst sehen, man wird dich verstehen.«

Ein weiterer Wagen hielt vor dem Haus, eine Hundeführerin holte ein Tier aus dem artgerecht ausgestatteten Kofferraum, einen braunen Weimaraner-Rüden. In einem kurzen Gespräch teilte die Beamtin mit, dass ihr Tasko dafür zuständig sei, Banknoten zu finden.

»Wir kommen gerade aus Wesel, negativ. Der Kollege mit Bella geht eben am See einmal Gassi mit ihr, dann kommen die beiden her.«

Sie wandte sich an den Hund. »Tasko, Einsatz.«

Er lief aufmerksam und sehr elegant neben ihr her, beide verschwanden im Haus. »Such.«

Gleichzeitig hörten sie die Stimme von Maria Dromke, die heftig gegen das Eindringen des Hundes in ihr Haus protestierte. Das sei eine Schweinerei, Hundepfoten auf ihren Teppichen, die müsste sie alle reinigen, was das für eine Arbeit sei, und raus aus dem Schlafzimmer, das gehe überhaupt nicht, ihr Mann habe eine Allergie, und lassen Sie die Schranktüren zu, nein, nicht auf das Bett springen, die Pfoten und die Nase, überall müsse sie putzen und neu beziehen, wer denn die Reinigungskosten übernehmen würde.

Zwischendurch hörte man ruhig und bedacht die Stimme der Hundeführerin, die ihren Tasko immer wieder mit einem »Such, ja, gut so« anfeuerte.

Maria Dromke ließ nicht vom Lamentieren ab, erst als Tasko aufgeregt und freudig bellte, wurde sie still. Auch hier deutete die Meldung »Fund« den Erfolg an. Nilsson und Karin Krafft folgten dem freudigen Gebell, das nun mit lobenden Worten beendet wurde.

Sie fanden das Team im ausgebauten Dach, einem Arbeitszimmer mit Blick auf den See. Eine Schiebetür war geöffnet, gab den Blick in den Schrankraum frei, der in die Dachschräge gebaut worden war. Ganz tief im untersten Eck ließ sich die Wandverkleidung lösen, dahinter lagen einige Geldbündel. Ein Beamter der Spurensicherung nahm sie heraus und verpackte sie in eine Kunststoffhülle.

Karin nahm sie zur Hand und betrachtete das Geld, während Maria Dromke, endlich mal sprachlos, im Türrahmen stand. Karin sprach zu Nilsson und beachtete, dass sie sich in Anwesenheit Dritter siezten. Es war klar, wen sie eigentlich meinte.

»Da hat sie uns den Schlüssel für den Wandsafe gegeben, uns gezeigt, hinter welchem Gemälde er sich befindet, ganz freiwillig, und selbst diese Schränke hier sind schon durchsucht worden. Bitte, du kannst überall hineinschauen, alles kein Problem, hat sie gesagt, nachdem die erste Scham über die Meinung der Nachbarn überwunden war. Herr Staatsanwalt, Frau Dromke war sehr kooperativ, bis der Hund das Haus betrat, das haben Sie ja selbst vor der Tür gehört. Sie wollte nicht, dass der brave Tasko sich bis ins Dach und in diesen Schrank vorschnüffelt.«

Sie hielt Nilsson die Hülle vor die Augen. »Was meinen Sie? Sind das dreitausend Euro aus dem Banksafe in Dinslaken, oder stammt das Geld vielleicht aus der Automatensprengung in Büderich?«

»Das werden unsere Fachleute von der Spurensicherung ermitteln. Danke, Hauptkommissarin Krafft, gute Arbeit.«

✳✳✳

Zur großen Lagebesprechung um siebzehn Uhr hatte der Staatsanwalt auch die Behördenchefin van den Berg gebeten, die sich in den letzten Tagen erstaunlicherweise zurückgehalten hatte. Offenbar schien sie dem Neuen eine große Kompetenz zuzuschreiben, und da er in Gesprächen am Rande immer wieder erwähnte, wie zufrieden er mit der Arbeit des K1 sei, nahm sie in diesem Fall Abstand von ihrem gewohnten Kontrollzwang und setzte sich entspannt wie selten zuvor in den Besprechungsraum.

Karin Krafft hatte die vorliegenden Ergebnisse an Tom Weber weitergereicht, der ein kompaktes Protokoll angefertigt hatte. Die Ergebnisse der Durchsuchungen, die bereits vorlagen, waren mit eingefügt. Die Hauptkommissarin war zufrieden.

»Wir warten noch auf das Ergebnis der ballistischen Untersuchungen, zwei Waffen im Arsenal von Heinz Schollkämper sind von der gleichen Marke wie die Tatwaffe. In den Häusern der verdächtigen Eheleute Schollkämper und Dromke wurden Beweismittel sichergestellt, die es zuließen, dass der Haftrichter die Untersuchungshaft für die Männer anordnete. Im Haus von Lotte Plaat und in der Wohnung von Kim Feenstra wurde nichts Verdächtiges gefunden, jedenfalls nichts, was auf den Fall hinweist. Kim Feenstra hatte zwei Gramm Haschisch über den persönlichen Bedarf hinaus in einer Keramikdose versteckt, behauptete aber, das sei der Bedarf ihrer Großmutter.«

Gelächter in den Reihen der Kommissare war zu hören.

»Die alte Lotte, genial. Die nimmt kein Blatt vor den Mund und genießt ihr Leben in vollen Zügen.«

Karin fuhr fort. »Alle Mitglieder dieser Gruppe scheinen sich abgesprochen zu haben, welche Inhalte sie preisgeben. Zu bemerken ist ein gruppeninterner Konflikt zwischen den Frauen und den Männern. Die Frauen nutzten hauswirtschaftliche Möglichkeiten, um Breimann auf nette Art und Weise zum Reden zu bringen, zusätzlich boten sie dem Entführten Sex, der anscheinend so beeindruckend war, dass er das Versteck des restlichen Geldes preisgab.«

Van den Berg meldete sich mit einer Zwischenfrage: »Soll das heißen, sie engagierten eine Sexarbeiterin für ihn?«

»Nein, das übernahm die Jüngste der Gruppe, die nicht sehr hell im Kopf, dafür aber körperlich sehr freizügig agiert.«

»Wie planen Sie die weitere Vorgehensweise?«

Aaron Nilsson antwortete: »Das Team hat sich bestens aufgeteilt, um alle gleichzeitig zu vernehmen. Bislang können wir nur nachweisen, dass die Männer im zerstörten Kassenraum der Bankfiliale gewesen sind, bei einem wurde Sprengstoff durch einen Suchhund erschnüffelt, jedoch nichts sichergestellt, beim anderen lagen dreitausend Euro in einem Versteck, das Geld wird gerade noch auf Staubpartikel und Fingerabdrücke untersucht, beides ist sehr aufwendig. Außerdem wurde die Anwesenheit aller Beteiligten in einem leer stehenden Haus nachgewiesen, in dem der Getötete mehr als zwei Wochen festgehalten wurde. Ich bin dafür, dass die Vernehmungen in der gleichen Art weitergeführt werden wie bisher. Morgen werden die Untersuchungsergebnisse auf dem Tisch liegen, mit denen die Personen im Laufe des Tages konfrontiert werden sollten. Wir werden sie zumindest wegen Freiheitsberaubung und Hausfriedensbruchs vor Gericht sehen. Und sollten sie noch mehr verbrochen haben, dann findet das Kommissariat 1 das in den nächsten Tagen heraus, Frau van den Berg.«

Die Behördenchefin wies noch darauf hin, dass so schnell wie möglich eine Pressekonferenz stattfinden müsse, die Öffentlichkeit habe das Recht auf Information.

Der Staatsanwalt widersprach. »Ich finde, dass Ihr erstklassiges Team sich auf die Vernehmungen konzentrieren sollte, statt sich der Pressemeute zu stellen. Das kann warten, bis es ein Ergebnis gibt.«

Karin schaute ihn voller Dankbarkeit an. Nilsson brachte frischen Wind in die Kreispolizeibehörde, und sein Charme wickelte sogar die sonst so starr funktionierende Behördenchefin um den Finger, die lächelnd an seinen Lippen hing. Oder war es seine mützenartige Haarpracht, die sie immer wieder zu ihm schauen ließ? Egal. Eine vertagte Pressekonferenz, das war noch nie passiert.

Morgen würde es Ergebnisse geben, da war die Hauptkommissarin sich sicher.

✳ ✳ ✳

Maarten wartete schon vor dem Haus auf Karin. Er war besorgt über das Verhalten ihrer Tochter, die sich noch immer nicht über den Einsatz ihrer Mutter im Nachbarhaus beruhigen konnte.

»Sie sitzt noch oben und schreibt Briefe.«

»Briefe? An wen?«

Beide gingen um das Haus herum in den Garten.

»Einer wird dich mit voller Härte treffen, denn heute will sie nicht, dass ihre Mama zum Gutenachtkuss in ihr Zimmer kommt. Der zweite geht wohl an Thilo, dem sie schreibt, dass sie nie so gemein zu ihm sein wird wie du und sie sich schon darauf freut, wenn er zu Sankt Martin wieder die Fackeln verteilt, weil sie ja in diesem Jahr eine tragen darf. Das hat er ihr versprochen.«

Karin sank in einen Gartenstuhl. »Ich habe nicht gewusst, dass unsere Nachbarn eine so große Bedeutung für sie haben. Hat sie mit dir darüber gesprochen, dass sie eine Fackel tragen darf? Das wusste ich auch nicht, damit hat er sie bei ihrer Faszination für Feuer erwischt. Oh Mann, da habe ich einen ihrer Alltagshelden verhaftet.«

»Echt? Ich habe Licht drüben gesehen und dachte, dass beide wieder da sind.«

»Die Haftrichterin in Dinslaken hat heute Haftbefehle für die beiden Männer in dem Fall ausgestellt, weil als gesicherte Beweise Fingerabdrücke von beiden in dem zerstörten Kassenraum gefunden wurden. Und zwar an Stellen, die man nicht berührt, wenn man einfach nur Geld abhebt. Die Ergebnisse von Funden bei den Hausdurchsuchungen werden morgen zeigen, ob wir die Frauen auch verhaften.«

Maarten horchte auf. »Es gab also mehrere Durchsuchungen?«

»Ja, bei jeder verdächtigen Person.«

»Aber Karin, warum musstest du dann ausgerechnet hier in deiner Nachbarschaft dabei sein?«

Karin richtete sich auf. »Höre ich da Kritik an meiner Arbeit? Und das von meinem Mann?«

»Versteh mich bitte richtig, alle haben gesehen, dass du in dem Haus warst, alle haben deine Auseinandersetzung mit Hannah erlebt, ich wollte dir nur ganz schonend mitteilen, dass du heute hier in der Straße die A-Karte gezogen hast.«

Karin stand auf, war erzürnt und ging in Richtung Terrassentür. »Und? Was soll ich deiner Meinung nach jetzt machen?

In Sack und Asche gehen oder wegziehen? Ich werde meinen Einsatz hier nicht rechtfertigen. Das machst du auch nicht, wenn irgendwo hier in der Gegend eine Baugrube ausgehoben wird und du mit deinen archäologischen Kenntnissen wochenlang den Bau behinderst, weil erst mal alles gesichert werden muss, was römischen Ursprungs ist. Da stehst du auch im Fokus, ich käme aber niemals auf die Idee, dich deshalb zu kritisieren.«

Mit geöffneten Armen kam Maarten hinter ihr her. »Karin, das will ich auch gar nicht, aber ich habe schon darüber nachgedacht, ob die tragische Begegnung zwischen dir und Hannah heute nicht zu verhindern gewesen wäre.«

»Nein, es war nicht zu ändern, im Gegenteil, ich wollte Maria einen Gefallen erweisen und habe sie in meinem Auto mitgenommen, die war so nervös. Das ist mein Job, und der führte mich heute ausnahmsweise in die Nachbarschaft. Es gab keine Verhaftung in Handschellen, Maria ist daheim und putzt jetzt wahrscheinlich wie wild das Haus, weil ein Haufen Fremder ihre Ordnung durcheinandergewirbelt hat. Und ja, alle standen sie hinter der Gardine oder hinter der Hecke, wie immer. Wahrscheinlich hört jetzt auch gerade jemand zu. Du kennst den Spruch: Was der liebe Gott nicht sieht, das sieht der Nachbar. Und damit müssen alle klarkommen, auch meine Tochter. Und leider muss sie auch damit zurechtkommen, dass unser lieber Nachbar Thilo nicht nur nett ist, sondern auch gegen geltende Gesetze verstoßen hat. Ich werde nachher hochgehen und es ihr erklären.«

»Mach das bitte nicht, sie will dich echt nicht sehen. Lass sie schreiben und antworte auf den Brief, ich glaube, das ist im Moment die bessere Strategie.«

Karin schob die Terrassentür wieder zu, die sie einen Spaltbreit geöffnet hatte und aus der eine Hundenase lugte, die sie vorsichtig zurückbugsierte. »Du bist jetzt noch gar nicht dran, Woodstock.«

Sie ging langsam auf Maarten zu und hockte sich auf die Lehne seines Gartenstuhls.

Er strich ihr eine Haarsträhne aus dem Gesicht. »Manchmal ist dein Job ein Scheißjob, oder?«

Karin nickte matt. »Aber ich will ihn um nichts auf der Welt mit feuchten oder staubigen Baugruben tauschen, in denen ich Keramikstückchen, Metallteile und Knochen finden soll.«

Maarten lachte. »Nee, du findest lieber zerbrochene Träume, Leichenteile und Waffen.«

»Alles Menschliche aus der Gegenwart.«

»Ich stehe eben auf. Pass auf, nicht dass du vom Stuhl fällst.«

Karin setzte sich wieder an den Tisch, auf dem noch die Kerzengläser des Vorabends standen. »Holst du Wein?«

»Mach ich. Zündest du schon mal die Kerzen an?«

Schon schob er die Tür zurück, und Woodstock stürmte in den Garten und stieg Karin mit den Vorderpfoten auf den Schoß, begrüßte sie schwanzwedelnd.

»Na, mein Guter? Wenigstens einer, der mich heute hier stürmisch begrüßt.«

ACHT

In dem Augenblick, als Burmeester die Tür zu ihrem Büro öffnete, warf die Hauptkommissarin die Mappe mit dem ballistischen Bericht mit Schwung auf ihren Schreibtisch. »Das gibt es doch nicht!«

Burmeester blieb vorsichthalber auf Distanz. »Was ist los?«

»Der Bericht ist negativ. Keine der eingereichten Waffen ist identisch mit der Tatwaffe, das haben die Vergleiche der abgefeuerten Patronen eindeutig ergeben.«

»Sind denn alle Waffenbesitzkarten überprüft worden? Es kann doch sein, dass er noch eine zusätzliche Pistole hatte, die er längst entsorgt hat.«

»Das ist schon überprüft worden, die Karten und die Waffen stimmen überein, mehr ist nicht registriert unter seinem Namen. Da ist der werte Herr Schollkämper ganz gesetzestreu, so ganz anders als im Fall Breimann.«

Burmeester wies zur Tür. »Komm mit zu meinem Thinktank, zum ollen Schreibtisch, Gero bringt schon die Kaffeebecher rüber.«

Karin blickte hoch, sah ihn zum ersten Mal bewusst und grinste. »Wie siehst du heute wieder aus? Grünes Poloshirt, Hose im orangeroten Batiklook, ist deine Frau etwa nicht zu Hause?«

Er drehte sich einmal um die eigene Achse, um seine ganze bunte Pracht zu präsentieren. »Sie ist für drei Tage mit Freundinnen zum Shoppen nach München gefahren. Die wollen nachholen, was während der Coronakrise nicht möglich war. Und ich habe immer noch einen Sack mit Lieblingsklamotten im Keller gebunkert. Es gibt jetzt drei Tage Nikolas in natura.«

Die Hauptkommissarin griff die Mappe, und beide wechselten den Raum. Die morgendliche Besprechung rund um seinen alten und, wie Karin fand, hübsch-hässlichen Schreibtisch war zur Gewohnheit geworden. Die anderen Kollegen saßen schon da, Gero von Aha wie immer auf der Kante des Ungetüms.

»Ich habe schon gehört, dass die Ballistik den Verdacht nicht bestätigen konnte. Heierbeck ist gleich mit der Untersuchung der Geldscheine fertig und ruft durch. Das Ergebnis der Durchsuchungen ist bis jetzt ziemlich mager im Vergleich zum Aufwand.«

Karin hielt sich die Hände vor das Gesicht. »Ja, und meine Tochter spricht nicht mehr mit mir, weil ich das Image ihrer nachbarschaftlichen Idole angekratzt habe.«

»Oh, dicke Luft?«

Karin berichtete kurz von dem Vorfall und den Konsequenzen, ging dann flott zur Tagesordnung über.

»Die PC werden noch ausgewertet, genauso wie die Spuren auf dem Geld. Das ist alles. Ich finde, wir sollten die Taktik ändern, wenn wir weiterhin keine belastenden Ergebnisse außer den Prints in Büderich vorliegen haben.«

Tom Weber hakte nach. »Du meinst, wir sollen sie im Dunkeln lassen?«

Karin schmunzelte. »Genau das meine ich. Die sechs Männer und Frauen haben noch keine Ahnung von den Ergebnissen. Wenn die Frauen gleich ankommen, dann lassen wir allen zusammen zehn Minuten zur Begrüßung im überwachten Raum, schauen und hören uns an, was sie zu sagen haben. Ich finde, wir sollten in gleicher Besetzung wie in den letzten Tagen in die Vernehmungen gehen, mit einem entscheidenden Unterschied. Jeder nimmt eine dicke Mappe mit, in die wird ab und zu mal stirnrunzelnd hineingeschaut. Und kontrolliert regelmäßig Nachrichten auf den Smartphones. Wir machen sie nervös. Ich will endlich wissen, was da passiert ist. Wer den Breimann erst getötet und dann vor den Automaten gelehnt hat, um damit alle Spuren zu vernichten. Versteht ihr? Ich will nicht nur wissen, wer geschossen hat, ich will auch wissen, wer diese perfide Idee durchgeführt hat, einen Toten vor einem Automaten einzuklemmen, der wenig später gesprengt werden würde, ich will wissen, ob das geplant war oder aus der Situation heraus so abgelaufen ist. Für Letzteres spricht die Nutzung der Warnbake.«

Sie hielt inne, sagte dann mit Bedacht: »Die hagere Kim Feenstra und die gebrechliche Lotte Plaat schließe ich dabei aus, die sind beide nicht in der Lage, einen erwachsenen Mann ohne jede Körperspannung zu transportieren oder gar aufzurichten. Lenkt euer Augenmerk auf die anderen vier und macht sie so richtig nervös. Kurze Pause nach zwei Stunden, die sie wieder alle zusammen in dem überwachten Raum verbringen. Bevor wir anfangen, möchte ich, dass die Kameras in dem Raum ausgestellt und gegen eine andere Art der Aufnahme ersetzt werden.«

Jerry Patalon beugte sich vor, um Karin anzuschauen. »Warum soll das geschehen?«

»Ganz einfach, Heinz Schollkämper dreht sich immer um und sieht die grünen Lichter an den Kameras, die in Funktion sind. Dann weiß er, dass aufgezeichnet wird, und gibt nur Zeichen, flüstert. Ich will, dass er sich sicher fühlt. Setzt euch mit den Fachleuten von der Technik in Verbindung, die kennen alle Möglichkeiten.«

Der praktisch denkende Gero von Aha kam mit einer einfachen Idee daher. »Ein kleiner schwarzer Tupfer Acrylfarbe auf den grünen Lämpchen tut es bestimmt schon. Das lässt sich im Anschluss leicht wieder entfernen. Marlene bemalt momentan Steine zum Auslegen, Niederrhein-Rocks, ihr habt vielleicht schon davon gehört. Die Farben und Pinsel stehen bei mir, weil sie das Licht im Dach so schön findet. Ich kann das Material schnell holen.«

Tom Weber äußerte seine Zweifel, ob dieser Trick nicht durchschaut werden würde und, wenn er herauskäme, vielleicht sogar die Aussagen unwirksam machen würde.

Die Hauptkommissarin winkte ab. »Erstens haben sie die Einwilligung am ersten Tag unterschrieben, zweitens wissen sie, dass der Spiegel von der anderen Seite durchsichtig ist und wir sie eh direkt beobachten, und drittens muss die Aktion ja nirgendwo im Protokoll auftauchen.«

Von Aha griff seine Jacke und stand schon an der Tür. »Gebt mir eine Viertelstunde.«

»Gero, sag noch schnell, was ist mit dem Anwalt? Hat Schollkämper jemanden beauftragt?«

Von Aha verneinte. »Alles heiße Luft. Der ist von seiner Unschuld überzeugt. Ich kann es nicht begreifen, der sitzt in U-Haft und ist felsenfest davon überzeugt, dass er als freier Mann davonkommt. Bis gleich.«

**

Zu viert saßen sie an dem Tisch vor der Spiegelscheibe, Maria Dromke und Grete Schollkämper erzählten aufgeregt von den Durchsuchungen in ihren Häusern, Lotte Plaat lachte nur darüber.

»Ihr hättet das Gesicht sehen sollen, als das Jungchen meine Schublade mit den Dessous gefunden hat. Der schaute mich an wie das siebte Weltwunder. Als höre der Sex mit der Wirkung der Schwerkraft auf bestimmte Körperteile auf. Jungchen, habe ich gesagt, das Zeugs kann man in jedem Alter gut gebrauchen. Und bei Kim haben sie sich über ein wenig Gras aufgeregt.«

»Ja, Oma, aber ich habe ihnen gesagt, dass ich deinen Vorrat immer aufbewahre, ich glaube, die haben das nicht so ernst genommen. Aber die Hunde waren süß, oder? Besonders die Bella, die hat mir gut gefallen.«

Für Maria Dromke ein Reizthema. »Hör mir bloß auf. Ich habe die ganze Nacht geputzt, um die Spuren von dem Vieh wieder zu entfernen.«

Weiter kam sie nicht, die Tür öffnete sich, und die beiden Männer betraten den Raum. Wie Karin vorhergesagt hatte, schaute Schollkämper, der sichtlich mitgenommen aussah, sofort zu den Kameras in den Deckenwinkeln.

Er grinste. »Da schau her, heute betrachten sie uns nur durch die Scheibe, wie die Affen im Zoo, die Technik ist anscheinend ausgefallen. Mal nicht gefilmt und belauscht werden, das gefällt mir.«

Hinter dem Spiegel reckte von Aha seinen Daumen hoch, Karin nickte.

»Dann setze ich mich mal so, dass keiner von meinen Lippen ablesen kann. Kommt, rückt zusammen, wir überlisten sie heute mal.«

Kim Feenstra wollte nicht neben ihm sitzen, wechselte die Tischseite, auch sie schien sich unbeobachtet zu fühlen. »Neben dir will ich nicht sitzen, du bist ein brutaler Arsch, und endlich kann ich dir das mal sagen, ohne dass du reagieren kannst.«

Schollkämper sendete eine Drohgebärde über den Tisch. »Sei vorsichtig, du kleines Luder.«

Lotte Plaat schlichtete. »Jetzt ist mal gut. Was hast du uns zu sagen?«

»Wir machen alles richtig. Zwar sitzen Thilo und ich wegen der Fingerabdrücke in U-Haft, aber mehr werden die auch gestern nicht gefunden haben, sonst hätten sie euch auch gleich mitgenommen. Wichtig ist jetzt, dass wir alle bei unserer Strategie bleiben, dann fällt auch keiner aus dem Boot. Habt ihr gehört?«

Alle nickten, Maria Dromke wollte anscheinend etwas dazu sagen, wurde aber von ihrem Mann gestoppt, bevor ein Wort über ihre Lippen kam. »Du sagst jetzt nichts, dir könnte man es vom Gesicht ablesen. Sag nichts, Maria. Du weißt, worum es geht und was wir abgesprochen haben?«

Sie nickte, Schollkämper fuhr fort.

»Gut. Sie werden uns nichts beweisen können, glaubt mir. Wenn alles wie abgesprochen läuft, dann werden wir in ein paar Tagen alle wieder draußen sein und nicht mehr hierherzitiert werden.«

Karin gab das Zeichen, dass sie genug gehört hatten. »Das ist der Beweis. Sie haben sich, wie vermutet, abgesprochen.«

Von Aha bestätigte. »Sie haben uns bloß nicht verraten, wie ihre Strategie aussieht. Was meinst du, was sie vorhaben? Noch tagelang zu leugnen?«

»Nein, nein, sie teilen uns ja täglich weitere Details mit. Das wird auch weiterhin der Fall sein. Los, lasst uns hören, was sie uns heute preisgeben.«

✳✳✳

Vernehmung der Frauen Dromke, Schollkämper, Plaat und Feenstra, anwesend KHK Krafft und KK Burmeester

Karin Krafft legte den Pappordner mit Bedacht vor sich auf den Tisch, die untere Kante parallel zur Tischkante, und setzte sich langsam exakt davor. Sie gab sich eine Spur versöhnlich, aber auch unbeugsam und streng.

»Ich hoffe, Sie haben die Unannehmlichkeiten des gestrigen Tages gut überstanden? Unser Team war äußerst vorsichtig, wie ich selbst erleben konnte. Normalerweise sehen die Wohnungen nach einer Durchsuchung aus, als wäre ein Orkan durch das Haus gezogen.«

Maria Dromke nahm den Faden auf. »Ja, genau so sah es auch bei mir aus, als hätten hier die Vandalen gehaust. Bis alles wieder gerichtet war, das hat gedauert. Ich habe nur drei Stunden geschlafen in der letzten Nacht.«

Karin reagierte ruhig und gelassen. »Das ist deine persönliche Angelegenheit, dein Haus war in einwandfrei gutem Zustand, als wir es verließen. Ich habe extra Fotos gemacht, um dies zu belegen. Möchtest du, dass ich sie herumreiche?« Sie griff zu der Mappe und begann zu blättern.

»Nein, nein, schon gut.«

»Sie alle wissen, dass wir gestern diverse Spuren gesichert haben, die noch in der Auswertung sind. Manche Ergebnisse liegen uns bereits vor und sind am Morgen in unserem Team besprochen worden, und wir sind sehr gespannt, was Sie uns heute erzählen werden. Ich appelliere an Ihre Freiwilligkeit. Je mehr Sie uns aus freien Stücken berichten, desto mehr Einfluss kann das auf ein eventuelles Strafmaß nehmen.«

Schweigen. Sie hatte den Nerv getroffen.

Lotte Plaat befreite sich als Erste aus der Wortlosigkeit.

»Was soll das denn heißen? Strafmaß. Wir haben uns nichts vorzuwerfen. Der eigentliche Verbrecher saß bei uns in seinem Zimmer und konnte vierzehn Tage kein weiteres Unheil anrichten. Wieso soll es für uns ein Strafmaß geben?« Sie zog das Wort in die Länge und gab ihm ein rollendes »r« und ein gefährlich zischendes Ende. Strrraafffmaßßß.

Burmeester schaute auf sein Smartphone und reichte es an Karin Krafft weiter. Die las Sekunden, ein, zwei Minuten lang, nickte dann und gab es ihm zurück. Aus dem Augenwinkel sah sie die erste Schweißperle auf der Stirn von Maria Dromke. Wenn hier eine der Frauen den Drang verspüren sollte, sich zu offenbaren, war das mit aller Wahrscheinlichkeit Maria.

»Was geschah nach dem missglückten Versuch, Ihr Geld im Banksafe in Dinslaken zu finden? Sie waren eine Stunde am Rhein, kehrten zurück und besprachen die neue Vorgehensweise. Was war Ihr neuer Plan?«

Nur Lotte Plaat schien die Sprache nicht verloren zu haben. »Ach, Kindchen, es war schwierig wie immer, auf einen Nenner zu kommen. Klar war, dass wir alle glaubten, er habe noch irgendwo Geld gebunkert. Der eine wollte nun brutale Kloppe, die anderen lehnten es ab, die anderen schlugen vor, ihn mit furchtbaren Speisen zu vergrätzen, die einen lehnten es ab. So ging es eine Weile sehr hitzig hin und her. Immer waren die Männer anderer Meinung als die Frauen, und Heinz erweckte den Anschein, dass ihm unsere Vereinbarung des Mehrheitsentscheids langsam auf den Geist ging. Ich weiß nicht mehr, wie lange wir da draußen diskutiert haben, ohne zu einem Ergebnis zu kommen. Ich weiß nur, dass es kalt wurde und anstrengend, dass Kim mir einen Stuhl holte und Grete von einem Bein auf das andere wechselte, dass es dunkel wurde und die Mücken aus der Issel uns umschwirrten.«

Grete unterbrach sie, indem sie ihr eine Hand auf den Unterarm legte. »Du vergisst, dass es am Ende doch eine Einigung gab. Heinz wollte auf keinen Fall mit der Suche aufhören. Da gab es Einstimmigkeit. Wir glaubten alle daran, dass der Mann nicht das viele Geld ausgegeben haben konnte. Weitermachen, ihn täglich befragen, schroff und unhöflich sein, nichts anderes mit ihm besprechen, nur noch drei Zigaretten am Tag, kein Fernsehen mehr. Ab jetzt gab es Dosenkost und Toastbrot. Er sollte darben, um endlich den Mund aufzumachen. Das wollte Lotte nicht hören, deshalb hat sie es gerade nicht erwähnt. Noch am Abend haben wir die frischen Vorräte aufgeteilt und mitgenommen, am nächsten Morgen gab es, wenn überhaupt, schlappen Toast mit Marmelade statt Fürstenfrühstück. Wir waren davon überzeugt, dass es klappen würde. Frank würde reden.«

Kim fügte noch hinzu, dass sie ein paarmal in knapper Kleidung in sein Zimmer gegangen ist. »Ich habe den so richtig heißgemacht, der hat fast gejault vor Lust und dann geheult vor Frust, wenn ich die Tür von außen zugesperrt habe. Keine vierundzwanzig Stunden, und der war total fertig.«

Maria mischte sich wieder ein. »Du bist aber auch ein Luder, ehrlich. Karin, du hättest sehen sollen, was die alles angestellt hat. Ich war immer froh, dass Heinz und Thilo nicht anwesend waren, wenn sie ihren Liebeszauber veranstaltete. Manchmal lief sie halb nackt durch das Haus, machte die Tür zum Bau auf und wieder zu, auf, zu, ich mag nicht erzählen, wie sie sich in Position stellte. Frank stand hinter der Tür und trommelte dagegen. ›Kim, wo ist Kim, sie soll doch herkommen.‹ Der wimmerte regelrecht.«

Die Hauptkommissarin reagierte auf ein Signal ihres Smartphones, nahm es auf. Es war der Bericht von Heierbeck.

Sie las lange, stumm, interessiert, obwohl der Inhalt eher enttäuschend war. Heierbeck hatte auf den Scheinen, neben unbekannten, nur die Abdrücke von Breimann und Thilo Dromke sichern können. Kein Staub von der Sprengung, nichts. Völlig belanglos. Sie schaute ernst in die Runde und reichte das Handy an Burmeester weiter, der mit hochgezogener Stirn las, während Karin sich eine Notiz in die Mappe schrieb.

Die Frauen wagten kaum, zu atmen, niemand durchbrach diese angespannte Stille. Karin Krafft ließ sich Zeit.

Schließlich war es Lotte, die sich regte. »Mein Gott, Kindchen, nun sag schon, was du gerade erfahren hast.«

Karin ließ sich nicht beirren und gab der Stille noch eine Minute Raum, bevor sie sich zurücklehnte und jeder Frau in die Augen schaute. »Es ist besser, wir erfahren von Ihnen, was geschehen ist.«

✳✳✳

Vernehmung Heinz Schollkämper, anwesend KHK von Aha und KHK Weber

Die beiden Hauptkommissare betraten den Raum, von Aha ließ die Pappmappe mit einem klatschenden Geräusch auf den Tisch knallen, schob seinen Stuhl unwirsch in Position, stützte die Unterarme auf die Mappe, verschränkte die Finger und schaute sein Gegenüber mit ernstem Blick an. »Wo ist Ihr Anwalt, Herr Schollkämper?«

Schollkämper reagierte, wie von Aha es sich ausgerechnet hatte, ablehnend und schroff. »Ich habe mich dagegen entschieden, weil ich fest damit rechne, dass dieses unselige Szenario hier bald ein Ende hat.«

»Wenn Sie da mal nicht völlig falschliegen. Sie haben eine beachtliche Waffensammlung. Wozu brauchen Sie diese Gewehre, Pistolen und Revolver?«

»Das geht Sie gar nichts an! Das ist einzig und allein mein Ding.«

»Sie wissen, dass wir zwei Ihrer Waffen zur ballistischen Untersuchung mitgenommen haben?«

»Die können Sie doppelt und dreifach überprüfen, die sind alle legal, registriert und waren nie an einer Straftat beteiligt.«

Tom Weber schaute auf sein Handy und reichte es von Aha, der eine Nachricht zu lesen schien und anschließend eine kurze Notiz in seine Mappe schob.

»So, machen wir mal weiter. Sie wissen, dass wir zwei Hunde durch Ihr Haus haben laufen lassen?«

»Sie haben mich darauf vorbereitet, ja. Grete wird nicht begeistert gewesen sein, die hat Angst vor Hunden.«

»Unsere Hunde sind für die Suche nach vielfältigen Dingen abgerichtet, sie finden lebende und tote Menschen, Geldscheine, elektronische Geräte, Gold. Und jetzt dürfen Sie raten, was die Malinois-Hündin Bella bei Ihnen gefunden hat.«

Siegessicher lehnte Schollkämper sich zurück, ein Ihr-könnt-mir-gar-nichts-Lächeln umspielte seine Mundwinkel. »Nichts hat der Köter gefunden, gar nichts. Und das macht Sie so wütend, richtig?«

Sein Oberkörper schnellte vor, er beugte sich in Richtung des Hauptkommissars. »Weil Sie mir nichts nachweisen können, steigt die Wut über das eigene Versagen.«

Von Aha öffnete betont ruhig die Mappe, blätterte zwei, drei Seiten zurück, las, schaute Schollkämper über den Rand seiner Hornbrille an. »Sie rechnen also damit, dass wir Ihnen nichts nachweisen können?«

»Genau. Endlich haben Sie es verstanden.«

Wieder blickte der Hauptkommissar in die Mappe. »Ich bin davon überzeugt, dass es etwas, wie Sie sagen, ›nachzuweisen‹ gibt, Ihre Freude über den derzeitigen Sachstand hat mich gerade in diesem Punkt bestätigt.«

»So ein Quatsch!«

Tom Weber übernahm. »Mein Kollege hat gerade nicht alle Materialien erwähnt, auf die unsere Spürhunde abgerichtet sind. Bella ist fündig geworden bei Ihnen. Ihre spezielle Fähigkeit ist in dieser Zeit immer wichtiger geworden, sie wird geholt, wenn es um ungeklärte Situationen geht, in denen Sprengstoff eine Rolle spielt.«

Man sah Schollkämper an, dass er nachdachte. Er schwieg, das nutzte von Aha, um ihn vor vollendete Tatsachen zu stellen.

»Ich hatte meinen Kollegen und der Chefin prophezeit, dass wir etwas finden würden. Sagen Sie, war das nicht ein wenig riskant? Ihre ganzen Waffen waren im Keller doppelt weggesperrt, und den Sprengstoff lagern Sie im Werkzeugkasten in der Abstellkammer? Übrigens sind Funde von Suchhunden durchaus gerichtstaugliche Beweise.«

Er hatte Schollkämper erwischt, den harten Hund, den Befehlsgeber, Strammsteher. Der saß ihm gegenüber, fühlte sich überrumpelt und dachte nach.

»Hat Ihre Frau gewusst, dass sich neben dem Staubsauger und den Konserven mit unterschiedlichen Suppen und dem Gemüse ein höchst brisanter Inhalt befindet?«

»Nein. Und Sie haben nichts gefunden.«

Jetzt beugte von Aha sich vor und hob drohend den Zeigefinger. »Als Nachweis gilt, dass der Hund angeschlagen hat. Und jetzt erzählen Sie mir nicht wieder irgendeinen Scheiß über den Maulwurf, den Sie damit verjagt haben oder so. Schluss, Herr Schollkämper. Wo hatten Sie das Material her? Wir werden nachweisen, dass der gleiche Stoff in Büderich benutzt worden ist, um den Automaten, einen Teil des Wohnhauses und die Leiche von Breimann in die Luft zu jagen!«

Tom Weber tippte in sein Handy, von Ahas Gerät gab ein Signal, er nahm es auf.

Tom hatte eine WhatsApp-Nachricht geschrieben: »Kann man das wirklich nachweisen?«

Von Aha tippte schnell und energisch: »Ist mir scheißegal, schau dir den Mann an. Wir haben ihn.«

Er legte das Gerät beiseite, überzeugte sich völlig überflüssigerweise, aber sehr wirksam davon, dass das Mikrofon funktionierte. »So, Herr Schollkämper, wir hören.«

Schollkämper räusperte sich, das hatte er noch nie gemacht im Rahmen der Vernehmung. »Also, das war so.«

❖❖❖

Vernehmung Thilo Dromke, anwesend KHK Patalon

Dromke schien sich unwohl zu fühlen. Zwar hatte seine Frau ihm frische Kleidung und eine Kulturtasche mitgebracht, aber er gehörte anscheinend zu denen, die ohne gewohnte Ord-

nung nicht leben konnten, und die war nun durcheinandergewirbelt.

Jerry Patalon begann die Vernehmung wie die anderen
Kollegen, er legte ehrfürchtig die Pappmappe auf den Tisch,
rückte sie zurecht, legte sein Handy daneben, entschuldigte
sich noch dafür, dass er es in Bereitschaft halten müsse für
wichtige Ergebnisse.

»Herr Dromke, Sie sehen schlecht aus, haben Sie nicht gut
geschlafen?«

»Nein, ich gehöre zu denen, die immer ein eigenes Kopfkissen in der Reisetasche dabeihaben, egal, wohin die Reise
geht. Auf diesem Ding in der Zelle – mein Gott, was für ein
Wort – kann ich nicht schlafen.«

»Dann schauen wir doch mal, ob Sie an Ihrer Situation
etwas verändern können.«

»Wie meinen Sie das?«

»Na, wenn Ihnen heute einfällt, wie alles gewesen ist, dann
lässt sich ja vielleicht Haftverschonung erwirken. Ich kann
nichts versprechen, aber ich würde mit dem Staatsanwalt reden.«

Dromke rieb sich die Augen und glättete sein nicht sehr üp-
piges graues Haupthaar. Er versuchte es auf jeden Fall, indem
er mehrfach darüberstrich. Jerry erkannte, dass er kurz davor
war, jegliche Vereinbarung mit dem vermeintlichen Häuptling
Schollkämper zu kippen. Er musste ihn packen, bei der Verfassung, in der er sich gerade befand.

»Übrigens hat unser Einsatz in Lüttingen gestern für hohes
Entsetzen bei der Tochter von Frau Krafft gesorgt.«

»Hannah? Was ist mit Hannah?«

»Alles gut, sie hat ja rechtschaffene Eltern, die ihr Kind
liebevoll behandeln. Hannah hat sich große Gedanken um
Sie gemacht, Herr Dromke, sie kann nicht begreifen, dass der
Mann, der ihr eine Fackel zu Sankt Martin versprochen hat,
etwas getan hat, das ihre Mutter dienstlich in Ihr Haus führte.
Sie hadert mit Ihnen und mit ihrer Mutter gleichermaßen.«

»Das habe ich nicht gewollt.«

»Das glaube ich Ihnen sofort, aber es ist geschehen. Alles.

Und nun auch noch dieser Zwist, der durch Sie zwischen Mutter und Tochter entstanden ist. Sie wissen doch bestimmt noch aus Ihrer Lehrtätigkeit, welchen Einfluss solche Erlebnisse auf das Verhalten von Kindern haben können.«

Gut angepikst, Jerry Patalon war stolz auf sich. Dromke schwieg. Auf den Hauptkommissar machte er den Eindruck, als würde er jeden Moment in Tränen ausbrechen. Mangelnder Schlaf nagte an der psychischen Verfassung. Ein schlechtes Gewissen ebenfalls. Und das hatte er erreicht.

»Gestern haben Sie mir von dem erfolglosen Ausflug nach Dinslaken und dem waghalsigen Essen in Götterswickerhamm erzählt und dass Sie am Abend mit den anderen gemeinsam die weitere Vorgehensweise geplant haben.«

Er schaute den zusammengesunkenen Mann einige Sekunden lang an, öffnete die Mappe und blätterte mehrere Seiten auf, las, nickte, schloss die Mappe wieder, die Dromke misstrauisch beäugte.

»Was ist das?«

»Sie meinen die Mappe?«

»Ja.«

»Das sind die Ergebnisse der Durchsuchungen. Es stehen noch weitere Fakten aus, deshalb liegt mein Handy so offen auf dem Tisch, ich werde über das Wichtigste per Anruf oder E-Mail informiert.«

»Ergebnisse?«

»Ja. Auch bei Ihnen haben die Hunde einen Fund gemacht. Er ist für ein Verfahren vor Gericht relevant und verwertbar. Die einzige Möglichkeit, dass sich Ihre Situation vielleicht ein wenig verändert, ist, dass Sie von sich aus berichten, was weiter geschehen ist.«

»Ich kann doch nicht –«

»Doch, glauben Sie mir, Sie können.«

Dromke brauchte anscheinend noch einen Nachsatz, damit er endlich zum Wesentlichen kam.

»Die anderen werden genau wie Sie die ganze Zeit darüber nachdenken, was wir wohl gefunden haben. Und genau wie

Sie werden sie an Ihrer geheimen Absprache zweifeln. Wir konnten ja leider nichts hören, als Sie vorhin im überwachten Raum saßen, aber wir konnten Ihre Reaktionen sehen.« Jerry Patalon machte eine Pause, ließ seine Worte wirken.

»Häuptling Schollkämper hatte gesprochen, und alle Indianer gehorchten«, sagte er dann. »Das sind Sie doch nicht. Sie sind ein denkender und fühlender Mensch, Herr Dromke, selbstständig in seinen Entscheidungen.«

Er kam sich vor wie ein Prediger, konnte jedoch feststellen, dass seine Worte Wirkung zeigten.

Dromke richtete sich auf. »Gut. Wir wollten unbedingt wissen, wo er das andere Geld versteckt hielt. In seiner Wohnung war ja nichts zu finden, auch kein Hinweis.«

Er berichtete von Phase eins der weiteren Behandlung ihres Gastes. In der Nacht wollte Kim ihn anrufen und ihm Feuer unter dem Hintern machen, wie sie es nannte. Er, Dromke, sollte sein Handy in Bereitschaft haben, den Lautsprecher anstellen und vor Breimanns Tür legen, immer wieder in der Nacht. Und sich am besten selbst die Ohren zuhalten oder rausgehen.

»Wissen Sie, Herr Patalon, was ich da mitgekriegt habe, davon habe ich rote Ohren bekommen. Ich glaube ja, dass Kim damit auch ihr Geld verdient, wenn sie mal wieder arbeitslos ist. Sie versprach ihm alles, forderte ihn zu Handlungen auf, beflügelte seine Phantasie, und das nicht nur mit Worten. Sie stöhnte und schrie am Telefon, die hat einfach alles drauf. Ich fand es widerlich.«

Liebesgeflüster und Telefonsex, dachte Jerry.

»Natürlich konnte ich mich nicht ganz entfernen und musste hin und wieder nachhorchen, ob sie noch in Aktion war. Das hörte man sogar draußen vor der Tür, ich musste aber wieder hineingehen, weil mich die Mücken zerstachen. Sie versprach ihm alles, was sie zu bieten hatte, den Himmel auf Erden, die schnelle Befriedigung, jetzt per Telefon, immer vorausgesetzt, dass er ihr verriet, wo er das andere Geld versteckt hielt. Dann jammerte er hinter der Tür, sie solle doch zu ihm kommen. Er habe kein Geld mehr, alles verspielt. Vielleicht habe er noch etwas, das würde er mit ihr teilen, wenn sie zu ihm käme. Jetzt sofort. ›Es läuft andersherum‹, sagte sie dann, erst die Information, und wenn das Geld da sei, dann könne sie wieder zu ihm kommen, da säße ein Wachhund vor der Tür, der es nicht erlauben würde, ihn jetzt zu besuchen, um all das zu tun, was sie ihm versprach.«

Mehrfach hatte Dromke bei der Schilderung mit angewidertem Gesichtsausdruck den Kopf geschüttelt. Die ganze Nacht über sei dieses Programm gelaufen, jede halbe Stunde hatte Kim erst Dromke geweckt, der dann das Handy wieder vor die Tür legte. Im Morgengrauen sei der Akku leer gewesen, da lief dann nichts mehr, weil er kein Ladegerät dabeihatte.

»Die ganze Nacht. Ich hatte kein Auge zugetan, der Breimann jammerte vor Verlangen, und Kim stand am nächsten Morgen so naiv-fröhlich auf der Matte wie immer. Ob ich auch Spaß an ihren Anrufen gehabt hätte. Täte mir bestimmt gut, denn so wie meine Frau und ich uns ansehen würden, da wüsste sie, dass wir nur noch wie Bruder und Schwester seien. Herr Patalon, an der Stelle hätte ich ihr am liebsten eine gescheuert. Die hat einen schönen Körper, nichts im Kopf und ist dreist ohne Grenzen. Eigentlich kann ich froh darüber sein, dass es kein gemeinsames Wohnprojekt auf der Insel gibt. Ihre Großmutter ist da ja auch sehr freizügig.«

Jerry Patalon fasste zusammen, der Versuch von Kim habe nicht zum gewünschten Erfolg geführt.

»So kann man es sagen.«

Jerry bot Dromke ein Glas Wasser an, das er dankbar annahm.

»Was geschah weiter an diesem Morgen?«

»Die anderen Frauen trudelten ein. Wir alle hatten ein Ziel, ein einziges, wir wollten das Geld zurückbekommen, das er bei uns ergaunert hatte. Nichts mehr, glauben Sie mir. *Quid pro quo*. Wir hören auf, wenn du uns gibst, was wir haben wollen.«

❖❖❖

Vernehmung der Frauen Dromke, Schollkämper, Plaat und Feenstra, anwesend KHK Krafft und KK Burmeester

Sie redeten alle durcheinander, es schien sich ein Knoten zu lösen, der diese Lebhaftigkeit bislang verhindert hatte. Kim berichtete, ständig ihren Blick auf Burmeester gerichtet, von ihrem nächtlichen Einsatz und war davon überzeugt, dass sie selbst per Telefon Männer hörig und gefügig machen könne.

Karin Krafft nahm den Kollegen aus der Blicklinie, indem sie ihn bat, in der internen Post nach weiteren Ergebnissen zu schauen. Er schien dankbar, den Raum verlassen zu können, und kam erst nach zehn Minuten zurück. Da war Maria Dromke schon dabei, ihre Empörung über dieses Vorgehen zu äußern, sie sei nicht damit einverstanden gewesen und habe diese Intervention strikt abgelehnt, das müsse im Protokoll festgehalten werden.

Grete Schollkämper beschrieb penibel genau, wie sie in all dem Krempel in der Scheune einen alten weißen Kunststoffstuhl gefunden hatten, dreckig und voller Spinnweben, den sie nun an seinen Platz stellten, es gab keine Tischdecke, keine Kerze mehr, keine Feldblumen, ein blanker Tisch mit einem unbelegten Brötchen drauf und einer Tasse Kaffee. Dazu ein Glas Wasser.

»Das war eine Wendung um hundertachtzig Grad. Wir wollten ihn jetzt nur noch mit dem Notwendigsten versorgen. Das tut einer Hausfrauenseele weh, glauben Sie mir, aber was sollten wir machen!«

Breimann habe schlagartig erkannt, dass das Blatt sich für ihn wendete. Sein Gesichtsausdruck sei plötzlich von Furcht geprägt gewesen, er habe am ganzen Körper gezittert.

»Der Mann wollte aufspringen und abhauen. Da habe ich ihn an den Schultern auf den Stuhl gedrängt. Kim griff nach den Kabelbindern, die ja immer parat lagen für seine Raucherpausen, und hat ihm die Unterschenkel unter Gegenwehr, sodass wir ihn gemeinsam festhalten mussten, an die Stuhlbeine gefesselt. Schließlich band sie noch den linken Unterarm an eine Lehne. Es ging nicht anders, er hatte nun die Wahl, mit diesem billigen Ding zusammen umzufallen oder sich in diese Situation einzufinden. Zunächst reagierte er schlau, denn das war er ja. Schlau, aber keineswegs intelligent.«

Maria Dromke unterbrach sie, ihre Stimme war aufgeregt. »Das musst du dir vorstellen, Karin, da beschimpft der uns. Ich mag die Worte nicht wiedergeben, heftig, sage ich dir. Das sei Freiheitsberaubung, er hätte jetzt die Nase voll. Er würde uns anzeigen, jawohl, allesamt. Da habe ich ihm gesagt, er sei der Lump, der uns um eine Menge Geld betrogen habe, und wir wollten jetzt endlich wissen, wo es ist.«

Lotte war nicht mehr nach Lachen oder Kichern im Hintergrund. »Kindchen, der hatte den Papp auf. Wir aber auch, denn diese Nullnummer in Dinslaken war schon enttäuschend genug. Wenn es allerdings nach mir gegangen wäre, dann hätten wir ihn irgendwo weit weg ausgesetzt und vergessen. Was ist schon Geld, dachte ich mir, wir leben, wir haben diesen Corona-Mist überlebt, da wird uns der Verlust des Geldes auch nicht umbringen.«

Maria protestierte. »Das hast du so aber nie erwähnt.«

»Ich habe mich nicht getraut, es laut auszusprechen, und ehrlich gesagt machte es mir auch Spaß, mit euch zusammen auf einen positiven Ausgang hinzuwirken. Das war alles so abstrus, ein Event, ein Theaterstück mit realen Figuren. Jeder war in seiner Reaktion durchschaubar, und ich wusste, wenn wir nicht die entscheidenden Informationen aus ihm herauskriegen würden, dann käme Heinz am Abend.«

Grete warf empört ein, was das denn heißen solle.

»Das will ich dir sagen. Deinem Mann traute ich als Einzigem aus der Gruppe zu, auch gewalttätig zu werden. Das wollte ich nicht verantworten, deshalb flehte ich Franky Boy an, er solle doch endlich das Versteck des Geldes preisgeben, sonst könnte es unter Umständen am Abend sehr unangenehm für ihn werden.«

Sie richtete ihre diversen Tücher und Schals aus Baumwolle und Seide, die sie auch heute wieder abenteuerlich umhüllten.

»Er hat aber nichts gesagt, außer dass er rauchen wolle. Und da hat Maria dann gesagt, nein, er bekomme nur noch drei Zigaretten pro Tag und wir würden den Zeitpunkt bestimmen. Wenn er kooperativ wäre, gäbe es auch eine Belohnung. Und weißt du, was dann geschah, Kindchen?«

Karin Krafft hatte sich an das saloppe »Du« mit dem »Kindchen« gewöhnt, dieser bunten alten Dame konnte sie es nachsehen. Sie verneinte.

»Da hat er geheult und gelacht zugleich. Völlig irre. Der benahm sich minutenlang wie durchgedreht, kippte fast um mit dem Plastikstuhl. Er habe nichts mehr und könne auch nichts verraten, da könnten sie ihn noch so lange festhalten, es gebe nichts. Also ich habe ihm das geglaubt, aber da war ich auch die Einzige. Die anderen hatten immer nur das Geld im Kopf, Geld, Geld, Geld.«

Lotte schwieg einen Moment, die anderen wirkten nachdenklich.

»Ich hätte ihn da schon gehen lassen, mit dem Hinweis, dass eine Anzeige die andere zur Folge hätte. Aber da gab es Maria, unsere grundgütige und ehrliche Maria, die sagte, ihr Mann könne den Betrug genauso wenig anzeigen wie der Heinz, ob ich das vergessen hätte.«

Lotte Plaat wechselte zu theatralischen Gesten, wies mit geschwungener Handbewegung auf Maria. »Das war natürlich ein gefundenes Fressen für Franky Boy. ›Ach‹, meinte der, ›das Geld war also Schwarzgeld, da schau einer an. Gut zu wissen‹.«

Sie schaute Maria Dromke ungewohnt grimmig an. »Ich hätte dir den Hals umdrehen können. Bis zu dem Zeitpunkt war er der Einzige, der Dreck am Stecken hatte, dieser Lümmel. Nun saßen wir alle im selben Boot, ihn wegen Betruges anzuzeigen konnten wir vergessen. Deine Bemerkung hatte uns auf eine Stufe mit diesem Verbrecher gestellt, ich glaube, dir war das gar nicht bewusst. Ich konnte mir nun lebhaft vorstellen, was am Abend geschehen würde.«

Sie lehnte sich zurück und betrachtete die Frauen einzeln,

nacheinander. »Und wenn ihr ehrlich zu euch selbst seid, dann habt ihr es auch gewusst.«

Schweigen im Vernehmungsraum.

✳✳✳

Vernehmung Heinz Schollkämper, anwesend KHK von Aha und KHK Weber

War es Einsicht oder Gewissensnot? Von Aha wusste die neuerliche Mitteilungsbereitschaft von Schollkämper nicht einzuordnen. Jedenfalls redete er ohne Unterlass, musste für Zwischenfragen regelrecht gestoppt werden.

»Den ganzen Tag hat mich Grete auf dem Laufenden gehalten, aber die schrieb immer nur ein Wort. Nichts. Nichts. Nichts. Ich wurde fast bekloppt zu Hause. Der Mann hatte sich unser Geld unter den Nagel gerissen und sollte jetzt davonkommen, ohne Strafe, ohne irgendeine Form der Wiedergutmachung?« Er rang nicht mehr nach Worten, brauchte keine Pausen, um nachzudenken, es sprudelte nur so aus ihm heraus.

»Da wäre mir nichts anderes eingefallen als lebenslange Fronarbeit, Putzen, so richtig demütigend, mit Schürze, Holzhacken für den Kamin, Hecke schneiden und besonders der Lotte den Garten machen, der ist ja so verwildert, die blickt selbst nicht mehr durch. Aber das war nur ein Gedanke am Rande, bei dem ich mich ertappte, den ich gleich wieder abschüttelte, weil das eigentlich Gretes Denkweise ist. Das wäre auch nicht drin gewesen, bei der ersten Gelegenheit hätte der sich abgesetzt, ein Ticket nach Gran Canaria ergaunert und da den nächsten Blöden ein unbebaubares Grundstück mit Meerblick samt Appartement nebst Einrichtung verkauft. Aus den Augen, aus dem Sinn.«

Er bat um Wasser, seine Kehle sei so trocken. Tom reichte ihm ein Glas, er trank hastig und fuhr unaufgefordert fort.

»Ständig starrte ich auf das Smartphone, es tat sich nichts.

Ich wollte mir den Kerl am Abend vorknöpfen, schließlich hatte alles andere bis jetzt nicht gewirkt. Kabelbinder waren noch im Haus, alles, was ich wollte, war, mit Breimann alleine zu sein. Den ganzen Abend und die ganze Nacht. Ich brauchte aber auch einen Plan B, von dem ich alle anderen überzeugen musste für den Fall, dass er entweder nicht mit seinem Geheimnis rausrückte oder wirklich alles schon verspielt hatte. Und da fiel mir beim Mittagessen ein Zeitungsartikel ins Auge. Der soundsovielte Geldautomat war am Niederrhein geknackt worden. Das las sich so leicht, ich konnte es nicht fassen …«

Er hielt inne, als würde der Artikel vor seinen Augen erscheinen. Selbst von Aha hielt den Atem an, Schollkämper näherte sich dem eigentlichen Grund seiner Vernehmung.

»Allerdings stand nicht dabei, wie hoch die Beute ausfiel. Die Zeitungsmacher verschweigen das wahrscheinlich, damit nicht Leute wie ich, die irgendwie in der Klemme sitzen, gleich zum nächsten Automaten fahren.«

Tom Weber schaute zwischenzeitlich wieder auf sein Handy, las, tippte, wovon sich Schollkämper unbeeindruckt zeigte.

»Den ganzen Nachmittag habe ich an der Idee gebrütet, bis ich endlich ein Pack-an hatte und wusste, wie alles ablaufen sollte. Es war so einfach, Hauptkommissar von Aha, man braucht nur die richtigen Beziehungen, und schon läuft der Film.«

»Was meinen Sie damit?«

»Bevor Grete und ich uns am Abend abwechselten, wusste ich genau, was ich am nächsten Tag machen würde. Zunächst würde Breimann eine anstrengende Nacht bevorstehen, denn ich wollte nicht lockerlassen.«

Tom holte die Ergebnisse der rechtsmedizinischen Untersuchung hervor und legte Fotos auf den Tisch, Schollkämper schaute sie nur beiläufig an.

»Ja, schauen Sie ruhig näher hin, so sieht ein Körper nach einer Explosion ohne die zerfetzte Kleidung aus. Ganz schön eklig, nicht? Damit sind dann Polizeibeamte, Rettungsdienst,

Notarzt, die Rechtsmedizin und der Bestatter beschäftigt. Keiner wird den Anblick so schnell vergessen, also schauen Sie sich die Fotos jetzt mal intensiv an. Der Fachmann in der Rechtsmedizin war sicher, dass es Verletzungen ante mortem gegeben hat, es hat Reste von Einblutungen im Gesicht, im Brustkorb, in den Lenden und, besonders gut erkennbar, am Rücken gegeben.«

Tom schaute auf und schob Schollkämper die Fotos entgegen. Der vermied es, sie länger anzuschauen. Tom klopfte auf das Bild von Breimanns Gesicht. Man brauchte viel Phantasie, um es sich vorzustellen. »Haben Sie das gemeint, als Sie gerade von einer anstrengenden Nacht sprachen?«

»Ja, ich meine, nein, das natürlich nicht. Für den einen oder anderen blauen Fleck bin ich verantwortlich, ja, aber das da, das wollte ich nicht.«

Von Aha nahm die letzten Worte auf. »Das wollten Sie nicht. Was sagt mir das? Sie sind also dafür verantwortlich. Jetzt wird es interessant. Dann erzählen Sie doch mal ausführlich, wie das, was Sie ja nicht wollten, passiert ist.«

Erst jetzt bemerkte Schollkämper seinen Versprecher. Er schwieg. Gero von Aha schaute auf die Uhr, zwei Stunden waren vergangen. Das Ergebnis war mager, aber perspektivisch kamen sie der Lösung näher.

»Pause, Herr Schollkämper. Eine halbe Stunde Zeit bleibt Ihnen, um Ihre Worte wiederzufinden. Ich lasse Ihnen einen Kaffee vorbeibringen.«

NEUN

Das K1 traf sich im Besprechungsraum, natürlich mit frischem Kaffee vom Kollegen Gero von Aha und mit Besuch von der Staatsanwaltschaft. Aaron Nilsson wollte sich über die Fortschritte bei den Vernehmungen informieren. Burmeester berichtete von der Wut der Frauen, die Breimann in Form von Nahrungs- und Zigarettenentzug zu spüren bekam, gefesselt an einen weißen Kunststoffstuhl.

»Und Kim Feenstra übernahm eine Extrarolle, indem sie ihn die ganze Nacht lang per Handy mit Sexgeflüster aus der Fassung brachte und ihm den Himmel auf Erden versprach, wenn er die Verstecke des restlichen Geldes verraten würde.«

Nilsson grinste breit, was seiner mützenartigen Frisur einen besonderen Charme gab. »Telefonsex als Mittel zum Zweck? Das hatte ich noch nicht, das ist ja ein Ding, man lernt immer noch dazu.«

Karin berichtete von den Konflikten, die sich zwischen den Frauen entwickelten. »In dieser besonderen Situation versucht jede der Ehefrauen noch, ihren Gatten in Schutz zu nehmen, wobei Heinz Schollkämper eine gewalttätige Rolle zugeschrieben wird –«

Von Aha unterbrach. »Ja, er hat bereits eingeräumt, dass so mancher blaue Fleck auf Breimanns zerfetztem Körper von ihm stammte. Und er hat tatsächlich angesichts von Leichenfotos gesagt, das habe er nicht gewollt. Wir kommen der Sache näher.«

Karin wollte von Jerry wissen, ob Thilo Dromke noch etwas Neues berichtet habe.

»Der hat die ganze Nacht über sein Handy zur Verfügung gestellt, damit Kim ihr heißes Geflüster loswerden konnte, und muss ziemlich genervt gewesen sein. Du, dem geht es nicht gut.«

»Schicken wir ihm einen Arzt?«

»Nein, so nicht, mehr mental. Und ich glaube, es tut ihm echt leid, dass er sich auf die ganze Geschichte eingelassen hat. Und dass deine Tochter das Spektakel mitbekommen hat.«

»Du hast ihm von Hannah erzählt?«

»Ich hoffe, das war okay. Es hat ihn fast zum Heulen gebracht, danach wurde er gesprächig.«

»Ganz okay ist es nicht, und du wirst ihren Namen bitte nicht mehr ins Spiel bringen.«

»Ja, ist in Ordnung.«

Aaron Nilsson fragte, ob es eine zeitliche Perspektive gebe. Mit einem Blick zu den Kollegen meinte Karin, dass es heute oder morgen wohl zum Abschluss der Ermittlungen kommen werde.

Nilsson ging auf sie zu und schaute zu ihr hinab. »Heute. Bitte. Ich komme auch noch einmal herum und schau in jeden Raum. Vielleicht ist es hilfreich, wenn ich mit meiner Größe und der roten Mütze prahle.«

Er lachte und nahm sich einen Becher Kaffee. »Eigentlich komme ich so gerne her, weil es hier den besten Kaffee gibt.« Er nahm einen genussvollen Schluck. »Ihr müsst dranbleiben. Die können bald nicht mehr, es bleibt den sechsen nichts anderes übrig, als endlich alles auf den Tisch zu packen. Eine nächtliche Unterbrechung wäre da kontraproduktiv. Bleibt dran, nehmt sie in die Mangel, ihr schafft das!« Er stellte den leeren Becher ab. »Ich muss weiter. Und gebt es bitte durch, wenn ihr fertig seid. Erst dann werde ich Frau van den Berg vorschlagen, eine Pressekonferenz einzuberufen. Ich stehe darauf, Ergebnisse zu präsentieren statt unfertiges Puzzlewerk. Ich bin jederzeit erreichbar, egal wie spät.«

Von Aha schaute ihm nach. »Unglaublich. Das nenne ich Kooperation. Wo haben die dieses Prachtstück ausgegraben?«

»Gero, ganz egal, wie der an den Job gekommen ist, sein Appell hat mir gefallen. Er bleibt höflich und weiß zu motivieren, statt schroffe Anweisungen zu verteilen. Ans Werk, Männer, dann schauen wir mal, ob wir die sechs Leute bis zum Abend genau da haben, wo der Staatsanwalt sie sehen will, hinter Gittern. Die nächste Pause in zwei Stunden.«

Karin wandte sich an Burmeester. »Wir belegen zusätzlich den überwachten Raum, ich möchte, dass du Maria Dromke und Lotte Plaat übernimmst, ich bleibe mit den anderen beiden im kleinen Raum. Ich möchte das Kleeblatt teilen, weil ich glaube, dass wir dann schneller zum Ziel kommen.«

Burmeester wischte sich symbolisch den Schweiß von der Stirn. »Ich bin dir unendlich dankbar, dass du Kim übernimmst. Du hast was gut bei mir.«

»Ich werde dich daran erinnern.«

***

Vernehmung Maria Dromke, Lotte Plaat, anwesend KK Burmeester

Maria Dromke fing gleich an zu lamentieren. »Warum hat man uns separiert? Ich verstehe das nicht. Ich bestehe darauf, mit den anderen Frauen zusammen in einem Raum zu sein. Und ich möchte, dass Karin dabei ist.«

»Tut mir leid, das ist eine Anweisung von oben. Nach Sichtung der neuesten Ergebnisse und dem Austausch mit den anderen Kollegen ist die Chefin zu diesem Ergebnis gekommen. Sie wissen selbst, dass es darum geht, endlich zu erfahren, was mit Breimann passiert ist. Es liegt an Ihnen, wie viel Zeit wir gemeinsam in diesem Raum verbringen werden.«

Lotte Plaat lächelte wieder, hatte sich ein Kirschrot auf die schmalen Lippen aufgetragen und wirkte frech. »Jungchen, hat dir heute schon mal jemand gesagt, dass du richtig klasse aussiehst? Ich hätte nie gedacht, dass ein Kommissar im Dienst Batikklamotten trägt. Du gefällst mir.«

Es muss in der Familie liegen, dachte Burmeester und gab sich unbeeindruckt. »Erzählen Sie mir lieber, was noch an dem Tag geschah, als Sie die vorbildliche Dauerversorgung von Breimann aufgegeben hatten.«

Lotte schaute ihn durchdringend an. »So wie du heute aussiehst, hätte mein Mann dich gemalt, bestimmt. Der hätte auch Franky Boy gemalt, er interessierte sich nicht nur für die Kopfweiden, wie viele Freunde seiner Malerei immer noch glauben. Er malte mit Vorliebe Menschen in ungewöhnlichen Situationen oder Posen. An die Hauswand gelehnt, auf der Parkbank schlafend, wie Franky Boy an den hässlichen weißen Stuhl gefesselt, mit verzerrtem Gesicht auf Heinz wartend. Der kam am Abend mit Thilo zusammen an, er hatte ihn dazugeholt, weil er eine Idee hatte, die wieder mit allen besprochen werden musste.«

»Ich habe mich noch gewundert, wieso mein Mann auf dem Hof parkte«, sagte Maria, »er hatte doch keine Nachtwache, aber dann stellte Heinz seinen Wagen daneben. Da wusste ich, es gibt wieder ein Gespräch, bei dem alle anwesend sein sollten.«

Die Frauen wechselten sich ab und nahmen stets den Faden der anderen wieder auf, Burmeester saß aufmerksam da und war froh darüber, dass die Protokolle in einem Schreibbüro geschrieben wurden, die beiden hatten viel zu berichten. Lotte Plaat ereiferte sich richtig, vielleicht tat ihr die Trennung von ihrer Enkelin gut.

»Heinz zeigte auf Franky Boy, der auf dem weißen Stuhl hing, und sagte ihm nur, zu ihm komme er später, er solle schon mal intensiv darüber nachdenken, wo das Geld sei, denn genau das wolle er heute wissen. Nichts anderes, nur das und heute. Dann trafen wir uns wieder draußen. Vollversammlung nannte er das.«

»Mein Thilo hatte Mückenspray dabei, weil er sich gedacht hatte, dass es um neue Absprachen ging, die wir nur draußen außer Hörweite treffen konnten. Heinz wollte die Aktion zu Ende bringen, und das auf jeden Fall mit Erfolg. Er wollte, dass Breimann uns zum Geld verhalf. Falls er wirklich nichts mehr besaß, sollte er dafür sorgen, dass wir anderweitig zu einer zufriedenstellenden Summe kämen, was immer das heißen mochte. Thilo und ich wollten sofort ein Veto einlegen, denn es schien doch, dass er auf fragwürdigem Weg da rankommen wollte.«

»Ja, mit Hilfe von Franky Boy«, übernahm Lotte wieder.

»Weißt du, Jungchen, Heinz machte es geheimnisvoll, wollte nicht mit der Sprache rausrücken. Uns war nur klar, dass er den Mann dazu nutzen wollte, Geld zu beschaffen, egal, ob er selbst noch welches hatte oder nicht. Ich konnte das erst gar nicht verstehen, das schien mir so konfus. In der Nacht wollte Heinz den Franky Boy überreden, also entweder unser Geld rauszurücken oder neues Geld zu besorgen.«

Maria Dromke nickte und schaute Burmeester geradewegs in die Augen. »Uns allen war nicht klar, wohin der Weg führte, das müssen Sie mir glauben. Ich hätte doch niemals, nein, Thilo und ich, wir beide hätten uns von allem distanziert.«

Burmeester wollte es nicht nur ahnen, er wollte es hören. »Wovon hätten Sie sich distanziert?«

Lotte Plaat verdrehte die Augen. »Jungchen, jetzt tu nicht so, als wenn du das nicht wüsstest. Wir wollten mit dem Plan von Heinz nichts zu tun haben. Der saß da mit einem Gesichtsausdruck voller Entschlossenheit. Ein Preisboxer, der den nächsten Kampf auf jeden Fall gewinnen will.«

***

Vernehmung Grete Schollkämper und Kim Feenstra, anwesend KHK Krafft

»Ich will sofort zu meiner Oma. Die braucht mich doch. Meine Oma ist schon so alt, dürfen Sie das überhaupt? Sie einfach hier festhalten. Lotte hat doch nichts getan, die ist grundlieb. Lassen Sie mich zu ihr.«

Karin Krafft ließ Kim Feenstra Raum, ihren Unmut loszuwerden. Sie schien ohne ihre Großmutter unsicher zu sein, ihr kindliches Wesen brauchte Rückhalt. Grete Schollkämper hingegen saß stocksteif auf ihrem Stuhl und starrte an die Wand. Die eine manövrierte sich in die hilflose Ecke und war kurz vor dem Heulen, die andere schwieg. Das konnte heiter werden. Karin suchte einen passenden Einstieg in diese Vernehmungssequenz.

»So, genug beschwert und kritisiert. Ihre Großmutter ist körperlich und geistig fit und kann auf sich selbst aufpassen. Frau Feenstra, Sie kann man allerdings nicht mit einem Kollegen alleine lassen, was dann geschieht, haben wir erlebt, als Sie noch zur einfachen Befragung hier waren. Und um zu verhindern, dass man mir nachbarschaftlichen Klüngel vorwerfen könnte, ist Maria Dromke nicht mehr in einem Raum mit mir. So einfach ist die Erklärung. Wenn Sie beide einfach die veränderte Runde akzeptieren, dann können wir zügig beginnen. Frau Schollkämper, ist das auch bei Ihnen angekommen?«

Grete schnellte mit einer Antwort hervor, als wolle sie sich vor Gericht verteidigen. »Was denken Sie denn? Ich habe die ganze Zeit zugehört.«

»Dann ist es ja gut. Sie können mit der Schilderung der Ereignisse fortfahren. Sie standen wieder vor einer neuen Mehrheitsentscheidung. Wie lauteten die Anträge zur Abstimmung, die Ihr Mann an dem Abend stellte?«

Sie stöhnte auf, es war nicht klar, ob es an der veränderten Situation lag, denn Maria Dromke saß nicht mehr neben ihr, und sie hatte sich oft an ihrer Reaktion orientiert, oder ob es Karins Frage war, jedenfalls rang Grete Schollkämper nach Worten und schien innerlich zu sammeln, was sie sagen wollte.

»Freiheraus, lassen Sie heute mal alles hier, was Sie erlebt haben.«

»Das sagt sich so einfach, ich muss nachdenken.«

»Kim, dann beginnen Sie, was haben Sie in Erinnerung?«

»Ich hab die ganze Nacht ein riesiges Sextheater gemacht und trotzdem nichts aus dem Kerl rausgekriegt. Das war nicht so dolle für mich, das können Sie mir glauben. Bis auf meine Oma tat plötzlich jeder so, als hätte ich was ganz Verwerfliches getan. Jetzt war ich die Blöde, die kleine Hure, und wurde von allen schräg angeguckt. Meinen Sie vielleicht, die Nacht, die ich mit ihm in seiner Bude verbracht habe, hätte mir Spaß gemacht? Kann ich nicht sagen. Der Mann war keine große Nummer im Bett.«

Zur Abwechslung knabberte sie wieder am Nagel ihres kleinen Fingers, schaute unsicher zu Karin.

»Ich sage sonst immer, zwischen Einatmen und Ausatmen muss mehr liegen als ein kurzer Stöhner. Also privat hätte ich den gleich auf meinem Handy blockiert, der war nach Schulzensuren eine glatte Fünf. Und jetzt stand ich da, als ob ich es jederzeit mit jedem treiben würde. Die konnten mich von Anfang an nicht leiden, diese feinen Leute. Am Strand in Fuerteventura gucken sich die Männer nach mir um, alle, und meine Oma sagt immer: ›Genieße es, das ändert sich früh genug.‹ Und zu den Männern gehört auch der Heinz, mit dem will ich ja gar nicht alleine sein, weil ich dem zutraue, dass der grapscht.«

Das konnte dessen Frau nicht so stehen lassen. »Was redest du denn da? Das stimmt doch gar nicht. Der guckt nur, der macht nichts.«

»Jaja, das sagen Besitzer von aufdringlichen Hunden auch immer, der tut nix, der will nur spielen. Du weißt doch gar nicht, was für einen Kerl du dir geangelt hast. Ich war jedenfalls froh, dass der Thilo meine Show für Breimann mitgehört hat und nicht der Heinz.«

Karin fasste zusammen. »So, Frau Feenstra, wir wissen jetzt, was Sie von Heinz Schollkämper halten. Ich möchte wissen, was an dem beschriebenen Abend draußen besprochen wurde.«

»Ja, also der Heinz wollte in der Nacht aktiv werden. Nicht mit ›Heidschi Bumbeidschi‹, wie er mit Blick auf mich sagte, sondern mit ›Bum-Bum‹. Ich wusste nicht, was er da meinte, ahnte es aber. Der war so krass. Der hatte an dem Abend ein Muskelshirt an, damit man seine kleinen, dünnen, alten Oberarme sah, und ein Käppi falsch herum auf dem Kopf. Eine Mehrzweckhose von Strauss trug er, eine mit so vielen Taschen, und überall schien irgendwas drin zu sein, hinten hing eine Art Mehrzweckmesser, so ein Schweizer oder wie die heißen. Lächerlich, wenn Sie mich fragen, so richtig aufgepumpt, wie die Jungs im Fitnesscenter, wenn sie nicht genug trainiert haben und sich trotzdem superstark fühlen. Und wenn der Frank nicht an einen Stuhl gefesselt gewesen wäre, hätte selbst dieser Luschi den Heinz umgepustet.«

Karin rief sich innerlich zur Geduld auf. Es musste doch etwas Wichtiges geben, was diese Frau zu berichten hatte.

»Ich hab mich jedenfalls wieder von Heinz weggesetzt, der Platz neben ihm ist ein No-Go für mich. Der wollte Frank auf seine Weise zum Sprechen bringen, das war klar. Und jetzt muss ich die Grete mal loben, die wollte ihn die ganze Zeit davon abhalten. Und die Maria meinte, der hat keinen Cent mehr, der wird alles schon ausgegeben haben. Aber Heinz ließ sich von dem Plan nicht abbringen. Ist doch krass, oder? Da sitzt so eine Nullnummer und sieht sich als Sieger im Kampf gegen einen, der sich nicht wehren kann. Mann, das hat mir meine Mama noch beigebracht, nie auf jemanden einzuschlagen, der sich nicht wehren kann.«

Kim Feenstra setzte ein überlegenes Lächeln auf. »Und von Oma lernte ich später, die Waffen einer Frau einzusetzen. So, das hatte ich gemacht, damit war ich durch, zwar ohne Erfolg, aber ich hatte mein Bestes gegeben. Ich stellte mich auf Marias Seite, die meinte auch, dass der keine Kohle mehr gebunkert hatte. Der hätte mir garantiert Geld angeboten, damit ich wiederkomme. Stattdessen hat er gejammert und geheult und versucht, mich zu überzeugen.« Sie lachte kurz auf. »Um mich zu überzeugen, reichte aber sein Sex nicht aus, da fehlte mir der Spaß, ehrlich.«

Karin stellte die nächste Frage aus reiner Neugierde. »Und für Geld wären Sie wieder zu ihm gegangen?«

»Ja, klar, für Kohle übersieht man doch so manches. Da müssen Sie sich nur die Grete anschauen, die ist richtig gut versorgt und bleibt nur deshalb bei diesem Heinz.«

Grete Schollkämper reagierte empört. »Na, hör mal, was erlaubst du dir!«

»Nun sei doch mal ehrlich, Grete, wenn ich mir angucke, was du mit dem redest und wie du ihn anschaust, das ist schon ganz anders als bei Maria und Thilo. Heinz sagt: ›Sei still‹, und du sagst nichts mehr. Heinz sagt: ›Bleib da‹, und du bleibst stehen. Heinz sagt: ›Ich verkloppe den Mann‹, und du nickst das ab. Du hast es zwar versucht, aber neben Heinz hast du keine eigene Meinung.«

»Jetzt mach aber mal einen Punkt, das stimmt gar nicht, ich –«

Die Hauptkommissarin beendete den aufkommenden Disput, bevor er in einer Runde Damenringen ausartete. »Schluss jetzt, das geht am Thema vorbei. Heinz wollte also die Nacht dazu nutzen, Breimann zum Verraten eines weiteren Verstecks zu zwingen, notfalls mit Gewalt. Ist das richtig?«

Jetzt saßen beide Frauen da und nickten nacheinander. Geht doch, dachte Karin.

»Wurde noch etwas besprochen?«

Jetzt nickten beide unisono. Und stumm.

»Dann erzählen Sie.«

Grete wand sich wieder, wie ein Aal im Kescher, schien erneut die Worte zu sammeln, während Kim munter drauflosplapperte.

»Der hatte einen Plan B, wie er es nannte. Das sagte er andauernd: ›Mein Plan B sieht vor‹, ›Mir ist ein Plan B eingefallen‹, ›Wir müssen uns mit einem Plan B beschäftigen‹, ›Uns bleibt bestimmt nur der Plan B‹ und so weiter. Ich weiß nicht, wie lange er sich brüstete mit dem verdammten Plan B, bevor er ihn dann endlich äußerte.«

Grete schüttelte sich. »In der Zwischenzeit hatten die Mücken uns alle erwischt. Bis auf Thilo, der hatte sich mit Mückenspray eingenebelt.«

Boah, dachte Karin, das hier kann dauern.

✳✳✳

Vernehmung Thilo Dromke, anwesend KHK Patalon

Jerry Patalon befand sich mit Thilo Dromke in einem nahezu konstruktiven Dialog. Thilo berichtete auch in aller Ausführlichkeit und brachte stets mit zum Ausdruck, wie er sich gefühlt hatte während der letzten großen Besprechung vor dem Haus an der Issel.

»An dem Abend haben wir, also ich ganz besonders, den Heinz von einer ganz anderen Seite kennengelernt. Dass er ein Stratege ist, das wusste ich aus unseren gemeinsamen Stunden im Café Bors, in denen wir minutiös planten, unsere Vermögen im Ausland zu vergrößern. Und sein Plan war ja auch genial, unser Deal in den USA hatte funktioniert, und auch den Transport des Geldes hatte er akribisch geplant und erfolgreich durchgeführt. Da fühlte ich mich großartig neben ihm, er schien mir ein verlässlicher Freund mit gut recherchierten Kenntnissen.«

Jerry fasste zusammen. »Heinz Schollkämper war Ihnen zu einem guten Freund geworden?«

»Das kann man so sagen, ja. Wissen Sie, es ist immer schwierig – sobald es um Geld geht, hört eine Freundschaft schnell auf. Das war mit ihm anders. Wir fieberten gemeinsam, analysierten die Gewinnraten, die wir aus den USA gesendet bekamen, bibberten zusammen vor Kurseinbrüchen, standen in regem Kontakt. Wir saßen im selben Boot, und keiner war nur Kapitän oder Ruderer.«

»Eine ideale Crew?«

»Genau. Ich habe mich sehr wohlgefühlt neben ihm. Er veränderte sich zu dem Zeitpunkt, als klar war, dass Bellhaus, nein, er hieß ja Breimann, also dass Breimann uns betrogen hatte. Es kamen andere Facetten seiner Persönlichkeit zum Vorschein. Da saß er bei Bors und boxte einen ganzen Morgen lang seine linke Faust in die rechte Handfläche, immer wieder. Solche stereotypen Bewegungen kannte ich nicht von ihm, und es gab plötzlich Flüche, er stieß Verwünschungen aus, und denen folgten ganz schnell allmächtige Phantasien. Er werde ihn finden und vierteilen. So etwas gab er nun verstärkt von sich. Voller Erstaunen rückte ich ein Stück weit von ihm ab, gleichermaßen geschockt von der Tatsache, dass mein Geld, das ich der Steuer nicht gemeldet hatte, nun verloren schien, statt uns ein ruhiges Plätzchen in der Sonne zu sichern. Wissen Sie, was das Schlimmste zu diesem Zeitpunkt war?«

»Ich weiß es nicht.«

»Ich konnte nicht hingehen und ihn anzeigen. Das war kaum zu ertragen. Mir war zum ersten Mal in meinem Leben etwas höchst Kriminelles widerfahren, und ich konnte die Polizei nicht um Hilfe bitten, weil ich selbst etwas Illegales getan hatte. Das war so eine Zwickmühle, das habe ich kaum ausgehalten. Ich saß auf dem Sofa und starrte auf den See, ohne ihn wahrzunehmen. Wenn dieser Zustand lange anhält und sich noch verschlimmert, nennt man das Depression. Zum Glück hat meine Maria das erkannt und mich wieder in die Aktion gebracht. Ich weiß nicht mehr, wer wen zuerst kontaktierte, wer alle zeitgleich informierte und wie die ganze Gruppe aus diesem Schockzustand wieder erwachte. Das war jedenfalls meine Rettung aus der Sofaecke.«

»So weit waren wir ja schon gekommen, Herr Dromke. Mir geht es heute um den besagten Abend nach Ihrer Nachtwache, an dem Heinz Schollkämper die Gruppe zusammengerufen hatte.«

»Ja, danke, dass Sie mich daran erinnern. Wissen Sie, da ist etwas in mir gestorben, ich habe einen Traum verloren und beerdigt. Wenn jemand stirbt, dann spricht man doch immer darüber, was einem lieb und wichtig war, ich glaube, dahin bin ich gerade mit meinen Ausführungen abgedriftet.«

Er straffte sich und dachte kurz nach, bevor er einen Schluck Wasser trank und fortfuhr.

»Sie können sich nicht vorstellen, wie die Nachtwache mit Kims Telefonaten mich gestresst hat. Ich habe redlich versucht, mich von dieser Art, den Mann zum Reden zu bringen, zu distanzieren, aber ich musste zwischendurch ja immer mal nach meinem Handy schauen und bekam mit, was sie ihm alles sagte. Das mag ich nicht wiederholen, und hätte meine Frau mir jemals solche Dinge ins Ohr geflüstert, dann hätte ich den Glauben an sie verloren. Nicht, dass Sie denken, ich sei prüde, schließlich verbringen wir seit Jahren unseren Urlaub an Nacktbadestränden, aber das ist etwas anderes. An den entsprechenden Stränden herrschen inoffizielle Absprachen, man ist dort nackt, aber nicht erotisch, verstehen Sie? Und jetzt plapperte Kim über alles, in einer Art, die Breimann zum Jammern brachte. Die anderen Freunde haben diese Aktion zum Glück nicht mitbekommen, jedoch sprachen sich bis auf Lotte Plaat alle anderen negativ darüber aus.«

Thilo Dromke schmunzelte, wollte aber die Gedanken, die dies auslösten, erst nicht aussprechen. Jerry wollte ihn bei Redelaune halten. »Kommen Sie, jetzt lassen Sie mich mitschmunzeln.«

»Aber nicht, dass Sie falsch über mich denken.«

»Wir streichen es aus dem Protokoll, wenn es nichts direkt mit dem Fall zu tun hat.«

»Na gut. Ich dachte gerade an Lotte. Die hat so ein Selbstbewusstsein und schert sich in keiner Lebenslage um ihr Alter, das man ihrem Körper auch ansieht. Die ist die Lockerste am Strand, und manchmal habe ich gedacht, wenn jemand aus dieser ganzen Gruppe den meisten Spaß am Leben hat, dann ist es Lotte. Mit allen Konsequenzen. Deshalb denkt sie auch so frei über Sexualität und das Handeln von Kim. Lotte ist eben anders.«

»Das kann ich nachvollziehen. Wie ging es weiter?«

»An dem Abend, als wir alle erneut zusammengerufen wurden, da war die Stimmung völlig verändert. Meine Frau, Grete und Heinz schauten abfällig auf Kim. Dabei hatte sie nur auf ihre Weise helfen wollen, was leider nicht zum Erfolg führte. Die größte Veränderung sah ich bei Heinz. Er war anders gekleidet, aber noch auffälliger war sein veränderter Gesichtsausdruck. In seinen Zügen erkannte ich plötzlich etwas Verhärmtes, einen verschlagenen Blick. Das war nicht mehr der Mann, mit dem ich auf Fuerteventura im Café Berlin frischen Streuselkuchen gegessen hatte, das war auch nicht der Mann, mit dem ich über die Berge nach Cofete gewandert war, oder der, mit dem ich bei Bors getüftelt hatte, wie sich unser Schwarzgeld vermehren könnte. Der sah aus wie ein Untergrundkämpfer, hatte sich ein lächerliches Käppi aufgesetzt und prahlte mit seinen Oberarmmuskeln, die leider nur minimal ausgeprägt waren.«

»Was dachten Sie, warum hatte er sich so verändert?«

»Später erkannte ich, dass er sich gar nicht verändert hatte. Es war sein zweites Gesicht, das zum Vorschein kam. Er trug es mit sich, und es wurde sichtbar, wenn man ihn angriff oder brüskierte. Mir war klar, was in der Nacht geschehen würde.«

Jerry Patalon wollte es für das Protokoll hören, was Dromke durch den Kopf gegeistert war. »Sie hatten eine Ahnung?«

»Ja. Dieser Kämpfer würde Breimann verprügeln, ihn zwingen, ihm mit Gewalt drohen. Die Frauen erkannten das ebenfalls und wollten ihn davon abbringen. Es kam schließlich zu der vereinbarten Abstimmung, und zum Glück sprach sich die Mehrheit gegen seinen Plan aus. Ob er sich daran halten würde, das war eine andere Sache.«

Dromke machte eine Pause, Jerry forderte ihn auf, weiterzumachen.

»Wir haben ihn dann doch mit Breimann alleine gelassen, denn bis dahin waren unsere Mehrheitsentscheidungen anerkannt worden. Und das war ja noch nicht alles. Heinz hatte einen weiteren Plan für den Fall ausgetüftelt, dass Breimann wirklich kein Geld mehr versteckt hatte.«

Er nahm seinen Kopf zwischen die Hände und wirkte mit einem Mal blass und verzweifelt. »Sie können sich nicht vorstellen, wie entsetzt ich über diesen Plan B meines angeblichen Freundes Heinz war.«

»Also war sein Auftritt als Untergrundkämpfer nicht das Einzige, was Sie an dem Abend irritiert hat?«

»Nein, Herr Patalon, das Schlimmere kam noch. Er hatte einen Artikel aus der Rheinischen Post dabei, den er herumreichte. Dort wurde über einen neuen Überfall auf den Kassenautomaten einer Bank berichtet. Der Automat war gesprengt worden, die Täter waren mit reicher Beute geflohen. Das passiert andauernd im Grenzgebiet. Für den Fall, dass bei Breimann nichts mehr zu holen war, sollte er für Entschädigung sorgen. Da das auf dem legalen Weg nicht zu erwarten war, müsse er das eben auf anderem Weg bewerkstelligen.«

Zum ersten Mal kam Dromke mit seinen Aussagen in die Nähe des Tötungsdelikts, Jerry wollte dranbleiben. »Was sollte er tun, wie lautete der Plan?«

»Der sogenannte Plan B von Heinz sah vor, dass Breimann einen oder mehrere Bankautomaten sprengen und uns das Geld übergeben sollte. Seine Rückzahlung, entnommen als Automatenknacker. So, jetzt ist es raus.«

»Und hat er dafür eine Mehrheit gewinnen können?«

»Na ja, zunächst hatte er betretenes Schweigen damit bewirkt. Allerdings muss ich anerkennen, dass er ein brillanter Rhetoriker ist und ziemlich überzeugend darstellte, wie hoch die Chance auf Erfolg wäre. Noch war kein Automatenknacker gefasst worden, sie sind stets mit dem Geld entkommen. Die Aussicht auf Erfolg lag prozentual höher als bei einem Banküberfall.«

Jerry erkannte die perfide Art, mit der Heinz Schollkämper versucht hatte, die Gruppe von seinem Plan B zu überzeugen. Er schaute auf die Uhr, zwei Stunden waren wie im Flug vergangen. »Pause, Herr Dromke. Eigentlich ist jetzt eine Pause vorgesehen.«

»Das kommt mir sehr entgegen. Ich bin total erschöpft.«

»Soll ich Ihnen einen Kaffee bringen?«

»Das wäre nett. Und wenn Sie ein Aspirin hätten, wäre ich Ihnen dankbar.«

»Finde ich. Bestimmt.«

***

Sie trafen sich im Besprechungsraum zu von Ahas bestem Kaffee vom Niederrhein.

Karin Krafft hatte den Staatsanwalt über die Pause informiert, er wollte auf einen Becher vorbeischauen. Noch bevor er eintrudelte, berichtete sie den anderen von Grete und Kim sowie deren Gegensätzen und war außer sich über die Selbstverständlichkeit, mit der die Gruppenmitglieder agierten und sich dabei völlig im Recht fühlten.

»Es ist kaum zu glauben, was für eine kriminelle Energie dieses Grüppchen ehrbarer Bürgerinnen und Bürger entwickelt hat. Und als wäre das noch nicht genug, rüsten sie sich zu einer weiteren gemeinschaftlich begangenen Tat, ihrer Ansicht nach immer noch völlig im Einklang mit sich und den geltenden Gesetzen, und alles ist die Schuld von Breimann. Sie rücken noch nicht mit dem genauen Ablauf raus, aber für mich steht mittlerweile fest, dass die Automatensprengung in Büderich auf ihr Konto geht.«

Aaron Nilsson kam mit Schwung hereingestürmt. »Gibt es noch Kaffee? Ich habe mich die ganze Zeit schon darauf gefreut. Macht weiter, ich will niemanden unterbrechen.«

Von Aha reichte ihm einen Becher, ganz selbstverständlich, als gehöre er zum Team. Allerdings war er genervt von Schollkämpers Uneinsichtigkeit.

»Bei dem Kerl ist Sprengstoff nachgewiesen worden, und der äußert sich noch nicht zur Sache. Ich muss mich echt beherrschen, dass ich ihn nicht über den Tisch ziehe. Die Rollenverteilung mit Tom klappt super, der lässt mich ausrasten und holt mich dann gleich wieder zurück auf den Stuhl.«

Jerry gab sich zuversichtlich. »Thilo Dromke wirkt ziemlich mitgenommen, er wollte ein Aspirin. Er ist aber gleichzeitig sehr redselig und reflektiert. Ich denke, auch wenn Schollkämper nichts sagt, dann kriegen wir die Fakten von ihm.«

Aaron Nilsson fragte interessiert: »Es ist also bereits offenes Thema, dass sie in Büderich zur Tat geschritten sind?«

Jerry antwortete diplomatisch: »Bildlich betrachtet, haben wir die Rheinbrücke bereits überquert und sind bei der Ampel links zum Ort abgebogen.«

Der Staatsanwalt schien nicht zu verstehen, was er meinte.

Karin lachte. »Du hast die Straßenkarte des Umkreises noch nicht abgespeichert. Jerry meint, wir sind nah dran.«

Burmeester berichtete von Sticheleien zwischen Lotte Plaat und Maria Dromke. Lotte nehme das Leben erstaunlich leicht,

Maria hingegen sei eine konservative Frau, die nur ihrem Mann zuliebe Urlaub an Nacktbadestränden mache und ansonsten kritisch auf Lotte und abschätzig auf deren Enkelin schaue.

»Lotte Plaat sieht die Angelegenheiten im Haus an der Issel ganz gelassen, Maria Dromke hingegen wagte es zunächst nicht, einen sogenannten Plan B überhaupt anzusprechen. Für sie hörte der Spaß an dem Abend auf, als es zu der eilig einberufenen Versammlung kam. Sie schickt die Mückenplage an der Issel vorweg und behauptet, sie habe sich die ganze Zeit gegen die Viecher gewehrt und nicht viel mitbekommen. Und das glaube ich ihr nicht, da werden ganz andere Aussagen folgen. Ich denke, Lotte Plaat wird gleich berichten, aber unter einer anderen Prämisse. Breimann tat ihr leid, sie hätte ihn am liebsten längst laufen lassen. Sie fühlte sich jedoch der Gruppe verpflichtet.«

Karin wollte noch wissen, ob die Verteilung der Kollegen auf die einzelnen Beschuldigten verändert werden sollte. Nein, keine Änderung, es passte.

Aaron Nilsson wiederholte sein Versprechen, in den nächsten Stunden bei jedem einmal in den Raum zu kommen. »Glaubt mir, so mancher fand die richtigen Worte, wenn ich hinter ihm auf und ab gegangen bin.«

Er demonstrierte das mitten im Raum, mit dem Becher in der Hand schritt er auf und ab, rollte die Füße dabei so eigentümlich ab, dass seine riesigen Schuhe bei jedem Schritt gut hörbar quietschten.

Von Aha war begeistert. »Mensch, das passt zu meiner Rolle als harter Bulle. Schollkämper sitzt in Raum vier, ich zähl auf dich.«

Aaron Nilsson reckte den Daumen.

ZEHN

Vernehmung Heinz Schollkämper, anwesend KHK von Aha,
KHK Weber, zeitweise Staatsanwalt Nilsson

Noch waren sie zu dritt, Aaron Nilsson würde in fünf Minuten dazukommen.

Von Aha plusterte sich auf. »So, Herr Schollkämper, Ihr Plan B, den will ich jetzt detailliert hören.«

Schollkämper reagierte irritiert, so eine strikte Ansage hatte es bislang nicht gegeben, von Aha mimte den Ungeduldigen.

»Kommen Sie, Nachtschicht und Plan B, da waren wir angelangt. Ich habe keinen Bock mehr auf Geplänkel. Ich kann mir denken, dass Sie Breimann nicht nur Schläge androhten, sondern auch zugeschlagen haben. Ich kann mir genauso vorstellen, dass der kein Geld mehr hatte. Punkt. Was war Ihr Plan B? Auch das kann ich mir denken, will es aber für das Protokoll von Ihnen hören. Los geht's.«

Schollkämper sah ihn entsetzt an. »Was soll das jetzt? Wollen Sie heute pünktlich Feierabend machen, oder was?«

»Das wäre auch nicht schlecht. Also, was war Ihr Plan B? Überlassen Sie es nicht nur den anderen, darüber zu sprechen, die sind schon dabei. Sie können noch aufholen und Ihre eigene Version berichten, die interessiert mich wirklich.«

Tom Weber beugte sich vor. »Das meint er ehrlich. Wir haben in der Pause gerade schon einiges erfahren. Ich kann mir vorstellen, dass es in Ihrem Interesse liegt, nicht als einziger Täter dazustehen.«

Jetzt horchte er auf. »Nun haben Sie es übertrieben, das glaube ich Ihnen nicht.«

»Dann los, wir hören.«

»Also, die anderen waren nicht gerade begeistert von Plan B, aber da Breimann den für uns durchführen sollte, war es auch wieder akzeptabel.«

Von Aha machte Druck. »Sie haben sich also an dem Artikel über die Geldautomatensprengung orientiert.«

»Nein, nicht orientiert, er hat mich auf die Idee gebracht, das war etwas anderes als ein Banküberfall. Es versprach zu funktionieren, ohne dass jemand bedroht wurde oder zu Schaden kommen konnte.«

»Das ist ja nun gründlich danebengegangen in Ihrem Fall, aber erzählen Sie weiter.«

»Ich habe Breimann hart angepackt in der Nacht, aber er durfte nicht zu wüst aussehen, sonst hätten mich die Frauen am nächsten Morgen gelyncht. Zweimal ist er mit dem Stuhl umgekippt, an den er noch gefesselt war. Gegen drei Uhr habe ich erkannt, dass er die Wahrheit sagt, denn er ist eine Memme und hätte seine Großmutter verraten für eine Zigarette.«

Die Tür öffnete sich, Aaron Nilsson trat ein, grüßte kurz, blieb im Hintergrund stehen, während Schollkämper fortfuhr.

»Er hatte alles verplempert, verspielt, rausgehauen. Hauptkommissar von Aha, können Sie sich das vorstellen? Der Kerl hatte in ein paar Wochen über eine halbe Million ausgegeben! Gut, sagte ich, dann wirst du uns entschädigen. Der hat vielleicht geguckt. Wie er das machen solle, er habe keine Versicherung für solche Fälle. Er fand das witzig, ich nicht. Peng, eins auf die Rübe. Hör zu, sagte ich, ich erklär dir das nur ein Mal. Du wirst für uns in den kommenden Nächten vier Kassenautomaten sprengen, das Geld einsammeln und uns übergeben.«

Tom Weber nutzte die kleine Sprechpause. »Herr Staatsanwalt Nilsson, Sie wollen sich einen Eindruck vom Stand des Verhörs verschaffen?«

»Genau.« Er schaute auf den Verdächtigen. »Sie sind Herr Schollkämper?«

»Ja.«

Von Aha erläuterte den Sachstand. »Herr Schollkämper erklärt uns gerade, wie er das spätere Opfer dazu aufforderte, insgesamt vier Kassenautomaten zu sprengen, damit Geld zur Entschädigung für alle Parteien zusammenkam. Habe ich das richtig wiedergegeben?«

Schollkämper nickte. »Für jede betrogene Partei, deren Geld in die Spielerkasse von dem Lumpen geflossen ist, sollte der eine Sprengung vornehmen. Ich wollte, dass der nie wieder vergisst, wie sich das anfühlt, dass er Schiss kriegt vor dem nächsten Mal, dass er fürchten muss, sein Gesicht auf einem Fahndungsfoto zu entdecken, weil irgendeine Videokamera ihn registriert hat. Breimann meinte, er könne das nicht, er habe keine Ahnung und kein Werkzeug, und wo er denn den Sprengstoff hernehmen solle? Da habe ich ihm gesagt, kein Problem, dafür würde ich sorgen.«

Von Aha horchte auf. »Wo haben Sie den Sprengstoff her?«

»Das sage ich nicht, der Mann kriegt sonst Ärger.«

Von Aha schlug seine Akte auf und blätterte durch. »Bei den gesicherten Spuren wird es kein Problem sein, Fabrikat und Herkunft zu ermitteln, kommen Sie lieber jetzt schon mit der Information ans Licht.«

Er blickte kurz hoch zu Nilsson, der mit seinem nervigen Gang durch den Raum begann, quietschend in Schollkämpers Rücken. Nilsson machte das nicht zum ersten Mal, und er machte es gut. Quietsch, quietsch, schnaubendes Ausatmen, quietsch. Schollkämper wurde sichtbar nervös.

»Ich habe einen alten Bekannten, der in einem Steinbruch in der Eifel arbeitet. Für den nächsten Morgen hatte ich mich mit ihm verabredet, er war mir noch einen Gefallen schuldig. Ich habe ihm gesagt: ›Ich will in meiner Obstwiese die Maulwürfe final bekämpfen.‹ Der hat mir das Zeugs aufgeteilt, damit die Bäume nicht fliegen gehen, ich sollte die einzelnen Päckchen aber tief versenken, damit ich nicht statt einer Obstwiese plötzlich einen Gartenteich hätte. Ich hatte alles, was ich brauchte, im Sack, fünf Päckchen Dynamit, jedes mit langer Lunte.«

Nilsson fragte aus dem Hintergrund: »Wieso fünf?«

»Ich rechnete damit, dass es bei einem Automaten danebengeht.«

»Wieso haben Sie als ersten Automaten den in Büderich ausgewählt?«

»Es musste schnell gehen. Ich hatte keine Lust mehr, den

Mann noch lange an der Issel zu beherbergen, da habe ich den ersten außerhalb von Wesel gewählt, den ich kannte. Gut erreichbar, kurze Zufahrt ins Dorf und anschließend ein Fluchtweg über Winkeling und am See in Menzelen-Ost vorbei. Kleine Straßen, ziemlich unübersichtlich alles, ein paar Schleichwege, wie man sie braucht in einer solchen Situation.«

Von Aha wies auf Nilsson. »Jetzt spricht er von sich allein, haben Sie gehört? Er hatte keine Lust mehr. Vorher ging es immer um gemeinschaftliche Entscheidungen.«

Schollkämper bemerkte seinen Fehler. »Meine Güte, natürlich waren alle darüber informiert und damit einverstanden. Wir haben uns ja die Gegebenheiten vor Ort angeschaut. Jeder hat einmal Geld abgehoben und sich dort einen Eindruck verschafft, Straßensituation, Fluchtweg und so. Und mindestens einer musste ja zur Sprengung mitkommen, bevor der Kerl mit dem erbeuteten Geld alleine das Weite suchte. Der nächste Tag war lang und aufregend. Für alle.«

Nilsson verließ den Raum mit einem »Weiter so« und reckte noch schnell, für Schollkämper nicht sichtbar, den Daumen in die Höhe.

✳✳✳

Vernehmung Thilo Dromke, anwesend KHK Patalon, zeitweise Staatsanwalt Nilsson

Die Idee der Automatensprengungen hatte Dromke zunächst einen Schock versetzt, bis Schollkämper in der abendlichen Versammlung oft genug erwähnt hatte, dass schließlich Breimann derjenige war, der alles durchführen würde. Wenn es irgendwo eine Videoüberwachung gab, dann würde dessen Gesicht darauf zu sehen sein. Und mit der Aussicht, wenigstens einen Teil des Geldes zurückzubekommen, waren letztlich alle einverstanden.

Jerry Patalon sah Thilo Dromke an, dass es ihm unangenehm war, die Geschichte weiterzuerzählen.

»Ich weiß nicht mehr, warum ich mich darauf eingelassen habe. Ich sah kein Problem darin, schließlich würden wir nicht selbst Hand anlegen, sondern der Lump wäre für alles verantwortlich. Da war eine Gruppendynamik entstanden, die sich nicht mehr in eine andere Richtung wenden ließ. Lotte versuchte es immer wieder mit einem herzhaften ›Aber‹, nur reagierte niemand darauf. Wir haben uns von Heinz überreden lassen. Richtig euphorisch war der über seine eigene Idee, und Kim hielt sich zwar im Hintergrund, war aber hellauf begeistert. Ich will mich nicht der Verantwortung entziehen, bitte verstehen Sie mich nicht falsch, ich suche immer noch eine Begründung dafür, wie ich mich darauf einlassen konnte.«

Nilsson öffnete die Tür. »Lassen Sie sich nicht stören.«

Jerry wies ihn mit den Augen an, er solle sich setzen. Nilssons quietschender Marsch durch den Raum war hier nicht angebracht.

»Herr Dromke, der Staatsanwalt möchte sich ein Bild vom Fortschritt der Ermittlungen machen, ist das in Ordnung für Sie?«

»Ich kann schwerlich etwas dagegen einwenden.«

Nilsson bat darum, fortzufahren, Jerry begann, gezielte Fragen zu stellen. »In der Nacht wurde also die Entscheidung getroffen, dass Breimann durch die Sprengung von Kassenautomaten einen Teil seiner Schulden begleichen sollte?«

»Ja, Heinz wollte gleich in der nächsten Nacht loslegen, vier Automaten in vier Nächten sollten es werden, damit er wenigstens für jede Partei einen beachtlichen Betrag erbeuten könnte.«

»Warum gleich in der nächsten Nacht?«

»Heinz meinte, wir sollten das Haus nicht mehr allzu lange besetzen, das klang logisch.«

»Wie sollten die Sprengungen durchgeführt werden?«

»Heinz wollte Sprengstoff besorgen, mehr weiß ich nicht. Ich habe mich auch nicht intensiv um Information bemüht. Zwar war die Gruppe damit einverstanden, aber organisiert hat Heinz.«

»Wieso fiel die Entscheidung auf die Büdericher Bankfiliale?«

»Ja, da war vielleicht der Zufall Pate. Heinz und ich kannten den Automaten schon, weil wir dort manchmal Geld abheben. Ich glaube, der Heinz hatte genug zu tun und wollte nicht noch extra einen anderen Automaten auskundschaften. Wir sind auch noch gemeinsam mit Breimann hingefahren, als Heinz aus der Eifel zurück war.«

»Was wollte er dort?«

»Er hat dort einen Bekannten, der hat ihm Sprengstoff besorgt aus einem Steinbruch.«

»Und dann ging es mit zwei Autos los, Ausflug nach Büderich?«

»Ja, nur dieses Mal nicht mit Grete am Steuer, weil die nicht schnell genug fährt. Breimann wurde mit einem Mal sehr lebhaft. Ich glaube, der witterte über seine Verpflichtung uns gegenüber eine Möglichkeit, später für sich selbst an Geld zu kommen.«

Nilsson hob die Hand, er wollte eine Frage stellen. »Herr Dromke, das war noch immer alles in Ordnung für Sie? Ich meine, gab es keinen Moment, in dem Sie die Aktion in Frage gestellt haben?«

Dromke dachte nach. Er habe schon Zweifel gehabt, fühlte sich jedoch der Gruppe verpflichtet. »Ich konnte mich doch nicht einfach absondern.« Bevor Jerry die nächste Frage stellen konnte, warf Dromke noch mit belegter Stimme einen Satz hinterher. »Außerdem wollte ich, dass Breimann wenigstens einen Teil des Geldes ersetzte.«

»Auf diese Art und Weise?«

Dromke nickte. »Koste es, was es wolle.«

✳✳✳

Vernehmung Lotte Plaat und Maria Dromke, anwesend
KK Burmeester, zeitweise Staatsanwalt Nilsson

Lotte Plaat schwieg, während Maria Dromke ausführlich berichtete, wie sie ihre Zweifel an Schollkämpers Plan überwunden hatte. Die Schmach des Betruges saß zu tief und verlangte nach Genugtuung. Sie hatte die Frauen überzeugt, dem Plan B zuzustimmen. Sie ereiferte sich in einer Weise, die Burmeester in den vorherigen Vernehmungen nicht bemerkt hatte.

»Breimann sollte alles tun, was uns wenigstens zu einer kleinen Entschädigungssumme verhalf. Ich war nicht damit einverstanden, dass Heinz ihn misshandelte, das müssen Sie im Protokoll festhalten. Aber die Idee, dass Breimann Kassenautomaten knacken sollte, um uns das Geld zu geben, die gefiel mir. Grete fand das erst furchtbar und sagte später gar nichts mehr dazu, und Kim wollte auch das Geld. Meinem Mann konnte ich ansehen, dass er nicht unbedingt jubelte, aber das interessierte mich in dem Moment nicht. Ich wollte, dass Breimann sich selbst in Gefahr brachte, dass er ein schlechtes Gewissen bekam und Angst vor der nächsten Bankfiliale hatte. Angst vor der nächsten Explosion, Angst davor, nie mehr aus der Nummer rauszukommen.«

Burmeester fragte sich, ob vielleicht Karins Anwesenheit sie tagelang gehemmt hatte, weil Maria Dromke diesen Teil ihrer Persönlichkeit vor der Nachbarin verbergen wollte.

»Ich fühlte mich ganz persönlich betrogen von ihm, von der ersten Minute an hinters Licht geführt. Ich fühlte mich schuldig, unsere Freunde mit ins Boot geholt zu haben, die jetzt auch den Schaden durch den Immobilienbetrug hatten, den sie nirgendwo geltend machen konnten. Und dafür sollte Breimann büßen.«

Die Tür ging auf, und Nilsson faltete seinen langen Körper geschickt unter dem Türsturz durch. Burmeester erklärte seine Anwesenheit.

»Der Staatsanwalt nimmt heute an allen Vernehmungen teil, um sich ein Bild vom Stand der Ermittlungen zu machen. Frau Dromke führte gerade aus, dass sie Genugtuung von Breimann erwartete, und Frau Plaat –«

Lotte Plaat unterbrach Burmeester und strahlte den Staatsanwalt an. »Die Frau Plaat stellt sich selbst diesem Hünen vor, den ich auf keinen Fall Jungchen nennen kann. So ein Bild von einem Mann! Ihr habt aber auch ein paar ganz Nette hier herumlaufen. Und deine Frisur. Bestimmt nennen sie dich Mütze, oder? So sind die Menschen.«

Sie löste ihren Blick von Nilsson und sprach zu Burmeester. »Jungchen, ich habe mich übrigens aus allem herausgehalten. Sie wollten alle nur das Geld. Gut, Maria wollte zusätzlich noch Rache, schlecht für das Karma, hat sich aber bestimmt auch über die Aussicht auf Geld gefreut.«

Sie schlug sich mit der Hand vor den Mund, jetzt hatte sie doch Gruppeninterna hinausposaunt. Sie schaute hoch zu Nilsson und blickte dabei so kleinmädchenhaft schuldbewusst, dass er Mitleid bekam und sich setzte.

»Weißt du, Mützeken, ich habe mein Auskommen, und wenn ich auf die Insel will, dann fliege ich hin, so ist das. Ich hätte mich über eine feste Bleibe dort gefreut, aber ich bin nicht so wild auf weltliche Güter, und fort ist fort.«

Burmeester wollte das nicht einfach stehen lassen. »Sie haben also die ganze Zeit über nur mitgespielt?«

»Nein, so war das nicht. Ich habe es genossen, Teil dieser aktiven, illustren Gruppe zu sein. Gut, es gab keine Männer ohne Anhang dort, aber das war mir dann egal. Ich hatte Sorge, dass wir uns wieder aus den Augen verlieren, weil wir nun doch nicht zusammen in einer Appartementanlage unsere Urlaube verbringen würden. Also, mir hat der Breimann sonnige Träume geklaut. Die konnte er mir nicht zurückbringen, egal wie viele Kassen er demolieren würde.«

»Aha«, sagte Burmeester nur.

»Wir hatten beschlossen, uns die erste Sprengung gemeinsam anzuschauen, statt sie nur Heinz mit dem Kleinen zu überlassen. Es war ein gewisser Nervenkitzel, sich am frühen Abend mit dem zukünftigen Sprengmeister in Büderich umzuschauen. Ich dachte, jeden Moment würde Breimann abhauen, aber Heinz hatte ihm zugesetzt. Wenn er nicht seinen Teil der Wiedergutmachung leisten würde, dann würde er ihn fesseln und von der Rheinbrücke baumeln lassen, kopfüber. Dem ging es vor dem ersten Einsatz in der Nacht ganz schlecht, er war furchtbar aufgeregt und ließ sich von Heinz immer wieder zeigen, was er mit dem Sprengstoff machen sollte. Wir hatten ihm die Kabelbinder abgenommen, denn er musste sich ja bewegen können.«

Nilsson stellte auch hier eine Frage, die Antwort interessierte ihn brennend. »Breimann unternahm keinen weiteren Fluchtversuch?«

»Nein, der war ganz brav. Das war schließlich seine Chance, dazuzulernen. Wie heißt das noch mal, wenn einer die Straftat auf die Art des anderen begeht? Ah, ich hab's, er erkannte die Möglichkeit, zum Trittbrettfahrer zu werden und für sich selbst Geld zu ergaunern. In den letzten Stunden, bevor es ernst wurde, saßen wir gemeinsam um den großen Tisch in der provisorischen Küche, und er ging ohne Fesseln rauchen und kam wieder zurück. Der war so aufgeschlossen und nett, zwinkerte Kim an, die sich abdrehte. Maria konnte nicht darauf eingehen, für sie blieb er der Ursprung allen Übels. Und dann war es so weit. Noch war Nacht, noch war es dunkel. Man konnte das Adrenalin regelrecht in der Luft spüren, alle waren aufgeregt. Wir verließen zum dritten Mal gemeinsam das Haus, saßen schweigend in den Autos.«

Jetzt schaute sie den Staatsanwalt an, richtete ihre Augen auf die rote Haarpracht, beugte sich ein wenig in seine Richtung. »Du bist mir so ein echtes Mützeken, so eine Haarpracht tät ich ja gern mal durchwuscheln.«

Nilsson wich ihrer ausgestreckten Hand aus und lachte, sagte: »Berühren verboten«, wurde im nächsten Moment sehr ernst. »Frau Plaat, was geschah in Büderich?«

Lotte lehnte sich zurück. »Soll Maria doch erzählen.«

Maria Dromke schreckte förmlich hoch, als sie ihren Namen hörte. »In Büderich? Was da geschah?«

Der Staatsanwalt nickte, sie nahm einen Schluck Wasser, ließ sich von Burmeester nachschenken.

»Das ist nicht einfach zu erklären, und ich weiß nicht, ob ich das schaffe.«

Lotte Plaat tätschelte ihre Hand. »Das schaffst du, Liebchen, sonst helfe ich dir.«

»Wir haben die Wagen an unterschiedlichen Stellen abgestellt, einen auf dem Marktplatz, den anderen gegenüber vom Kirchenportal von St. Peter am Straßenrand, beide in Fahrtrichtung Hauptstraße, Sie wissen schon, die alte Bundesstraße.«

Sie schien sich zu sortieren, zeichnete mit den Fingern einen imaginären Lageplan auf die Tischplatte.

»Da standen wir, dort das Auto der Schollkämpers, und hier ist die Bank. Breimann saß bei denen im Wagen. Plötzlich ging die Tür auf, und er kam rausgelaufen, Heinz stieg aus, öffnete den Kofferraum und gab ihm etwas. Er trug in der rechten Hand offenbar die Sprengladung, die er weit von sich hielt, in der anderen einen Beutel, wohl für die Beute.«

Maria brach ab, es schien, als könne sie nicht weitersprechen, Lotte übernahm.

»Ich saß ja mit ihm zusammen im Auto. Der hatte plötzlich Muffensausen, eine Memme eben, ich habe ihn scharf angeguckt, damit er nicht in letzter Sekunde einen Rückzieher macht. Heinz redete auf ihn ein, beschwor ihn regelrecht, sie hätten doch alles geprobt, und jetzt raus hier, bis er ausstieg und über die Straße lief. Alle wollten sehen, was nun geschah, jeder öffnete ganz leise die Autotür, damit nicht schon vorher alle Dörfler wach wurden. Meine Güte, in so einer Situation war ich mein Lebtag nicht geraten, es war so spannend.«

Maria konnte wieder sprechen, beschrieb, wie Breimann in den Kassenraum ging, vor dem Geldautomaten stand und nichts tat. »Er schien in eine Starre gefallen zu sein, ich konnte im Laternenlicht erkennen, wie Heinz sein Käppi ins Gesicht zog und zu ihm lief. Gemeinsam hantierten sie, Heinz zog die Zündschnur bis nach draußen, Breimann stand immer noch im Raum, Heinz habe ihn rausgeschubst, gezogen, er war regelrecht paralysiert.«

Maria stoppte kurzatmig, in ihrer Erinnerung kam dieselbe Aufregung hoch wie am Tattag. Schließlich fing sie sich und sprach atemlos weiter.

»Und dann tickte er plötzlich aus, wollte nicht mehr mitmachen, setzte zu einem Schrei an, Thilo war inzwischen bei ihm und hielt ihm den Mund zu, Frank riss sich los, machte drei Schritte nach hinten, schüttelte den Kopf, sagte, wir seien ja verrückt, und drehte sich um. Wir standen alle in der Nähe.« Burmeester ließ ihr einen Augenblick zum Durchatmen. »Und was geschah dann?«

Maria Dromke schaute auf, regungslos, sprach leise. »Und dann fiel der Schuss.«

Man hätte eine Büroklammer fallen hören können in dem Raum, niemand wagte, laut zu atmen oder sich zu regen, Nilssons und Burmeesters Blicke begegneten sich. Eine hochgezogene Augenbraue des Staatsanwalts deutete der Kommissar schließlich als Zeichen, die Vernehmung fortzusetzen.

»Frau Dromke, beschreiben Sie mir genau, wie es zu dieser Eskalation kommen konnte.«

Maria Dromke unterdrückte ihre Aufgeregtheit, langsam begann sie zu sprechen. Jeder, der zuhörte, sollte merken, dass sie ihre Geschichte exakt und mit Bedacht erzählte.

»In der Nacht hatte Heinz beim Haus einen Behälter, so eine kleine Klappkiste, aus dem Auto geholt. Darin lagen fünf kleine Kartons, alte Postpakete, in denen er die einzelnen Sprengladungen verstaut hatte. Heinz gab Frank eine Unterweisung, wie er mit dem explosiven Zeug umzugehen hatte. Er kannte sich gut aus mit dem Material, das merkte man. Wir alle waren angespannt, denn das hätte in dem Haus ja vielleicht auch schiefgehen können. Komischerweise rückten die Stühle immer weiter hinter einen Mauervorsprung, jeder linste nur kurz mal zu den beiden hinüber und schaute sofort wieder weg. Heinz versuchte, uns zu beruhigen, sagte, ohne aktivierten Zündmechanismus könne nichts passieren. So etwas hatten wir alle noch nicht erlebt.«

Lotte Plaat nickte zur Bestätigung. »Mützeken, du kannst dir das nicht vorstellen, wir befanden uns in einem Raum voller Sprengstoff, im wahrsten Sinne des Wortes. Alle waren zum Bersten angespannt.«

Maria wollte sich nicht unterbrechen lassen. »Jede Person reagierte sich auf andere Weise ab. Kim knibbelte an ihren Fingernägeln, Thilo lief im Hintergrund auf und ab, Grete saß nur stocksteif auf ihrem Stuhl.«

Sie griff nach Lottes Hand. »Wir beide hielten uns an der Hand wie Kinder, die sich im Dunkeln fürchten. Da mussten wir nun durch, mitgefangen, mitgehangen. Es half mir, Lottes Hand zu spüren, ich redete mir ein, dass alles gut laufen wird. Später stand die Kiste in der Küche, während Frank in seinem Zimmer noch mal alleine sein wollte. Kurz bevor wir aufbrachen, warf ich einen zufälligen Blick in die Kiste. Da lag noch etwas anderes, ich erkannte es nicht sofort, schlug eine alte Autodecke zurück, unter der es hervorragte. Es war eine silberfarbene Pistole mit einem schwarzen Griff.« Sie schloss die Augen, als rufe sie innere Bilder ab.

»Ich habe keine Ahnung, wie die dort hineingelangt ist. Jeder von uns hätte sie theoretisch dort unter der Decke verstecken können. Ich rief, was das denn sei. Keiner fühlte sich angesprochen, nur Heinz kam näher, entriegelte das Magazin, es enthielt Kugeln, und schob es zurück. Ich fragte ihn, ob dies seine Waffe sei, er verneinte, er besitze eine ähnliche, sagte er. Er gab sie mir einfach in die Hand, Herr Burmeester, mein Leben lang hatte ich keine Waffe gehalten, warum auch, was sollte ich damit? Sie fühlte sich schwer an. Er stellte sich hinter mich und zeigte mit seinen Händen, wie man sie entriegelt, um zu schießen.«

Lotte ließ Marias Hand los und fuhr fort.

»Wozu das nötig sei, fragte ich, und erhielt keine Antwort. Jeder im Raum bekam die Waffe einmal in die Hand, probierte die Entriegelung aus, legte den Finger an den Abzug. Und keiner wollte die Waffe dorthin gelegt haben. Ich hatte Heinz in Verdacht. Was sollte das sonst heißen, er habe ähnliche Waffen? Die Pistole roch nach Gewalt, sie war kalt, andererseits war sie besonders und auch unheimlich. Ich weiß noch, dass Kims Handgelenke sich nach unten senkten, selbst mit zwei Händen konnte sie das Ding nur schwer festhalten,

Heinz gab ihr Tipps. ›Man weiß ja nie‹, sagte er. Das war so makaber, Jungchen, so eine Waffe fällt doch nicht vom Himmel.«

Nilsson unterbrach Lotte Plaat. »Moment, Moment, nur für das Protokoll. Sie beide sagen, dass die Waffe ganz plötzlich in der Kiste mit den Sprengstoffportionen lag, und keiner wollte sie dort hineingelegt haben?«

»Genau, ja.«

»Und Heinz Schollkämper kennt sich mit Waffen aus und hat jeder Person einmal gezeigt, wie man sie hält, entsichert und wie man abdrückt?«

»Aber Mützeken, das haben wir doch schon alles gesagt, ja, so war es.«

»Ich kann es nur schwer glauben. Das klingt grotesk.«

»Dann frag doch die anderen, die werden das bestätigen.«

Da war sie, dachte Burmeester, die Absprache, die Karin Krafft schon länger vermutete und die sich am Morgen in dem angeblich nicht überwachten Raum bestätigt hatte. Jetzt kam sie zur Anwendung.

Maria Dromke unterbrach seinen Gedankengang. »Das war nicht so vereinbart. Aber nun war sie da und lag wieder in der Kiste, nachdem jeder sie einmal in Händen gehalten hatte. Alle. Außer Frank Breimann.«

***

Vernehmung Grete Schollkämper und Kim Feenstra, anwesend KHK Krafft

»Da lag eine Pistole in der Kiste, und niemand wollte sie dort hineingelegt haben? Und das soll ich Ihnen glauben?«

Kim Feenstra schüttelte ihre blonde Mähne unwirsch, eine Strähne legte sich auf ihre Schulter, sie war sauer.

»Fragen Sie doch die anderen, es war so. Jeder durfte die mal halten, der Heinz kannte sich aus, und er stellte sich ganz nah hinter mich und legte seine Hände auf meine, und ich hätte einerseits kotzen können und fand es andererseits total cool, so ein Ding mal in der Hand zu haben. Irre schwer ist so eine Knarre.«

Karin blätterte in ihrer Mappe und sprach mit einem Blatt in der Hand Grete Schollkämper an. »Und Sie wollen mir immer noch erzählen, dass Sie nichts von der Waffensammlung Ihres Mannes gewusst haben?«

Grete reagierte gereizt. »Nein, wie oft soll ich Ihnen das noch sagen? Der Keller war tabu für mich, und Heinz hütete seine Schlüssel. Wenn er schlafen ging, legte er sie neben sich in den Nachtkasten. Wenn er unten war, schloss er immer die Tür hinter sich ab, ich hatte keine Chance, auch nur einen Blick dort hineinzuwerfen. In der Nacht im Haus an der Issel hatte ich zum ersten Mal eine Waffe in der Hand. Ein merkwürdiges Gefühl. Ich genoss es, dass Heinz so eng hinter mir stand und die Arme um mich legte, das tat er sonst nie. Ich mag Waffen überhaupt nicht, und wenn er nicht so dicht bei mir gewesen wäre, hätte ich das Ding auch nicht angefasst. Jetzt ging kein Weg daran vorbei, und ich fühlte mich sogar großartig und stark.«

Kim war aufgesprungen: »Mensch, red nicht so einen Scheiß!«

Karin rief sie zur Ordnung, wartete, bis sie sich wieder hingesetzt hatte. »Was regt Sie gerade so auf?«

»Großartig und stark, so ein Mist, die Grete wird nie großartig sein neben diesem Heinz, in seiner Welt ist nur einer großartig, und das ist er selbst. Er wusste genau, wie man mit der Pistole umgehen muss, und hat sich damit gebrüstet und uns Dummen wieder einmal gezeigt, was er alles kann und weiß. Und als er es allen gezeigt hatte, lag so eine Stimmung in der Luft wie vor einer Geburtstagsüberraschungsparty, keiner wusste was Genaues, alle ahnten nur, dass es eine aufregende Überraschung geben würde, und waren aufgeregt.«

»Sie meinen, alle waren euphorisch?«

»Ja, genau. Als Heinz die Waffe wieder in die Kiste gelegt hatte, holten wir Frank und fuhren los. Ein Scheißwetter war das, ich hasse Regen. Es war so dunkel und so nass, als wir in Büderich ankamen. Ich konnte einfach nicht im Auto bleiben und stieg aus, die anderen folgten.«

Grete Schollkämper warf ein, die Natur brauche noch viel mehr Regen, um zu leben.

Kim fuhr wieder aus der Haut. »Mann, das interessiert hier keinen. Musst du zu allem deinen Gutmensch-Senf dazutun?«

Beide wandten sich voneinander ab und schienen beleidigt zu sein, redeten keinen Ton mehr. In dem Moment schaute Nilsson zur Tür herein, Karin blickte ihn scharf an, er verstand und zog sich zurück.

Karin Krafft klappte ihre Mappe wieder zu. »Ich habe Zeit.«

***

Vernehmung Thilo Dromke, anwesend KHK Patalon, zeitweise Staatsanwalt Nilsson

Aaron Nilsson setzte sich still in den Hintergrund und hörte zu.

Thilo Dromke war überrascht gewesen, dass seine Frau die Pistole aus der Kiste gezogen hatte. Sie sei eigentlich immer pazifistisch eingestellt gewesen und habe Waffen kategorisch abgelehnt. Er konnte sich auch nicht vorstellen, wie das Ding in die Kiste gelangt war, die hatte ungefähr eine Stunde lang neben der Tür gestanden, jeder sei mal daran vorbeigelaufen, jeder außer Breimann, der in seinem Zimmer auf dem Bett lag und sich auf seinen Einsatz vorbereitete. Wie Maria die Waffe angeschaut habe, wie sie mit den Fingern über das Metall gestreift habe, habe ihn sehr erstaunt.

»Wissen Sie, ich hatte nicht zum ersten Mal im Leben eine Pistole in der Hand. Ich gehöre zu denen, die eine Grundausbildung bei der Bundeswehr gemacht haben, mein Antrag auf Zivildienst wurde damals nicht anerkannt, also musste ich da durch. Es war mir nicht neu, wie man sie entriegelt und wie man zielt. Warum Heinz diese geheimnisvoll zu uns gelangte

Waffe partout mit nach Büderich nehmen wollte, fragte ich ihn.«

Besser sei besser, habe er geantwortet. Einer von ihnen habe da eine gute Idee gehabt, es sei bestimmt nicht schlecht, wenn für den Notfall so ein kleines glänzendes Druckmittel im Auto liege.

»Heinz schob das Teil unter die alte Decke und stellte die Kiste in seinen Kofferraum. Nur noch zehn Minuten bis zur Abfahrt. Die Frauen hatten Kaffee gekocht, damit wir alle fit und wach blieben. Das wäre gar nicht nötig gewesen, wir waren alle so richtig aufgeputscht, ich habe die Aufregung der Schulkinder vor Heiligabend in Erinnerung, die Klassen waren immer unruhig, und so ähnlich stiegen wir in die Wagen.«

Thilo Dromke achtete heute ganz genau darauf, dass er genügend Flüssigkeit zu sich nahm, ließ sich Wasser nachschenken. Jerry Patalon fragte nach der Ankunft in Büderich.

»Wir stiegen nacheinander aus, alle standen irgendwann auf dem Marktplatz beim Wagen von Heinz. Was machte Breimann so lange in dem Automatenraum? Es ging nicht mal eben so hopplahopp wie in der Nacht geprobt. Heinz wurde unruhig und schaute sich andauernd um. Dann lief er zu Breimann und kam nach ein paar Minuten mit ihm wieder vor die Tür. Der war restlos überfordert, schien kurz vor einem Zusammenbruch oder besser gesagt vor einem Ausbruch, Heinz hielt ihn davon ab, herumzuschreien, und gemeinsam hielten wir ihn davon ab, fortzulaufen. So ein Feigling, dachte ich mir. Will seine Schuld nicht abarbeiten.«

Jerry wartete darauf, dass Thilo Dromke weitersprach, aber er saß eine Weile da und starrte vor sich hin.

Zu diesem Zeitpunkt glaubte der Hauptkommissar schon lange nicht mehr an Dromkes Unschuld. Schuldig waren sie alle. Was dann kam, überraschte ihn dennoch. Das Leben war immer bereit für eine unerwartete Wendung.

✶✶✶

Vernehmung Heinz Schollkämper, anwesend KHK von Aha
und KHK Weber, zeitweise Staatsanwalt Nilsson

Schollkämper war wütend. Die beiden Kommissare mochten sich nicht ausmalen, was geschehen würde, wenn er in einer Alltagssituation die Fassung verlor. Hier ließ er sich immer wieder darauf ein, wenn von Aha ihn streng dazu aufforderte, sich wieder hinzusetzen. Und dann war noch der Staatsanwalt dazugekommen.

Nilsson hatte die Reizbarkeit bemerkt und sich mit an den Tisch gesetzt. So ein Alphamännchen wie Schollkämper durfte man weder durch überragende Körpergröße noch durch irrationale Handlungen wie das Herumlaufen mit quietschenden Schuhen konfrontieren, das konnte danebengehen.

Schollkämper war gerade dabei, seine Antworten auf die letzten Fragen noch einmal zu bündeln.

»Mein Gott, ja, ich habe den Sprengstoff besorgt. Und nein, die Waffe war nicht von mir, ich besitze nur zwei vom gleichen Fabrikat, und ja, ich habe diesen Naivlingen gezeigt, wie man eine solche Waffe bedient, mir gefiel der Gedanke, dass wir nicht ganz unbewaffnet zu dieser Aktion fuhren. Und nein, ich weiß bis heute nicht, wer sie in die Kiste gelegt hat. Wie oft soll ich das noch wiederholen?«

Nilsson gab sich sachlich streng. »Sie werden manche Dinge hier so oft wiederholen, bis die Herren Hauptkommissare sie nachvollziehen können und den Eindruck gewinnen, dass Sie die Wahrheit sagen. Dies ist eine Vernehmung und kein Stammtischgeplänkel.«

»Ja, ja, ja, ich weiß. Deshalb darf man doch hier nicht behandelt werden, als sei man bescheuert.«

Von Aha hatte die Nase voll von dem Genöle und wurde wieder einmal laut. »Niemand hier hält Sie für bescheuert! Mir drängt sich nur der Eindruck auf, dass Sie uns schon lange hätten sagen sollen, was in der Bankstelle in Büderich geschehen ist. Uns geht es hier um nichts anderes als die Wahrheit.«

Nilsson gab sich gemäßigt und fügte zusammen, was er

bislang gehört hatte. »Breimann schaffte es nicht, alleine im Automatenraum klarzukommen, Sie sind zu ihm gegangen. Was war da los?«

Schollkämper sah ihn an, als wundere er sich über den Stand der Informationen bei der Kripo, berichtete dann in gemäßigtem Ton.

»Der Kerl brachte es nicht zustande, die Sprengstoffeinheit ordentlich an dem Automaten zu befestigen. Ihm zitterten die Hände, er hatte alles vergessen, was wir vorher besprochen hatten. Wir hatten ein Schlauchsystem aus dem Internet abgekupfert, das man bei Gebäudesprengungen zielgenau einsetzen kann, eine nicht ganz einfache Sache. Ich erledigte seine Arbeit und nahm ihn dann mit nach draußen. Bevor ich den Sprengzünder scharf stellen konnte, rastete er völlig aus, der wollte herumbrüllen und abhauen.«

Er lachte plötzlich auf. »Der hatte die Chuzpe, uns um eine halbe Million Euro zu betrügen, und nicht genügend Mumm, um einen Automaten zu sprengen. Ich konnte ihn gerade noch daran hindern, mitten in dem kleinen Ort den Abflug zu machen.«

Er machte eine Pause, und dann kam der Satz, von dem sich Nilsson mehr versprach. »Dann ging alles ganz schnell, denn nach dem Schuss mussten wir verdammt eilig und konsequent handeln.«

Nilsson richtete sich auf und fragte nach: »Breimann lag tot auf dem Marktplatz?«

»Ja.«

»Wer hat den Schuss abgefeuert?«

Schollkämper schaute ihm in die Augen und verschränkte die Arme. Er machte eine Pause, bevor er gewichtig zwei Worte sagte: »Wir alle.«

***

Als Aaron Nilsson eine Stunde später hinzukam, herrschte Ratlosigkeit im Besprechungsraum, in den sich das K1 zurückgezogen hatte. Karin Krafft betonte, dass sie solch eine Situation im Rahmen einer Vernehmungsreihe noch nie erlebt habe.

»Wir müssen die Frauen einzeln und die Männer ebenfalls noch mal verhören, einmal, zweimal, wenn es sein muss, zehnmal.«

Nilsson schaute sie an und schien zu ahnen, was sie meinte. »Sag nicht, dass jedes Mitglied dieser illustren Urlaubergruppe gestanden hat.«

»Doch, ich lese dir mal eben die maßgeblichen Sätze vor, die sich ähneln wie ein Ei dem anderen.« Sie schaute in die Protokollaufzeichnungen.

»Maria Dromke: ›So konnte das nicht weitergehen, ich wusste ja, dass die Waffe in der Kiste liegt. Der Kofferraum stand offen, ich ergriff sie, und ohne weiter darüber nachzudenken, habe ich den Kerl erschossen.‹ Oder Variante Nummer zwei: ›Dann protestierte Lotte Plaat. Nein, das stimmt doch gar nicht, ich habe mir die Waffe gegriffen, und peng, es war unheimlich, aber er stürzte vor unseren Augen zu Boden. Ich war das.‹«

Pause.

»Grete Schollkämper hielt auch Linie. Ich zitiere sie: ›Ich hatte das Gefühl, endlich etwas Entscheidendes zu tun, ich griff nach der Waffe und war dann erstaunt darüber, dass ich ihn tatsächlich getroffen habe. Ich habe Frank Breimann erschossen. Meine Güte, wie sich das anhört.‹«

Pause.

»Wollt ihr mehr hören? Im gleichen Raum Kim Feenstra: ›Das stimmt nicht, ich weiß nicht, warum die Alte jetzt hier einfach lügt. Ich war blitzschnell beim Auto und habe die Waffe geholt. Das ging einfacher, als ich dachte. Zum Glück stand er ja ganz nah vor mir. Ich habe die Welt von diesem Scheißer befreit. Ich habe geschossen.‹«

Karin brach ab und wies einen Kaffee zurück, den von Aha ihr reichen wollte. »Danke, ich bin auf hundertachtzig. Jetzt Kaffee zu trinken wäre nicht gut.«

Nilsson wollte die anderen Geständnisse auch noch hören

und bat Karin, fortzufahren. Sie sprach leise, wirkte desillusioniert.

»Also, dann sind wir bei Thilo Dromke: ›Es war nicht mehr mit anzuschauen, ich dachte, jetzt haut der ab und verschwindet hier in einem der großen Hinterhöfe, und wir kriegen ihn nicht und stehen wie blöd da. Nein, das konnte es nicht sein. Ohne weiter nachzudenken, griff ich mir die Waffe aus der Kiste, kennen Sie das? Ich meine, wenn die Hände einfach agieren, ohne den Kopf vorher eingeschaltet zu haben? Ich sah ihn an und schoss. Er brach vor unseren Augen zusammen.‹«

Erneute Pause.

»Und zuletzt das, was sich Heinz Schollkämper ausgedacht hat: ›Der Arsch ist völlig durchgedreht. Diese Memme wollte sich verpissen. Da habe ich rotgesehen, und wer auch immer die Waffe in die Kiste gelegt hat, hat genau das Richtige gemacht. Ich holte sie, zielte und schoss. Ich habe ihn mit dem ersten Schuss erwischt.‹«

Karin Krafft warf die Protokolle auf den Tisch. »So, das war es. Jeder für sich, und alle halten zusammen. Das Einzige, was hier stimmt, ist: Wir haben einen Toten. Der Mann starb durch einen Schuss, bevor er in die Luft gesprengt wurde.«

Sie hielt inne, hob die Finger ihrer rechten Hand hoch und den linken Daumen. »Und als würde diese Tat noch nicht als außergewöhnlich genug hervorstechen, haben wir sechs potenzielle Täter zu bieten, die sich jeweils selbst bezichtigen.«

»Das nenne ich ein geniales Gruppengeständnis. Ich bin dafür, dass ihr alle noch einmal vernehmt, gleich heute am Abend, und zwar mit völlig veränderter personeller Besetzung.« Nilsson zog die Schultern hoch.

»Die Lage ist schwierig für euch, für uns alle. Aber wir zeigen denen, dass wir uns nicht auf die falsche Schiene schicken lassen. Vielleicht verplappert sich jemand oder nimmt einfach sein Geständnis zurück. So wie sechsfach geschildert, ist das ein Tötungsdelikt mit Vorsatz und Vorbereitung. Das ist Behinderung der Justiz, das abgekartete Rollenspiel lassen wir nicht als Kavaliersdelikt von ein paar unbedarften Damen und

Herren vom Dorf durchgehen. Wir brauchen den Täter oder die Täterin. Wenn die alle bei ihrer Aussage bleiben, dann haben wir ein Problem.«

Von Aha nickte wissend und bot einen Einblick in seine umfassenden Erfahrungen. »Man kann nicht sechs Angeklagten gleichzeitig den Schuss auf eine Person beweisen. Die wissen, dass wir keinen schlussendlichen Beweis gegen einen Bestimmten haben. Im Zweifel für den Angeklagten. Das gelingt aber nur, wenn alle stur bei ihrer Aussage bleiben und keinen Deut davon abweichen.«

Nilsson bestätigte ihn. »Meistens verplappert sich einer der Beteiligten, aber wenn die alle dichthalten, dann stimmt das. Es bleibt die Freiheitsberaubung, Verstoß gegen das Kampfmittelgesetz, vielleicht will die Finanzbehörde noch was wissen, und dann gibt's noch den Hausfriedensbruch in Hamminkeln. Wir kriegen sie hinter Gitter, vielleicht sogar mit einer möglichen Anklage wegen gemeinschaftlichen Mordes. Die Schlinge zieht sich zu, könnte man meinen.«

Karin war noch immer konsterniert. »Bisher schließt sie sich aber nicht. Das ist mir echt noch nicht passiert. Ich saß da und dachte, ich habe Halluzinationen, plötzlich sagen zwei das Gleiche, und zwar nicht, dass sie irgendeine Bagatelle begangen, sondern dass sie einen Mann erschossen haben.«

Burmeester hatte sich Karins Becher gegriffen, schlürfte ein zweites Heißgetränk und meldete sich zu Wort. »Das ist ja noch nicht alles. Die Schlussphase, in der sie den Toten in die Bank gebracht und mit der Bake abgestützt haben, die haben sie ebenfalls übereinstimmend geschildert. Mensch, die hatten doch gar nicht so viel Zeit, sich auf diese gleichlautenden Aussagen einzuschwören.«

Karin meinte, dass dazu allein schon die Stunden ausgereicht hätten, in denen sie gemeinsam das Haus wieder in den Urzustand zurückversetzt hatten. »Wenn eine Gruppe mit so grenzwertigen Erfahrungen in Aktion ist, dann kannst du die knappe Zeit dazu nutzen, um die Mitglieder auf eine Linie einzuschwören.«

Jerry warf ein, es handle sich um völlig unterschiedliche Persönlichkeiten und ihn erstaune das ebenfalls. »Fakt ist aber, dass die Absprachen in dieser Gruppe, die sich gut kennt, unglaublicherweise funktionieren. Wir können also momentan niemanden aufgrund des Tötungsdeliktes verhaften.«

Karin wies auf ihn, stand auf und ging zur Tür. »Und genau deshalb werden jetzt alle noch einmal verhört.«

Sie teilte ihr Team neu auf, während das Handy des Staatsanwalts klingelte.

»Ach, Sie sind es, Frau van den Berg, Sie wollten Frau Krafft erreichen? Nein, die ist gerade wieder in einer Vernehmung.« Er zwinkerte Karin zu.

»Ja, das Team des K1 ist kurz vor dem Abschluss der Ermittlungen. … Ja und nein. … Ja, der Fall ist geklärt, und nein, es steht noch nicht ganz fest, wer geschossen hat. … Doch, wir haben die Täter, das ist jetzt schwer zu erklären, denn alle gestehen das Gleiche. … Nein, morgen ist zu früh für eine Pressekonferenz. … Dann müssen Sie Ihrem Pressesprecher sagen, dass er sich noch gedulden muss, wer ist denn hier die Chefin der Behörde? Es lohnt sich nicht, dass Sie herkommen, das Team ist noch im Einsatz. … Nicht heute, morgen. Die haben heute genug zu tun. … Ja, ich denke, Frau Krafft wird sich mit dem genauen Ergebnis bei Ihnen melden.«

Fast hätte das Team ihm zugejubelt, man konnte sich nicht erinnern, dass der alte Staatsanwalt, dieser Haase, die Behördenchefin jemals so höflich und wirksam ausgebremst hatte. Karin Krafft hätte ihm am liebsten auf die Schulter geklopft. Ein zusätzlicher Tag Zeit, das Knäuel zu entwirren und die noch losen Enden zu verknüpfen.

✳✳✳

Es war spät geworden.

Daheim fand Karin Mann und Hund gleichermaßen selig schlafend auf dem Sofa vor. Auf ihrem Tischset in der Küche lag der angekündigte Brief ihrer Tochter, sie setzte sich und wagte kaum, ihn zu entfalten, brauchte ein paar Minuten, um zu entscheiden, dass sie ihn erst in Anwesenheit von Hannah lesen würde.

Nachdem sie sich ein Brot belegt und ein Glas Rotwein eingeschenkt hatte, holte sie einen Bogen Papier aus der Druckerlade und nahm einen Stift aus dem Ständer neben dem Telefon. Vielleicht war es eine kluge Strategie, Hannah mit einem Brief zuvorzukommen. Ungefaltet auf ihrem Platz. Sie schrieb:

Liebe Hannah,
ich hatte keinen Mut, deinen Brief zu lesen. Du bist bestimmt noch immer sauer auf mich. Es tut mir leid, dass du mich bei der Arbeit erlebt hast und dass wir uns auf der Straße so gezankt haben. Wir sind eine Familie und sollten einander verzeihen, wenn etwas anders läuft als vorhergesehen.
Ich glaube, dass Thilo und Maria eine Weile nicht zurückkommen können. Falls sie zu Sankt Martin immer noch nicht da sind, dann bekommst du eine Fackel von Papa und mir. Versprochen.
Hab dich lieb.
Mama

Während sie ihre Nachricht noch einmal las, kam Maarten in die Küche, rieb sich verschlafen durch das Gesicht. »Bist du schon lange da?«

»Nein, ein paar Minuten.«

Er küsste sie auf die Stirn, schaute auf das Papier, das sie auf Hannahs Platz schob. »Ein offener Brief?«

»Ja, vielleicht hilft es. Sag mal, nächtigt Woodstock öfter auf dem Sofa?«

»Der schleicht sich immer dahin, und wenn ich mir die Ecke beim Fenster anschaue, dann vermute ich, dass er morgens immer von dort verschwindet, sobald er uns hört. Das wird ein eigensinniger alter Mann.« Er nahm sich ein Mineralwasser. »Bist du in dem Fall weitergekommen?«

Sie nickte. »Wir haben sie. Alle.«

»Wie kann ich das verstehen?«

»Ein Toter, sechs Leute, die ihn jeweils mit derselben Kugel aus einer bestimmten Waffe erschossen haben wollen.«

Er schaute sie an, als habe er sie falsch verstanden.

Karin lachte. »Den Gesichtsausdruck kenne ich. Nein, du hast richtig verstanden. Alle haben gestanden, den Breimann erschossen zu haben. Die Waffe ist aus dem Nichts aufgetaucht, und jeder hat sie höchstpersönlich im Rhein versenkt. Selbst eine zweite Vernehmungsrunde mit der sachlich geäußerten Aussicht auf lange Haftstrafen ließ sie nicht von ihren Aussagen abweichen.«

»Und Thilo und Maria?«

Sie nickte. »Die gehören zu den geständigen Tätern.«

»Mist.«

»Ich habe Hannah geschrieben, dass sie eine Fackel von uns beiden bekommt, wenn Thilo nicht zurückkommt.«

»Das wird sie bestimmt beruhigen.«

»Mir tut die bunte Lotte leid. Die könnte glatt die Groß-mutter von Burmeester sein, der hatte heute einen Rückfall in modische Geschmacklosigkeit, die beiden passten farblich sehr gut zueinander. Sie steht furchtbar unter Druck, die Aufregung, die Unsicherheit. Sie hat am Abend einen Herzinfarkt erlitten und ist in der Klinik. Bitter. Sollte sie das überleben, wird es bestimmt auf Haftverschonung hinauslaufen.«

Maarten setzte sich neben Karin auf die Bank und legte einen Arm um ihre Schulter. »Das ist übel. Kannst du morgen we-nigstens ausschlafen?«

»Nein, ich muss die Protokolle durchsehen und die Fakten für den Pressesprecher zusammenstellen. Du, der Staatsanwalt hat heute der Behördenchefin klargemacht, dass wir einen Tag länger für die Vorbereitungen auf die Konferenz brauchen. Da hat er Punkte beim Team gesammelt.«

»Der gute Aaron Mütze, da habt ihr ja mal Glück. Hoffent-lich bleibt er euch lange erhalten.«

»Er wirkte komisch, irgendwie gelassen und doch unsicher.

Als habe er etwas gemacht, zu dem er eigentlich steht, aber was ihm nicht geheuer ist. Und er murmelte ein paar Sätze über Lotte, die sei eine beeindruckende Frau. Passt das zur Rolle eines Staatsanwalts?«

Maarten gähnte und ging zur Treppe. »Das wollen wir aber jetzt nicht ergründen, oder? Kommst du?«

»Gleich, ein paar Minuten noch.«

✳✳✳

Die Zusammenfassung, die Karin Krafft am nächsten Tag dem Pressesprecher zukommen ließ, unterschied sich nur in kleinen Details von den Ergebnissen des Vortages. Alle sechs Verdächtigen waren bei ihren Geständnissen geblieben und hatten diese sogar noch untermauert.

Gemeinsam hatten sie spontan beschlossen, dass es so aussehen sollte, als habe sich ein Automatenknacker selbst in die Luft gesprengt, man wollte außerdem den gewaltsamen Tod durch den Schuss verschleiern. Wo nichts mehr war, konnte auch nichts gefunden werden. Als sie bemerkten, dass es nicht möglich war, den leblosen Körper vor den Automaten zu stellen, seien sie auf die Idee gekommen, ihn davor abzustützen, schließlich sollte die Sprengladung den Oberkörper treffen. Die Warnbake von der Baustelle sei ihnen in den Sinn gekommen, alles musste doch furchtbar schnell gehen, bevor rund um den Marktplatz die Anwohner wach wurden.

Keiner hatte darüber nachgedacht, dass man sich vielleicht fragen würde, wie die Bake in den Automatenraum gelangt war. Wer hatte den Zündmechanismus ausgelöst? Ich, ich, ich, ich, ich und ich.

Und wer hatte Breimann, und vor allen Dingen warum, einen Geldschein in die Hand geschoben?

Die gleiche Antwort, sechs Verantwortliche. Man wollte ihn als Täter kennzeichnen.

Wer das restliche Geld mitgenommen hatte?

Niemand von ihnen, sie mussten doch schnell weg. Diese

Frage blieb offen, da bei den Hausdurchsuchungen bei niemandem Geld aus dem Raub gefunden wurde.

Auf die Frage, wo die Waffe geblieben sei, hatten sie alle gleichlautend geantwortet, die hätten sie von der Weseler Rheinbrücke aus ins Wasser geworfen.

Wo waren die restlichen Sprengladungen geblieben?

Ebenfalls im Rhein versenkt. Von mir, von mir, ich war es und so weiter.

Gezielte Verwirrung. Damit war die Chance der Ermittler auf ein Minimum geschrumpft, die Tatwaffe auf dem Grund von Europas meistbefahrener Wasserstraße zu finden, denn alle gaben sie ihre eigene Version zu Protokoll.

Mit Schmackes hätten sie sie in den Strom geschleudert, so drückte es Lotte Plaat aus, bevor ihre Vernehmung abgebrochen werden musste, da sie unter unspezifischen Schmerzen im Bereich der linken Brust litt und mit dem Verdacht auf einen Herzinfarkt mit einem Rettungswagen ins Marien-Hospital in Wesel gebracht wurde.

Im Umgang mit der Presse erwies sich Aaron Nilsson als souverän. Er beantwortete die Fragen gleichermaßen freundlich und mit gebotener Sachlichkeit, bat Karin Krafft zu Wort, wenn es um Details ging, lobte die Arbeit des K1. Bei penetranten Wiederholungsfragen der Anwesenden wies er auf das Papier des Pressesprechers hin.

Der Fall war krass, es würde bei allen Beteiligten für mehrere Anklagepunkte reichen, alle hatten mit einer Verurteilung zu rechnen.

Nilsson war offenbar auch für die Presse ein vertrauenswürdiger Erzähler und ein souveräner Typ. Er wich dem Hinweis eines Journalisten aus, dass es merkwürdig sei, dass man keinen für den Todesfall in der Büdericher Bankstelle verantwortlichen Einzeltäter habe überführen können. Die Rolle der sechs sich jeweils selbst bezichtigenden, harmlos erscheinenden Damen und Herren, die die Polizei aufs Glatteis führen wollten, walzte er genüsslich aus. Er schilderte ihr Auftreten im Stil einer Provinzkomödie, die wie gewünscht viele Lacher bei den Presseleuten verursachte.

Dass sich die Polizei durch simple Verabredungen hatte vorführen und verwirren lassen, war ihm folgerichtig nur eine Randnotiz wert, die keine weiteren kritischen Nachfragen provozieren sollte und konnte. Mit Wucht vertrat Aaron Nilsson hingegen die These, die Machenschaften der Dörfler seien insgesamt eine unglaubliche Verhöhnung der Staatsmacht gewesen. Die Journalisten notierten eifrig.

»Wir haben uns erfolgreich dagegen gewehrt, die Polizei ist stark, das Team des Kommissariats 1 hat hervorragend ermittelt. Das können Sie gerne zitieren, meine Damen und Herren der Medien«, sagte Nilsson. Immerhin hätten die Arme der Gerechtigkeit die Angeklagten erreicht, erklärte er blumig, und alle würden für Jahre hinter Gittern verschwinden.

»Ausgleichende Gerechtigkeit«, fabulierte der Staatsanwalt und merkte eins noch an: »Unter Umständen werden nur fünf Beteiligte vor Gericht stehen, die mit zweiundachtzig Jahren älteste Beteiligte wird aktuell wegen eines Herzinfarkts in einer Klinik behandelt, ein Gutachter wird sie später auf ihre Hafttauglichkeit hin überprüfen.«

Das sei ein Akt der Menschlichkeit, und alle im Raum nickten. Es waren auch Worte, die den Staatsanwalt selbst beruhigen sollten. Er dachte an Lotte Plaat. Er lächelte, die Gute hatte ihm die Augen geöffnet mit ihrer sehr eigenen Oma-Logik. Dass der eigentliche Täter, dieser Breimann, schon bestraft worden sei, das zähle doch. Alles andere könne man nicht nachweisen, einen einzelnen Täter werde man nicht finden und überführen können. Recht und Gerechtigkeit seien nicht immer deckungsgleich.

Am Ende der Konferenz hörte Karin Krafft in Nebengesprächen, wie begeistert man über Nilsson sprach, den Staatsanwalt von der Statur eines Stiers.

»Und diese Frisur, wie eine Mütze ...«

Epilog

Lotte Plaat lächelte in die Wintersonne. Eingewickelt in eine dicke Wolldecke saß sie am Fenster ihres Wohnzimmers und wartete auf die ambulante Physiotherapeutin, die ihr half, wieder auf die Beine zu kommen.

Sie blieb als Einzige der Gruppe auf freiem Fuß. Ein Gutachter hatte ihr nach ihrem Herzinfarkt bescheinigt, dass sie haftunfähig war. Lotte räkelte sich und nahm einen Schluck Tee. Auf dem Tischchen mit dem Becher und der Kanne lag einer von den Briefumschlägen, die sie seit ihrer Rückkehr aus der Rehamaßnahme immer wieder in ihre Handtasche packte. Jeden hatte sie fein säuberlich adressiert und frankiert. Sie ging mit ihrem Rollator zu den Haltestellen, nahm mal den Bus Richtung Emmerich, mal in Richtung Wesel, fuhr mal nach Geldern oder Dinslaken, wo sie jeweils den nächsten Briefkasten suchte. Nur dort, wo sie wohnte, in Rees, landete keine ihrer anonymen Botschaften in der Post. Mit Bedacht hatte sie die Empfänger ausgesucht, die Tafel, eine Unterkunft für Obdachlose, eine Drogenberatungsstelle, ein Kinderheim, ein Frauenhaus. Immer weit weg. Die Adressaten hatten alle eines gemeinsam, sie brauchten Geld und waren auf Spenden angewiesen.

Lotte hatte die Geldscheine mit Freude eingetütet, nachdem sie Staubpartikel und feine Glassplitter, die von Breimanns Sprengung stammten, mit einem Pinsel entfernt hatte.

Heute wollte sie einem Menschen in ihrer direkten Nähe eine Freude bereiten. Das war riskant, das wusste sie, aber ihr Herz konnte nicht anders. Die freundliche junge Frau, die zweimal in der Woche zu ihr kam, hatte ihr letztens erzählt, dass sie einen neuen Wagen bräuchte und sich das eigentlich nicht erlauben konnte. Das sollte sich heute ändern.

Nach der Therapieeinheit gab Lotte ihr den Umschlag, den sie erstaunt entgegennahm. »Was ist denn da drin?«

»Frag nicht, Liebelein, nimm ihn einfach und investiere den Inhalt gut. Schließlich musst du den ganzen Winter über mit einem sicheren Fahrzeug bis zu mir kommen.«

Die Physiotherapeutin zierte sich und legte den Umschlag zurück. Das könne sie nicht annehmen. Lotte bestand darauf, dass sie ihn einsteckte und vergaß, wo sie ihn herhatte, sobald sie zur Tür hinaus sei.

Als die junge Frau gegangen war, setzte sich Lotte zurück in den bequemen Sessel vor das Fenster.

Sie würde den Schrebergarten bald abgeben, denn sie würde nicht mehr darin werkeln können. Und Kim fiel für die nächsten Jahre als Unterstützung aus. Die Polizei hatte vor ein paar Monaten ihre Wohnung durchsucht, nicht aber die gepachtete Parzelle, in der sie Blumen züchtete wie Emil Nolde ehemals in seinem Garten in Seebüll. Kunterbunte, prächtige Sommerblumen.

Nun war ihr Geldversteck dort leer.

Sie lächelte in sich hinein. Was hätte ihr Gustav dazu gesagt? Lotte, Lotte.

Die Kriminalromane der Erfolgsautoren Thomas Hesse und Renate Wirth im Überblick:

Alle Titel sind auch als eBook erhältlich.

Bücher mit KHK Karin Krafft:

Die Elster
ISBN 978-3-89705-629-9

Die Eule
ISBN 978-3-89705-769-2

Eulenblues
ISBN 978-3-89705-930-6

Die Spinne
ISBN 978-3-95451-152-5

Der Käfer
ISBN 978-3-95451-553-0

Das schwarze Schaf
ISBN 978-3-95451-990-3

Der Storch
ISBN 978-3-7408-0182-3

Der Hahn
ISBN 978-3-7408-0446-6

Das Alpaka
ISBN 978-3-7408-0793-1

Weitere Titel von Thomas Hesse:

Blutsgeschwister
ISBN 978-3-95451-820-3

www.emons-verlag.de